John le Carré

The Tailor of Panama

ECUS
Publishing House

巴拿馬裁縫

約翰・勒卡雷——著
譯——李靜宜

16——勒卡雷作品

以此紀念

文學經紀人，紳士，摯友

萊納・霍伊曼 Rainer Heumann

「多麼巴拿馬呀！」

——二十世紀初在法國流行一時的表達口語，用以形容「無可解決的混亂情況」。

見 大衛・麥卡洛的絕妙之作《洋間之道》[1]。

1　大衛・麥卡洛（David McCullough, 1933-2022）為美國歷史學家。本書全名為《洋間之道：巴拿馬運河的開通 1870-1914》（The Path between the Seas: The Creation of Panama Canal 1870-1914），一九七七年初版。

1.

這是熱帶巴拿馬再尋常不過的週五下午，至少在安德魯・歐斯納德闖進哈瑞・潘戴爾店裡要求量製西裝之前是如此。他衝進店裡時，潘戴爾是某一種人；但等他衝出店外時，潘戴爾已經變成另一種人了。整個經過時間：七十七分鐘，根據的是艾克爾斯那座山謬・克利爾出品的桃花心木框時鐘，也是御用裁縫潘戴爾與布瑞斯維特有限公司裡，諸多極富歷史意義的物品之一。這家公司原址在倫敦的薩維爾路[1]，現在則位於巴拿馬市西班牙大道。

或者在西班牙大道附近。反正近得沒差別。縮寫為 P&B。

•

這天從六點整開始，潘戴爾被谷地裡傳出的鍊鋸噪音、建築工地與交通喧鬧聲，以及美軍電台播送的剛強男聲給驚醒了。「我不在場，是另外兩個傢伙幹的。她先動手打我。這其實是她同意的，閣

1　Savile Row，倫敦最知名的手工西服縫製街。

下。」潘戴爾意會到早晨來臨了，有種懲罰迫近的感覺，卻又莫名所以。然後他想起八點三十分與銀行經理預約了會面，急急跳下床。幾乎就在此時，老婆露伊莎狂叫「不，不，不」，拉起床單蓋住頭，因為早晨是她最糟的時刻。

「幹嘛不換個詞，說『好，好，好』啊？」他正等著水龍頭裡的水變熱，一邊對著鏡子問：「我們樂觀一點嘛，好不好，露？」

露伊莎呻吟一聲，但床單裡的身軀動也不動。潘戴爾只好跟新聞播報員玩起一問一答的遊戲聊以自娛，提振精神。

「美國南方司令部指揮官昨晚重申，美國將堅守對巴拿馬的條約義務，信守承諾，說到做到。」新聞播報員陽剛味十足、堂堂威儀地宣告。

「這是騙局，親愛的，」潘戴爾把肥皂泡沫塗到臉上，「如果不是騙局，你也就用不著再三重申，對不對啊，將軍？」

「巴拿馬總統今天抵達香港，展開為期兩星期的東南亞首都之旅。」新聞播報員說。

「聽好，妳老闆來囉。」潘戴爾叫道，伸出滿是肥皂泡的手想引她注意。

「陪同前往的是一組國內經貿專家，包括他的巴拿馬運河計畫推動顧問艾爾納斯托・狄嘉多博士。」

「幹得好，艾爾尼。」潘戴爾稱許地說，一隻眼睛瞄著還癱在床上的老婆。

「週一，總統一行將繼續轉往東京，就日本加強對巴拿馬的投資展開實質會談。」新聞播報員說。

「那些藝妓還不知道自己會碰上什麼事哩，」潘戴爾刮著左頰，放低聲音：「更別提還有我們那位四處徘徊覓食的艾爾尼囉。」

露伊莎猛然清醒。

「哈瑞，我希望你別用這種調調說艾爾納斯托，就算是開玩笑也不行，拜託。」

「喔，親愛的，對不起。不會再犯了，永遠不會。」他滿口承諾，一面搜尋鼻孔底下最難應付的部分。

但露伊莎仍不肯善罷干休。

「為什麼巴拿馬不能自己在巴拿馬投資？」她抱怨道，同時拉開床單，筆直坐起來。身上那襲白色亞麻睡衣是她母親的遺物。「我們為什麼非要亞洲人來做不可？我們有錢哪。單單這個城裡，我們就有一百零七家銀行不是嗎？我們為什麼不能用我們販毒的錢來蓋我們自己的工廠、學校和醫院？」

這個「我們」並不名實相符。露伊莎是運河區人，在巴拿馬運河區長大。當時美國透過豪奪強取的條約，宣稱該區是美國的永久領土，儘管那只是一條十哩寬、五十哩長的區域，四周還全是心懷怨恨的巴拿馬人。她已故的父親是位美軍工程師，後來調任到運河區，提早退休成為運河公司的雇員。她已故的母親是自由派的聖經教師，在運河區一所種族隔離學校任教。

「親愛的，妳知道他們是怎麼說的嗎？」潘戴爾應著，邊拉起一隻耳垂刮下面的部分。他刮鬍子就像其他人作畫，對瓶罐與刷子珍愛有加。「巴拿馬不是個國家，是家賭場，而且我們也認識經營這家賭場的傢伙。妳還替其中一個工作呢，不是嗎？」

他又犯了。每當良心不安的時候，他就無法克制自己，就像露伊莎無法讓自己起床一樣。

「不，哈瑞，我不是。我替艾爾納斯托．狄嘉多工作，艾爾納斯托不是他們的其中一員。他是個正直的人，有理想，希望巴拿馬未來是國際社會裡自由的主權國家。他和他們不一樣，他無所求，沒算計國家的遺產，這讓他與眾不同，也非常、非常難能可貴。」

潘戴爾暗自感到羞愧。他轉開蓮蓬頭，用手試試水溫。

「水壓又下降了，」他輕快地說，「對我們住山上的人可真好哪。」

露伊莎下床，將睡衣從頭上扯掉。高䠷長腰，一頭濃密黑髮，還有女運動員的高聳胸部。處於忘我狀態的她其實很美麗，但一記起自己，肩膀就會垂下，看起來怏怏不樂。

「只要一個好人，哈瑞，」她把頭髮塞進浴帽時還執拗地說，「就能讓這個國家上軌道。只要一個像艾爾納斯托這樣有才幹的好人。不需要再來一個演說家，不需要再來一個自大狂，只要一個有良好基督教道德的人就夠了。一個品格高尚又有能力的管理者，一個不腐敗的人，他可以整治馬路、水管、貧窮、犯罪和毒品，可以保存運河，而不是把它賣給出價最高的人。艾爾納斯托真心希望成為這樣的人，不管是你或任何人都不該中傷他。」

潘戴爾快速著裝，但仍不改慣有的小心謹慎，匆匆進了廚房。潘戴爾夫婦和其他巴拿馬的中產階級家庭一樣，雇了一大串傭人，但又嚴守不言自明的清教徒家規：由一家之主做早餐。馬克是吐司加荷包蛋，涵娜是貝果夾乳酪。潘戴爾愉快哼唱著深藏記憶中的《天皇》[2]樂章，因為他喜歡曲中旋律。馬克已穿好衣服，在廚房桌上寫著功課。涵娜擔憂鼻子上的小傷痕，得巧言哄騙才肯走出浴室。

然後是手忙腳亂的相互怪罪、道別。此時露伊莎雖然穿戴整齊，但到巴拿馬運河管理局大樓上班已經快來不及了。她跳上她的標緻汽車，潘戴爾和孩子們則開著豐田，超車搶道地往學校去。左，右，向左開下陡峭的山坡到主道，涵娜吃著她的貝果，馬克則在顛簸的四線道上與功課奮鬥。潘戴爾一直說很抱歉今天這麼忙亂，夥伴，我和那些見錢眼開的小子有個晨會，一面暗自希望自己剛才沒對狄嘉多太刻薄。

接著疾駛在反向車道，拜晨間車道調撥措施之賜，往市區的通勤車輛雙線都可行駛。拚命衝鋒陷陣，從車水馬龍的大街再次轉進小路，經過和他們家非常類似的北美風格房宅，再到那座玻璃與塑膠建材蓋成的小聚落，那裡有查理流行音樂、麥當勞、肯德基炸雞，還有一座遊樂場。去年七月四日馬克在這裡玩碰碰車時被敵車撞斷手臂，到醫院時，院裡早已擠滿被煙火灼傷的孩童。

再來是混沌魔窟[3]。潘戴爾摸出兩毛五給在紅綠燈下賣玫瑰花的黑人小孩，然後三個人對著街角的老人猛揮手。過去這六個月，那個老人一直站在同一個街口賣同一把搖椅，價錢哪，兩百五十元整，寫了牌子掛在脖子上。又轉進岔路，這回輪到馬克先下車。進入曼紐．艾斯賓諾薩．巴帝斯沙大道臭氣沖天的煉獄，經過國立大學時，渴切地偷瞄一眼穿白襯衫、臂下夾著書的長腿妹妹，領會卡門教堂那一抹結婚蛋糕般的榮光——早安，上帝——他們繼續拚了老命穿過西班牙大道，解脫似地呼了口氣，潛進費

2　The Mikado 是十九世紀英國作曲家吉伯特（William Gilbert）與蘇利文（Arthur Sullivan）共同創作的輕歌劇。

3　Pandermonium，米爾頓《失樂園》中諸魔群集之處。

德里柯・鮑伊大街，鑽進以色列大道到聖法蘭西斯柯，順著往派提拉機場的車流，再次向從事毒品買賣的女士先生們問早——一排排漂亮的私人飛機，停在破破爛爛東倒西歪的建築及流離四散的狗群雞仔之間，飛機泰半屬於那些毒販——但是控制住自己吧，小心點，拜託，深呼一口氣，在拉丁美洲，四處飛射的反猶太轟炸機可還沒成為過去：那些站在亞伯特・愛因斯坦學校[4]大門口、看起來面容嚴峻的年輕人，代表的可是生意，所以注意你的態度。馬克跳下車，不過動作太快了，涵娜大叫：「你忘了這個，呆瓜！」同時把他的書包丟出去。馬克跨步走開，一點表情也沒有，連手腳都沒揮一下，怕被同儕誤以為他依依不捨。

再度回到混亂之中，回到警笛惱人的鳴響，推土機與電鑽的咆哮磨轉，回到這等不及要把自己噎死的第三世界熱帶城市，回到其中所有漫不經心的叫囂、蠢事與抗議；回到每個紅綠燈前蜂擁而上的乞丐，瘸子，賣花巾、花、馬克杯與餅乾的小販——涵娜，把窗子打開，那罐半巴布亞[5]硬幣呢？今天輪到那個沒腿的白髮參議員，他都坐在一輛狗車裡，自己滑著前進；在他之後是位美麗的黑人媽媽，膝上抱著她快樂的小貝比，給媽媽五毛錢，給貝比揮揮手；然後又是那個撐著拐杖哭泣的男孩，一條腿彎折得像根過熟的香蕉。他是整天哭個不停，還是只在交通尖峰時間哭呢？涵娜也給他半巴布亞。

一陣清澄的雨水打下，我們全速開上山丘到「聖母瑪麗亞無玷受胎」學校，粉臉修女在前庭的黃色校車旁忙來轉去——Senor Pendel, Buenos dias（日安，潘戴爾先生）！Buenos dias，瑟耶達修女！還有妳，伊美達修女——涵娜記得今天要捐獻給那個什麼聖人的錢嗎？不，她也是呆瓜。這裡有五塊錢，親愛的，妳時間還多得很，希望妳今天過得愉快。涵娜蹦下車，給了潘戴爾一個柔軟的親吻，就跑去找她這星期的密友莎拉；同時有個戴金錶的胖警察在旁邊看著，笑咪咪的，像個聖誕老人。

沒人能搞清楚這一切，看著涵娜消失在人群中，潘戴爾幾乎覺得心滿意足了。孩子們不懂，沒人懂。甚至我也不懂。一個接受猶太教育的男孩（只是他並非猶太人），一個接受天主教教育的女孩（但她也不是純正的天主教徒），對我們所有人來說，這一切再正常不過。親愛的，對不起，我對那天下無敵的艾爾納斯托・狄嘉多這麼無禮，可是今天不是我該當好孩子的日子。

•

之後，在只有自己相伴的甜蜜中，潘戴爾再度開上高速公路，打開他的莫札特。知覺剎那間敏銳了起來。獨處時常常如此。他習慣性地檢查車門是否鎖好，眼睛不時留意是否有公路搶匪、條子和其他危險人物出現。但他不是很擔心。在美國入侵之後幾個月，荷槍實彈的匪徒和平接管了巴拿馬。今天如果有人在塞車時段掏出一把槍，所有車子裡的人肯定跟著掏槍齊射。只有潘戴爾的車子除外。

灼熱的太陽從又一棟半完工的建築後面撲到他身上，陰影加深了，城市的喧囂更濃了。在他必須穿過的窄小街道裡，在那些搖搖欲墜的房舍暗影之間，出現了彩虹般的色澤。人行道上的面孔有非洲人、

4　Instituto Alberto Einstein 是巴拿馬市內的猶太人學校，校名來自愛因斯坦的名字。

5　Balboa，巴拿馬貨幣單位。

印度人、中國人和各種混血人種。巴拿馬的人種像鳥類般快速膨脹，每天都讓本身是混血的潘戴爾雀躍不已。之中有些人是奴隸的後裔，或許其他人也都是，因為他們的祖先數以萬計，被船載到此地工作，甚至因為運河而葬送生命。

道路通暢。太平洋潮退晦暗。海灣那頭的深灰色島嶼像遙遠的中國山脈，綿延在灰撲撲的迷霧中。潘戴爾很希望去那裡。這或許是露伊莎的錯，因為有時她強烈的不安全感折磨得他精疲力竭。或者是因為，他已經在正前方看見銀行的那幢摩天大樓，紅色頂端聳入雲霄，與同樣醜陋的夥伴一較長短。隱而未見的海平線上，十多艘船漂浮在模糊的線緣，打發等待進入運河的無聊時光。出神的剎那間，潘戴爾忍耐著船上的無聊生活。在動也不動的甲板上汗流浹背，躺在擠滿外國人與石油臭味的船艙裡。這種無聊時光我不要再有了，謝謝你，他打了個哆嗦，對自己承諾。絕對不再有。終此一生，哈瑞．潘戴爾會仔細品味每天的每一小時，絕無戲言。問班尼叔叔去，無論他是生是死。

進入威儀堂皇的巴布亞大道，他有騰雲駕霧的感覺。左邊經過的是美國大使館，比總統府還大，甚至比他的銀行大。但是，此刻，卻沒露伊莎那麼大。我太好大喜功了，他轉進銀行前庭時對她解釋道。如果我的腦袋沒那麼不切實際，就不會捲進現在這團混亂裡；如果我沒把自己當成大地主，沒欠一分一厘不屬於我的錢，也停止攻擊艾爾尼．狄嘉多，或任何妳剛好認為道德無瑕、不容冒犯的人就好了。他心不甘情不願地關掉莫札特，走到車後從衣架上取下西裝外套——選了深藍色——套進去，對著後照鏡調整他那條「丹曼與嘉達」領帶。一個表情嚴肅、身穿制服的男孩正守著宏偉的玻璃門入口。他小心照管一把壓動式散彈槍，對每個穿西裝的人敬禮。

「艾都阿多先生，今天過得好不好呀，先生？」潘戴爾用英語大叫，一條手臂揮啊揮。小夥子露出愉快的神情。

「早安，潘戴爾先生。」他回答道，這是他唯一會的一句英語。

•

就一個裁縫而言，哈瑞．潘戴爾的體格好得超乎預期。或許他也心知肚明。因為他走路時總帶著保留實力的氣息。他既高且壯，一頭灰髮剪得短短，胸膛厚實，肩膀寬闊傾斜像拳擊手，但行走時則像個訓練有素的政治家。起初他將手微微彎曲，垂在身側，隨後又一本正經地交疊在壯碩的背後。這是校閱儀隊或大義凜然面對刺殺時的步伐。在潘戴爾的想像裡，他覺得自己兼具兩者。他只允許西裝背後開一個衩，並稱之為布瑞斯維特法則。

但他四十歲的臉上卻明顯流露男人的風采與愉悅。嬰兒藍的眼睛閃爍著無可救藥的天真；即便在平靜時，他的嘴也會綻放溫暖而無往不利的微笑。若是無意間瞥到這抹微笑，感覺甚至更好。

•

在巴拿馬的大人物，都有身著端莊藍色車掌制服的美貌黑人祕書。大人物們有鑲有裝飾用嵌板及鐵條的雨林柚木防彈門，門上銅把無法從外頭轉開，因為那是由裡面的蜂鳴器控制，這樣大人物們才不會被綁架。拉蒙・盧德的房間寬大且摩登，高居十六樓，可從天花板直抵地板的落地彩色玻璃窗俯瞰海灣，辦公桌則大得如同網球場。拉蒙・盧德攀在書桌遠遠的那端，像隻非常小的老鼠攀附在非常大的救生艇上。他又粗又短，下巴呈暗青色，還有光潔的深色頭髮與黑藍色的鬢角，並且搭上貪得無厭的晶亮雙眼。為了練習，他堅持說英語，而且是透過鼻子說。他曾花了大把銀子尋根，最後宣稱自己是某個在達黎安[6]遇災擱淺的蘇格蘭探險家後裔。六個星期前，他訂製了一條盧德家族花格的蘇格蘭裙，好到聯合俱樂部跳蘇格蘭舞。拉蒙・盧德積欠潘戴爾五套西裝共一萬元，潘戴爾則欠盧德十五萬元。為了表達善意，盧德把未付的利息列入本金，這是本金為何會不斷增加的原因。

「要不要薄荷糖？」盧德問道，同時推來一個銅盤，裡面是裹著包裝的綠色糖果。

「謝謝你，拉蒙。」但潘戴爾沒有伸手去取。拉蒙自己拿了一顆。

「你幹嘛付這麼多錢給律師？」各自對著稻米農莊最近的帳單凝重沉默了兩分鐘後，含著薄荷糖的那個問道。

「他說他要賄賂法官，拉蒙，」潘戴爾像是提供證據的被告，謙卑地解釋道，「他說他們是朋友，說他不想把我捲進去。」

「但你的律師要是已經賄賂了法官，他幹嘛延後聽證會？」盧德分析著，「為啥他沒照約定把水給你？」

「拉蒙，那是另一個法官。選舉之後任命了一個新法官，但賄款又沒從舊法官轉到新法官手裡，了解了吧。現在新法官就等著，看哪一邊提出比較好的條件囉。書記說，這個新法官比以前的正直，所以理所當然也比較貴。在巴拿馬，瞻前顧後是很昂貴的，他這麼說。而且狀況會越來越糟。」

拉蒙·盧德取下眼鏡，在上頭哈了口氣，從身上那套潘戴爾與布瑞斯維特西裝的胸前口袋掏出一塊羚羊皮，逐一擦拭鏡片，然後將金鏡架放在他閃閃發亮的小耳朵上。

「你幹嘛不賄賂農業發展部的人？」他擺出一派大人大量的寬容提出建議。

「我們試過了，拉蒙，但他們人格高尚，這你也知道。他們說，另一邊已經賄賂他們，所以要是換邊站，可就太不道德了。」

「你的農莊經理就不能想想辦法嗎？你付他那麼高的薪水，他怎麼不賣力點？」

「嗯，是啊，安吉是有點混。老實講，拉蒙，」潘戴爾說，「我想，坦白說，他不在那裡還比較有用。如果不會引起誤會，我打算硬起心腸講幾句話。」

拉蒙·盧德的外套仍舊令他的腋下發緊。他們面對面站在大窗戶邊。他手臂環在胸前，然後垂在身側，接著又交疊在背後；潘戴爾則專心用指尖扯扯接縫處，像是醫生等著知道哪裡會痛一樣。

「其實是小事一樁，如果真要說哪裡有問題，」他終於宣告，「除非必要，我不會拆下袖子，因為對外套不好。要是你下回把衣服送到店裡，我們會想辦法。」

他們又坐了下來。

6　Darien，巴拿馬東部省分，廣袤的熱帶雨林吸引諸多探險家前去，但失蹤事件頻傳。此地的國家公園被聯合國列入世界遺產。

「農莊種出米了嗎？」盧德問。

「拉蒙，一點點。這麼說吧，我們是和全球化競爭，我聽來的，也就是和那些從有政府補貼的國家進口來的便宜稻米。太輕舉妄動了。我們倆都是。」

「你和露伊莎？」

「嗯，其實是你和我，拉蒙。」

拉蒙．盧德皺起眉頭，瞄了手錶一眼。這是他面對沒錢的客戶時慣有的動作。

「哈瑞，很可惜，當初你還有機會時，沒讓農莊成為獨立的公司。抵押一家好舖子去替一個缺水的稻米農莊做擔保，實在沒道理。」

「可是，拉蒙——當時是你堅持要這麼做的。」潘戴爾反駁，但他的羞愧已吞噬了他的憤怒。「你說除非我們開立關聯戶，否則你不能冒險投資稻米農莊，這是貸款的條件。好吧，是我的錯，我不該聽你的，可是我聽了。我想那天你代表的是銀行，不是哈瑞．潘戴爾。」

他們談起賽馬。拉蒙有一對馬。他們談論財產。拉蒙在大西洋濱擁有一大片海岸。也許哈瑞該找個週末開車出去，或許買一小塊地，即使一、兩年內不想蓋房子也不打緊，拉蒙的銀行會提供貸款。但拉蒙沒說帶露伊莎和孩子們一起去，儘管拉蒙的女兒也上「聖母瑪麗亞無玷受孕」學校，兩個小女生交情還挺好的呢。此外，讓潘戴爾大大鬆了一口氣的是，拉蒙也沒覺得該提起那筆二十萬元。那本來是露伊莎從她已故父親那兒繼承來的錢，後來交給潘戴爾作正當投資。

「你打算把你的帳戶轉到其他銀行嗎？」拉蒙．盧德問，所有無法說出口的話都留著沒說。

「拉蒙，我想在這個關頭，沒有什麼銀行會要我吧。幹嘛問？」

「有一家商銀打給我，想知道你的事，你的信用記錄，契約，周轉等等，一些我不會告訴其他人的事。當然了。」

「他們瘋了，他們想問的一定是別人。哪一家商業銀行？」

「一家英國銀行，從倫敦打來的。」

「倫敦？他們打給你？為了我？誰？哪一家？我以為他們全倒閉了。」

拉蒙．盧德很遺憾無法再多透露。當然，他什麼都沒說。他不受誘惑。

「什麼誘惑，看在老天爺份上？」潘戴爾吼道。

但盧德似乎已經全忘了。誘惑，他曖昧地說。推薦。沒什麼大不了。哈瑞是朋友耶。

「我一直想要一件休閒外套，」他們握手時，拉蒙．盧德說，「深藍色的。」

「這種藍嗎？」

「更深一點。雙排銅釦，蘇格蘭風。」

於是潘戴爾又滿是感激地開始述說起他從倫敦徽章與鈕釦公司引進的傳奇性鈕釦和新貨。

「他們可以為你製作家族徽紋，拉蒙，我見過薊花[7]的。他們也能為你做袖釦。」

拉蒙說他會考慮。這天是星期五，他們互道週末愉快。為什麼不呢？這只是熱帶巴拿馬再尋常不過

7　薊花為蘇格蘭國花。

的一天。或許個人的地平線上有幾片烏雲，但在潘戴爾的生涯裡，沒什麼不能應付的。一家古怪的倫敦銀行打給拉蒙——或者又來了，根本沒這回事。在這行來說，拉蒙算是個夠好的傢伙囉，在他願意付錢的時候也是個重要的客戶，他們還曾有過幾次口角。只是你得要有超感能力的博士學位，才知道他那個西班牙與蘇格蘭混血的腦袋裡在打什麼主意。

•

每次抵達他的小街，潘戴爾就有種船入港口的感覺。有朝一日，待這家店舖消失了，被偷了，被炸彈毀了，他或許會嘲笑自己的這種感覺。或者這家店從一開始就不存在，一切都只是他的幻想，不過是已故的班尼叔叔放進他想像中的東西。但今天造訪銀行讓他心神不寧。踏進大樹陰影的一剎那，眼睛就四處搜尋那家店舖，凝神注目。你是一間貨真價實的房子。他對著穿透枝葉、對他眨眼的西班牙式褪色粉紅屋瓦說。你不只是一家舖子。你是一個孤兒終其一生夢想的那種房子。要是班尼叔叔此刻也能看見你……

「注意到開滿鮮花的玄關嗎？」潘戴爾用手肘碰碰班尼，「請進到裡面，又涼爽又舒服，你會被伺候得像個巴夏[8]。」

「真是太棒了，哈瑞小子。」班尼叔叔答說，兩隻手掌同時碰著他那頂黑色漢堡帽的帽緣，就像他煮東西時會有的動作。「一間像這樣的店舖，你可以收一鎊的入場費哩。」

「還有油漆的招牌呢，班尼？P＆B纏繞成紋飾花樣，讓這鋪子的名號在城裡到處流傳，無論你在聯合俱樂部或立法會議還是蒼鷺宮[9]？『最近去過P＆B嗎？——他的P＆B西裝如何如何。』他們就是這樣聊來聊去的，班尼！」

「我早說過，哈瑞小子，我願意再說一遍。你有說服力，目測精準，這到底是誰遺傳給你的，我真是懷疑。」

他的勇氣幾乎已完全恢復，拉蒙．盧德已經差不多被拋在腦後。哈瑞．潘戴爾昂首闊步，開始一天的工作。

8　Pasha為土耳其的高級官員。

9　Palace of Herons，即巴拿馬總統府，因前庭水池養有蒼鷺而得名。

2.

歐斯納德在十點半左右打電話來，沒有激起一絲漣漪。他是新顧客，新顧客照例要轉給哈瑞先生；或者，如果他抽不出空，就請他們留下電話號碼，好讓哈瑞先生立即回電。

潘戴爾在他的裁剪室裡，和著馬勒的旋律，依循棕色紙型，剪裁出一套海軍制服。裁剪室是他的庇護所，他不和任何人分享，鑰匙穩穩安放在背心口袋裡。偶爾，為了享受鑰匙對他代表的意義，他會將鑰匙插進鎖裡，轉動它，把世界關在門外，證明他是自己的主人。偶爾在再次打開門鎖之前，他會以降服的姿態垂下頭，腳併攏站一秒鐘，才重新展開美好的一天。除了旁觀這戲劇性動作的部分自我之外，沒有人看見他這麼做。

在他後面，一間間高度相同、有嶄新照明與電動吊扇的房間，他驕縱過度的各色人種雇工在裡頭縫衣濃裳，以巴拿馬勞動階級通常無法擁有的自由談天說地，但是沒有一個像老闆潘戴爾那般勤勞。他略一停頓，攫迎馬勒樂曲的波濤湧動，然後靈巧地沿著黃色粉筆曲線一刀剪下，就成了哥倫比亞艦隊司令的後背與雙肩。這位司令一心一意想藉優雅的儀表和遭解職的前任一較高下。

潘戴爾替司令設計的制服格外燦爛奪目。那條白長褲，已交給遠遠躲在他後面那條走廊房間裡的義大利長褲裁縫師傅；可以服服貼貼抵著座位，適合站而不適合坐。而潘戴爾正在裁剪的這件燕尾服，是白色及深藍色配上金色肩章與穗帶的袖口，金色盤扣與高高的納爾遜式衣領繡著一圈環繞船錨的橡樹葉——這是潘戴爾自己的神來一筆，司令的私人祕書看到傳真的圖樣時表示非常喜歡。潘戴爾從來沒真正了解班尼叔叔說的「目測精準」是什麼意思，但看著圖樣時，他知道自己的確有此能力。

他繼續和著音樂裁剪，拱起背，思緒逸飛遠颺，直到他變成潘戴爾艦長，步下宏偉樓梯，參加自己的就職舞會。這種無傷大雅的想像無損他的裁縫技巧。他一貫主張——這應歸功於他已故的合夥人布瑞斯維特，最理想的裁剪師，天生的模仿者——不管手上裁剪的是誰的衣服，都要讓自己融入其中，成為那人，直到真正的主人來取走為止。

•

接聽歐斯納德的電話時，潘戴爾正沉浸在出神入化的愉悅當中。一開始是瑪塔接起電話。瑪塔是他的接待員，接線生，會計與做三明治的人，一個頑固、忠心耿耿、黑白混血的小東西，一張歪斜的臉疤痕累累，滿是皮膚移植與拙劣手術的痕跡。

「早安。」她說的是西班牙語，聲音甜美。

不說「哈瑞」，也不說「潘戴爾先生」——她從來不這麼叫他，只用天使般的聲音道早安，因為聲音和眼睛是她臉上倖免無傷的兩個部分。

「你也早啊，瑪塔。」

「電話上有位新客人。」

「從橋的哪一邊來的？」

這是他們一再重複的笑話。

「你那邊。他叫歐斯納德。」

「叫什麼？」

「歐斯納德先生。英國人。而且愛說笑。」

「哪一種笑話？」

「你對我說的那種。」

放下剪刀，潘戴爾將馬勒轉到幾近無聲，依序拉出一本預約登記簿與鉛筆。在裁剪桌上，眾所周知，他是個執著精確的人：布料在這裡，紙樣在那裡，發票和訂單在另一邊，每樣東西都井然有序。裁剪時，他慣常穿著自己設計縫製的背心，前掩襟後絲背。他喜歡這件背心傳達出的那種提供服務的氣息。

「您的姓名該怎麼拼呢，先生？」歐斯納德再次報上名號後，潘戴爾愉快地問。

對著話筒說話時，一抹微笑滲進潘戴爾的聲音裡，完全陌生的人會立刻感受到自己是對著他們喜歡的人說話。但歐斯納德也有相同的討喜天分，這點很明顯，因為兩人彼此很快就愉悅自如，從他們隨後十足英國風對話的長度與輕鬆氣氛即可印證。

「開頭是O—S—N，結尾是A—R—D。」歐斯納德說話的口氣一定讓潘戴爾覺得特別詼諧有趣，因為潘戴爾照歐斯納德的說法寫下這個名字，三個字母一組，中間還加上一個&。

「順便一問，您是潘戴爾還是布瑞斯維特？」歐斯納德問。

經常碰到這個問題的潘戴爾，雍容大度地把兩種身分都據為己有：「嗯，先生，這麼說吧，兩個都是。很遺憾告訴您，我的合夥人布瑞斯維特已經過世多年了。但我可以向您保證，直到今天，他的典範仍在這間舖子長存不朽，這讓認識他的人都很欣慰。」

在對職業驗明正身畫下句點之際，潘戴爾的話語活力蓬勃，猶如放逐良久才返回熟悉世界的人。它擁有的意涵比你預期的更多，特別在結尾處，頗像協奏曲的樂章，聽眾一直以為就要結束了，結果卻遲遲未了。

「很遺憾聽到這個消息。」歐斯納德充滿敬意地略為停頓後，壓低聲調說：「他怎麼死的？」

潘戴爾對自己說，真古怪，這麼多人問這個問題，但只要想到如此結局遲早會降臨到我們身上，也就不足為奇了。

「喔，他們說是中風，歐斯納德先生。」他用健康的人論及這個問題時慣常會有的聲調，肆無忌憚地回答，「但我說呀，老實講，我會說他是心碎，因為懲罰稅，讓我們在薩維爾街的基業落得悲劇收場。歐斯納德先生，您是巴拿馬這兒的居民嗎？希望這麼問沒太失禮。或者，您只是路過？」

「幾天前才到，打算在這裡待一陣子。」

「那麼，歡迎蒞臨巴拿馬。先生，能否留下您的聯絡號碼，以防我們的線路被切斷？這在我們這幾個區域恐怕是常有的事。」

這兩人，兩個英國人，都帶著烙印般的口音。在這位歐斯納德看來，儘管潘戴爾急切想擺脫他的出身，卻明顯得不容錯認。他熟膩、老練的聲音從沒洗刷掉倫敦東區雷曼街的標記。即使母音正確，抑揚頓挫與連讀音還是讓他露出馬腳。而且就算全都正確無誤，他對自己的字彙也太有野心了。另一方面，在這個潘戴爾看來，歐斯納德就像對班尼叔叔的鈔票不屑一顧的人一樣，因為粗魯又擁有特權而言詞輕慢。但隨著彼此交談傾聽，潘戴爾似乎感覺到他倆之間油然生出了投契之情，宛如兩個遭放逐的人，為了共同的聯繫，樂意將各自偏見先擺到一邊。

「在公寓搞定之前，我會先住在巴拿馬飯店。」歐斯納德解釋，「那地方早在一個月前就該準備妥的。」

「都是這樣的，歐斯納德先生，全世界的建商都一樣。我以前就說過很多遍了，現在還是要再說一遍。廷巴克圖或紐約市，不管您在哪裡都一樣，沒有哪一行像建商那麼沒效率的。」

「您那裡五點鐘很安靜，是不是？五點時大家不會爭相奔逃吧？」

「五點鐘是我們的快樂時光，歐斯納德先生。我那些『午餐時間』先生已經安安穩穩回去工作，而我稱之為『飯前酒』的先生還沒出來玩樂。」他抑制住自謙的笑聲。「把您唬住了。騙您的。今天是星期五，所以我的飯前酒們回家陪老婆了。五點鐘，我可以全心全意地接待您。」

「您親自？本人？你們這些高貴的裁縫，很多是請奴才來做這種粗重工作的。」

「我恐怕算是您心目中那種老派的人，歐斯納德先生。對我來說，每位顧客都是挑戰。我量身，我裁剪，我試穿，而且從不在乎試多少回，只要能讓我做出最好的衣服。每套西裝製作都不離這個原則，我也會監督製作過程的各個步驟。」

「很好。多少？」歐斯納德追問。口氣帶有戲謔，但沒有挑釁的意思。

潘戴爾愉快的笑意更濃了。要是他說的是西班牙語——這已經是他的第二靈魂，而且是最偏愛的——他就毫無困難地回答這個問題。在巴拿馬，沒有人會對錢的事難為情，除非他缺錢。但眾所周知，你們英國上流階級對錢的態度是難以預料的，最有錢的人往往也是最節儉的人。

「我提供最好的，歐斯納德先生。我總是這麼說，勞斯萊斯可不是免費的，潘戴爾與布瑞斯維特也一樣。」

「那麼，多少？」

「嗯，先生，標準的兩件式，一套通常是兩千五百元，但也要看布料和樣式。西裝外套或休閒外套是一千五，背心六百。因為我們傾向用比較薄的料子，所以也會建議多裁製一條褲子搭配，第二件長褲的優惠價是八百。我聽見您嚇得說不出話啦，歐斯納德先生？」

「我以為公定價是一套兩千。」

「以前是，先生，直到三年前。那時候啊，唉呀呀，美金衝破地板，而我們 P&B 還是得買最頂級的布料。其實我不必多說，我們不計成本，全用最好的，很多都是歐洲貨，而且全部都是——」就在即將說出諸如「相關強勢貨幣」之類的奇言怪語之際，他頓時又改變了心意。「想想我說的，先生，你們上流階級現在穿的成衣——我拿洛夫．勞倫當基準好了——也逼近兩千，有時甚至還更高。先生，可否容我告訴您，我們還有售後服務？我不認為您能回去一般的服飾店，告訴他們說您的肩膀有點緊，對吧？不可能有免費服務的。您想做什麼款式呢？」

「我？噢，一般的。先做幾套日常西服看看如何，之後再做全套。」

「全套？」潘戴爾語帶敬畏，對班尼叔叔的回憶此時全湧上心頭。「我一定有二十年沒聽過人家用這個詞了，歐斯納德先生。老天保佑。全套。我的天哪。」

再強調一次，這種時候，任何裁縫都會合情合理地收起情緒，回到他的海軍制服上。如果今天是其他的任何一天，潘戴爾也會這麼做。時間預約好了，告知價錢了，初步的社交問候也交換過了。但潘戴爾自得其樂。今天造訪銀行之行讓他覺得很孤單。他的英國顧客不多，英國朋友更少。露伊莎秉承先父遺訓，並不歡迎他們。

「P&B仍然是城裡唯一上得了檯面的，對吧？」歐斯納德問。「替巴拿馬最頂級、最聰明的大戶量製衣服的裁縫師？」

聽到「大戶」這個詞，潘戴爾微微一笑。「我們確實這麼認為，先生。不是自鳴得意，但我們以我們的成就為榮。我可以告訴您，過去這十年並非一帆風順。坦白說，巴拿馬的品味並不怎麼樣。或者應該說，在我們來之前是這個樣子。我們得先教育他們，才能向他們推銷。花這麼多錢就為了一套西裝？他們以為我們瘋了，甚至比發瘋還糟。我很欣慰地告訴您，慢慢地，大家也就接受了，一直到現在仍是如此。他們開始了解，我們不只是把西裝扔給他們，要他們付錢；我們提供維護，修改，我們就在這裡等他們回來，我們是朋友，也是後援者，我們是人哪。您該不會是新聞界的朋友吧，先生？最近邁阿密先鋒報的本地版登出一篇報導，讓我們受寵若驚，我不知道您是不是剛好看見了？」

「我一定錯過了。」

「嗯，歐斯納德先生，這麼說吧。要是您不介意，我想用比較嚴肅的態度告訴您。我們幫總統、律師、銀行家、大主教、立法議員、將軍和艦隊司令治裝。我們替能欣賞訂製西服、也負擔得起的人治裝，無論其種族、宗教或聲望。您覺得如何？」

「很有前途，真的，非常有前途。那麼，五點鐘，快樂時光，歐斯納德。」

「五點鐘，歐斯納德先生。我很期待。」

「就我們兩個。」

「又一個好顧客，瑪塔。」瑪塔帶著一疊帳單進來時，潘戴爾這麼告訴她。

但他對瑪塔說話的模樣從來就不太自然，連她聽他說話的樣子也是：傷痕累累的頭部撇向其他地方，聰慧的黑眼睛看著別處，烏黑的頭髮如簾幕般遮住她最糟的部分。

•

就是這樣。潘戴爾很愉快，被捧得飄飄然，雖然事後他說自己是個自負的笨蛋。這位歐斯納德顯然是個人物，潘戴爾就像班尼叔叔一樣喜愛大人物；更何況，不管露伊莎和她已故的父親怎麼說，英國人比大多數人更像大人物。或許這麼多年來他背棄的那個國家，其實還是個不賴的地方。歐斯納德完全沒提自己的職業，潘戴爾不以為意。許多顧客都絕口不提，其他就算提了也未必是真的。他很愉快，他無法末卜先知。放下電話，埋首繼續做他的艦隊司令制服，直到快樂週五的正午慌亂展開。大家就是這麼稱呼週五午餐時間的。直到歐斯納德進來，摧毀了潘戴爾最後一絲清白。

•

今天帶頭領軍的不是別人，正是拉菲．多明哥本人，巴拿馬頭號花花公子，也是露伊莎深惡痛絕的人之一。

「多明哥先生！」——張開手臂——「我一定得說，見到您真是太好了，您穿上這件衣服顯得好年輕哪！」——迅速壓低聲音——「容我提醒你，拉菲，根據已故布瑞斯維特先生的定義，完美的紳士」——恭順地捏住拉菲上衣袖子的下方——「襯衫袖口是一個指節寬，不能再多。」

這件之後，他們又試了拉菲的新晚宴服；若不是要展示給其他的週五客人看，其實毫無必要試穿。此時顧客開始擠進店裡，帶著行動電話，吞雲吐霧，大開黃腔，談論買賣的英勇事蹟和性愛的攻城掠地。下一位是「braguetazo」阿里斯帝德，意思是為錢而結婚的，如是之故，朋友視他為男性殉道者。接著是利加多——叫我利奇。他曾在公共工程部位居高官，在職時間雖短，卻獲利頗豐，有權蓋巴拿馬的各條馬路，從此刻到永遠。和利奇結伴而來的是泰迪，也就是大熊，巴拿馬最令人痛恨、無疑也是最醜陋的報紙專欄作家，他同時帶來他的孤獨冷漠，但潘戴爾完全不受影響。

「泰迪，述說傳奇、傳揚美名的作家。讓生活喘口氣，先生，讓我們疲憊的靈魂安歇吧。」

緊接在他們後面進來的是菲利浦，曾在諾瑞加[1]時代當過衛生部長──還是教育部長？「瑪塔，給部長閣下來一杯！還有晨裝，拜託，那件也是閣下要的──再試穿最後一次，我想我們差不多了。」他放低聲音。「恭喜你啊，菲利浦，我聽說她很淘氣，很漂亮，也很愛你。」優雅合宜地，他低聲談起菲利浦最新的愛人。

這些和其他光鮮體面的人，無憂無慮地進出潘戴爾的名店，在人類歷史上最後的這個快樂星期五。潘戴爾在他們之間敏捷穿梭，大笑，推銷，引用親愛的老亞瑟·布瑞斯維特的雋永名句，向顧客借來喜悅，再以此榮耀他們。

1 諾瑞加（Manuel Antonio Noriega, 1938-2017）為巴拿馬國民警衛隊司令，一九八三年至一九八九年間曾掌握巴拿馬軍政大權。一九八九年美國派軍入侵巴拿馬，推翻了諾瑞加政權。

3.

潘戴爾後來想到，伴隨歐斯納德抵達 P&B 時的那聲雷鳴，班尼叔叔一定會稱之為「配料」，這倒是再恰當不過。在此之前，這天是閃閃發亮的巴拿馬雨季午後，陽光燦爛奪目，兩個漂亮女郎看著對街莎莉禮品屋的櫥窗。隔壁花園裡的九重葛可愛得讓人想咬一口。然後，四點五十七分──潘戴爾從沒懷疑歐斯納德會不準時──來了一輛褐色掀背福特，後車窗貼著艾維斯租車貼紙，停進保留給顧客的停車位。這張吊兒郎當的臉孔頂著一頭黑髮，像顆萬聖節南瓜種在擋風玻璃裡。究竟為何會想到萬聖節，潘戴爾實在不明白，但就是想到了。一定是因為那雙圓圓的黑眼睛。他事後對自己這麼說。

就在這一剎那，巴拿馬閃起電光。

就是這樣，起先只是一朵不比涵娜手掌大的雨雲，下一秒鐘就變成六吋大的雨滴，宛如紡梭在前門台階上上下下蹦跳，雷聲與電光打得街上每輛車的警報器都作響，水溝蓋的外框被炸開，然後在棕色的水流中像鐵餅似地沿路往下滑，棕櫚葉和垃圾桶也惹人厭地軋上一腳。每次傾盆大雨，戴著帽子的黑人就不知道從哪裡冒出來，透過車窗向你推銷高爾夫球傘，或者開價一塊錢，幫你把車推到較高的地方去，如此一來你的配電盤就不會弄濕。

其中一個黑人已經對那位南瓜臉出言不遜了。南瓜臉坐在離門階十五碼處的車裡，等待末日之戰[1]平息。但末日之戰仍舊沒完沒了，因為風還不夠大。南瓜臉不想理會黑人，但黑人不肯善罷干休。南瓜臉讓步，摸索他的西裝外套——在巴拿馬，這件外套只有重要人物或保鑣才穿——抽出皮夾，從皮夾裡抽出一張鈔票，再把皮夾塞回內側的左口袋，搖下車窗，讓黑人可以將傘遞進車裡。南瓜臉和他說笑，給他十塊錢，免去淋得一身濕。完成策略。記上一筆：南瓜臉會說西班牙語，雖然他才剛抵達此地。

潘戴爾微微一笑。是真正充滿期待的微笑，而非隨時掛在他臉上的那種微笑。

「比我想的還年輕。」他對著瑪塔婀娜的背影大聲說。瑪塔正縮在她的玻璃隔間裡，緊張地拿著她的樂透彩票，核對她從沒贏過的中獎號碼。

讚許有加。彷彿他已經凝望經年，就為了向歐斯納德推銷西裝，就為了擁有歐斯納德的友誼，而非立時認出對方真正的身分：一個來自地獄的顧客。

•

潘戴爾大膽對瑪塔說出他的觀察，瑪塔只抬起秀髮烏黑的頭表示會意，沒答話。潘戴爾將自己整頓好。有新客戶上門時他一貫如此，希望顧客會發現他的態度有所不同。

因為他的生活訓練了他要信賴第一印象，所以他也同樣重視自己在別人眼中的第一印象。例如，沒有人會希望裁縫是坐著的。但潘戴爾很早之前就已經決定，P＆B應該成為喧囂塵世裡的靜謐綠洲。

因此，他刻意要讓人看見他坐在那張古舊的門房椅上，簡直就是他膝上那本年代久遠的《時代雜誌》翻版。

而且他完全不在意面前的桌上擺著一只茶壺，就像此刻一樣，擺在《倫敦畫報》與《鄉村生活》的舊雜誌中間，盤上有只貨真價實的銀茶壺，還有新鮮可口的小黃瓜三明治。特薄三明治是瑪塔在她的廚房裡精心製作的完美成品。每回新顧客剛上門的敏感階段，瑪塔就堅持待在廚房，免得一個滿臉傷疤的混血女人會威脅到白種巴拿馬男人耽溺於自我修飾的尊嚴。而且，她也喜歡在那裡讀她的書，因為他終於讓她重拾學業。心理學，社會歷史，還有一科什麼他老記不得。他希望她讀法律，但她直言無諱地拒絕了，理由是律師全是騙子。

「那是不對的，」她會用她那仔細推敲、充滿諷刺意味的西班語說，「老黑木匠的女兒怎麼可以為了錢自貶身價。」

•

一個身型高大的年輕人要撐著藍白相間的賭馬經紀傘鑽出小車，進到傾盆大雨裡，有好幾種方式。歐斯納德的作法——如果這個人是他的話——很靈巧，但不無瑕疵。他的策略是在車裡就稍微打開傘，

1　Armageddon，聖經中世界末日之善惡決戰。

笨拙地彎起身子，屁股朝外，同時迅速拉出雨傘蓋住自己，以得意洋洋的勝利姿勢一次將雨傘開到底。但不知是歐斯納德或雨傘塞住了車門，有那麼一晌，潘戴爾只能看見一個頗有分量的英國屁股，裹在胯部剪裁過深的褐色軋別丁長褲裡，披著開雙衩的成套上衣，被暴雨炮火轟得七零八落。

十盎司的夏季輕便布料，潘戴爾注意到。達克龍混紡，這對巴拿馬來說實在太熱了些，難怪他急著要幾套西裝。三十八腰，至少。傘打了開來。有些傘是打不開的，但這把傘像即刻投降的旗幟般瞬間衝出，以相同的速度傾斜，掩住身體上半部。接著他消失了，每個顧客從停車位走到前門之間都是如此。他的腳步聲來了，潘戴爾心滿意足地想著。踩在湍急雨流上的腳步。他來了，他站在門廊，我能看見他的身影。進來呀，傻瓜，門沒鎖。但潘戴爾還是坐著。他教會自己要這麼做，否則他就要整天開門關門了。雨水浸濕的褐色軋別丁像萬花筒裡的碎紙片，斑斑片片出現在鐫刻於毛玻璃的透明半鏤空字母裡：潘戴爾與布瑞斯維特，巴拿馬及薩維爾街，一九三二年創立。下一刻，整個龐大的身軀小心翼翼，雨傘在前，蹣跚進到了店裡。

「我想您是歐斯納德先生，」——他從那張門房椅的深處說道——「請進，先生。我是哈瑞．潘戴爾。真對不起，我們這場雨，來杯茶，還是烈一點的東西？」

好胃口是他的第一個念頭。敏捷的棕色狐狸眼睛，遲緩的身體，大大的四肢，又一個怠惰的運動員，要讓衣服還有擴張空間。在這之後，他回想起班尼叔叔樂此不疲的歌舞雜耍笑話，這會讓羅絲嬸嬸裝出被激怒的樣子：

「大手，大腳，女士們，你們知道這代表什麼——大手套和大襪子。」

進到P&B的紳士可以有些選擇。他們或許坐下來，愜意自在的人就會這麼做，接下一碗瑪塔的湯或一杯什麼東西，交換八卦，讓屋裡的氣氛撫慰他們，然後才移轉到樓上的試衣間，能夠不經意瞥見散放蘋果木茶几上的服裝冊所展示的誘人圖樣。或者，可以走直線進入試衣間，侷促不安的人會這樣做，大部分是新客戶，隔著木板隔間對司機大吼大叫，用行動電話和情婦與股票經紀通話，就為了讓人注意到他們的重要性。隨著時間過去，侷促不安的人會變得愜意自在，然後另有一批新客戶取而代之。潘戴爾等著看歐斯納德屬於哪一類。答案：兩者皆非。

就一個打算花上五千大洋打點外表的男人來說，他沒表現出任何已知的徵狀。他不緊張，不因缺乏安全感或猶豫不決而沮喪；他不倉促，不聒絮，不過分熟稔。他沒有罪惡感。但在此時的巴拿馬，罪惡感極其罕有。就算你來的時候帶著一點，也很快就逃逸無蹤了。他鎮靜得令人不安。

他的作法是，用濕漉漉、滴著水的傘撐住自己，一腳踏前，另一腳規規矩矩踩在門墊上，這也是後迴廊的鈴一直響個不停的原因。但歐斯納德沒有聽見鈴聲，或者他聽見了但不為所動，毫不困窘。因為儘管鈴響不斷，他臉上還是帶著開朗的表情左顧右盼。笑得宛如巧遇失散已久的朋友，恍然認出的微笑：

桃花心木的迴旋樓梯通向頂層紳士席：我的老天哪，親愛的老樓梯……印花軟綢，晨袍，繡有名字的家用拖鞋：噢，對，我記得你……圖書室階梯巧妙改成領帶架：誰想得到以前這是做什麼用的？木質吊扇懶洋洋地在鑲飾線條的天花板上轉動，一捲捲布匹，櫃台，角落邊上擺著年代可溯及世紀之交的剪刀與銅尺：老朋友，每一位都是……最後是磨損的門房皮椅，在本地的傳奇裡，這是布瑞斯維特的遺物。潘戴爾本人就坐在椅子上，對他的新顧客露出和顏悅色又不失權威的神態。

歐斯納德回望潘戴爾——徹頭徹尾、毫不掩飾地上下打量。先從臉開始，然後一路往下到掩襟的背心，再到黑藍長褲，絲質襪子和牛津達克牌的黑色便鞋，從六號到十號，樓上的存貨一應俱全。然後又往上，在長驅直入店舖深處之前，花了足足一秒鐘，端詳那張臉。門鈴直響，因為他那條粗壯的後腿動也不動，就踩在潘戴爾的椰絲門墊上。

「精彩，」他宣布道，「精彩極了！千萬別更動，一丁點都不要。」

「請坐，先生，」潘戴爾熱誠地催促，「就當在家裡，歐斯納德先生。每個人在這兒都像在自己家一樣，我們就希望他們有這種感覺。進來聊天的比做西裝的還多呢。您旁邊有個傘架，擺在那裡吧。」

但歐斯納德沒將傘擺到任何地方，而是像拿根指揮棒般舉了起來，指著掛在後牆正中央、裱在框內的照片。照片裡是個身穿圓領黑外套、富哲思、戴著眼鏡的紳士，對青澀年輕的世界皺起眉頭。

「那是他，對不對？」

「誰啊，先生？在哪兒？」

「那邊，那一位偉大人物，亞瑟・布瑞斯維特。」

「的確是，先生，我得說您眼力真好，就是那位偉大人物，您形容得真貼切。這是他巔峰時期的照片，應他欽敬萬分的員工要求拍的，他們在他六十歲生日時呈贈給他。」

歐斯納德躍向前看個清楚，門鈴終於不響了。「『亞瑟．G』，他大聲唸出貼在相框底邊的銅牌：「『一九〇八至一九八一。創立者』。我真該死，竟然沒認出來。G代表什麼？」

「喬治。」潘戴爾納悶歐斯納德為什麼會覺得早該認出來。但他還不打算問。

「打哪兒來的？」

「皮納。」潘戴爾說。

「我是說這張照片。你帶來的嗎？從哪裡來的？」

潘戴爾縱容自己露出悲傷的微笑及一聲嘆息。

「他親愛的未亡人送的，歐斯納德先生，就在她隨之過世前不久，真是一番美意。想想看，從英國寄到這裡要花多少錢，這對她是筆很大的負擔，但她還是毫不在乎地寄了。『那是他想待的地方』，她是這麼說的，沒人勸得動她打消這念頭。雖然他們想叫她別這麼做，但她把心也隨照片一起寄出來了。誰勸得動呢？」

「她叫什麼名字？」

「朵莉絲。」

「有孩子嗎？」

「抱歉，先生，您是指？」

「我是說布瑞斯維特太太。她有孩子嗎？繼承人，後代。」

「沒有，唉，他們的結合不受祝福。」

「還有，你不覺得這店名應該叫『布瑞斯維特與潘戴爾』嗎？畢竟老布瑞斯維特是資深合夥人，就算死了，還是應該排名在前。」

潘戴爾已經搖著頭。「不，先生，不是這樣的。這打從一開始就是亞瑟．布瑞維斯特的意思。『哈瑞，我的孩子，年輕的擺前面。從現在開始，我們就是P＆B，這樣才不會和某家石油公司搞混。』」

「你們替哪些皇室家族打扮呢？『御用縫紉師』，你們招牌上寫的。能夠冒昧一問嗎？」

潘戴爾允許自己的微笑稍稍冷淡。

「嗯，先生，這麼說吧，顧及那些無所事事的皇族，恐怕我也只能透露這麼多。有幾位和某王室要員關係不遠的先生，過去就常讓我們蓬蓽生輝，到現在還是如此。哎，細節我們不能多透露。」

「為什麼不行？」

「部分是基於縫紉工會行為準則，保證嚴守每位顧客的祕密，無論地位高低。部分恐怕也是因為安全的緣故。」

「英國君王？」

「您逼我太甚啦，歐斯納德先生。」

「所以外頭那是威爾斯王子的徽紋？我本來還以為是家酒館呢。」

「謝謝你，歐斯納德先生，您真是明察秋毫，在巴拿馬很少有人會注意到這個，不過也因為我口風很緊。請坐吧，先生，如果您有興趣嘗嘗，瑪塔的三明治是小黃瓜口味的。不知道您有沒有聽過她的盛名。我還有瓶上好的淡白酒，推薦你品嘗。智利貨，是一位顧客進口的，不時好意地送我一箱。我能說動您來點什麼嗎？」

此刻，對潘戴爾來說，讓歐斯納德心動是件很重要的事。

•

歐斯納德沒坐下，但接過一份三明治。事實上，他自個兒從盤裡拿了三塊，一塊繼續吃著，另外兩塊則是在他和潘戴爾肩並肩站在蘋果木桌邊時，能夠握在巨大的左手掌心以保持平衡。

「這些不是我們要的，先生。」潘戴爾草草指著一塊輕薄斜紋呢的樣布，推心置腹地說。他慣常如此。「這些也不行——我說呢，不適合成熟的人——對嘴上無毛或乳臭未乾的小夥子還可以，但對像你或我這樣的人就不行。我得這麼說。」他又翻了翻，「可給我們找到了。」

「上好羊駝呢。」

「的確是呢，先生。」潘戴爾非常詫異。「產自祕魯南部的安地斯高地，因為質地輕柔以及天然色澤多樣而大受歡迎，還請容我冒昧引用《羊毛記錄》的說法。嗯，我運氣很好，你是匹黑馬，歐斯納德先生。」

但他只點到為止，因為你們這些一般顧客對布料根本一竅不通。

「這是我爸的最愛，我發誓。是以前的事了，不是羊駝就免談。」

「先生，以前的事？我的天哪。」

「過世了。和布瑞斯維特作伴去了。」

「嗯，我想說，歐斯納德先生，我沒有不敬的意思，令尊可真是一語中的啊。」潘戴爾驚呼，侃侃而談他最喜歡的話題。「就我的專業判斷，羊駝呢料是世上最頂尖的輕質布料。以前是，如果你容我這麼說，未來也永遠會是。就算有全世界的安哥拉羊毛和絨毛混紡，我也不在乎。羊駝呢紡成布之前就已經染色，所以能有各種色澤，選擇豐富。羊駝呢精純，有彈性，會呼吸，就算最敏感的皮膚也沒問題。」他推心置腹地把手指擱在歐斯納德的手臂上。「歐斯納德先生，我們薩維爾路的裁縫啊——說來真是羞愧得無以復加，要不是物料匱乏，恐怕他們還不罷手呢。你知道他們拿這布料做什麼嗎？」

「考倒我了。」

「當襯裡啊，」潘戴爾一臉嫌惡地公布答案，「一般的襯裡。野蠻哪，真是。」

「老布瑞斯維特一定會氣得七竅生煙。」

「的確是，先生，我可以坦率引用他的話。有次他對我說，『哈瑞』——他花了九年才改口叫我哈瑞——『他們對待羊駝呢的態度，比我對狗還不如。』這是他說的，直到今天都還在我耳邊盤旋呢。」

「我也是。」

「對不起，先生，您說什麼？」

如果說潘戴爾機警非常，那麼歐斯納德恰恰相反，他似乎沒察覺自己的話造成的影響，猶然翻來覆去地檢視樣布。

「我想我不明白您的意思，歐斯納德先生。」

「老布瑞斯維特替我爸做衣服。當然是很久以前，那時我還是個小孩子。」

潘戴爾顯得感動非凡，說不出話來。他渾身僵硬，肩膀聳起，像站在陣亡戰士紀念碑前的老兵；等到說得出話時，聲音氣若游絲。「噢，我從來沒碰到過，還請原諒，先生，這真值得大書特書。」他稍稍恢復元氣，「這是第一次，我不會羞於承認。父傳子。兩代都惠顧P&B。我們從來沒碰過這種事，在巴拿馬沒有。還沒有過，從我們離開薩維爾路之後就沒有了。」

「我猜想你一定覺得很意外吧。」

瞬間，潘戴爾可以指天立誓保證，那雙敏捷的棕色狐狸眼失去了光澤，睜得圓圓的，一片煙茫茫的黝暗，只剩瞳孔裡閃現的一絲光芒。他事後想像，那絲光芒並非金色，而是紅色的。但過沒多久，狐狸眼再度恢復了光澤。

「怎麼了嗎？」歐斯納德問。

「我想我太驚訝了，歐斯納德先生。『關鍵時刻』，我相信這是最近的說法。對我來說正是如此。」

「這就是時代的巨輪，對吧？」

「的確是，先生。他們說這是巨輪，旋轉、踐踏、碾碎面前所有東西。」潘戴爾附和著，轉身回到樣布本裡，像是一個想在勞動裡找尋慰藉的人。

歐斯納德先是吃掉另一片小黃瓜三明治，一口吞下，然後兩手合掌，緩緩輕拍，拂掉渣屑，一連數次，直到滿意為止。

P&B有一套接待新客戶的流暢運作程序。在樣布本裡挑料子，鑑賞挑中的布匹——潘戴爾非常謹慎，店裡現有的布料才會展示在樣布本裡——移往試衣室量身，瀏覽紳士精品部與運動休閒區，參觀後迴廊，與瑪塔打招呼，開戶頭；除非另有協議，否則便預付訂金，十天後再回來進行首次試穿。然而，面對歐斯納德，潘戴爾決定來點變化。他離開樣布桌，帶歐斯納德到了後廊，因為瑪塔已退到廚房埋首讀起《借貸生態學》，一本有關南美叢林在世界銀行熱烈鼓勵下，遭到大規模破壞的歷史。

『歐斯納德先生，見過P&B的真正首腦，雖然這麼說她會殺了我。瑪塔，和歐斯納德先生握個手。歐斯納德先生，O—S—N，A—R—D。為他做個卡片，親愛的，再歸進老顧客裡，因為布瑞斯維特先生曾替他父親裁衣。先生，您的大名是？」

「安德魯。」歐斯納德說。潘戴爾看見瑪塔抬起眼睛看著歐斯納德，仔細端詳，彷彿除了名字還聽見什麼別的，然後狐疑地看著潘戴爾。

「安德魯？」她重複一遍。

潘戴爾急忙解釋：「暫住巴拿馬飯店，瑪塔。不過，在我們巴拿馬傳奇的建商恩助之下，他很快就會搬到——？」

「白蒂雅角[2]。」

「當然。」潘戴爾露出善意微笑地說，彷彿歐斯納德點了魚子醬。

瑪塔先是很認真地在她的書上做了標記後，就將書擺到一旁，躲在她烏黑頭髮的幕簾後，仔細逐一記下各個事項。

「那女人碰上了什麼事？」一安然返抵迴廊，歐斯納德低聲追問。

「恐怕是意外，先生，後續的醫療照護又相當草率。」

「沒想到你會讓她留下來，這一定讓你的顧客很緊張。」

「恰恰相反，先生，我很樂意告訴你，」潘戴爾堅定地回答，「瑪塔很受我的顧客歡迎。而且，他們說，人人都想嘗嘗她的三明治。」

接著，為了避免談及更多有關瑪塔的問題，也為了消除她的不快，潘戴爾立即開始發表他的例行演說，有關生長在雨林的塔瓜椰果[3]。他向歐斯納德竭誠保證，多愁善感的世人應將之視為可接受的象牙替代品。

「我的問題是，歐斯納德先生，當今塔瓜椰果最流行的用途是什麼？」他以超乎尋常的活力問道。「裝飾用的西洋棋組？我會給你西洋棋組。雕刻藝品？沒錯，也對。我們的耳環，我們的人造珠寶，越來越接近了——還有什麼？還有什麼其他可能的用途，被摩登世界遺忘的傳統用途，在此地，在P&B，我們不計成本，為了尊貴的客戶與未來子子孫孫而使用？」

2　Punta Pairilla，巴拿馬市首善之區，華廈雲集。

3　Tagun nut，又稱象牙椰果，色澤光潤如象牙，可作為雕刻材料。

「鈕釦。」歐斯納德試探說。

「答案是，當然了，鈕釦，謝謝你。」潘戴爾說著，在另一扇門前停下腳步。「印地安女士，」他放低聲音警告：「她們是古納族[4]，非常敏感。如果你不介意，請小心一點。」

他敲敲門，將門打開，恭敬地走進去，招手要他的客人跟進來。三個看不出年齡的印地安女人坐在角燈下，正縫著外套。

「見過我們的完工好手，歐斯納德先生。」他喃喃說著，好像深怕擾亂專心工作的她們。但這些女子的敏感程度似乎不及潘戴爾的一半，因為她們立即從工作堆中愉快地抬起頭，大大地咧開嘴，給歐斯納德一個鑑賞的笑容。

「我們的鈕釦之於我們的訂製西服，歐斯納德先生，就如同紅寶石之於我們的印度頭巾，先生。」潘戴爾逐字宣告，但聲音仍是呢喃低語。「那是目光停駐所在，足以代表整體的細微之處。一個好釦眼無法成就一套好西裝，但有個糟糕的釦眼，肯定會是糟糕的西裝。」

「套句親愛的老亞瑟．布瑞斯維特的話。」歐斯納德模仿潘戴爾的低聲語調。

「的確，先生，正是。而在可嘆的塑膠發明之前，你的塔瓜鈕釦在美國與歐洲大陸可是使用廣泛。在我看來，應該感謝P&B，讓這種鈕釦能重新在我們全套的訂製西服裡發揮畫龍點睛的妙用。」

「這也是布瑞斯維特的想法？」

「這是布瑞斯維特的概念，歐斯納德先生。」潘戴爾說。他正經過縫製外套的華人縫紉工緊閉的門口，不知為何，只因為突來的恐慌，決定不打擾他們。「我敢保證，放上去的效果極佳。」

然而，潘戴爾苦苦想繼續前行之際，歐斯納德卻顯然寧可放慢腳步，因為他伸出粗壯的手臂抵在牆上，阻止潘戴爾繼續往前。

「聽說，諾瑞加當權那時，你也為他做衣服，真的嗎？」

潘戴爾面露遲疑神色，目光不覺地溜過迴廊，瞥見瑪塔廚房的門。

「是真的又如何？」他說。面容剎時因為心懷疑慮而僵硬，聲音變得陰沉平板。「我應該怎麼辦？關上大門回家去？」

「你替他做什麼？」

「將軍從不是我說的那種天生穿西裝的人，歐斯納德先生。制服，他可以沒日沒夜地想新花樣，皮靴和帽子也是。但不管他如何抗拒，有時還是逃不了得穿西裝。」

他轉身，想讓歐斯納德繼續沿迴廊往下走。但歐斯納德的手臂動也不動。

「哪些時候？」

「嗯，先生，例如將軍受邀到哈佛大學發表演說時。或許你還記得這件事，雖然哈佛大學寧願你忘記。他是個大挑戰，試穿時常搞得人仰馬翻。」

「我敢說，他現在可用不著西裝了，對吧？」

「的確用不著，歐斯納德先生。我聽說那兒應有盡有。還有其他場合，例如法國頒授他最高榮譽，

4 Cuna，居住在巴拿馬沿海聖巴拉斯島（San Blas）的印地安人，有紋身習俗。

讓他進入外籍兵團的時候啊。」

「他們給他那個榮譽幹嘛？」

迴廊的燈光全都從頭頂往下照，使得歐斯納德的眼睛看起來像是彈孔。

「有好多種說法哪，歐斯納德先生。最為人接受的是，法國在南太平洋發動討人厭的核子試爆後，基於現金考量，將軍允許法國空軍利用巴拿馬作為集結點。」

「誰說的？」

「將軍身邊總有些風言風語，他的嘍囉可不是每個都像他那麼謹慎。」

「你也幫嘍囉們做衣服？」

「對，先生，現在還是。」潘戴爾答說，又恢復愉快的本色。「美軍入侵後，我們經歷了一段或許你會稱為低潮的時期，因為有些將軍的高級官員覺得必須搭機出國一陣子。但他們很快就回來了。在巴拿馬，沒有人會名譽掃地。不會太久的，巴拿馬紳士不在乎花自己的錢去流亡。這裡的潮流是將政客回收再利用，而不是棄之如敝屣，所以囉，沒有人會離開太久的。」

「不會被貼上叛徒或什麼的標籤嗎？」

「坦白說，歐斯納德先生，有資格指責別人的並不多。我替將軍做過幾次衣服，這是事實。但我大部分的顧客替將軍做的還更多呢，可不是嗎？」

「那麼抗議罷工呢？你加入嗎？」

又朝廚房飄了個緊張的眼神。瑪塔這會兒一定回到她的書本裡了。

「我這麼說吧，歐斯納德先生。我們會關上鋪子前門，但不會每次都關起後門。」

「聰明的傢伙。」

潘戴爾抓住最近的一個門把，推開，兩個身穿白圍裙，戴金邊眼鏡，正縫著褲子的義大利人從手上的活兒抬起頭來。歐斯納德賞給他們一個皇族似的揮手，走回迴廊。潘戴爾跟在他背後。

「你也替新當家的做衣服，對吧？」歐斯納德隨口問。

「是的，先生，我很自豪地說，巴拿馬共和國總統是我們的顧客之一。他是個難得一見的紳士，比誰都和藹可親。」

「你在哪裡做？」

「抱歉，先生，你說什麼？」

「是他來這兒，還是你過去那邊？」

潘戴爾微微端起優越的態度。「都是奉詔進到府邸裡去，歐斯納德先生。是人民去覲見總統，而不是總統遷就人民。」

「你都摸清楚門道了，對吧？」

「嗯，先生，他是我的第三位總統，關係早就建立起來了。」

「和他的那些小廝？」

「對，他們也是。」

「他本人呢？總統？」

潘戴爾又停頓了一晌，先前專業自信的守則遭到挑戰時，他也有相同的反應。

「您提到的這位偉大當代政治家嘛，先生，他壓力很大，是個孤單的人，大凡那些讓我們值得生活下去的尋常樂事，他全都無法享受。和他的裁縫獨處幾分鐘，可說是混亂中難得的寧靜時光。」

「所以你們會聊天？」

「我寧可稱之為舒緩的片刻。他會問我，我的顧客是怎麼談論他的。我則回答——當然了，不指名道姓。偶爾如果心裡有事，他也會對我稍稍吐露。我的謹言慎行是有口皆碑的，相信他高度戒備的策士們也曾告訴過他。現在，先生，您如果樂意，這邊請。」

「他怎麼叫你的？」

「私下面對面，或者有其他人在場時？」

「哈瑞，是吧？」歐斯納德說。

「正確。」

「你呢？」

「歐斯納德先生，我從來不敢逾越。我有過機會，也獲得許可。但他是總統先生，永遠都是。」

「費岱爾呢？」

潘戴爾快活地笑了起來。他早就需要好好笑一笑了。「噢，先生，指揮官近來的確喜歡西裝，不得不啊，要為他的心寬體胖未雨綢繆。不論美國佬怎麼看他，這地區的每個裁縫無不渴望替他做衣服，但他就黏著他那個古巴裁縫，我敢說你一定也在電視上看見了，真是羞人哪。噢，天哪，我不能再多說了。我們在這裡隨時待命，如果電話來了，P＆B就會接起來。」

「這麼說，你的情報網還不賴嘛。」

「這是個割喉的世界，歐斯納德先生。外頭競爭激烈啊，我要是不處處留神，就真是個大傻瓜啦，對不對？」

「一點都沒錯。我們別重蹈老布瑞斯維特的覆轍，對不對？」

•

潘戴爾爬上踏梯。他在自己通常裹足不前的折疊平台上保持平衡，小心翼翼，忙著從架子頂端取下一匹上好的灰色羊駝呢，傾展而下，供歐斯納德鑑賞。他怎麼爬上去，又怎麼強迫自己爬上去，簡直是謎團，費心苦思的程度，不下於一隻突然發現自己站在樹頂的貓。重要的是該如何脫身。

「先生，我總是這麼說，最重要的是趁還有餘溫時掛起來，別忘了要替換著穿。」他對離鼻子六吋的一架子午夜藍精紡毛料高聲說，「而這一匹，歐斯納德先生，可說是我們的鎮店之王，是絕佳選擇。請容我這麼說，您的灰西裝在巴拿馬勢必不可或缺。我把布放下來讓您好好欣賞，感覺一下。瑪塔！幫個忙，拜託，親愛的。」

「幹嘛要替換著穿？」歐斯納德問。他站在下方，兩手插在口袋，審視領帶。

「歐斯納德先生，任何西裝都不該連著穿兩天，更何況是你的夏季薄衣料。相信您那位好父親一定常告訴你吧。」

「也是從布瑞斯維特那兒學來的，是吧？」

「我常這麼說，毀了西裝的是化學乾洗劑。如果工作過度，就不免沾上污垢和汗水，然後求助化學洗劑，步入結束的命運。我告訴你，西裝不輪流更換，就等於減去一半壽命。瑪塔！這女孩到哪裡去了？」

歐斯納德仍然注視著那些領帶。

「布瑞斯維特先生甚至勸告他的顧客，完全不要用洗衣劑。」潘戴爾繼續說著，聲音略微揚高。「只要用刷的，如果有必要可用海綿；一年送回店裡一次，到迪河邊[5]清洗。」

歐斯納德不再審視領帶，他抬起眼，盯著潘戴爾。

「因為河水有絕佳的清洗力。」潘戴爾解釋，「對我們的西裝來說，迪河簡直就像朝聖客的約旦河。」

「我想這是漢茲曼說的。」歐斯納德說，目光緊緊盯住潘戴爾的眼睛。

「漢茲曼先生是非常好的裁縫，先生，薩維爾路最頂尖的。但就這件事來說，他還是追隨亞瑟·布瑞斯維特的足印。」

他想說的或許是步履，但在歐斯納德緊緊凝望的眼光下，卻塑造出一幅清晰的影像：偉大的漢茲曼先生就像溫瑟拉國王[6]的侍僕，苦苦追尋布瑞斯維特的足跡，跋涉穿越蘇格蘭的黑色泥淖。他奮力掙脫魔咒，緊抓住布匹，一手滑動，另一手把布軸像嬰孩般摟在懷裡，摸索著走下梯梯。

「先生，就是這個了，我們光彩奪目的灰色羊駝呢。謝謝妳，瑪塔。」她終於出現在下方。

瑪塔撇開臉，雙手捧住布匹下端，倒退走向門邊，一面斜舉布料，好讓歐斯納德鑑賞。她不知怎地捕捉到潘戴爾的目光，而他也不知怎地迎接她的目光。她的表情既疑惑又帶責備意味，但老天垂憐，歐斯納德毫無所覺。他端詳著布料。他俯身向前，雙手放在背後，宛如覲見王室。他聞一聞。他捏著邊緣，用拇指和食指指尖試試布料紋理。他遲緩的動作激勵潘戴爾更加盡力說明，但也讓瑪塔更加不以為然。

「歐斯納德先生，灰色不適合您吧？我知道您比較喜歡棕色！非常適合您，請容我這麼說，棕色！老實說，現在巴拿馬很少人穿棕色了。一般的巴拿馬紳士似乎都認為棕色不夠男子氣慨，我不知道為什麼。」他已再次爬上踏梯，讓瑪塔獨自抓著布匹的一端，整卷料子躺在她腳邊。「上頭有一匹棕色的料子很適合你，顏色適中，不會太偏紅。來了。我總是說呀，太偏紅就會毀掉漂亮的棕色，不知道我說的對不對。您今天喜歡什麼呀，先生？」

歐斯納德耗了許久才回答。起初是灰色布料繼續吸引他的注意力，接著是瑪塔，因為她端詳著他，彷彿嫌惡他身上有病似的。然後他抬起頭，盯著站在梯子上的潘戴爾。從歐斯納德冷冷揚起的臉看來，

5　River Dee，蘇格蘭北部河流。

6　King Wenceslas（907-935），捷克的守護聖人，俗稱 Good King Wenceslas（有首著名的耶誕歌曲以他為名），生前是波希米亞大公，由於他的基督教信仰和其他異教波希米亞貴族的政治利益產生衝突，而遭自己的弟弟謀殺，死後被封為聖人。

潘戴爾就像一個高居頂端、沒有撐竿的空中飛人，遠離他底下的世界，猶如置身另一個人生。

「如果您不介意，還是灰色耐看，老小子。」他說，「『灰色進城，棕色下鄉』，他不是常這麼說嗎？」

「誰？」

「布瑞斯維特呀，不然你以為是誰？」

潘戴爾緩緩走下踏梯。他似乎想說什麼，但終究沒開口。他說不出話來：潘戴爾，這個視話語為安全與慰藉的人，只露出微笑。瑪塔將手裡的布交給他，他重新收捲起來。仍然微笑著，直到笑容顯得刺痛。瑪塔皺著眉頭，部分是因為歐斯納德，部分也因為她的臉在醫生極盡所能修補後就是這個樣子了。

4.

「現在，先生，請容我量身囉。」

潘戴爾為歐斯納德脫下外套，注意到他皮夾折縫裡塞著一只胖鼓鼓的棕色信封。歐斯納德龐大的身軀湧著熱氣，猶如濕淋淋的西班牙獵犬散發的熱氣。他覆蓋著高雅捲毛的乳頭，在汗水滲濕的襯衫下清晰可見。潘戴爾站在他背後，測量領後到腰的長度。兩人都沒說話。在潘戴爾的經驗裡，巴拿馬人很愛量身，英國人則不然，因為事關肌膚接觸。再次從領口量起，潘戴爾測量整個後背的長度，很小心不碰觸到臀部。兩人還是沒開口。他量了後背的中央縫線，然後是背脊到手肘，接著是背脊至袖口。他站到歐斯納德身邊，碰碰他的手肘，拉抬起來，將布尺穿過臂下，環過乳頭。偶爾，對於單身的紳士，潘戴爾會採用比較不敏感的測量方式；但對於歐斯納德，他覺得無庸顧慮。他們聽到樓下舖子裡的鈴響了，前門砰然摔上。

「是瑪塔？」

「的確是，先生。回家去囉，毫無疑問。」

「她握有你的把柄嗎？」

「當然沒有。為什麼這麼問？」

「直覺，如此而已。」

「嗯，我運氣不錯。」潘戴爾說，恢復了平靜。

「我也覺得她有我的把柄。」

「老天在上，先生，怎麼可能？」

「別欠她錢，別搞上她。你的想法和我一模一樣。」

試衣間是木料打造的小房間，標準的十二乘九規格，位於樓上運動休閒角落的盡頭。一面穿衣鏡，三面牆鏡，一張鍍金的小椅子，這是房裡僅有的傢飾。厚重的綠色簾幕代替了門。但是，運動休閒角落並不只是一個角落。這是一間長而低矮的原木閣樓，彷彿埋藏著失落的童年。整間鋪子裡，潘戴爾在此處花了最多心思營造效果。沿牆的銅欄杆上掛了一列半完工的西裝軍隊，正等待最後的號角響起。古色古香的桃花心木架上，高爾夫球鞋、帽子和綠色風衣閃閃發光。馬靴、馬鞭、馬刺、一對精美的英國短槍、彈藥帶與高爾夫球桿，看似凌亂卻頗具藝術感地散放著。前面最顯著的位置有匹可供騎乘的標本馬，很像健身房裡擺的，只是這匹有頭也有尾，可讓運動的紳士試試他們的褲子，確保乘騎時不會發生任何尷尬狀況。

潘戴爾絞盡腦汁想找話題。他在試衣間裡習慣不停地聊天，以驅散親密感。但不知為何，他熟悉的話題卻棄他而去。於是，他轉而訴諸懷想「我的早期奮鬥」。

「噢，老天，我們那時起得可真早哪。白教堂冷死人的清晨，天還黑漆漆的，鵝卵石上露水點點，到現在都還感覺得到那股寒意呢。當然，現在可不同了。聽說很少有年輕人願意走這一行。在東區的人不做真正的裁縫了，對他們而言太辛苦了。我可以想見，是沒錯。」

他量披風的寬度，再度量背。不過這次他讓歐斯納德雙手垂下，布尺環繞雙肩外圍。通常他不量這部分，但歐斯納德並不是通常的顧客。

「東區到西區，」歐斯納德評論道，「轉變可真大啊。」

「的確是，先生，我從不哀歎時光。」

他們面對面，非常靠近。然而，不同於歐斯納德那雙緊迫盯人的棕眼隨時盯住潘戴爾，潘戴爾的目光停駐在那條軋別丁長褲汗水淋漓的腰際。他將布尺圍在歐斯納德腰間，拉一拉。

「有多嚴重？」歐斯納德問。

「大約是三十六多一點吧，先生。」

「多一點什麼？」

「多一點午餐，這麼說吧，先生。」潘戴爾說，贏來一陣他極為需要的笑聲。

「還想念你的老家嗎？」潘戴爾偷偷在筆記本上寫下三十八時，歐斯納德問道。

「不怎麼想，先生。不，我想我並不留戀，您一定也注意到了，不想。」他答著，將筆記本塞進後褲袋裡。

「但我敢說，你一定時時想念薩維爾路。」

「噢，薩維爾路。」潘戴爾衷心贊同。他一面量著燕尾外套與褲子，一面讓自己悵然沉溺於悠遠以前的生活景象。「沒錯，薩維爾路又是另一回事，對吧？如果我們能像從前那樣，多一些薩維爾路，少一些其他東西，今天的英國一定會好得多。會是比較快樂的國家，一定是，請容我這麼說。」

如果潘戴爾以為用這些陳腔濫調就能轉移歐斯納德刺探的矛頭，那可就白費心力了。

「說來聽聽吧。」

「說什麼，先生？」

「老布瑞斯維特帶你入行當學徒，是吧？」

「是的。」

「胸懷大志的小潘戴爾，日復一日坐在布瑞斯維特的門階上。每天早晨老傢伙準時上工時，小夥子就在那裡等著。『早安，布瑞斯維特先生，今天可好啊？我叫哈瑞．潘戴爾，是你的新學徒。』你喜歡吧，喜歡這種厚顏大膽的行為吧。」

「真高興聽到你這麼說。」潘戴爾不太確定地回答。他的傳聞軼事有許多版本，這回，其中之一從其他人嘴裡傳回了他耳中，他真希望不要有這種經驗。

「所以你打動了他，成為他最喜愛的學徒。一如童話。」歐斯納德繼續說。他沒說是哪一則童話故事，潘戴爾也沒問。「有一天——有多少年啦？——老布瑞斯維特轉身找你，說：『好了，潘戴爾，看你當學徒也煩了，從今天開始，你就是皇太子啦。』或是諸如此類的話。說說當時的情景吧，講點有趣的。」

潘戴爾通常無憂無慮的額頭，此時惡狠狠地蹙在一起。他站在歐斯納德左腰側，用布尺圍住他的臀部，測量最寬處，再次在筆記本上記下。他彎下腰，量起腿的外側，接著直起身子，又像不善游泳的人一樣下沉，直到頭低至歐斯納德右膝的高度。

「我們向右看，先生——」他喃喃說道，感覺到歐斯納德凝視的目光在他頸背燃燒。「我們大部分的紳士，現在都喜歡向左看，我不認為跟政治有關。」

標準的笑話，就算是他最安靜的顧客也會迸出一陣笑聲。但對歐斯納德顯然無效。

「從來不知道他們搞什麼鬼，老像是風向雞轉個不停。」他不屑地回答。「早晨，是不是啊？還是傍晚？你去覲見國王是什麼時間？」

「傍晚。」潘戴爾沉吟許久才吐出字，彷彿承認戰敗，「星期五，就像今天。」

原本打算要量左邊的潘戴爾不敢冒險，將布尺的金屬端頭放在歐斯納德褲管右側，小心翼翼，避免觸及褲管裡的東西。左手接著將布尺往下拉，直抵歐斯納德的鞋底上緣。這是一雙官員下班穿的笨重鞋子，有許多修復痕跡。他減去一吋，記錄下來，還沒完全直起身子，就發現那雙暗色的圓眼睛緊緊盯著自己，一時有置身敵人槍口的錯覺。

「冬天還是夏天？」

「夏天。」聲音有氣無力。潘戴爾勇敢吸了一口氣，再次開口，「當時我們這裡年輕小夥子很少在夏天的週五傍晚工作，我猜我是個例外，這也是布瑞斯維特先生會注意到我的一個原因。」

「哪一年？」

「噢，是啊，我的天，哪一年。」他重整旗鼓，搖搖頭，努力擠出微笑。「哎呀呀，都是幾十年前的事了。你沒辦法讓潮水倒流，對吧？克努特王[1]試過，但是下場如何呢。」他說，不過根本不確定克努特的下場是什麼。

再一次，他感覺自己的神技回來了，也就是班尼叔叔所說的說服力。

「他站在門口，」潘戴爾用充滿詩意的口吻追憶，「我全神貫注在分派給我的那條褲子上。我當時負責裁剪，可算是我真正的起步。一抬頭就看見他在那裡看著我，什麼也沒說。他是個大塊頭，這一點大家都忘了。大大的禿頭，大大的眉毛——他儀表堂堂，有股力量，必然……」

「你忘了他的鬍子。」歐斯納德反駁說。

「鬍子？」

「一大把像刷子的東西，長得滿滿都是。他拍樓下那張照片時一定是剃掉了。把我嚇得半死，當時我只有五歲。」

「我在的時候他沒留鬍子，歐斯納德先生。」

「他當然有，我還記得清清楚楚，彷如昨日。」

然而，無論是固執也罷，直覺也好，都告訴潘戴爾別投降。

「我想記憶和您開了個玩笑，歐斯納德先生。您記得的是另一位紳士，您把他的鬍子添到亞瑟·布瑞斯維特身上啦。」

「太棒了。」歐斯納德輕聲說。

但潘戴爾拒絕相信自己聽到這句話，也不相信看到歐斯納德眨眼的警告。他奮力向前。

「『潘戴爾』，他對我說，『我要你當我的兒子。只要你學會正統英語，我就會叫你哈瑞，提拔到舖子裡，指定你當我的繼承人與合夥人——』」

「你說他花了九年功夫。」

「幹嘛？」

「叫你哈瑞啊。」

「我起初是當學徒的，不是嗎？」

「是我的錯。你繼續吧。」

「——『我想告訴你的就是這些。現在回去做你的褲子，到夜校註冊訓練口才。』」

他停下來。言詞枯竭。他的喉嚨發疼，眼睛刺痛，耳朵鳴叫，但內心深處卻也有種成就感。我做到了。我的腿斷了，我發燒到一百零五度，但戲還是照常演下去。

「太驚人了。」歐斯納德說。

「謝謝你，先生。」

「這是我這輩子聽過最漂亮的屁話，你就這樣丟給我，還真像個英雄呢。」

1　King Canute，十一世紀的英國國王，相傳曾在海邊命令潮水退下，但潮水還是沖濕了他的腳。有人認為這個傳說是表示他的愚蠢，竟以為自己能命令潮水；但據說他這個舉動實則是為了告訴過分諂媚的臣子，國王也非無所不能。

潘戴爾從遙遠處聽著歐斯納德說話，夾雜許多聲音。他在北倫敦孤兒院的慈惠姊妹會[2]對他說，耶穌會生他的氣。他的兒女在四輪傳動車上的笑聲。拉蒙的聲音對他說，倫敦一家商業銀行來詢問他的現況，還企圖利誘套取資料。露伊莎的聲音對他說：只需要一個好人。之後，他聽見交通尖峰時刻車流奔馳出城的聲音，他夢想要加入其中，逍遙自在。

「事實是，老小子，我知道你是誰，你明白吧。」但潘戴爾什麼都沒看見，甚至連歐斯納德在他身上盤旋的暗沉凝視也沒看見。他在內心豎起一道屏風，而歐斯納德在另一邊。「說得更精確點，我知道你不是誰。不必惶恐，也不必驚慌。我喜歡這一套說詞，從頭到尾，無論如何都喜歡。」

「我不是什麼人物。」潘戴爾聽見自己在屏風這頭耳語，然後，試衣間簾幕拉開的聲音。

他迷濛而吃力的眼睛看見歐斯納德探出簾外，審慎地查看運動休閒區。他聽見歐斯納德再次開口，但如此貼近他的耳朵，喃喃低語變得嗡嗡作響。

「你是九〇六〇一七潘戴爾，被判有罪的前少年犯，因縱火被判刑六年，只服完一半刑期。在牢裡自學裁縫。償清社會債三天之後離開故國，出資贊助的是視之如父的班傑明叔叔，現已過世。妻子露伊莎是運河惡棍狂熱聖經教師之女，一週五天，在偉大善良的艾爾尼·狄嘉多的巴拿馬運河管理局當低階官員。兩個孩子，馬克八歲，涵娜十歲。你即將破產，因為那個稻米農場。潘戴爾與布瑞斯維特根本是胡說八道，薩維爾路沒這家公司。沒有破產清算這檔子事，因為根本沒有東西好清算。亞瑟·布瑞斯維特是最偉大的虛構人物之一。騙子總是討人喜歡。生命就是如此。別用那種滴溜溜的眼光看我。我是你額外的獎賞，來回應你祈禱的。你聽見了嗎？」

潘戴爾麼也沒聽見。他低頭併腿站著，全然麻木，連耳朵也不例外。為了振作自己，他抬起歐斯納德的手臂，直到與肩膀齊高。彎起手臂，讓手掌恰好貼近胸口。他將布尺壓近歐斯納德背部的中心點，穿過手肘，到腕骨。

「我問你，還有誰參與其事？」

「參與什麼？」

「這場騙局。聖亞瑟的斗篷飄蓋在潘戴爾寶寶的肩頭。P&B，御用裁縫師，千百年歷史，全是鬼扯。除了你老婆之外，當然。」

「她和這件事完全沒關係。」潘戴爾毫不掩飾地驚惶大叫。

「不知情？」

潘戴爾搖搖頭，再次噤聲。

「露伊莎不知情？你連她都騙？」

冷靜，哈瑞小子，就是要冷靜。

「那麼你在祖國的小小麻煩呢？」

「哪一個？」

「監獄啊。」

2　Sisters of Charity，十七世紀由法國教士聖保羅教士所創的組織，照顧貧病、孤兒與臨終病患為安寧照護的先驅。

潘戴爾喃喃耳語，連自己都幾乎聽不見。

「又是不知情？」

「是的，不知道。」

「她不知道你坐過牢？她不知道亞瑟叔叔的事？她知道稻米農莊就快要滅頂了嗎？」

又量相同部位，從背中央到腕骨，但這次歐斯納德手臂直直下垂。潘戴爾僵硬地將布尺拉過他的肩膀。

「又是不知道？」

「對。」

「我還以為那是你們的共同財產呢。」

「那是啊。」

「但她還是不知道。」

「錢的事由我負責，對吧？」

「我會說對。你投進多少錢？」

「將近十萬。」

「我聽說是將近二十萬，而且還不斷增加。」

「是的。」

「利息？」

「二。」

「每季百分之二？」

「每月。」

「複利？」

「是。」

「拿這個地方抵債。你到底是怎麼搞到這個地步的？」

「我們碰上所謂的經濟蕭條，不知道你有沒有這種經驗。」潘戴爾說，並且不合時宜地回想起他只有三個顧客的年代。他會將他們的預約時間排在一起，一個接一個，各有半小時，營造忙碌氣氛。

「你怎麼做？玩股票？」

「是的，我的銀行專家這麼建議。」

「你的銀行專家擅長破產拍賣還是什麼的？」

「我希望是。」

「那是露伊莎的錢，對吧？」

「她爸爸的。一半是她爸爸的。她有個姊姊，不是嗎。」

「警方怎麼辦？」

「什麼警方？」

「巴拿馬啊。本地的條子。」

「關他們什麼事？」潘戴爾的聲音終於不再壓抑，自由奔放，「我付了稅。社會安全。我做了報表。我還沒破產。他們幹嘛管？」

「他們可能會挖出你的記錄，請你付一些封口費。你可不想因為付不出賄款而被他們爆料吧，對吧？」

潘戴爾搖搖頭，手掌放在頭頂，不知道是在祈禱，還是為了確定頭還在脖子上。然後，他擺出入獄前班尼叔叔對他耳提面命的姿勢。

「你得收斂自己，哈瑞小子。」班尼堅持，表情是潘戴爾之前或日後從未在其他人臉上見過的。「壓制自己。別引人注意。別當任何人，也別看任何人，那會讓他們不爽。也別裝可憐。你甚至連牆上的蒼蠅都不是，你就是牆的一部分。」

但是很快地，他就不耐煩當牆了。他抬起頭，環顧試衣間，彷彿在首演之後悠然轉醒。他回想起班尼更為難解的一句告白，發現自己終於明瞭了箇中意思：

哈瑞小子，我的麻煩是，無論我走到那裡，我都會陰魂不散，攪亂大局。

「你到底是什麼人？」潘戴爾凶狠地追問歐斯納德。

「我是個間諜。美麗英格蘭的間諜。我們又在巴拿馬開張了。」

「為什麼？」

「晚餐時告訴你。週五晚上幾點關店？」

「現在，只要我想關就關。你會問這問題，真叫人意外。」

「家裡呢？燭光，禮聖[3]，你們做什麼？」

「不搞這些。我們是基督徒，那樣不對。」

「你是聯合俱樂部的會員，對吧？」

「正巧。」

「什麼正巧？」

「我買了稻米農莊，他們才收我當會員。他們不要土耳其裁縫，愛爾蘭農夫倒無所謂，更別提他們還收兩萬五千大洋的會費。」

「你為什麼加入？」

潘戴爾無法置信，自己竟然笑得比平常還厲害。狂野的笑衝口而出，令他詫異，甚至害怕。但這笑聲畢竟也為他帶來一絲寬慰，彷彿發覺自己的軀體猶有用處。

「我告訴你吧，歐斯納德先生，」他殷勤熱絡地說，「這是我還沒解開的謎團。我很衝動，有時還好大喜功，這是我的缺點。您剛剛提到我的那位班傑明叔叔，他一直夢想在義大利有幢別墅。我這麼做也許是為了討班尼歡心，也或許是為了給波特太太一點顏色瞧瞧。」

「我不認識。」

「假釋官。一個很嚴肅的女士，她認定我這輩子翻不了身。」

3 Kuddush，猶太教儀式，週五晚上在家點蠟燭、斟酒。

「去過聯合俱樂部吃晚餐嗎？帶客人去？」

「很少。這麼說吧，我現在的經濟狀況不允許。」

「如果我訂做十套，而不是兩套西裝，同時也有空吃頓晚餐，你會帶我去嗎？」

歐斯納德正穿上外套。最好讓他自己動手，潘戴爾這麼想著，壓抑住根深柢固想提供服務的衝動。

「或許吧，看情形。」他謹慎地回答。

「而且你打給露伊莎。『親愛的，好消息，我推銷出十套西裝給一個英國瘋子，所以我要請他到聯合俱樂部吃晚飯。』」

「或許吧。」

「她會怎麼說？」

「不一定。」

歐斯納德一條手臂滑進外套裡，掏出那個潘戴爾早就瞥見的咖啡色信封，交給他。

「五千塊，訂做兩套西裝的錢，不必收據。還多著呢。另外幾百塊是買飼料袋的錢。」

潘戴爾還穿著他那件掩襟背心，因此將信封塞進褲子後口袋，和筆記本放在一起。

「在巴拿馬，無人不識哈瑞．潘戴爾。」歐斯納德說，「如果躲在某個地方，他們會知道我們有意躲藏起來。要是去大家都認得你的地方，他們根本不會對我們多作聯想。」

他們再次面對面，更加接近。歐斯納德按捺不住興奮，神采飛揚。一向很能心領神會的潘戴爾也覺得自己在他的光芒照耀下發亮。他們下樓，讓潘戴爾可以從裁剪室打電話給露伊莎。歐斯納德則在一把標明「女王陛下御林軍專用」、已經收捲起來的雨傘上，測量自己的重量。

•

「你自己心知肚明，哈瑞。」露伊莎對著潘戴爾發熱的左耳說。是她母親的聲音。社會主義與聖經學校。「露，知道什麼？我該知道什麼？」──玩笑，總希望能引來笑聲。「妳知道我的，露，我什麼也不知道，無知得很哪。」

在電話裡，她可以停頓良久，久得像牢裡的時光。

「哈利，你自己知道。什麼事情值得你拋下家人一個晚上，到俱樂部和那些男男女女廝混取樂，而不是和愛你的人在一起，哈利。」

她的聲音柔情似水，他幾乎願意為她而死。但和往常一樣，溫柔並非她擅長。

「哈瑞？」彷彿她仍舊等著他。

「嗯，親愛的。」

「你別打電話來討好我，哈瑞。」她反擊。這是她說「親愛的，回來吧」的方式。但無論還有什麼想說的，她都沒說出口。

「我們有一整個週末，露。我又不是要離家出走什麼的。」一陣停頓，寬闊似太平洋。「老艾爾尼今天如何啊？露伊莎，他是個偉大的人物，我不知道我幹嘛對著妳嘲笑他。他和妳父親一樣崇高，我只夠格坐在他腳邊。」

是她的姊姊，他想。每回她生氣，都是因為嫉妒她姊姊，才搞得心煩氣躁。

「他預付了五千塊訂金，露，」——乞求她的認可——「現金就在我口袋裡。他很孤單，想找個伴，我能怎麼辦呢？把他推進黑夜裡，對他說，謝謝你買了我十套西裝。現在走開吧，去給自己找個女人？」

「哈瑞，你不必對他說這些，你大可帶他回家來和我們聚聚。我們要是不夠格，那就請你做你該做的，別因為這樣懲罰自己。」

聲音裡又有相同的柔情，她渴望扮演的是這個露伊莎，而非替她發聲的那個露伊莎。

「沒問題？」歐斯納德輕聲問。他找到了招待客人的威士忌，以及兩只玻璃杯。他遞了一只給潘戴爾。

「一切都很好，謝謝你。她是萬中選一的女人。」

•

潘戴爾獨自站在儲藏室裡。他脫下日間西裝，習慣地掛上衣架，褲子夾在金屬夾上，外套整整齊齊擺好。替換的衣服，他選擇粉藍色的安哥拉羊毛，單排釦，是六個月前邊聽著莫札特時替自己裁的。從沒穿過，怕太華麗。鏡裡的臉紋風不動地看著他。你怎麼不換個顏色、樣式或大小？在事情發生之前，你做了什麼？你在清晨起床。你的銀行經理通知你世界末日已近在咫尺。你到了店裡，一個英國間諜大搖大擺走進來，拿你的過去勒索你，還告訴你，要讓你變得有錢，維持你的身分。

「你是安德魯，對吧？」他對著敞開的門大喊，交個新朋友。

「安迪．歐斯納德，單身，英國大使館政治組的技術專家，剛剛到任。老布瑞斯維特替我老爸做過西裝，你也常一起來，替他拿布尺。這種掩護再好不過。」

還有那條我一向很喜歡的領帶，他心想。藍色鋸齒花紋和一抹夾竹桃的粉紅。歐斯納德帶著造物主般的自豪神情，看著潘戴爾設定警鈴裝置。

5.

雨已經停了。滿是繽紛小燈泡的巴士搖搖晃晃駛過水坑，都空蕩蕩的。熾熱的向晚藍天沒入黑夜，但熱氣猶存。巴拿馬市一向如此。熱有乾熱，也有濕熱。但熱氣一直都有，一如噪音無所不在：交通、電鑽、升上降下的鷹架、飛機、冷氣機、罐頭音樂、推土機、直升機，以及——如果你運氣不錯的話——鳥兒。歐斯納德拖著他那把賭馬莊家傘。潘戴爾儘管保持警戒，卻沒有豎起心防。他對自己的感覺很不解。面對考驗，他變得更堅強，也更睿智。但是考驗什麼？又如何堅強與睿智？如果他已倖免於難，為什麼沒有感到更安全？儘管如此，重回塵世，他還是有重生的感覺。

「五萬塊錢！」他打開車鎖，對著歐斯納德大叫。

「什麼東西？」

「手繪那些巴士的費用！他們請了真正的藝術家！花了兩年！」

就算他真的知道這些事，也是此刻才知情；但是內心有些東西催促他表現出權威。坐進駕駛座時，他有種很不安的感覺。那金額應該是將近一萬五，而且耗時兩個月，並非兩年。

「要我來開嗎？」歐斯納德問道，瞄著馬路左右。

但潘戴爾是自己的主宰。十分鐘前，他已讓自己相信，他再也無法自由闊步了。而現在，他坐在自己的方向盤後，有獄卒在身邊，身上穿的是自己的粉藍西裝，而不是口袋上繡著「潘戴爾」的臭兮兮麻布袍子。

「沒有埋伏吧？」歐斯納德問。

潘戴爾不懂。

「你不想見到的人——欠錢的、被你戴了綠帽子的丈夫——諸如此類的？」

「安迪，我沒欠任何人錢，除了銀行。另外那檔事我也不做，雖然我不會這麼坦白告訴我的顧客。拉丁紳士就是那副德行。他們以為我要不是被閹了，就是同性戀。」他狂聲大笑，一人抵雙份，而歐斯納德則是查看著後照鏡。「安迪，你是打哪兒來的？家鄉在哪兒？你老爸在你生命中一定舉足輕重，除非你瞎掰。他是名人嗎？我確信他一定是。」

「醫生。」歐斯納德一刻也不遲疑地回說。

「哪一科？外科？心肺科？」

「家醫科。」

「在哪裡開業？有異國風情的地方嗎？」

「伯明罕。」

「母親呢，恕我冒昧？」

「法國南部。」

但潘戴爾無法不懷疑，歐斯納德是隨口編派已故父親到伯明罕、母親到法國里維耶拉。就像他信口開河，指稱已故的布瑞維斯特來自皮納。

•

聯合俱樂部是巴拿馬超級鉅富們的出沒之地。潘戴爾略帶敬畏地駛進一座紅色寶塔拱門，踩下煞車，車子幾乎停了下來。他向兩名制服警衛保證，他和他的客人都是白人，也都是中產階級。週五是非猶太裔百萬富翁子女的迪斯可之夜。燈火燦明的入口處，蹙著眉頭的十七歲小公主和手戴金鍊、兩眼無神、脖頸粗大的情郎，從閃閃發亮的越野車上走下來。門廊以深紅色粗繩為界，身穿司機制服、釦眼別著識別章的魁梧男子在旁看守著。他們對歐斯納德放心微笑，卻不懷好意地盯著潘戴爾，不過還是讓他進去。裡面的大廳面對大海，非常寬敞、涼爽。一條鋪著綠色地毯的斜坡道通往露台。再遠處，海平線綿綿不絕的海灣，船影幢幢，宛如軍艦擠在密布暴雨烏雲的堤岸下。白晝的最後一抹亮光轉瞬即逝，空氣瀰漫著菸霧、高價香水味及震耳欲聾的音樂聲。

「看見那條堤道了嗎，安迪？」潘戴爾扯開喉嚨，一面驕傲地在登記簿簽上他客人的名字，一面以地主之誼揮舞著手臂。「那是利用運河挖出的泥巴、石塊砌成的。讓河流不會淤塞，以免妨礙運河通航。我們那些美國老祖宗確實是有兩把刷子。」他這麼宣稱，但顯然是借用露伊莎的身分，因為他根本就沒有美國老祖宗。「我們放露天電影的時候，你應該來看看。你一定以為不可能在雨季放露天電影，但實際上可以。你知道巴拿馬晚上六點到八點間有多常下雨嗎？無論旱季或雨季，一年平均只有兩次！

我看得出來你有多吃驚。」

「我們到哪兒拿飲料？」歐斯納德問。

但潘戴爾還是想讓他看俱樂部最新、也最豪華的設備：一座鑲飾得豪華富麗的無聲電梯，載著年老的女繼承人在高達九呎的樓層間上上下下。

「為她們的牌局準備的，安迪。夜以繼日，總有些老太太在玩牌。我猜她們一定以為可以把這這座電梯贏回家。」

•

酒吧裡洋溢著週五夜晚的狂熱。每張桌子旁邊，飲酒狂歡的人揮手、打招呼、拍著彼此的肩膀、爭吵、跳起來、吼著叫彼此坐下。有些人撥冗對潘戴爾揮揮手，拍拍他的手，說些下流笑話取笑他的西裝。

「請容我介紹我的好朋友，安迪・歐斯納德，女王陛下最寵愛的子民，最近剛從英國來到此地重振外交雄風。」他對一個名叫路易斯的銀行家嘶喊。

「下回叫我安迪就好，又沒有人要敬酒。」路易斯回頭和小姐們廝混時，歐斯納德這麼建議。「今晚有什麼重量級人物嗎？有誰在這？沒有狄嘉多，當然，他和總統翹頭到日本去了。」

「答對了，安迪，艾爾尼在日本，這讓露伊莎得以喘口氣。哎，我就從來沒能休息！看我們碰到誰？噢，運氣來囉。」

巴拿馬沒有文化，只有八卦。潘戴爾的目光落在一位五十來歲的男士身上，那人外表出眾，蓄著鬍子，身旁有位貌美的年輕女子。他穿著深色西裝，繫銀色領帶。而她，一綹綹黑髮懸垂在光裸的肩頭，一條鑽石頸圈大得足以讓她沉沒。他們肩並肩直坐得直挺，神似老照片裡的夫婦，一面接受致意者前來恭賀的握手。

「安迪，我們英勇的首席法官就在我們後面。」潘戴爾回應歐斯納德示意的眼神，「一個禮拜前，所有對他的指控都撤銷了。萬歲，米蓋爾！」

「你的顧客？」

「的確是，安迪，而且還是大戶。我在這位先生身上投資了四套沒完工的西裝，外加一套晚宴服。直到上個星期，那幾套衣服都還可能淪落到新年拍賣的命運呢。」他不需別人催促，「我的朋友米蓋爾！」他繼續說著，賣弄的語氣令人相信他確實詳知內情。「長話短說。」幾年前，一個在生活上特別受他「關照」的女人愛上了另一個人，聽說也是個律師。理所當然了，在巴拿馬，這些人都是律師，大部分也都在美國受教育。說來遺憾，米蓋爾做了我們在同樣情況下都會做的事。他雇了殺手，將那傢伙給了結掉。」

「給他點顏色瞧瞧。怎麼做的？」

潘戴爾想起馬克從被露伊莎沒收走的一本恐怖漫畫裡學到的詞彙。「中了鉛毒，安迪。開了三槍，職業手法。一槍射穿腦袋，兩槍射身體，讓他登上所有新聞頭版。殺手被逮捕了，這在巴拿馬實在很不尋常。而且他也做了口供，說穿了，當然是假的。」

他暫歇一口氣，讓歐斯納德能露出會意的微笑，也讓自己有時間繼續發揮精湛創意。揀選出隱藏的高潮，班尼一定會這麼說。讓滔滔創意湧入腦海，為你廣大的聽眾把故事潤飾得更添風味。

「安迪，這次的逮捕以及口供，全建立在一張十萬元支票的基礎上。由我們的朋友米蓋爾開給被控的殺手，在巴拿馬的銀行兌現，只因為他們願意冒險假定銀行有保密義務，可讓他們免受睽睽眾目的窺探。」

「那位就是女主角。」歐斯納德說，不勝欣羨。「看來她已經回心轉意了。」

「一往情深哪，安迪，她現在陪著米蓋爾出席每一場神聖的婚禮。不過，聽說她痛恨法定追訴期限。你今晚看到的，就是米蓋爾與阿曼達重返榮耀的凱旋儀式。」

「他到底是怎麼辦到的？」

「嗯，首先，安迪，」潘戴爾繼續說，其實他對這個案子了解有限，但展現出的全知全能卻讓自己很興奮。「有筆高達七百萬美元的幕後資金，讓我們英明的法官可以經營貨運生意，專門從哥斯大黎加非正式地進口稻米和咖啡，而且不勞我們工作過度的官員費心，因為他弟弟正是非常高層的海關官員。」

「再來呢？」

潘戴爾愛這一切：他自己，他的聲音，還有他凱旋再起的感覺。

「我們那個負責調查米蓋爾起訴證據的審判委員會作出了明智結論，認為這些罪名毫無實據。他們認為，在巴拿馬雇用殺手不必用到十萬元，一萬元就差不多了。更何況，經驗老到的首席法官怎麼會在心智健全的情況下，自己簽一張支票給雇來的殺手呢。委員會仔細考慮後認為，這些罪名是企圖抹黑高尚的黨國忠僕。我們在巴拿馬有句諺語，司法不外乎人情。」

「他們拿那個殺手怎麼了？」

「安迪，他們又把他抓來審問一番，於是他就屈服了，作出第二份自白，說他這輩子從沒見過米蓋爾。下達指令的是個留鬍子戴墨鏡的男人，他只在凱撒花園飯店的大廳見過一次，而且當時還停電。」

「沒有人抗議嗎？」

潘戴爾早就開始搖頭，未及思索就脫口而出：「艾爾尼，狄嘉多和一票搞人權的聖人試過，但就和往常一樣，他們的抗議就像砸在石頭地，只留下一道信任的鴻溝。」但他就像貨車出軌的司機，努力回到正途。「其實，艾爾尼也不是一直都如大家以為的那麼崇高。」

「誰？」

「同夥的，安迪，那幫爪耙子。」

「意思是他也像其他人一樣伺機而動？」

「聽說是這樣。」潘戴爾神祕兮兮，垂下眼簾，推心置腹地說。「我不能再多說了，希望你別介意。我要是不謹慎一點，就會說出有違露伊莎最佳利益的事。」

「那支票呢？」

潘戴爾很不自在地發現，就像那時在店裡，歐斯納德臉上那對小眼睛，在溫和的表面變成了兩個黑暗針孔。

「惡意偽造，安迪，你不也一直這樣認為？」潘戴爾答道，感覺自己的兩頰燃燒起來。「涉案的銀行出納被解職了，我很欣慰地說，所以這種事不會再發生了。當然，其中有些白種紳士。白種人在巴拿馬扮演很重要的角色，比大部分人了解的還重要。」

「天殺的什麼意思？」

歐斯納德問，眼睛仍緊盯著他。

意思是，潘戴爾瞥見一個名叫韓克的荷蘭人，那傢伙習慣和人沒來由地亂握手，掏心掏肺地咕咕噥噥，講些雜七雜八的事。

『共濟會，安迪，』他這回認真躲開歐斯納德凝視的目光，「祕密社團。主業會。上流階級的巫毒教。再買個保險，以防宗教不管用。邪教迷信盛行的地方，巴拿馬。你該看看我們一週兩次瘋樂透彩的樣子。」

「你怎麼知道這些？」歐斯納德壓低聲音，讓音量無法超出桌子範圍之外。

「兩個方式，安迪。」

「什麼？」

「嗯，一個我稱之為葡萄藤[1]，也就是我那些紳士們星期四傍晚的聚會。他們很喜歡在我店裡聊些真心話，喝杯小酒，隨興所至。」

「第二個方式？」又是緊迫盯人的凝視。

「安迪，如果我告訴你，我那試衣間的牆壁聽到的告解比教堂裡的神父還多，我豈不是出賣他們了？」

•

但是，還有第三個方式，潘戴爾沒提。或許他自己沉迷其中而毫不自知。也就是裁縫工作。那是改善人們的工作。那是裁剪、塑型的工作，讓人可以成為他內在世界可堪理解的成員。是說服力。遠遠跑在前頭，等著他們追上來。會讓人變得更偉大或更渺小，端視他們提升或威脅他的存在而定。縮小狄嘉多，放大米蓋爾。而哈瑞·潘戴爾像軟木塞漂在水上。這是潘戴爾在獄中學到，而且在婚姻中日益精進的生存法則，目的是讓自己在充滿敵意的世界裡覺得愜意自在，讓自己覺得可以忍受，讓自己找到助力，讓自己不再渾身是刺。

「當然囉，老米蓋爾現在打算的是，」潘戴爾繼續說，靈巧地擺脫歐斯納德的凝視，微笑著環顧室內，「享受他最後的春天，我會這麼說。幹我這行看得可多了。前一天還是朝九晚五的好爸爸，好丈夫，一年做個幾套衣服。一到五十歲的隔天就跑來訂做雙色的鹿皮褲和鮮黃外套，然後他們的老婆不停打電話來，問我有沒有看見他們。」

1 Grapevine，亦指祕密情報網與謠言。

然而，儘管潘戴爾努力轉移他的注意力，歐斯納德的凝視還是沒停止。那雙敏捷的棕色狐狸眼睛仍然盯住潘戴爾。任何人要是在這團混亂中還肯費事仔細察看，會發現他的表情就宛如發現金礦的人，不知道是該跑去找外援，或是自己獨力開挖。

•

隊狂歡作樂的人大軍壓境。潘戴爾愛他們每一個：

朱利斯，我的天哪，見到你真是太好了。先生！見過安迪，我的好朋友——法國債券經理人，安迪，他的帳單有問題喔。

莫狄，太好了，先生——基輔來的年輕投機客，安迪，是新一波的阿許肯納吉斯[2]新移民，這讓我想起我的班尼叔叔——莫狄，來向安迪打個招呼吧。

日本貿易中心年輕瀟灑的和夫先生和他的娃娃新娘，城裡最美的一對璧人——平安，先生！夫人，致上我最高的敬意——三套西裝加備用長褲，但我還是沒辦法告訴你他的另一面，安迪。

佩德羅，年輕的律師。

費岱爾，年輕的銀行家。

荷西－馬利亞，安東尼奧，薩爾瓦多，保羅，稚嫩的股票經紀人。這幾個腦袋空空、細皮嫩肉的富家大少，也就是西班牙文說的「白尾族[3]」，二十啷噹歲的凸眼證券商，只擔心自己的男子氣概，酒卻是喝到欲振乏力。在握手、拍肩、以及「週四見，哈瑞」的聲音之間，潘戴爾低聲評論他們的父親是誰，誰有多少身價，他們的兄弟姊妹又如何巧妙分布在各政黨內。

「耶穌啊！」等他們倆終於再度獨處時，歐斯納德衷心驚嘆。

「呃，安迪，這和耶穌有啥相干？」潘戴爾略帶挑釁地問，因為露伊莎不許家裡出現瀆神的言行。

「不說耶穌，哈瑞，老小子，就說你吧。」

•

配備柚木座椅與雕花銀器餐具的聯合俱樂部餐廳，本是為豪奢盛宴而設計，但奇特的低矮天花板和緊急照明，卻讓此地更像是誤入歧途而亡命天涯的銀行家的藏身之處。潘戴爾和歐斯納德坐在靠窗的角落，喝著智利葡萄酒，吃太平洋鮮魚。每張燭光搖曳的餐桌，每位進餐者都用不滿足的眼神打量彼此的身價：你有幾百萬身價？——他怎麼進來的？——她以為她有多少錢能花在鑽石上？窗外，此刻天空已一片漆黑。在他們下方，燈光明燦的泳池裡，一個穿金色比基尼的四歲小女孩坐在頭戴泳帽的壯碩游泳教練肩頭，緩緩走過泳池水深的一端。教練身邊是個過重的保鑣，兩手伸得老長，準備隨時接住跌下來

2 Ashkenazis，以色列猶太人的一支，多住於東歐。

3 Rabiblancos，指當地富裕的歐洲後裔，子女通常在美國受教育，妻子不時飛往邁阿密購物，生活窮奢極華的權貴。

的她。泳池邊，女孩無聊的母親穿著名家設計的褲裝，正塗著指甲油。

「露伊莎是我稱為中流砥柱的那種人，絕不誇張。」潘戴爾說。他幹嘛談起她？一定是歐斯納德提到她了。「依我之見，露伊莎是千裡挑一的頂級祕書人才，潛力無限，只是還沒完全發揮。」在那段不快的電話交談之後，好好捧她一番，讓他覺得很愉快。「說她是低階官員並不全然正確。就正式職務來說，從三個月前開始，她是艾爾尼．狄嘉多的私人助理，原先是在狄嘉多與伍爾夫法律公司，但他為了眾人的緣故，放棄了自己的利益。就非正式的層面來說，運河管理局正處在交接的變動期，美國佬後腳出，巴拿馬人就前腳進，而她是少數幾個腦袋清楚、能讓他們搞懂來龍去脈的人。她負責接待，她負責掩護，她收拾善後。只要東西在，她就知道到哪兒找出來；如果東西不在，她也知道該找誰要。」

「聽來是個很罕見的人才。」歐斯納德說。

潘戴爾深以老婆為傲。

「安迪，你說的沒錯。如果你想聽我的個人意見，艾爾尼．狄嘉多是個幸運兒。一下是你的高階船務會議要籌備，上次會議的記錄呢？一下子又是你的外國代表團要聽簡報，那些日語傳譯都跑哪兒去了？」然而，再一次，他無法克制自己不去嘲弄艾爾尼．狄嘉多的崇高地位，「而且，在艾爾尼宿醉或受他那位女爵老婆的氣時，她也是唯一能對他說上話的人。沒有露伊莎，老艾爾尼肯定完蛋，他閃閃發亮的光環一定鏽跡斑斑。」

「日本人。」歐斯納德拖長聲音，狀似沉思地說。

「嗯，我猜他們也可能是瑞典人、德國人或法國人。不過，日本人的機率比較大就是。」

「哪種日本人？本地的？來訪的？商業的？官方的？」

「我不能說我知道，安迪。」一陣傻氣、過度興奮的咯咯笑。「對我而言，他們全都一個樣。有很多是銀行家，應該是。」

「但露伊莎知道。」

「安迪，那些日本人對她言聽計從。我是不知道她在幹嘛，但看她和那些日本代表團在一起，看她鞠躬、微笑、『請這邊走，各位』——那是特權，就是這樣。」

「她帶工作回家是吧？週末工作？晚上？」

「安迪，她只有迫不得已時才這麼做。通常是週四，在我招待顧客的時候，這樣她就可以在週末脫身陪小孩。她沒有加班費，他們簡直是在壓榨她。但他們付給她的是美國薪水，我承認那就另當別論了。」

「她怎麼做呢？」

「工作嗎？就是埋頭工作，打字啊。」

「我是說錢。銀子，薪水。」

「全存進聯名帳戶裡，安迪，她認為這麼做才正確，也才應該。她是個品格高尚的女人與母親。」

潘戴爾一本正經地回答。

相當出乎意料的，他發現自己竟然臉頰泛紅，熱淚盈眶；還好他強忍住，迫使淚水回流到原本湧出的地方。但是歐斯納德的臉沒紅，皮靴釦似的黑眼睛也沒盈滿淚水。

「可憐的女孩，辛辛苦苦賺錢付給拉蒙，」他殘酷地說，「而且自己還不知道。」

即使潘戴爾因為這一語道破的殘酷事實而羞愧，也沒再顯露在表情上。他興奮地四下窺伺，臉上揉合了喜悅與理解之情。

•

「哈瑞！我的朋友！哈瑞！我對上帝發誓，我愛你！」

一個身穿紫紅色絲墨襟外套[4]的龐大身軀笨拙地朝他們過來，一路碰撞桌子，引來怒吼，撞翻飲料。他還是個年輕人，英俊的外貌也仍有跡可循，只是飽受痛苦與浪蕩摧殘。見到他走近，潘戴爾已經站了起來。

「邁基閣下，先生，我也愛你。您今天可好？」他苦惱地問，「見過安迪．歐斯納德，我的好朋友。安迪，這是邁基．阿布瑞薩斯。邁基，我覺得你神清氣爽。我們何不坐下來呢？」

但是邁基需要展示他的外套，無法就此坐下。他把指關節抵在臀部，手指尖朝外，擺了個類似時裝模特兒踮腳旋轉的醜怪姿勢，才抓住桌緣穩定重心。桌子隨之搖搖晃晃，幾個盤子掉落地面。

「哈瑞，你喜歡吧？引以為傲嗎？」他高聲說。他的英語有北美腔。

「邁基，真是漂亮極了，」潘戴爾急切地說，「我才剛告訴安迪，我從沒裁過這麼漂亮的肩線，而且你把優點都給穿出來了，對不對啊，安迪？我們現在何不坐下來聊聊天？」

但邁基的注意力集中在歐斯納德身上。

「先生，您覺得呢？」

歐斯納德一派輕鬆自在地微笑。「恭喜。P&B的手藝爐火純青，中線不偏不倚開在正中央。」

「你這傢伙是誰啊？」

「他是一個顧客，邁基，」潘戴爾努力調停，和邁基在一起時總是如此，「名叫安迪。我告訴過你了，你沒聽進去。邁基在牛津待過，對不對，邁基？告訴安迪，你讀哪個學院。他對我們的英國生活方式非常著迷，也當過我們英巴文化協會的會長，對不對，邁基？安迪是地位重要的外交官，對吧，安迪？他在英國大使館工作。亞瑟·布瑞斯維特替他老爸做過衣服耶。」

邁基·阿布瑞薩斯聽進去了，但沒顯露太多欣喜之情，因為他看著歐斯納德的眼神略帶威脅，不太喜歡自己眼中所見。

「如果我是巴拿馬總統，知道我會怎麼做嗎，安迪先生？」

「你何不坐下呢，邁基，我們再洗耳恭聽？」

「我會殺掉我們很多人。我們根本沒有希望。我們都被騙了。我們擁有上帝用來創造天堂的所有東西，大農場，海灘，山脈，還有你難以置信的野生生物，在地上插根棍子就會長出果樹，人美得讓你想掉淚。我們做了什麼？詐騙。陰謀。謊言。偽裝。偷竊。讓彼此挨餓。表現得好像所有東西只屬於我，

4　Smoking jacket，男士晚間穿的外套。

沒有別人的份。我們這麼蠢，這麼腐敗，這麼盲目，我不明白地球怎麼不乾脆把我們全部吞沒。沒錯，我這樣覺得。我們把箇郎[5]的地賣給了阿拉伯人。你會把這些話告訴女王嗎？」

「迫不及待。」歐斯納德愉悅地說。

「邁基，你再不坐下，我可要生氣囉。你讓自己丟人現眼，也讓我很尷尬。」

「你不愛我嗎？」

「你知道我愛你。現在坐下來，當個好孩子。」

「瑪塔呢？」

「我想她在家裡，邁基。在她住的柯利羅區念她的書，我想應該是這樣。」

「我愛那個女人。」

「很高興聽你這麼說，邁基，瑪塔也會很高興。現在坐下來。」

「你也愛她。」

「我相信我們都愛她，邁基，用不同的方式。」潘戴爾回答。他沒有真的臉紅，聲音卻有點哽塞不適。「現在坐下來，像個好孩子，拜託。」

邁基雙手抓住潘戴爾的頭，濕答答地在他耳邊低語：「禮拜天的大賽押朵切．維塔，聽到沒？拉菲．多明哥買通了騎士。他們全部，聽到沒？告訴瑪塔，讓她發財。」

「邁基，你說得很大聲，我也聽得很清楚。今天早上拉菲在我店裡，但你沒來，真是可惜，有件很棒的晚宴外套等著你來試穿。現在坐下，拜託，這樣才夠朋友。」

潘戴爾的眼角瞥見兩個戴著標章的大漢正沿著房間邊緣朝他們走來。潘戴爾伸出手臂，準備環住邁基像山一般的壯碩肩膀。

「邁基，如果你再搗蛋，我就不幫你做衣服了。」他用英語說，接著對那兩名大漢用西班牙語：「我們沒事，謝謝兩位。阿布瑞薩斯先生自己會離開。邁基。」

「什麼？」

「你在聽我說嗎，邁基？」

「沒有。」

「你那位好司機山多士在外面車上嗎？」

「誰理他啊？」

潘戴爾抓住邁基的手臂，帶他緩緩穿過餐廳鑲滿鏡子的天花板下，走到大廳，司機山多士已經焦急地在那裡等著他的主人了。

•

「很遺憾你沒見到他表現好的時候，安迪。」潘戴爾羞赧地說。「邁基是巴拿馬僅有的幾個真英雄

5 Colon，巴拿馬運河臨大西洋的口岸，為西半球最大的自由貿易區。

之一。」

出於防衛的自尊心，他自告奮勇簡介邁基迄至此時的生平：父親是移民來的希臘船東，是歐瑪．杜理荷將軍[6]的好友，這也是他會不顧其他商業利益、全心投入巴拿馬毒品生意的原因，讓毒品成為眾人引以為傲、對抗共產主義戰爭的利器。

「他講話老是這樣子？」

「嗯，我得說這不算講話，安迪。邁基很尊敬他老爸，他喜歡杜里荷，不喜歡『我們都知道是誰』的那個人。」他解釋，注意不提及諾瑞加名字的本地習俗。「邁基覺得他有責任站在屋頂上，向所有長了耳朵、可以聆聽的人宣告這事實，直到『那個人』扯掉了他的吊褲帶，把他丟進大牢要他閉嘴。」

「這些又和瑪塔有關囉？」

「沒錯，你知道的，那已經是陳年往事了，安迪，我們稱之為宿醉，你知道，那時候他們一起為他們的目標奔走。瑪塔是黑人工匠的女兒，而他是個被寵壞的富家子弟，但一起攜手同為民主奮鬥，你可以這麼說。」潘戴爾回答。他渴望自己可以跑得遠遠的，將這個話題盡可能拋在腦後，越遠越好。「這在當時是很不尋常的友誼。他們心連心，就像他說的，他們彼此相愛，當然是啦。」

「我還以為他說的是你。」

潘戴爾更用力驅策自己快馬加鞭。

「只是，這裡的大牢啊，安迪，我會這麼說，可比老家還像大牢哪。我這不是詆毀老家，沒有這個意思。只是，你知道的，他們把邁基和不怎麼講理的重刑犯丟在一籠，十二個人一間，或者更多，然後時不時把他換個籠子。如果你懂我的意思。那對邁基的健康可不怎麼有幫助，尤其他當時還算是個英俊的年輕人。」他笨拙地告一段落，刻意靜默一晌。歐斯納德也很上道地不打破，紀念邁基逝去的俊容。

「他們還莫名其妙揍了他好幾回，因為他惹惱了他們。」他加上一句。

「你還是去探望他？」歐斯納德隨口問道。

「在牢裡，安迪？沒錯，是的，我是去看過他。」

「一定有角色變換的感覺，站在鐵欄另一邊。」

邁基瘦得像稻草人，臉被打得扭曲歪斜，眼裡仍透出鮮活的煉獄情景。邁基穿著襤褸的橘色破衫，沒有訂製西服的裁縫師。腳踝上一圈紅色水泡，手腕更多。戴上腳鐐手銬的人必得學會挨打時不滾動，但學習需要時間。邁基喃喃說：「哈瑞，我對天立誓，把手給我，哈瑞，我愛你，把我弄出這裡。」潘戴爾低聲說：「邁基，聽我說，你一定要收斂自己。小夥子，別看他們的眼睛。」誰也沒聽誰的話。什麼都沒說，只道了哈囉與下回見。

「那他現在是在做啥？」歐斯納德問，彷彿對這個話題已失去興趣。「除了讓自己醉得一塌糊塗，把這個地方搞得雞犬不寧之外？」

「邁基嗎？」潘戴爾問。

6　General Omar Torrijos (1929-1981)，巴拿馬軍事強人，一九六八年發動政變推翻民選總統阿里亞斯，成為獨裁領袖，主導對美談判，奪回巴拿馬運河主控權。一九八一年因飛機失事喪生。

「不然你以為是誰？」

突然間，那個迫使潘戴爾把艾爾尼・狄嘉多醜化成流氓的小魔鬼，又迫使他把阿布瑞薩斯美化成現代英雄：這個歐斯納德如果以為他能一筆抹煞邁基，那麼他可就得馬上改變想法了。難道不是嗎？邁基是我的朋友，是我的黨羽，我的夥伴，我的獄友。邁基斷了手指，喪失男子氣概。邁基被輪姦，而那時你還在你高尚的英國公學裡玩蛙跳。

潘戴爾鬼鬼祟祟地環顧餐廳，以防有人偷聽。鄰桌，一個圓頭男人從領班侍者手中接過一具龐大的白色無線電話。待他說完，領班移開電話，像愛杯[7]一樣把它交給下一個需要的客人。

「邁基還在做，安迪。」潘戴爾低聲咕噥。「你不能光憑眼中所見，我會這麼說，對邁基而言不行，天差地遠，以前如此，現在還是如此。」

他在幹啥？他在說啥？他自己都搞不太清楚。他是個攬事精。一個念頭在他過勞的心靈深處浮現，他可以送邁基一份愛的禮物，賦予他永遠無法享有的崇高地位，一個放逐歸來，脫胎換骨，閃閃發光，驍勇好戰又勇氣十足的邁基。

「還在做什麼？我沒聽懂，又說暗語啦。」

「他還在裡頭。」

「哪裡裡頭？」

「緘默反對運動。」潘戴爾說，宛如中世紀戰士將自己的軍旗擲進敵軍陣營，孤注一擲，準備扳回一城。

「什麼？」

「緘默反對。他和他那些緊密團結的信徒。」

「什麼信徒？老天哪。」

「偽裝，安迪。掩護，這麼說吧，藏在表面之下。」潘戴爾還是不鬆口，目眩神迷地登上夢幻仙境中無法估量的絕頂高處。最近與瑪塔對話的依稀記憶更有如神助。「在神聖不可侵犯的巴拿馬，民主根本就是假的。哈哈，全都是假裝的。他告訴你的就是這個。你聽到他說了。詐欺。陰謀。謊言。假裝。扯下窗簾，還不就是支配著『某些特定人士』的同一批傢伙正等著奪回控制權。」

歐斯納德針孔似的眼睛散發著黑黝黝的光芒，仍然緊緊抓牢潘戴爾。這是我的疆域，潘戴爾心想，已在保護自己免受自己輕舉妄動的苦果。他只是想聽故事，而不是我精確的描述，我真正的知識。他不在乎我是不是讀小抄，是不是只靠記憶或東拼西湊。他甚至很可能根本沒在聽，沒真正在聽。

「邁基和橋另一端的人有接觸。」他大膽編造。

「他們又是什麼玩意？」

所謂的橋，就是**美洲之橋**。這個說法也來自瑪塔。

「隱匿的組織，安迪。」潘戴爾大膽地說，「那些寧願追求進步，也不願接受賄賂的鬥士與信徒。」他答道，逐字引用瑪塔的話。「那些農民和工匠被貪得無饜的差勁政府背叛了。那些可敬而渺小

7 Loving cup，古時在宴席結束時，會讓眾人傳遞這種多為銀製的大杯，共飲杯中的酒。

的專業人士。他們是巴拿馬高貴的一面，你永遠也不會見到或聽到的那一面。他們自己組織起來。他們受夠了。邁基也一樣。」

「瑪塔也加入？」

「很有可能，安迪。我沒問過，我沒有立場過問。我有我的想法，所以才這麼說。」

「到底是受夠什麼？」

潘戴爾以密謀的眼神快速環顧餐廳一圈。他是羅賓漢，替受壓迫的人帶來希望，是正義的使者。鄰桌，十二人的喧嘩聚會正大啖龍蝦，暢飲香檳王[8]。

「這個，」他以低沉強調的聲音說，「他們。還有他們惹出來的所有事情。」

•

歐斯納德想多聽些日本人的事。

「好吧，安迪，你那些日本人——你可問到重點了，我希望就是你問的原因——我說啊，他們是巴拿馬不容忽視的一群人，已經很多年了，依我看，有二十年了吧。」潘戴爾興沖沖地回答，很樂於把他那唯一一個真心朋友的話題拋到一邊。「有日本人的遊行隊伍娛樂大眾，有日本的銅管樂團，有他們捐贈給國家的日本海鮮市場，甚至還有日本捐資的電視教育頻道。」他說，同時記起他們允許小孩看的寥寥幾個節目。

「你最頂尖的日本人是哪一個？」

「你是指顧客嗎，安迪？我不知道誰最頂尖，只能說他們就像謎一樣。可能得問瑪塔。量一次身，鞠六次躬，再照張相，我們總說他們日本人就是這樣，而且也沒錯得太離譜。有個貿易代表團的八潮先生，常在我們店裡耀武揚威。還有個大使館的敏和先生。但真要提幾個頂尖人物的名字，我還是得查查。」

「或者問問瑪塔。」

「沒錯。」

潘戴爾感受到歐斯納德益發深沉的凝視，於是拋出親密的微笑，想轉移他的注意力，但沒有成功。

「你和艾爾尼・狄嘉多一起吃過飯嗎？」潘戴爾以為歐斯納德還會問起更多關於日本人的問題，但他卻這麼問。

「不是這樣的，安迪。沒有。」

「為什麼沒有？他是你老婆的老闆啊。」

「我認為露伊莎不會答應，老實說。」

「為什麼？」

小魔鬼又出現了。那個老是跳出來提醒我們、凡事陰魂不散的小魔鬼；那個可以從一時嫉妒蔓延成

8 Dom Pérignon 為頂級香檳，以「香檳之父」唐培里儂修士命名，俗稱香檳王。

終生虛構的小魔鬼；那個小魔鬼對好人唯一能做的是，一旦貶抑他，就把他再貶得更低一點。

「艾爾尼是我所謂的極右派，安迪，也是『我們知道是誰』的人，雖然他從未洩露身分。他和他那些自由派朋友在一起時所說的屁話，請原諒我這麼形容，一轉身就全跳到隔壁，傳進『我們知道是誰』的耳朵裡，『是的，先生，不，先生，我們該怎麼服侍閣下您呢？』」

「很少人知道耶，他也是嗎？我們大多都以為他為人端正，是艾爾尼耶。」

「所以才危險，安迪，問問邁基。我會這麼說，艾爾尼是一座冰山，沉在水裡的部分比浮上水面的多。」

歐斯納德喀嚓咬下一口麵包捲，加一點奶油吃，下巴反芻似地緩緩畫著圓弧。但銳利的黑眼需索著更多的麵包與奶油。

「你店裡二樓的那個房間——運動休閒區。」

「你喜歡對吧，安迪？」

「想過把那裡變成顧客招待所嗎？讓他們可以透露心事的地方？比週四晚上在只有張舊沙發和扶手椅的．樓強吧，對不對？」

「安迪，我承認我的確想過很多次。而且我很感動，你竟然只看了一眼就有和我一模一樣的想法。但每次總會碰上無法克服的同樣難題，那就是要把我的運動休閒區擺到哪裡去？」

「利潤不錯吧，那東西？」

「有幾分。噢，是的。」

「別吊我胃口了。」

「運動配件其實是我招攬客人的特價優惠，安迪。如果我不賣，別人就會賣，同時也就搶走了我的客人。」

沒有多餘的肢體動作。潘戴爾不安地注意到。我曾經碰過一個像你一樣的警官，從不擺手搔頭或挪動屁股，就只是坐著，用那雙眼睛盯著你。

「你在替我量西裝嗎，安迪？」他戲謔地問。

但歐斯納德不必回答，因為潘戴爾的目光已經移到房間另一端。十來個剛抵達的人，有男有女，喧鬧不休，正在長桌落座。

「那是方程式的另一半，你可以這麼說！」他宣稱，和坐在首位的那個人誇張地互換手勢。「拉菲．多明哥本人，不是別人。邁基的另一個朋友，不蓋你！」

「什麼方程式？」歐斯納德問。

潘戴爾用手在嘴邊圈成杯狀，以求謹慎。「他身邊那位女士，安迪。」

「她又怎麼啦？」

「她是邁基的老婆。」

歐斯納德一面忙著吃東西，一面眼神鬼祟地朝遠處那張桌子瞄了一眼。

「有奶子的那個？」

「答對了，安迪。有時候你會懷疑，大家幹嘛要結婚，對吧？」

「給我多明哥。」歐斯納德命令道——就像，給我個中央C的音吧。

潘戴爾吐了一口氣。他的腦袋昏頭轉向，心精疲力竭，但沒人喊中場休息，只好繼續玩下去。

「他開自己的飛機。」他斷然開口。

從店裡聽來的零碎消息。

「幹啥？」

「經營好幾家沒人住的上流飯店。」

海內外四處閒聊瞎扯得來的素材。

「為什麼？」

這是他僅剩的說服力。

「飯店隸屬某家總部位在馬德里的財團，安迪。」

「所以呢？」

「所以，謠傳說，那家財團屬於幾位和古柯鹼生意脫不了關係的哥倫比亞紳士所有，對吧？那財團生意不賴，你一定很樂意知道。一家全新的在奇特雷，另一家在大衛市，還有兩家在博卡斯．德爾托爾[9]，拉菲．多明哥自己駕著飛機在這些地方跳來跳去，活像油鍋裡的蚱蜢。」

「幹啥玩意？」

間諜們沉默片刻，因為侍者來替他們的杯子添水。冰塊響叮噹，像教堂的鐘聲。來去疾如風，聽在潘戴爾耳中恰似靈光乍現。

「安迪，我們只能猜測。拉菲壓根兒不知道怎麼經營飯店。不過沒問題，我告訴你了，那些飯店根本不收客人。他們不做廣告，如果你想訂房間，他們會很有禮貌地告訴你，飯店客滿了。」

「不懂。」

拉菲不會在乎的，潘戴爾告訴自己。拉菲就像班尼叔叔，他會說，哈瑞小子，隨便你對歐斯納德先生說什麼都沒關係，他高興就好，只要你別有目擊證人就行。

「每家飯店每天存五千現金進銀行，對吧？從現在開始的一或兩個會計年度，等飯店累積了幾個穩定帳戶之後，他們就會把飯店賣給出價最高的人，而那人恰好是頂著另一家公司帽子的拉菲．多明哥。那些飯店裡裡外外都狀況極佳，這完全不意外，因為房間沒人睡過，廚房連一個漢堡都沒做過。而且這完全是合法生意，因為在巴拿馬，三歲大的錢不只值得尊敬，簡直就是古董。」

「而且他上邁基的老婆。」

「我們是這麼聽說的，安迪。」潘戴爾有些留神，因為這部分是真的。

「邁基說的？」

「不是這樣，安迪，確切來說並非如此。邁基視而未見。」說服力又來了。他為什麼這麼做？是什麼因素驅使他？是安迪。表演者就是表演者。如果你的觀眾不擁護你，就是違逆你。或許也因為他虛構的故事支離破碎，所以他需要編造其他事情，加以充實。或許他在自己再造的世界裡找到了重生。

9　Chitre 為巴拿馬西南部埃雷拉省省會，David 是巴拿馬西部大城，Bocas del Toro 則是巴拿馬西部省分。

「安迪，你知道的，拉菲是他們的人。坦白說，拉菲絕對是大頭目之一。」

「什麼大頭目？」

「緘默反抗運動啊。邁基的手下，隨侍左右的人，我稱他們是『那些看到惡兆的人』。拉菲是個混種。」

「什麼東西？」

「混種，安迪，就跟瑪塔一樣，也和我一樣，他有印地安血統。你會很高興知道巴拿馬沒有種族歧視，不過他們不太喜歡土耳其人，尤其是新來的，隨著你不斷爬上社會階級，臉孔也越變越白。我稱之為高山症。」

這是個全新的笑話，他打算納進資料簿裡，但歐斯納德卻沒發覺。或者他也發覺了，只是並不覺得好笑。事實上，在潘戴爾看來，歐斯納德的表情宛如在說他寧可看一場公開處決。

•

「事成付款，」歐斯納德說，「沒得商量，同意嗎？」他低下頭貼近肩膀，聲音也跟著壓低。

「安迪，打從我們的店舖開張以來，這就是我的一貫原則。」潘戴爾熱烈回應，一面努力回想上次他事成付款給別人是何時的事。

酒後他覺得飄飄然欲仙，又對自己與其他人有種全然不真實的感覺。他差點兒又加上一句，說這也是親愛的老亞瑟·布瑞斯維特的原則，但還是克制住了，因為他這一夜的說服力已經發揮得夠多了，而且藝術家必須知所節制。儘管他覺得自己可以整晚表演不休。

「大家不再覺得為錢做事是可恥的。這是每個人做事的唯一動機。」

「噢。我同意，安迪。」潘戴爾說，心想，歐斯納德這會兒是在哀悼岌岌可危的英國。歐斯納德環顧房內，以防有人偷聽。或許四周許多交頭接耳的密謀者鼓舞了他的勇氣，他的臉變得僵硬，使得潘戴爾很不自在。雖然他的聲音還是壓得老低，卻也裝上了鋒利的鋸齒。

「拉蒙把你逼到了絕境。要是不還他錢，你的事業就毀了；如果付他錢，你就困在一條沒有水的河和一座長不出稻米的農場裡，更別提露伊莎的白眼了。」

「安迪，我不否認我的確很煩惱，已經好幾個禮拜吃不下飯了。」

「知道你那邊的鄰居是誰嗎？」

「地主不住在那裡，安迪。一個惡毒無比的幽靈。」

「知道他的名字嗎？」

潘戴爾搖搖頭。「他不是一個人，你知道，而是一家登記在邁阿密的公司。」

「知道他們的往來銀行嗎？」

「不知道，安迪。」

「就是你的好朋友，拉蒙。那個盧德的公司，他擁有三分之二，X先生擁有其餘三分之一。知道這X是誰嗎？」

「我不知所措了，安迪。」

「幫你管理農場的那個傢伙呢？他又是什麼角色？」

「安吉？他愛我就像兄弟一樣。」

「你被矇了，碰上騙子了，想想吧。」

「我正在想，安迪，我已經很久沒這麼想過了。」潘戴爾眼睜睜看著他另一部分的世界傾覆沉沒。

「有人想賤價向你買農場嗎？」歐斯納德問，兩人之間逐漸築起一道迷霧之牆。

「我的鄰居啊，然後他就會放水回去不是嗎，於是他就會有一座能夠收成的稻米農莊，價值超過他買價的五倍。」

「而且安吉還會替他管理。」

「我怎麼看到了一個圓圈圈，安迪，而我被釘在中間。」

「你鄰居的農場有多大？」

「兩百英畝。」

「他用來做什麼？」

「養牲口。不太需要維護，不需要水，他只是想切斷我的水源。」

囚犯答話簡單扼要，讓警官可以寫下，只是歐斯納德沒寫任何東西，他用那雙敏捷的棕色狐狸眼記下來。

「最初是不是盧德要你買下那座農場？」

「他說價錢很便宜，法院拍賣，只是讓露伊莎的錢有用武之地。我太沒經驗了，真是的。」歐斯納德將白蘭地酒杯靠在嘴邊，或許是為了蓋住嘴唇。他吸了一口空氣，聲音降半度，速度加快。

「你是上帝的恩賜，哈瑞。經典、無與倫比的情報偵查站，老婆有管道，交遊廣闊，有朋友搞反對運動，店裡的小姐和暴民有一手，建立超過十年的行為模式。自然的掩護，本地的語言，閒聊瞎扯的天分，敏捷自主的能力。從沒聽過有人能把故事拼湊得這麼好。維持你的本色，再多發揮一點，我們就能掌握整個巴拿馬。你還是可以拒絕。要加入嗎？」

潘戴爾露出傻笑，部分是因為被捧得飄飄然，部分是因為對自己身陷的困境心生恐懼。最主要的是，他警覺到剛剛目睹了自己此生中偉大的一刻，這偉大的一刻似乎就在他自己並未參與的情形下發生了。

「安迪，老實說，從我有記憶開始，我一直都可以拒絕。」他吐露心聲。他的心在生命的外緣恣意遊蕩。但他並沒說好。

「不利的是，你從加入的第一天起就會陷得很深。這會讓你困擾嗎？」

「我早就陷得很深了，不是嗎？問題是我要如何才能脫得了身。」

又是那對眼睛，太蒼老，太沉著，聆聽，回憶，嗅聞，同時做著所有工作。而潘戴爾無視這一切，也或者正是因為這一切，因而大膽地自我表白。

「雖然你打算和破產的情報偵查站合作，讓我有點難以理解，」他用微微責難的自誇語氣說道，

「但就我所知，也沒有其他方法能拯救我，除非是腦袋壞掉的百萬富翁。」他毫無必要地瞄了餐廳四周一眼。「安迪，就在那堆人當中，你有看到腦袋壞掉的百萬富翁嗎？注意囉，我可沒說他們神志清楚，只是腦袋壞掉的方式和我需要的不一樣。」

歐斯納德不受影響。目光沒變，聲音沒變，連厚重的手掌平伸、手指躺在白色厚餐巾的姿勢都沒變。

「或許我這幫人夠瘋了。」他說。

潘戴爾左顧右盼尋求解脫，他的目光選擇了一個活像熊、令人毛骨悚然的身影，巴拿馬最惹人厭的專欄作家，正踏著他的傷心小徑，走向孤懸餐廳最黑暗角落處的一張桌子。但他還是沒說好，一隻耳朵正凝神傾聽班尼叔叔的諄諄善言：孩子，如果你碰上騙子，就釣住他，因為騙子最不喜歡聽到的，就是叫他下週再來。

「你加入不？」

「我正在想，安迪，正在考慮。」

「考慮什麼東西？」

就是一個頭腦清楚的成年人正在做出決定啊，他內心恨恨地回答。就是用心智和意念代替一堆愚蠢的衝動、醜惡的回憶，和劑量過多的說服力。

「安迪，我要衡量各種看法，考慮所有面向。」他高深莫測地說。

歐斯納德拒不認罪，沒有人夠格反駁他。濕濡、低沉的喃喃聲和他的大個頭還真是絕配，但潘戴爾在他的話裡找不到連貫性。這是個不同的夜晚。我又想到班尼叔叔了。我需要回家，上床睡覺。

「我們不會對人講重話的，哈瑞，不對我們喜歡的人。」

「我沒說你講重話，安迪。」

「這不是我們的風格。在我們這麼需要你的時候，何必把你的犯罪紀錄洩露給巴拿馬人啊？沒道理嘛。」

「一點道理都沒有，安迪，很高興聽你這麼說。」

「幹嘛要揭穿老布瑞斯維特的事，讓你在老婆、小孩面前出醜，破壞幸福的家庭？我們需要你，哈瑞。你他媽的有太多東西可賣了，我們要做的不過是買下來。」

「替我擺平稻米農莊，你們就可以把我的頭放到充電器上了，安迪。」潘戴爾故作和善地說。

「哈瑞，這又不是拍賣，我們要的是你的靈魂。」

潘戴爾模仿他的主人，雙手捧住白蘭地酒杯，倚著燭光搖曳的桌子。他還在權衡得失。堅持到底。儘管大部分的他寧可說好，好結束這個猶未答應的尷尬窘境。

「我還沒聽你談工作內容對吧，安迪？」

「情報偵測站，早告訴你了。」

「沒錯，但是你想偵測什麼，安迪？底線是什麼？」

又是那雙眼睛，如針般尖利。紅光再度一閃而過。他陷入沉思，有氣無力的下巴漫不經心地咀嚼著，胖小子垂頭垮腰的軀體，拖長壓低的聲音從歪斜的一邊嘴角吐出。

「不多。二十一世紀的全球權力平衡。未來的世界貿易。巴拿馬的政治棋盤。緘默反對運動。從橋另一端來的傢伙，你是這麼稱呼他們的。老美抽手之後會如何？要是他們果真抽手。一九九九年十二月三十一日誰會大笑，誰會哭？[10]全球兩大航運大門之一交給一群野孩子管理拍賣，會是什麼情景？簡單得很。」他這麼回答，但結尾卻是問句，彷彿好戲還在後頭。

潘戴爾也對他咧嘴一笑。「噢，好，那就沒問題了，對吧？我們會把東西打包好，等你明天午餐時間來拿。如果不合用，隨時可以送回來。」

「還有幾樣不在菜單上的東西。」歐斯納德益發不動聲色，「或是還沒列上去，應該這麼說。」

「那又是什麼，安迪？」

一聳肩。漫長緩慢的一聳肩，警察似的，帶著合謀、暗示、令人不安的意味，刻意故作輕鬆，表現出可怕的權力和龐大的知識優勢。

「剝貓皮有很多方法，這個把戲也一樣，一個晚上是學不完的。我聽到你說了『好』，或者，你是在學嘉寶[11]搞神祕？」

令人詫異，雖然可能只有他自己覺得詫異，潘戴爾竟然還努力搪塞。或許是因為他知道，猶豫未決是他僅剩的自由。或許是班尼叔叔再次拉住了他的衣袖。也可能他有些模糊的想法，根據囚犯的權利，出賣靈魂的人可以享有一段考慮期。

「安迪，我又不是嘉寶，我是哈瑞。」他說，勇敢地抬起腿，挺起肩。「我怕做了這個改變一生的決定後，你會發現哈瑞．潘戴爾是精於算計的動物。」

•

已經過了十一點。潘戴爾熄火，將車停在離房子二十碼處，以免吵醒孩子。他用雙手打開前門，一手推，一手轉鑰匙。因為你如果先推，就可以順利無聲地打開門鎖，否則就會發出像槍響的聲音。他進到廚房，灌下可口可樂潤喉，希望去掉白蘭地的味道。然後在玄關脫掉衣服，放在椅子上，躡手躡腳走進臥房。露伊莎把兩個窗子都打開，她喜歡這樣睡覺。海風從太平洋吹來。拉開床單時，他意外發現她和他一樣裸著身子，而且還清醒得很，正瞪著他。

「怎麼回事？」他耳語，怕喧鬧會吵醒孩子。

她伸長手臂，狂烈地緊緊抱住他。他發現她的臉沾滿淚水。

「哈瑞，我真的很抱歉，我希望你知道。真的，真的很抱歉。」她吻著他，但是不讓他回吻她。

10　依據巴拿馬運河協定，美國須於二〇〇〇年一月一日將巴拿馬運河交還巴拿馬政府管理。

11　指葛麗泰嘉寶（Greta Garbo），二十世紀知名的瑞典裔美國電影明星，退出影壇後不再公開露面，行事神祕。

「不要原諒我，哈瑞，還不要。你真是一個好人，好丈夫，這麼努力打拼。我父親說得沒錯，我是個冷血無情、心腸惡毒的婆娘，只要脾氣一來就說不出半句人話。」

她擁著他的時候，他想著，已經來不及了。在還來得及的時候，我們原該成為這樣的人。

6.

哈瑞．潘戴爾愛他的妻子與兒女。只有不曾有過屬於自己的家庭、不曾知道如何尊敬高貴的父親、如何愛快樂的母親，或者如何將父母視為與生俱來、天賜獎賞的人，才能體會他那種百依百順的態度。

潘戴爾一家住在貝莎尼亞區山頂，一幢兩層樓的精巧摩登住宅，前後都有草坪，九重葛怒放，景觀怡人，可以俯瞰海洋以及遠處的舊城區和白蒂雅角。潘戴爾曾聽說這附近的山丘都被挖空，塞進了美國佬的原子彈和作戰指揮室；可是露伊莎認為，我們應該因此更覺得安全才是。不想和她爭論的潘戴爾說，或許吧。

潘戴爾家有個專門擦瓷磚地板的女傭，一個洗衣女傭，一個帶小孩、採買的女傭，還有一個戴草帽、頭髮花白、滿臉白鬍渣的黑人，在花園裡開疆闢土，想到什麼種什麼，抽些犯法的玩意兒，到廚房裡討東西吃。為了這支小小的僕傭軍隊，他們每週得付出一百四十元。

潘戴爾夜裡躺在床上時，喜歡祕密地享受囚犯輾轉難眠的樂趣。他彎起膝蓋，壓低下巴，手蓋在耳朵上，隔絕獄友的呻吟，然後喚醒自己，仔細四下探查，證實他不在監獄，而是在貝莎尼亞，在需要而且尊敬他的忠貞妻子照護之下。一對快樂的兒女睡在走廊另一頭，每每令他感恩不已，班尼叔叔一定會稱這為「兒女債」：涵娜，他九歲大的天主教公主；馬克，八歲的叛逆猶太小提琴手。但是，在他克盡職守、全心全意愛著家人的同時，潘戴爾也為這個家擔心、受怕，不斷訓練自己將他的幸福當成愚人之金[1]。

每晚結束工作後，他喜歡獨自站在漆黑的陽台上，或許來根班尼叔叔的小雪茄，聞聞潮濕空氣中滿是馥郁花香的夜晚氣息，看著光線在雨霧中游移。透過雲隙，瞥見一排船隻停泊在運河口，福杯滿溢的好運讓他深刻警覺著，這一切脆弱易逝：你知道這不會持久的，哈瑞小子，你知道世界會在你面前爆炸，你就站在這裡眼睜睜看著事情發生。有過一次，還會再來一次，隨時都有可能，所以，當心了。

然後他會凝望這個過度平靜的城市，很快地，照明彈、紅紅綠綠的曳光彈、咻咻嘶吼的機關槍和霰彈連發的大砲，就會開始在他記憶中的戰場創造它們自己的瘋狂白晝。正如一九八九年十二月的那一夜，山丘大驚失色，顫慄不已，看著龐大的幽靈炮艇從海面長驅直入，懲罰大多是木屋貧民窟的柯利羅區——一如以往，什麼事都怪罪窮人——行有餘力，還揮棒摧殘已起火燃燒的簡陋小屋，然後離場補給一番，再回來攻擊。這很可能並非攻擊者的本意，很可能他們也是好兒子、好父親。他們只是打算剷除諾瑞加的黨羽，只不過有幾次砲擊逸出了正軌，接著又有更多脫軌的砲火隨之而來。然而，在戰時，良善美意並不容易與他們的自我溝通，自我克制被視而不見，寥寥幾個躲在窮困郊區的逃竄敵軍狙擊手，並不能解釋這場大規模的縱火浩劫。對赤腳踏過血跡和碎玻璃逃命的驚恐百姓說什麼「我們使用最低限度火力」，根本無濟於事；他們拖著行李和小孩，惶然不知何去何從。多辯也無益。說什麼槍戰是復仇心切的諾瑞加尊嚴軍[2]所為。就算真是如此，為什麼有人該相信你？

因此驚叫聲很快就傳上了山頂。而曾經聽過許多尖叫聲、甚至自己也發出過幾次的潘戴爾，從沒想到人類的叫聲可以淩越裝甲車令人作嘔的嗡嗡聲，以及最新型砲彈的轟隆聲。但真的可以，尤其是許多驚叫聲同時響起時。驚恐的孩童拉開嘹亮的喉嚨嘶喊，伴隨著人體燃燒的焦臭味。

「哈瑞，快進來。我們需要你，哈瑞。哈瑞，回到裡面。哈瑞，我不懂你在外頭幹嘛。」

但那是露伊莎的尖叫聲。她筆直塞在樓梯底下的掃帚櫃裡，長長彎拱的背抵住木工精雕細琢的成品，好更安全地保護孩子：馬克快兩歲，抱住她的肚子，尿布弄濕了她——馬克像美國大兵一樣，似乎有無窮無盡的彈藥；涵娜蹲下來，穿著瑜伽熊睡袍和拖鞋，向某個叫耶和朱的人禱告，後來才弄清楚那人是耶穌、耶和華與朱比特的混合體，是涵娜在她三年生命中，從宗教民間故事裡調出來的神聖雞尾酒。

「他們知道自己在做什麼。」露伊莎一再像軍人似地咆哮，令人非常不快地想起她的父親。「這不是突如其來，他們全盤考慮過了。他們從來不、從來不攻擊平民。」

而潘戴爾，因為愛她，覺得最好別潑她冷水。無論五角大廈需要試驗的武器是哪一種，柯利羅區已在一波又一波的猛烈攻擊中哭泣，燃燒，解體。

「瑪塔住在那裡。」他說。

然而擔心自己兒女的女人沒有餘裕顧及別人。早晨來臨，潘戴爾步行下山，聽到此生在巴拿馬市未

1 黃鐵礦因常被人誤以為是黃金，故又稱「愚人之金」（fool's gold）。
2 Dignity Battalions，諾瑞加所成立的安全特別部隊，用以維持國內秩序，鞏固威權統治。

曾有過的沉寂。他頓時明白，在停火條件下，每一方都同意不再使用冷氣機或進行建築工事、鑽地，或挖泥；而所有汽車、卡車、校車、計程車、垃圾車、警車和救護車，自此而後，都不得出現在上帝眼前；同時，所有嬰兒和母親也不得因為生產之痛而放聲尖叫。

甚至，柯利羅區原本所在地龐然升起的濃密黑煙飄進晨空之際，也都沒有發出丁點聲音。只有幾個反抗軍一如往常，無視禁令的存在，而他們也是諾瑞加軍隊據點裡最後僅存的狙擊手，依舊躲在鄰近樹叢中，瞄準美國佬的設施。很快地，只要布署在安孔山丘的坦克稍加鼓勵，他們也都會歸於沉寂。

甚至連巡邏站前院的電話也無法免除自我犧牲的神聖使命。電話完好無缺，還能用。只是瑪塔的號碼拒絕響起。

•

潘戴爾悍然披上他最新的外衣——「孤獨成年男人面對人生抉擇」，在無悔奉獻與難以痊癒的悲觀間拉鋸，優柔寡斷的程度幾乎令他坐立不安。為了逃開貝莎尼亞內心的譴責聲音，他躲進店裡的庇護所；為了逃開店裡譴責的聲音，他躲到家裡的庇護所。他的說法是，全為了冷靜權衡選擇。他連一分鐘都不許自己去想——連譴責自己最烈的時刻也不例外，他是在兩個女人之間抉擇。你這是在和我們懷抱的必勝信念爭鬥啊，他告訴自己。我們最糟的夢魘已然成真，你浮誇華美的遠景徹底破滅了，你虛構的世界在你耳邊砰然碎裂，是你自己愚昧鑄錯，建造沒有基礎的廟堂。但是，在用這世界末日預言鞭撻自己之後，振奮人心的忠告馬上就來拯救他。

「幾個簡單的事實就足已構成『復仇女神』啦。」用的是班尼叔叔的聲音，「一個年輕優秀的外交官要你站起來，當個捍衛英國的男人，而你竟然認為自己是太平間裡氣數已盡的屍體？復仇女神難道不是你腦袋壞去的百萬富翁，把五萬塊裝在普通信封裡塞給你，告訴你未來還有更多？善用你的天賦吧，哈瑞。哪個有利？老古董？還是復仇女神？」

然後涵娜需要偉大的裁決者決定，她在學校的朗讀比賽該唸哪本書；馬克需要用新小提琴拉《懶懶羊》給他聽，好讓他們決定他夠不夠格去參加考試；而露伊莎需要他對總部大樓最近發生的暴行表示意見，好讓他們決定如何思考運河的未來，儘管她對這個問題老早就有定見：絕世無雙的艾爾納斯托・狄嘉多，這位華盛頓認可的正直之士與黃金舊歲月的保存之士，絕不可能有錯：

「哈瑞，我真的了解。艾爾納斯托不過是陪總統出國十天，他的幕僚就立刻批准任命至少五個媚力四射的巴拿馬女人當公關官員，還完全比照美國的薪資標準。她們唯一具備的資格是年輕、白人、開寶馬、穿名牌服飾，有大胸脯和有錢老爸，而且還拒絕和正式職員講話呢。」

「嚇人哪。」潘戴爾斷定。

然後又回到店裡，瑪塔需要和他一起查看過期的帳單和未收帳的訂單，好決定該向誰追討，誰又可以再寬貸一個月。

「頭痛好了嗎？」他語氣溫柔，注意到她比平常更蒼白。

「沒事了。」瑪塔躲在頭髮後面回答。

「電梯已經永遠不動了」——給他一個歪斜的微笑——「電梯已經正式公告停用了。」

「電梯又停啦？」

「我很遺憾。」

「噢，拜託，別這樣，電梯不動又不是你的錯。歐斯納德是誰？」

潘戴爾剎時心驚。歐斯納德？歐斯納德？他是個顧客啊，小姐。別到處嚷嚷他的名字！

「幹嘛？」他說，完全冷靜下來。

「他很邪惡。」

「我們的顧客不全都是？」他又戲謔提起她對那些橋另一端的人的偏愛。

「是沒錯，但他們自己不知道。」她答說，臉上已不見笑容。

「而歐斯納德知道？」

「沒錯，歐斯納德很邪惡。他叫你去做的事，你千萬別做。」

「可是他叫我做什麼啊？」

「我不知道，我要是知道就會阻止他。拜託。」

她可能想加上一句「哈瑞」，他感覺到自己的名字已在她扭曲的唇邊成形。但是在舖子裡，她很有骨氣，從來不為他的誘惑所動，從來不讓一個字或一個動作展露出他倆將恆久合而為一。每次他們看著彼此，就會從不同窗戶看見相同情景：

瑪塔身上是撕裂的白襯衫和牛仔褲，像還沒收走的垃圾躺在貧民窟。三個被蔑稱為「釘耙」的諾瑞加尊嚴軍成員，正輪流拿一根該死的棒球棍奪取她的心和她的意念，從臉開始下手。潘戴爾俯望她，另外兩人將他的手扭到背後，他撕心裂肺地嘶喊，先是恐懼，繼而是憤怒，然後是懇求，求他們放她走。

但他們沒有這麼做。他們強迫他看，因為教訓反叛的女人是為了殺雞儆猴，如果沒有人在旁圍觀，又怎能達到目的？

全弄錯了，上尉。這位小姐穿著反對運動的白襯衫純屬巧合啊。

安靜點吧，先生，那已經不是白色的了。

瑪塔躺在臨時診所的床上，邁基勇敢地把他們帶來這裡。瑪塔赤裸裸的，渾身是血和瘀傷。潘戴爾拚命將錢塞給醫生，外加一再保證，而邁基則在窗邊守望。

「我們比這個還好。」瑪塔的話從血肉模糊的唇與碎裂的齒間說出。

她的意思是：有一個更好的巴拿馬。她說的，是從橋另一端來的人。

隔天，邁基被捕了。

•

「我打算將運動休閒區改成招待所，」潘戴爾告訴露伊莎，他還在想辦法下定決心，「弄個吧台。」

「哈瑞，我不知道你要吧台幹嘛，你那個週四晚上的聚會已經夠熱鬧了。」

「想辦法拉人進來啊，露，招攬更多顧客。朋友帶朋友，大家喝得醉醺醺，覺得很放鬆，開始看新料子，訂單接著就滿滿進帳囉。」

「試衣間要放哪裡？」她反駁。

好問題，潘戴爾心想。就算安迪也無法回答。決定順延。

•

「為了顧客，瑪塔，」潘戴爾耐心地解釋，「為了那些來吃妳的三明治的人啊。他們人數會越來越多，加倍成長，訂製更多西裝。」

「希望我的三明治毒死他們。」

「那到時候我為誰做衣服呢？我想大概會是妳那些脾氣火爆的學生朋友。全球第一場訂製西服革命由P&B提供，真是太謝謝妳了。」

「列寧也開勞斯萊斯啊，有何不可？」她毫不讓步地頂嘴。

•

潘戴爾在巴哈的旋律中想著，我從沒問過他口袋的事。潘戴爾在店裡裁剪一件晚宴外套，待得很晚。我也沒問他褲腳折邊或是喜歡的褲寬，沒對他長篇闊論高談吊帶在濕熱氣候裡的種種優點，尤其是對那些腰線尺寸是我所謂「不固定節日」的紳士們而言。準備好這個理由，潘戴爾幾乎就要伸手拿起電話了，鈴聲卻在此時響起——除了歐斯納德來找他喝睡前酒，還會有誰？

他們在行政飯店有鑲飾嵌板的摩登酒吧碰面。這家飯店是一座潔白的塔型建築，離潘戴爾的店鋪不過一石之遙。一部大型電視正播著籃球賽，觀眾是兩個迷人的短裙女郎。潘戴爾和歐斯納德沒和她們坐在一起，而是頭抵著頭，在設計來讓他們舒服靠坐的藤椅裡，身體往前傾。

「下定決心沒？」歐斯納德問。

「還沒，安迪，應該說還在想。深思熟慮。」

「倫敦很滿意他們聽到的消息，他們想做這筆生意。」

「嗯，這樣很好，安迪，你一定是好好將我吹捧了一番。」

「他們希望你盡快開始，他們對緘默反抗運動很感興趣。要參與者的姓名、資金，以及和學生的關係。他們搞示威嗎？還有方法和意圖。」

「嗯，不錯。是的，沒錯。」潘戴爾說。煩惱已經夠多了，他巴不得別再聽到偉大的自由鬥士邁基·阿布瑞薩斯和他的大財神爺拉菲·多明哥的下落。「很高興知道他們喜歡。」他有禮貌地補說。

「我想你可能要盤問瑪塔：學生活動的消息，教室裡的炸彈工廠。」

「噢，不錯，正是。」

「關係是建立在官方基礎上，哈瑞，我也一樣。簽下你，報上去，付你錢，教你一些把戲。我們想打鐵趁熱。」

「安迪，就像我說過的，時間不是問題。我不是那種莽莽撞撞的人，我很深思熟慮。」

「他們把條件提高百分之十，幫你集中精神。要我算給你聽嗎？」

歐斯納德無論如何都要算給他聽，圈成杯形的手活像正在用牙籤剔牙。有多少是付現，有多少用來付你每月的貸款，還有視產品品質支付的現金紅利，全憑倫敦自由裁量，數目頗大的退職金。

「最多三年就可以退出江湖了。」他說。

「或是更早一點，如果我運氣不錯的話，安迪。」

「或者，要是你聰明的話。」歐斯納德說。

•

「哈瑞。」

已經過了一小時，但潘戴爾魂不守舍，無法回家，於是來到裁剪室，與他的晚宴外套和巴哈為伴。

「哈瑞。」

這是他們初次上床時，露伊莎呼喚他的聲音。他們真的上床，而不是僅僅舌指交纏，還側耳注意她父母親看完電影開車回來的聲音。他們赤裸裸躺在哈瑞在卡利多尼亞的那間簡陋閣樓公寓的床上。那時，哈瑞白天替一個名叫阿爾托、相當精明的敘利亞服裝商人賣成衣，晚上則在公寓裡做裁縫。他們的第一次不太成功，兩人都很害羞，也都很晚熟，有太多的家族幽靈讓他們卻步不前。

「哈瑞。」

「嗯，親愛的。」對他們倆來說，「親愛的」向來不是一句能自然說出口的話。最初如此，現在亦然。

「布瑞斯維特先生給了你第一次機會，帶你回他家，供你讀夜校，讓你遠離你那個邪惡的班尼叔叔。我支持他，不論他是不是還在世。」

「很高興妳這麼想，親愛的。」

「你應該紀念他，尊敬他。等我們的孩子長大時告訴他們，讓他們知道，一個善良的撒馬利亞人是如何拯救了一個小孤兒的命運。」

「露伊莎，在認識妳父親之前，布瑞斯維特先生是我認識唯一一個有道德的人。」潘戴爾也熱忱回報她。

而且我是真心的哪，露！潘戴爾在心中狂烈懇求她，一面在左袖肩上合攏剪刀。世上所有事物都會成真，只要你編造得夠努力，只要你是為你所愛的人而編造！

「我會告訴她。」隨著巴哈的音樂登上真實無虛的完美境界，潘戴爾高聲宣布。在自我放縱的恐怖瞬間，他認真思考要拋開所有自己賴以安身立命的智謀箴言，向他的終生伴侶告解全部罪孽。也許幾近全部。最低門檻。

露伊莎，我有事要告訴妳，老實說，會造成一點打擊。妳知道，我並不是一個嚴守教規的猶太人。

其實，很多其他方面，我也希望我做得更好，要是所有事情都能更公平一點的話。

根本詞不達意，他心想。除了為班尼叔叔所做的那一次，我這輩子從來沒告解過任何事。我該在哪裡停止？她何時才會再相信我？相信任何事？驚恐的他在想像中描繪宣戰晚會的情景。就像露伊莎的一堂「堅信耶穌」課，但穿著正式服裝，傭人全都被趕出屋子，家庭成員手牽手圍繞桌邊。露伊莎的背挺得僵直，嘴抿著恐懼，因為醜惡的事實令她驚懼，比我猶有過之。上一次是馬克招認了在學校門柱上寫了髒話；再上一次是涵娜將一罐快乾漆倒進水槽，當作對一個女傭的報復行動。

但今天是我們的哈瑞坐在電椅上，對他心愛的孩子們解釋，爹地在和媽咪的整個婚姻生活，以及孩子夠大、可以聽他講話的所有時間裡，對我們那位偉大的家庭英雄與模範人物——不存在的布瑞斯維特先生（願他的靈魂安息），吹了一些天花亂墜的牛皮。你們的父親以及妳的丈夫，非但不是布瑞斯維特先生最鍾愛的兒子，而且還花了九百一十二個日與夜，在女王陛下的懲戒所裡深造砌磚技術。

做好決定了，晚點兒再告訴妳，再晚一點。晚到像是進入另一個永恆的生命。一個沒有說服力的生命。

•

潘戴爾猛然停下他那輛四輪傳動越野車，距離前車只有一呎，等待後面那輛車撞上他，但不知道為何沒有發生。我怎麼會在這兒？他很納悶。也許那輛車撞上我，而我死了。我一定是在不知不覺中鎖上店門的。然後他想起先前剪裁那件晚宴外套，還把已完成的部分平放在工作檯上審視一番，他常這麼做：創造者的告別，等到它們再回到他身邊時，已然半成人形。

黑黑的雨打在引擎蓋上。一輛卡車打橫在他面前五十碼處，輪胎像兩團牛屎滾落路上。穿過雨幕，什麼也看不見，只有一排排要去參戰或想逃離戰場的阻塞車輛。他打開收音機，但在雷擊電閃中什麼也聽不見。雨打在熱錫屋頂上，我永遠在這裡，被丟進大牢。在子宮裡。坐困牢房。關掉引擎。躲在座椅下。

他大汗淋漓，和雨一樣大。流水在腳下嘩嘩淌過，潘戴爾隨波漂流，逆流或順流。早已埋進六呎之下的所有往事猛然襲來：他的人生，那個沒刪剪、沒消毒、沒有布瑞斯維特的版本，從降生的奇蹟開始，到他在牢裡與班尼叔叔的關係，直到十三年前的「絕無贖罪之日」，名義上已撤銷的運河區，完美無瑕的白人草地上，星條旗在她老爸的烤肉煙霧裡飄揚，樂隊演奏希望與榮耀，黑人在鐵絲網外張望，他對露伊莎創造了他自己。

他看見他拒絕回憶的孤兒院，以及他的班尼叔叔戴著漢堡帽，牽著他的手，帶他離開。他以前沒見過漢堡帽，而且他懷疑班尼叔叔是不是神。看見白教堂區[3]濕漉漉的灰色鋪路石在腳下顛簸，他推著手推車裡滿滿一車搖搖晃晃的衣服，穿過喇叭亂響的車陣，到班尼叔叔的倉庫去。他看見十二年後的自己

3　Whitechapel，位在倫敦東區，鄰近倫敦碼頭區，是移民和工人階級的熱門居住地。該地區是十九和二十世紀初的倫敦猶太社區的中心。

其實還是同一個孩子，只是體型更大，入迷地站在同一座倉庫的橘色煙柱裡，一排排夏季連身裙宛如殉道的修女，雙腳已遭火燄吞噬。

他看見班尼叔叔將手圈在嘴邊大叫：「快跑，哈瑞小子，蠢蛋，你的想像力跑哪兒去了？」同時伴隨著鈴響，以及班尼匆忙離開的雜沓腳步聲。而他自己陷在流沙裡，手腳都無法移動。他看見藍色制服朝他走來，抓住他，將他拖進廂型車內，那個和善的警察拿起空的石蠟罐，像任何一位高尚父親一樣微笑。「這會不會是你的，猶太先生，還是只是恰好在你手裡？」

「我的腳動不了，」潘戴爾向那位和善的警察解釋，「黏住了，像是被鉗子還是什麼的夾住。我應該要跑開的，可是我沒辦法。」

「別擔心，孩子，我們馬上就會弄清楚。」那位和善的警察說。

他看見瘦骨嶙峋的他在警局牢房裡，脫得精光，站在磚牆邊。夜晚又長又慢，藍制服輪流進來揍他，和揍瑪塔的情形一樣，只是他們更加謹慎，肚子裡也裝了更多啤酒。而那個和善的警察果真是高尚的父親，催他們動手。直到水淹過他，他滅頂了。

雨停了。什麼都沒發生。車輛閃起亮光，每個人都很高興回家了。潘戴爾厭煩得要死，發動引擎，緩緩前行，雙手前腕都擱在方向盤上。留意危險的殘骸垃圾，開始微笑，聽班尼叔叔說。

「那是爆發啊，哈瑞小子，」班尼叔叔老淚縱橫，低聲說著，「慾望爆發。」

如果不是每週一次的探監，班尼叔叔絕不會和潘戴爾有如此親近的血緣關係。但看見姪子穿著口袋上縫了名字的寬摺丹寧布衣，聚精會神坐在他面前，每每令班尼叔叔充滿罪惡感的心難以忍受——無論羅絲嬸嬸讓他帶來多少起士蛋糕和書，也無論有多少次，班尼叔叔哽咽道謝，讓潘戴爾保有信心面對所有情況。他的意思是，別說。

是我自己的主意，警官……我這麼做，是因為我恨那個倉庫，警官……我很氣我的班尼叔叔，因為他給我的工時那麼長，又不給我薪水，警官……大人，我無話可說，只能說我很後悔，做了那麼惡毒的事，讓所有愛我、撫養我的人那麼傷心，尤其是我的班尼叔叔……

班尼很老了——對一個孩子而言，就像棵柳樹般古老。他來自利沃夫[4]，潘戴爾直到十歲都還認為利沃夫就是自己的家鄉。班尼的親戚都是清寒的農民、工匠、小生意人或補鞋匠。對他們其中許多人，載著他們前往集中營的火車，讓他們第一次、也是最後一次，看見猶太人村鎮與城區以外的世界。但班尼叔叔則不然。當時的班尼是個懷抱大時代夢想、年輕伶俐的裁縫，他設法讓自己離開了集中營，前往柏林替德國軍官做制服。雖然他真正的野心是投入吉格利[5]門下學習男高音，以及在翁布里亞[6]山上買

4　Lvov，烏克蘭西部的城市。
5　Beniamiro Gigli(1890-1957)，義大利知名男高音，曾被譽為卡羅素第二。
6　Umbria，義大利中部一省，是義大利唯一不臨海濱的省份。

幢別墅。

「納粹國防軍的服裝是一流的，哈瑞小子。」信奉民主的班尼這麼說；對他而言，所有衣服都是服裝，不論品質如何。「你可以有上好的艾斯寇西裝，品質最好的獵裝和皮靴，但是都沒法和我們國防軍相提並論。直到列寧格勒之役後，才開始走下坡。」

班尼從德國發展到了倫敦東區的雷曼街，和家人一起創立了血汗工廠，四個人擠在一個房間內，全力攻占成衣業，好讓他可以到維也納學歌劇。班尼已經是個無政府主義者。在四〇年代末期，猶太裁縫師大多都已高升到斯托克紐因頓或艾吉威爾[7]，從事較高尚的職業。他們的地盤被印度人、中國人和巴基斯坦人取代。班尼沒有卻步。不久，東區變成他的利沃夫，而艾弗林街也變成全歐洲最好的一條街。幾年後，在艾弗林街——容許潘戴爾知道的內情就只有那麼多，班尼的哥哥雷昂和他的妻子蕾秋以及幾個小孩，加入了他們的行列。也就是這個雷昂，因為前面提到的那種「慾望爆發」，搞大了一個十八歲愛爾蘭小女傭的肚子，生下了雜種哈瑞。

•

潘戴爾開往永恆。疲累的雙眼跟著前面污漬斑斑的紅星星，尾隨自己的過往。他幾乎是在睡夢中笑了起來。班尼叔叔充滿良心譴責的獨白一字一句、抑揚頓挫地原音重現之際，他的決定早已付諸遺忘。

「我一直想不通，蕾秋怎麼會讓你母親進家門。」班尼叔叔搖搖漢堡帽。「你不必引經據典，也看得出她是個好貨。純潔或美德都不是重點。她熟透了，是個即將轉變成女人的蠢女孩。只要輕輕一推，她就跨出去了。一切早有預兆。」

「她叫什麼名字？」潘戴爾問。

「雀莉，」他叔叔嘆了口氣，活像垂死的老人吐露畢生最後一個祕密，「我想是雀莉達的簡稱，雖然我從沒看過她的證件。她該叫泰莉莎或柏娜達特，或凱美爾，但她就是叫雀莉達。她爹是從梅約郡來的磚匠。愛爾蘭佬甚至比我們還窮，所以我們有愛爾蘭女傭。我們猶太人不認老，哈瑞小子，你父親也不例外。我們的問題是不相信天堂。我們在上帝長長的走廊裡站了許久，但要進到上帝精雕細琢的大堂，還有得等。我們當中確實有些人懷疑這一天是否真會到來。」他傾前越過鐵桌，抓住潘戴爾的手。「哈瑞，聽我說，孩子啊，猶太人懇求人的寬恕，而不是上帝的寬恕。這讓我們受盡煎熬，因為人是比上帝更難搞的騙子。哈瑞，我懇求你的寬恕。贖罪，我會在臨終床上得到的。哈瑞，簽下那張支票的人是你。」

7　十九世紀末，波蘭移民麵包師柯恩（Samuel Cohen）在他位於白教堂巷的麵包店裡收容來自東歐的貧窮猶太移民，幾年後有一群較富有的猶太人開始在雷曼街（Leman Street）上建立一個更永久的收容所。斯托克紐因頓（Stoke Newington）位在倫敦東北部，艾吉威爾（Edgware）則在倫敦北部。

潘戴爾會應允他要求的任何事，只要他繼續解釋那場天雷勾動地火。

「是她的味道，你父親告訴我。」班尼重拾話題，「他扯著頭髮，很懊悔。他坐在我面前，就像你現在這樣，只是沒穿制服。『為了她的味道，我毀了我神聖的理智。』他對我這麼說。哈瑞，你父親是個虔誠的人。『她跪在壁爐前，我聞到她身上甜美的女人味，不是肥皂和刷洗的氣味，班尼啊，是天生、自然的女人。他的女人味征服了我。』蕾秋若沒到南區碼頭參加猶太純潔女兒會的慶典，你父親就不會墮落了。」

「可是他確實墮落了。」潘戴爾提醒他。

「哈瑞，在天主教和猶太教罪孽交錯的淚水裡，在萬福瑪莉亞和『信心堅定』以及兩邊可能用到的所有禱詞裡，你父親的確摘了禁果，我不能把這視為上帝的作為。但是你有猶太人的厚臉皮，也有愛爾蘭人的伶牙俐齒，只要你能擺脫罪惡。」

「你是怎麼把我帶出孤兒院的？」潘戴爾追問，幾乎失聲大叫，他太在乎了。

模糊的童年回憶裡，在班尼救他出來之前，隱約有幅圖像，一個像露伊莎的黑髮女子跪在地上，刷洗大得像遊戲場的石板地；在一旁看顧的是身穿藍袍的善心牧羊人與羊的雕像。

•

潘戴爾開上回家的最後一段路，熟悉的房舍早已沉睡。雨水洗淨了星辰，一輪滿月在他牢房的窗外。我又被關進來了，他心想。監獄是你不想做決定時去的地方。

•

「哈瑞，那時我可是很威風的。那些修女都是勢利的法國人，以為我是個紳士。我一身光鮮，灰西裝很稱頭，你羅絲嬸嬸替我挑的領帶，相配的襪子，聖詹姆斯街上那家洛伯店裡的手工皮鞋，我老是這樣縱容自己。沒擺架子，手垂在身旁，完全看不出我的社會主義傾向。」在班尼的諸多成就中，有一項是熱心支持工人運動，信仰人權。「我對她們說：『修女們，我向您保證，我會竭盡所能讓小哈瑞過好日子。哈瑞是我們的榮耀。妳們告訴我哪裡有睿智的人可以教他，我立刻讓他穿上白襯衫去接受指導。我會付學費讓他受教育，學校隨妳們挑，我保證。留聲機裡會有最好的音樂，還有每個孤兒院的孩子都會願意拿眼睛交換的家庭生活。餐桌上有鮭魚，高尚的對話，他自己睡覺的房間，羽毛床墊。』那時我已經成功在望，不再有成衣了；高爾夫球俱樂部和鞋子，以及翁布里吉的宮殿全都近在咫尺，觸手可及。我們覺得，我們一週內就會變成百萬富翁。」

「雀莉在哪兒呢？」

「走了，哈瑞小子，她走了。」班尼壓低聲音好凸顯悲劇性。「你母親逃出監獄了。誰能怪她呢？梅約郡的姑媽捎來一封信，說她可憐悲傷的雀莉搞砸了修女給她洗刷罪孽的各種機會。」

「我父親呢？」

班尼又陷入絕望。「在土裡，孩子。」他抹掉湧出的淚水。「你父親，我哥哥。我讓你做了這種事，也該落得同樣下場。在我看來，他是羞愧而死。我每次過來看你，也幾乎要羞愧而死。是那些夏季罩衫害了我。每個猶太人都知道，這世上最悲哀的，莫過於都入秋了還有五百件滯銷沒賣掉的夏季罩衫。而且每過一天，保險政策就更添一重邪惡誘惑。我是賣身的奴隸，這就是我，哈瑞，更糟糕的是，我還讓你替我拿火把。」

「我在修課，」鈴聲響起時，潘戴爾這麼告訴他，好讓他打起精神，「我要成為這世上最好的裁剪師，等著瞧吧。」還給他看一截囚服布片，那是他從庫存裡討到的，裁剪來好量尺寸。

下次來訪時，心懷罪惡感的班尼送了一個錫製聖母塑像給潘戴爾，他說這會讓他想起在利沃夫的童年，偷偷跑出猶太區去看異教徒禱告的場景。而聖母如今與他同在，就在他貝莎尼亞家裡身邊藤桌上的鬧鐘旁，以她消逝的愛爾蘭式微笑，看著他褪下浸透汗水的囚服，爬上床，分享露易莎清白無罪的安眠。

明天，他心想。明天我就會告訴她。

•

「哈瑞，是你嗎？」

邁基．阿布瑞薩斯，學生心目中偉大的地下革命與祕密英雄，在凌晨兩點五十分酩酊大醉，指天立誓要殺了自己，因為他老婆把他趕了出來。

「你在哪兒？」潘戴爾說，在黑暗裡露出微笑。儘管邁基惹了這麼多麻煩，仍然是他終生的牢友。

「哪裡都不在。我是個無賴。」

「邁基。」

「什麼？」

「安娜在哪裡？」

安娜是邁基舉世無雙的情人，一個堅強務實的女人，似乎很能接受邁基的現狀。她是瑪塔在柯迪雷拉的兒時朋友，是瑪塔介紹他們倆認識的。

「嗨，哈瑞。」安娜的語氣愉悅，潘戴爾也愉快地說了聲「嗨」。

「安娜，他喝了多少？」

「我不知道。他說他和拉菲．多明哥去了賭場，喝了點伏特加，輸了一些錢。或許喝了一些可樂，他忘了。他渾身冒汗，我該打給醫生嗎？」

潘戴爾還來不及回答，邁基就回到線上。

「哈瑞，我愛你。」

「我知道，邁基，我很感激，我也很愛你。」

「你押了那匹馬嗎？」

「我押了，邁基，是的，我得告訴你，我押了。」

「對不起，哈瑞，好嗎？對不起。」

「沒問題，邁基，沒什麼，不是每匹好馬都會贏。」

「我愛你，哈瑞。你是我的好朋友，聽到沒？」

「那你就不必自殺，對不對，邁基，」潘戴爾和藹地說，「你有安娜和一個好朋友啊。」

「哈瑞，你知道我們要幹嘛？弄個週末聚會，你，我，安娜，瑪塔，去釣魚。幹！」

「去好好睡一覺吧，邁基。」潘戴爾的語氣堅定，「明天早上你過來試穿，吃塊三明治，我們好好聊一下，好嗎？好啦。」

「是誰？」掛掉電話時，露伊莎問。

「邁基，他老婆又把他鎖在門外了。」

「為什麼？」

「因為她和拉菲．多明哥搞婚外情。」潘戴爾說，奮力抗拒生命無可避免的邏輯。

「他何不一拳打爛她的嘴？」

「誰？」潘戴爾蠢蠢問道。

「他老婆啊，哈瑞，不然你以為是誰？」

「他累了，」潘戴爾說，「諾瑞加已經把他折磨得全無精神了。」

涵娜爬上他們的床，接著是馬克，還有他好幾年前就已經放棄的泰迪熊。

已經是明天了，於是他告訴她。

我這麼做是為了爭取信任，他告訴她，待她安穩回到睡夢中之後。

為了在妳搖搖欲墜時支撐妳。

為了讓妳有真正的肩膀可以倚靠，而不是只靠我。

為了讓我更有資格匹配那位脾氣暴躁的運河人之女。她偶爾口不擇言，受到威脅時就拔槍相向。在她母親提醒了二十年，要加快腳步才能像艾米莉一樣嫁掉之後，她仍然忘了要加快腳步。

她認為自己太醜又過高，但周圍的人卻都像艾米莉一樣，體型適中，魅力十足。

而且就算再過一百萬年，即便在她最脆弱、最沒安全感的時刻，就算出於對艾米莉的怨恨，她也不會為了他，放火燒掉班尼叔叔的倉庫，更別說還先從那些夏季罩衫燒起。

潘戴爾坐在安樂椅裡，拉起被單，蓋住自己，把他的床留給純淨的心靈。

•

「我會出去一整天，」隔天早上進到店裡時，他告訴瑪塔，「你得看店。」

「你十一點和玻利維亞大使有約。」

「推掉他。我得見妳。」

「什麼時候？」

「今天晚上。」

•

直到此刻之前，他們都是一家人一起去的，在芒果樹下野餐，看著鷹、鶚和禿鷹在熾熱微風中懶洋洋地盤旋，以及宛如班丘．維拉[8]最後一支軍隊的白馬騎士。或者他們會拖著充氣的橡皮艇滑過水田，露伊莎快樂得不得了，穿著短褲演起《非洲皇后》[9]裡的凱薩琳赫本，與潘戴爾的亨佛利鮑嘉有對手戲。馬克哀求他們小心點，涵娜卻說馬克大驚小怪。

或者他們會開著越野車，沿著塵煙四起的黃色泥土路直到森林邊緣才停下。為了讓孩子們高興，潘戴爾會露一手班尼叔叔的絕望痛哭，假裝他們迷路了。他們是迷路了，直到磨坊的銀塔從棕櫚樹裡探出身子，就在他們前方五十碼處。

或者他們會一起收割，並肩坐在龐大的收割機上，連枷懸在前面，打下稻穀，驚起一團團小蟲子。黏答答的熱氣壓在沉重低矮的天空下，平坦如桌的田野沒入紅樹林濕地。紅樹林濕地沒入海洋。

但今天，偉大的決定者踏上孤獨之徑，眼前所見皆令他煩心，俱為不祥之兆：美國軍火供應站的「我恨你」刺網讓他想起露伊莎的父親；寫著「耶穌是主」的譴責標語；每個山腳下群集的遊民紙板屋：隨時有可能，我會加入你們。

貧苦的景象之後，是潘戴爾短暫童年失落的天堂。來自歐凱漢普頓假日學校的得文郡紅土，構成了這片綿延的土地。英國牛從香蕉叢裡瞪著他，連錄音機裡播放的海頓也無法讓他擺脫牠們的憂傷。開進農場車道，他只想知道，他吩咐安吉把這些該死的坑坑洞洞補好，是多久以前的事。看見安吉穿著灰白馬靴、戴草帽、繫著金頸鍊出現在面前，不過是讓他的怒氣益發上升。他們開到鄰居那邊，那家邁阿密來的公司挖溝截斷了潘戴爾河流水源的地點。

「你知道嗎，哈瑞，我的朋友？」

「什麼？」

「法官的作法真是不道德。在巴拿馬呀，我們賄賂一個人，就指望他忠心不二。你知道我們還指望什麼嗎，我的朋友？」

「不知道。」

「我們希望在商言商，哈瑞。不要追加款項，不要施壓，不要抱怨。我說那傢伙是反社會分子。」

「那我們該怎麼辦？」潘戴爾說。

8 Pancho Villa（1878-1922），原名 Doproteo Arango，為墨西哥革命英雄。

9 The African Queen，由 Cecil Scott Forester 小說改編的電影，描述四處傳道的英國老處女與酗酒浪跡的客艇船長間的浪漫故事，由凱瑟琳赫本與亨佛利鮑嘉主演，為經典之作。

安吉滿意地聳肩，像個最愛壞消息的人。

「哈瑞，你想聽我的意見？直話直說？以朋友的身分？」

他們已經到了河邊。在對岸，鄰居的走狗刻意漠視潘戴爾的存在。那條溝變成了一條運河。在更下游處，河床已經乾涸了。

『我的意見是，哈瑞，談判，減少你的損失，達成協議。你要我摸清這些傢伙的底細？開始和他們對話？』

「不要。」

「那就去找你的銀行。拉蒙是個強悍的傢伙，他會替你去談。」

「你怎麼會認識拉蒙？」

「每個人都知道拉蒙。聽著，我不只是你的經理好嗎？我是你的朋友。」

但潘戴爾沒有朋友，除了瑪塔和邁基。或許還有住在離海岸十哩處，等著他帶起士過去的查理・布魯特納先生。

•

「布魯特納喜歡鋼琴？」很久很久以前，潘戴爾問過當時還在世的班尼。他們站在提伯利雨水淋漉的碼頭邊，審視鏽蝕的貨船。那艘船將帶著一名獲釋的罪犯，將他送往艱苦人生的下一階段。

「一樣，哈利小子，他欠我。」班尼回答，在雨中添上新淚。「查理．布魯特納是巴拿馬的服裝之王，如果當初班尼沒幫他保住服裝，就像你替我做的，他就不會有今天。」

「你也替他燒掉他的夏季罩衫？」

「更糟，哈瑞小子。他永遠不會忘記。」

生命中第一次，也是最後一次，他們彼此擁抱。潘戴爾落淚，但不確定為什麼，因為他快步走上跳板時，心中只能想到：我脫身了，我永遠不要回來。

布魯特納這個人就像班尼說的那麼好。潘戴爾幾乎不算踏上巴拿馬的土地，直到一輛司機駕駛的栗紅色賓士，將他從卡利多尼亞的寒酸住處載到了布魯特納氣勢恢宏的別墅。別墅座落在修葺整齊的自家莊園上，俯瞰著太平洋，地板鋪有瓷磚，馬廄設有空調，諾爾德[10]的畫作，多所名號響亮、實則不存在的北美大學所頒授、彩繪精美的榮譽狀，任命布魯特納為他們尊敬的教授、博士、董事等等。還有一架來自猶太區的直立式鋼琴。

不到幾個星期，在潘戴爾自己看來，他儼然已是布魯特納先生疼愛的兒子，在那群體力充沛、喧鬧不休的子女兒孫，穩重的姑媽和矮胖的叔叔們，以及穿淡綠色罩袍的僕人之間，取得了合乎情理的地位。在家庭節慶或禮聖時，潘戴爾歌唱得很糟糕，但無人在意。在自家的高爾夫球場上，他球技很差勁，也不必費事道歉。他在海灘上和孩子們戲水，開著家裡的老爺車飛快越過黑沙丘。他要弄那些笨

10　Emil Nolde（1867-1956），德國表現主義畫派畫家。

狗，拿掉落的芒果砸牠們，看著一隊隊鵜鶘搖搖晃晃劃過海面，心中深信不疑：他們的信念，他們的財富、九重葛、千百種不同的樹木，以及他們的崇高地位，全都閃閃發光，掩蓋了班尼叔叔在布魯特納先生奮鬥的時日裡凝望過的任何小小火燄。

布魯特納先生的仁慈並不止於在家裡，因為潘戴爾踏出西服訂製業的第一步，就是布魯特納有限公司在位於箇郎的龐大紡織倉庫裡，先讓他賒六個月的帳；而且布魯特納的保證也替他帶來首批客人，為他打開了創業之門。潘戴爾想去謝謝這位個頭小、滿臉皺紋、渾身發光的布魯特納先生，對方卻只是搖搖頭說：「謝謝你的班尼叔叔吧。」又加上慣常的一句叮嚀：「給自己找個猶太好女孩，哈瑞，別離開我們。」

即使潘戴爾娶了露伊莎，他拜訪布魯特納先生的次數也沒有減少，只是必須偷偷摸摸。布魯特納的家變成他的祕密天堂，一個只容他獨自造訪、而且還得找藉口的聖地。而布魯特納先生也禮尚往來，寧可忘記露伊莎的存在。

•

「我的現金周轉有些問題，布魯特納先生。」潘戴爾坦承。他們坐在北遊廊下棋。海岬兩側都有遊廊，讓布魯特納先生隨時可以避開風。

「稻米農莊的周轉？」布魯特納先生問。

他小小的下巴不笑時就像塊石頭，而且現在他沒笑。蒼老的眼睛常常昏昏欲睡。此時又睡著了。

「還有店裡的。」潘戴爾的臉頰泛紅。

「哈瑞，你抵押了店鋪，拿資金去挹注農莊？」

「可以這麼說，布魯特納先生，」他想耍幽默，「所以，我正在找個腦袋壞掉的百萬富翁。」

布魯特納先生一項花很長的時間在思考，不論是下棋，或是有人開口向他要錢。他動也不動地坐著思考，看似連呼吸都停止了。潘戴爾想起那些老囚犯，他們也是這樣。

「腦袋壞掉，還是百萬富翁，都一樣，」布魯特納先生終於開了口，「哈瑞小子啊，這是定律，每個人都要為自己的夢想付出代價。」

•

他開車去找她，很緊張，他一向如此。走七月四日大道，這條路曾經是運河區的界線。左邊低，是海灣；右邊高，是安孔丘。左右之間是重建的柯利羅區，間雜一片片太過翠綠的草地，標示著「指揮部」的所在位置。幾棟拼拼湊湊蓋起來的大樓看起來虛有其表，全漆著淺色條紋。瑪塔就住在中間那一棟。他小心翼翼爬上污穢的樓梯，想起上回來的時候，還被人從黑漆漆的頂頭上方尿了一身，整棟樓響起監獄似的噓聲與狂野笑聲。

「歡迎。」她莊重地說，替他打開門鎖，四道鎖。

他們躺在他們向來躺的床上，衣衫整齊，離得遠遠地，瑪塔小小、乾燥的手指纏在潘戴爾手掌裡。這裡沒有椅子，地板非常狹小。整間公寓只有一個窄小房間以咖啡色簾幕隔開：一個可以洗澡的地方，一個可以煮飯的地方，和這個可以躺的地方。潘戴爾左耳邊有個玻璃盒，塞滿瑪塔的母親留下的動物瓷偶；在他穿著襪子的腳邊有隻三呎高的陶虎，是她父親送給她母親的二十五周年結婚禮物，就在他們被炸得粉碎的三天前。如果那天晚上瑪塔陪她爸媽去探望已出嫁的姊姊，而不是躺在床上修護她不成形的臉和被揍得遍體鱗傷的身體，她也會被炸得粉碎，因為她姊姊就住在最先遭到攻擊的那條街上。然而，如今你已經找不到那條街，一如找不到瑪塔的雙親、姊姊、姊夫、六個月大的外甥，或是他們那隻名叫海明威的貓。屍體，瓦礫，整條街，都已經被官方遺忘。

「我希望妳搬回原來的地方。」他對她說，一如往常。

「不行。」

不行，因為她爸媽以前就住在這棟樓蓋起來的地方。

不行，因為這是她的巴拿馬。

不行，因為她的心與往生者同在。

他們談得不多，寧可懷想加諸在他們身上、不為人知的恐怖歷史：

一個年輕、充滿理想、美麗的女雇員參加反暴政的公眾示威。她抵達工作地點時害怕得喘不過氣。入夜後，她的老闆答應載她回家，目的無疑是想成為她的愛人，因為在最近這幾個星期的緊張氣氛裡，他們覺得對彼此越來越難抗拒。夢想有個更美好的巴拿馬，就像夢想和某人共享生活一樣。就連瑪塔也同意，老美惹出來的亂子，只有老美能治，而且老美必得快點行動。他們途中被「釘耙」的路障擋下，他們想知道瑪塔為什麼穿著白襯衫，因為那是反諾瑞加的象徵。得不到滿意的解釋，他們於是毀了她的臉。潘戴爾把血流不止的瑪塔放在車子後座，驚慌失措地飛快開往大學——當時邁基還是學生，他奇蹟似地在圖書館找到邁基，而他是潘戴爾唯一想得到的安全人物。邁基認識一位醫生，打電話給他，威脅，利誘。邁基開著潘戴爾的越野車，潘戴爾坐在後座，瑪塔頭上的血淌滿他的雙膝，滲濕他的長褲，也永遠弄髒了家庭座位的內裝。醫生草草敷衍，潘戴爾通知瑪塔的父母，給錢，在店裡洗澡換衣服，搭計程車回家找露伊莎。因為罪惡感與恐懼，整整三天，潘戴爾不敢告訴她出了什麼事，寧可編出荒唐的故事，告訴她說有個白癡駕駛側撞到越野車。完全報銷了，露，得換輛新的，我已經和賣保險的小子談過，應該不會有問題。直到第五天，他才找到勇氣，懊悔地解釋說，瑪塔捲入了學生暴動，露，臉部重傷，需要長期修護，我答應等她復原之後讓她回來。

「喔。」露伊莎說。

「邁基被關了。」他沒頭沒尾地說，隱而不提就是那個膽小鬼醫生告發的，而且他也會告發潘戴爾，只要他知道潘戴爾的名字。

「喔。」露伊莎說第二次。

•

「只有當情感介入，理智才會發揮功用。」瑪塔這麼宣稱。她握住潘戴爾的手指，放向唇邊，逐一親吻。

「這是什麼意思？」

「我讀到的。你好像對某些事情很迷惑，我想，這句話或許能派上用場。」

「理智照說應該是合乎邏輯的。」他反駁。

「除非有感情介入，否則就沒有邏輯可言。你想做某件事，所以你做了，那是邏輯。你想做某件事，卻沒做，那就是理智崩潰了。」

「呃，我想這倒是真的？」潘戴爾說。他不相信任何抽象概念，除非是他自己的。「我得說，那些書教了妳不少術語，呃，對吧？妳聽起來就像個中規中矩的小教授，可是妳甚至沒去考試呢。」

她從不逼他，這也是他不怕來找她的原因。她似乎知道，他從來不對任何人說實話，只客客氣氣地全擺在心裡。他告訴她的戔戔數語因而顯得格外珍貴，對他們倆都是。

「歐斯納德怎麼了？」她問。

「他該怎麼啦？」

「為什麼他認為他擁有你？」

「他知道一些事。」潘戴爾回答。

「你的事？」

「對。」

「我知道嗎？」

「我不認為。」

「是不好的事？」

「對。」

「你要我做什麼都行，我會幫你，不論什麼事。你要我殺了他，我就會殺，然後去坐牢。」

「為了另一個巴拿馬？」

「為了你。」

•

拉蒙．盧德在舊城一家賭場持有股份，喜歡去那裡輕鬆一下。他們占據一張華麗的絲絨長椅，低頭可看見光著肩膀的女人和眼睛泡腫的莊家，坐在空蕩蕩的輪盤桌旁。

「我打算把債務償還乾淨，拉蒙，」潘戴爾告訴他，「本金，利息，地皮。我要把帳一筆勾銷。」

「拿什麼還？」

「這麼說吧，我碰上一個腦袋壞掉的百萬富翁了。」

拉蒙用吸管啜了些檸檬汁。

「拉蒙，我要買下你的農場。那塊地太小，賺不了錢。你去那裡不是為了務農，只是為了指我的油。」

拉蒙仔細端詳鏡子裡的自己，對於眼前所見之物，他不為所動。

「你在別的地方還有做什麼其他生意嗎？一些我不知道的勾當？」

「我還真希望有，拉蒙。」

「非法的勾當？」

「非法的也沒有，拉蒙。」

「因為要是有，我就要分一杯羹。我借你錢，所以你告訴我你的生意是什麼，這才道德，才公平。」

「拉蒙啊，坦白說，我今晚沒有心情談道德。」

拉蒙想了想，這似乎讓他很不快樂。

「你碰到腦袋壞掉的百萬富翁，所以你付我每英畝三千塊。」他提出另一條永不改變的道德律。

潘戴爾殺價壓到了兩千，然後回家。

•

涵娜發燒了。

馬克在桌球比賽進入了前三名。

洗衣女傭又懷孕了。

擦地板的女僕抱怨園丁勾引她。

園丁堅稱，他已經七十歲了，有權利勾引任何他想追的女人。

聖人艾爾納斯托．狄嘉多已經從東京返家。

•

隔天早上進到店裡，哈瑞．潘戴爾陰沉沉地校閱他的部隊。從他的印地安完工好手開始，到他的義大利長褲裁製師，他的中國外套縫紉師，最後是愛斯馬拉達太太。這位紅髮老太太整天不做別的事，從日出到日落，就只縫背心，而且還心滿意足得很。身為偉大的指揮官，他在戰役前夕對每個人好言打氣，只是打的是潘戴爾自己的氣，因為他的部隊一點兒都不需要。今天是發薪日，他們的心情大好。潘戴爾將自己鎖在裁剪室裡，打開兩公尺長的棕色紙張攤在桌上，將打開的筆記本丟到木架上，伴著阿佛烈．德勒[11]的哀悼旋律，慎重地開始裁剪安德魯．歐斯納德兩套羊駝呢西服的第一套輪廓，由前薩維爾路老舖，皇室御用裁縫師，潘戴爾與布瑞斯維特先生有限公司承製。

剪刀起落，「務實任事的成熟男人」、「善於權衡論點的偉大裁量者」與「冷靜衡量情勢的評估

11 Alfred Deller（1912-1979），英國知名的假聲男高音。

者」爭相競逐。

7.

馬爾畢大使怏怏不樂宣布，有位安德魯・歐斯納德先生——那是某種鳥的名字嗎？他相當懷疑——即刻加入英國駐巴拿馬大使館的陣容，首席參贊奈吉爾・史托蒙特良善的心中先是起疑，繼而憂懼。當然，任何正常的大使都會將他的首席參贊拉到一邊，單就禮貌而言也當如此：「噢，奈吉爾，我想你應該第一個知道……」但是在禮尚往來了一年之後，他們已跨過視禮貌為理所當然的階段。況且，馬爾畢大使對他滑稽的小驚喜也很引以為傲，所以將這個消息留到了他每週一早上召開的館務會議上公布。史托蒙特私下認為，這個會議簡直是每週的低潮時刻。

他的聽眾包含一個漂亮的女人和三個男人，包括坐在他辦公桌前一張半月形鋁鋼椅的史托蒙特。馬爾畢面對他們，宛如某種更大型、更可憐的生物。他年近五十，六呎三吋高，額前垂著髒兮兮的黑髮，擁有從某個無用科系第一名畢業的榮譽，臉上恆常掛著絕不容錯認為微笑的傻笑。每回他的目光停駐在那個美女身上，你就知道，他希望永遠盤桓在此，卻又不敢，因為一忽兒他的眼神就羞怯地飄到牆上，只留下那一抹傻笑。他的西裝外套掛在椅背上，掉落的頭皮屑在晨光中閃爍。他的襯衫品味華麗繽紛。這天早上，他的寬度廣達十九條條紋。這是史托蒙特算出來的，他真恨他所站的立場。

若說馬爾畢不符合常人對於英國駐海外官員的印象，他的大使館也不遑多讓。沒有鍛鐵大門，沒有那些讓不懂規矩的次等人心生謙卑的鍍金門廊或豪華樓梯，沒有十八世紀佩著肩帶的偉人畫像。馬爾畢轄下的這一片大英帝國領土，高懸在巴拿馬最大的律師事務所擁有的摩天大樓裡，頭頂上是一家瑞士銀行。

大使館大門是防彈鋼材鑲英國橡木。要到這裡，你得先在靜悄無聲的電梯裡按下按鈕。在冷氣吹送的寂靜中，皇家徽章讓人聯想起矽膠與殯儀館。和大門一樣，窗戶已經過強化，好阻擋愛爾蘭人，同時也染了色阻擋陽光。外在的真實世界連一聲耳語都穿透不進來。寂靜的交通，起重機，船運，舊城與新城，成群穿著橘色罩袍、沿著巴布亞大道中央安全島拾集樹葉的女人，都只是女王陛下檢查井裡的樣本。從你一踏上英國境外疆土領空的那一刻起，你就是往裡看，而非往外看。

•

會議很快就討論到巴拿馬成為北美自由貿易協定締約國的機會（在史托蒙特看來無關緊要），巴拿馬與古巴的關係（不入流的貿易聯盟，史托蒙特暗忖，主要是毒品交易），瓜地馬拉選舉對巴拿馬政情的影響（沒影響，史托蒙特已經向部裡報告過了）。馬爾畢沒完沒了——永遠都是老樣子——老是提起煩死人的運河問題，無所不在的日本人，中國人假扮香港代表，還有一則巴拿馬新聞界的詭異謠言，說有個法國—秘魯財團打算用法國的技術和哥倫比亞的毒品錢買下運河。就在談到這個問題時，大概是吧，史托蒙特半是出於無聊，半是自我防衛，他開始放任思緒，苦惱地回顧自己此前的人生。

史托蒙特，名奈吉爾，出生在久遠以前，受的教育普普通通，在舒茲伯利以及（天哪）牛津唸書。像其他人一樣輔修歷史，也像其他人一樣離了婚：只不過我的小小出軌成了週日報紙的題材。最後娶了佩蒂，佩翠西亞的暱稱，我在馬德里英國大使館某位親愛同事舉世無雙的前妻，自從他在使館耶誕舞會上想用一只銀酒缸殺我獻祭之後，我終於娶了她。目前我在巴拿馬這個監獄裡服三年刑期，這裡人口兩千六百萬，四分之一的人失業，一半的人生活在貧窮線下。繼此地之後，人事處還沒決定該怎麼處置我。這些狗屁倒灶的事要是還不夠嗆，就看看昨天他們對我六個禮拜前的那封信的草率回答。佩蒂的咳嗽也令人擔心——那些該死的醫生何時才能找出治療方法？

「為什麼不能換成一家邪惡的英國財團呢？」馬爾畢抱怨，細細的嗓音幾乎都從鼻孔發出。「我恨不得身陷狠毒的英國陰謀裡，我從來沒有過這種經驗。妳有嗎，法蘭。」

美麗的法蘭嘉絲卡嫣然一笑：「哎。」

「哎，有？」

「哎，沒有。」

馬爾畢不是唯一為法蘭嘉絲卡瘋狂的人，全巴拿馬有一半的人都在追她。顛倒眾生的身材，同樣顛倒眾生的智慧。金髮雪膚的英國容貌讓拉丁男人為之瘋狂。史托蒙特在宴會上瞥見她，身邊全是巴拿馬最夠格的年輕男子，每個人都渴望和她約會。但是十一點一到，她就會在家裡，帶本書上床；隔天早上九點，身穿招牌黑套裝，脂粉不施，坐在辦公桌後，準備迎接天堂的一日。

「如果有個極端神祕的英國人標下了運河，打算改造成鱒魚養殖場，難道你不覺得很好玩嗎，古利佛？」馬爾畢用笨拙的狎笑態度，詢問矮小、打扮一絲不苟的英國皇家海軍退役上尉古利佛，他現在是大使館的採購官。「魚苗在米拉佛瑞斯水閘，大一點的魚在佩德羅米蓋水閘，成魚在加通湖[1]？我覺得這個主意實在太棒了。」

古利佛爆出一陣狂笑。採購是他最不關心的事。他的工作是盡量多多拋售英國武器，尤其是地雷，給每個靠販毒賺大錢，又付得出價碼的人。

「真棒的主意，大使，棒透了。」他突然煥發出慣有的熱誠，從袖子裡抽出一條手帕，活力十足地抹著鼻子。「順便一提，週末抓了一條活跳跳的鮭魚，二十二磅重。開了兩個小時去抓那傢伙。但每一哩都值得。」

福克蘭島那檔事，古利佛也有份，還得了面獎牌。自此而後，就史托蒙特所知，他就沒離開大西洋這一邊。偶爾喝醉時，他會舉起酒杯，遙祝「大海彼岸某個有耐心的小淑女」，嘆一口氣。但那是感激而非抱憾的嘆息。

「政治官？」史托蒙特回問。

他的聲音一定比他自己意識到的來得大聲。也許他剛才在打盹。徹夜照顧佩蒂，會睡著一點也不意外。

「我是政治官，大使。參贊處就是政治組。為什麼不擺在該擺的參贊處？跟他們說不行。你得介入啊。」

「恐怕沒有人能對他們說這種話，奈吉爾，已成定局了。」馬爾畢回答。他裝模作樣的嘶叫聲，每次都讓史托蒙特氣得牙癢癢。「當然，編制內，是有人傳真一份慎重其事的反對意見給了人事處。公開的東西，不能多透露。近來的密碼通訊花費是天文數字。我想，所有的機器和那些聰明的女人都很花錢。」傻笑又變成壓抑的微笑，抛向了法蘭嘉絲卡。「為自己的地盤奮戰，無可厚非。他們的反應你也想得到。某人的觀點值得同情，但無法改變，大家應該能理解。畢竟，如果某人身在人事處，他也會有相同的反應。我的意思是，他們的選擇不比我們多，對吧？情勢使然。」

就是「情勢」這個像是附注的字，讓史托蒙特初步掌握了事實的線索。但年輕的西蒙・皮特搶先他一步。西蒙是個髮色淡黃的頑皮高個子，綁著馬尾，馬爾畢專制的老婆曾命令他剪掉，卻徒勞無功。他是新人，目前包辦其他人都不想做的所有事情：簽證、資訊、大使館快完蛋的電腦、本地的英國僑民，

1　Miraflores、Pedro Miguel、Gatun是巴拿馬運河中為大西洋與太平洋海平面落差而建的三個水閘，加通湖則是為建水閘而攔河築成的人工湖。

以及等而下之的事。

「或許他可以分擔一些我的工作，長官。」西蒙厚著臉皮自告奮勇，一手高懸，像在投標。「例如先從『英格蘭之夢』著手？」他添上一句，指的是一批巡迴展出的英國早期水彩畫，此時正在巴拿馬海關裡腐朽，讓倫敦的大不列顛協會絕望哀號。

馬爾畢的遣詞用句比平常更吹毛求疵。「不，西蒙，恐怕不行，我想他不能接手『英格蘭之夢』，謝謝你。」他答道，細長如蜘蛛的手指選了一個紙夾，一面沉思，一面打開。「你們知道的，嚴格來說，歐斯納德並不是我們的一員。應該說，是他們的一員，如果你們了解我的意思。」

然而，不可思議的是，史托蒙特竟然不了解這麼顯而易見的推論。「對不起，大使，我不懂你的意思。誰的一員？他是聯絡員還是什麼的？」他閃過一個恐怖的念頭。「他不是企業派來的吧，是嗎？」

馬爾畢耐住性子，對著紙夾嘆了口氣：「不，奈吉爾，就我所知，他並不是企業派來的。他或許是企業派來的。我不知道他不是。我對他的過去毫無所知，對他的現在了解也有限，他的未來對我來說更是未知數。他是個朋友。不，我快快說，是真正的朋友。雖然我們每個人都活在希望裡，但願他終將在適當時機成為朋友，一個那樣的朋友。你現在聽懂我的意思了嗎？」

他停頓一下，讓心思單純的人能跟上他的腳步。

「他是從公園對面來的，奈吉爾，嗯，現在是河了。聽說他們移走了。以前是公園，現在是河。」

史托蒙特終於能再開口：「你是說，朋友要來設站？在巴拿馬？他們不行哪。」

「真有趣，為什麼不行？」

「他們走了。他們抽腿了。冷戰一結束，他們就關門大吉，把戰場全留給美國佬啦。這是產品分享的協議，條件是要他們保持距離。我參加了督導這項交易的聯席委員會。」

「誠如你所言，奈吉爾。但有差別，我得這樣說。」

「有什麼變化？」

「情勢，假定這麼說。冷戰結束，所以朋友走了。現在冷戰捲土重來，換美國佬走人了。我只是猜測的，奈吉爾。我不知道，不比你清楚。他們要討回他們的位置，我們的主子決定把位置給他們。」

「多少？」

「目前只有一個。如果他們搞得成功，毫無疑問，一定會要求更多。或許我們會看到過去那段昏頭轉向的日子又回來了，我們外交單位的主要功能又變成替他們的活動提供掩護。」

「告知美國人了嗎？」

「沒有，他們不知情。他的身分仍不公開，只有我們知道。」

史托蒙特細細體會這個消息，法蘭嘉絲卡卻打破沉默。法蘭很務實，但有時務實過了頭。

「他會在大使館內工作嗎？我指的是他本人。」

馬爾畢對法蘭嘉絲卡說話有不同的嗓音，也有不同的面容，游移在指導與關懷之間。

「是的，沒錯，法蘭，他整個人。」

「他會有幕僚嗎？」

「我們被要求提供一名助理。」

「男的或女的？」

「尚待決定。不容挑選的人決定，應該是，不過現在什麼事都說不準。」低聲竊笑。

「他是什麼官階？」這回是西蒙・皮特。

「朋友有階級嗎，西蒙？真好玩。我總是把他們的身分當官階。你不是嗎？我們是同一群人，在我們之外，還有他們那一群人，看法應該和我們不同。他是伊頓出身的。很奇怪，部裡有些事會告訴我們，有些又不肯透露。不希望我們對他有成見吧。」

馬爾畢唸的是哈洛公校。

「他會說西班牙語嗎？」法蘭嘉絲卡又來了。

「聽說很流利，法蘭，可是我從來不認為語言代表什麼，妳呢？一個用三種語言出洋相的人，在我看來，還比只用一種語言的人蠢上三倍。」

「他什麼時候到？」史托蒙特又問。

「十三號星期五，再適合不過了。也就是說，我接到的通知是，他會在十三號到達。」

「離現在還有八天。」史托蒙特抗議道。

大使伸長脖子，看著那張女王頭戴羽毛帽肖像的日曆。「真的？嗯，好吧，我想是。」

「他結婚了嗎？」西蒙・皮特問。

「沒聽說，西蒙。」

「意思是沒有？」——又是史托蒙特。

「意思是我未被告知他已婚，因為他要求的是單身宿舍，所以我想，不管他結婚沒，他都會單身赴任。」

馬爾畢將張得大開的手臂小心收攏到一半的位置，讓雙手剛好可以擱在腦後。雖然他的姿勢有些古怪，卻常自有意義。現在這個姿勢的意思是，會議該結束了，打高爾夫球去。

「這是全職工作，順便一提，奈吉爾，不是暫時的。當然，除非他被掃地出門。」他又加上一句，稍微開心。「法蘭，親愛的，我們討論過的備忘錄草案讓部裡很火大，妳可以熬夜趕工嗎，還是已經做好了？」

又是貪如豺狼的微笑，如老去年華般的悲傷。

•

「大使。」

「什麼，是奈吉爾呀，見到你真好。」

會後二十五分鐘。馬爾畢將文件塞進他的保險箱。史托蒙特逮住他獨處的時機，馬爾畢很不高興。

「歐斯納德幹嘛要掩護？他們一定告訴過你。你不能給他一張為所欲為的空白支票。」

馬爾畢關上保險箱，設好密碼，直起身子，瞄了手錶一眼。

「噢，我想我已經給了，不給又有什麼意義？反正無論如何，他們都會拿走他們要的東西，這不是外交部的錯。歐斯納德的贊助人是大有來頭的跨部會組織，誰都不可能抗命。」

「叫什麼？」

「規畫與執行。從來沒想過我們也具備這些功能。」

「誰掌控？」

「沒有人。我問過同樣的問題，人事處給了同樣的答案。我應該收下他，而且感激不盡。你也一樣。」

•

奈吉爾．史托蒙特坐在自己的辦公室裡篩揀來信。在他那個年代，他有能在高壓底下保持冷靜的美名。馬德里爆發醜聞時，他的風度簡直堪稱典範，也讓他得以安然脫險。因為當史托蒙特送出辭呈時，人事處長已打算批准，但更高當局卻仍然挺他。

「嗯，好吧，九命怪貓。」人事官咕噥著，語調宛如來自他以前印度事務署宏偉幽暗宮殿的深處。他和史托蒙特草草握了手，宣告未來的命運。「對你而言也稱不上是雪中送炭。是巴拿馬。可憐的你，好好享用馬爾畢吧，我相信你會的。而且我們還會議論你一兩年，是吧？還有得瞧呢。」

等人事官宣布休兵、到隔壁房間談笑風生時，他環顧墳場，找出方位。

安德魯·歐斯納德，史托蒙特又對自己說一遍。鳥。一對歐斯納德鳥飛過。古利佛剛射下一隻。真好笑。一個朋友。那些朋友之一。一個單身漢。一個會講西班牙語的人。全職待遇，除非因行為不檢而被開除。官階不詳，一切都不詳。我們新來的政治官。由一個不存在的機構贊助。敲定了，再一個星期就要抵達，助理性別不詳。來這裡做什麼？為誰做？取代誰？奈吉爾·史托蒙特？他可不是好奇，而是實事求是，儘管佩蒂的咳嗽讓他繃緊神經。

五年前還無法想像，公園對面訓練來在街角跟蹤、用蒸氣熏開郵件的那些有名沒姓的新貴，竟然會被認為可取代像史托蒙特這種階級的正統外交工作人員。但這是以前的事了，現在財政部努力提高效率、又大張旗鼓招募外界管理人才，以此掐著外交界脖子，逼著他們踏進二十一世紀。

上帝啊，他多厭惡這個政府，小英格蘭公司，負責指揮的是一群連經營克萊頓海濱遊樂園都不夠格的第十流騙子。保守分子會搶走國家的最後一個燈泡，以保全他們的權力。他們認為文官是奢侈品，就像世界存亡和國民健康一樣可以犧牲，而外交人員更是其中最可被犧牲的奢侈品。不，在當前這種庸醫治病與快速修理的氣氛中，巴拿馬首席參贊的位置被斥為多餘，也不是全然無法想像的事，奈吉爾·史托蒙特本人亦然。

為什麼要疊床架屋呢？他聽到「規畫與執行」的半官方人士，在他們一週一日、一年三萬五的寶座上高聲抱怨。為什麼有個傢伙做高貴的事，另一個做骯髒的事？為什麼不把兩個工作湊成一個？把歐斯納德鳥放進去。等他把那個地方摸熟了，就把史托蒙特鳥抓出來。省下一份工作！簡化職缺！然後我們就可以花納稅人的錢去吃午飯囉。

人事官會喜歡的，馬爾畢也是。

•

史托蒙特繞著他的辦公室走來走去，扯著袖子。《名人錄》裡沒有半個歐斯納德。《德布雷特名人簡傳》裡也沒有。《大不列顛鳥類全集》裡也不會有，他想著。倫敦電話指南從歐斯莫一口氣直接跳到了歐斯德，但那已經有四年歷史了。他翻閱好幾本舊的外交紅皮書，索查能說西班牙語的館員，尋找歐斯納德前一個化身的蛛絲馬跡。但什麼都沒找到，地上沒有，天上也沒有。他在白廳的通訊錄裡查「規畫與執行」，沒有這個組織存在。他打電話給管行政的瑞格，討論他租屋處屋頂漏水的事。這事一提就惱火。

「只要一下雨，可憐的佩蒂就得端布丁盆繞著客房到處跑，瑞格。」他抱怨說，「偏偏雨還下個不停。」

瑞格是本地雇員，和一個名叫葛蕾狄的美髮師同居。沒人見過葛蕾狄，史托蒙特懷疑她根本是男的。他們已經第十五度回顧那個倒閉的承包商，懸而未決的法律訴訟，以及巴拿馬禮賓司毫無助益的態度。

「瑞格，我們要怎麼安排歐斯納德先生的辦公室？該討論嗎？」

「奈吉爾，我不知道我們該討論什麼，或不該討論什麼。我已經接到大使的命令了不是嗎？」

「大使閣下下達的命令文是什麼呀？」

「是東迴廊，奈吉爾。全部。全新的鎖，配他的鐵門，信差昨天送來的，歐斯納德先生會自己帶鑰匙來。舊會客室裡的鐵櫃用來裝他的文件，怎麼組合，得等歐斯納德先生抵達再決定。不准錄音，說好像我們會錄似的。而且我還得確定有許多許多的插頭，可以供他的電器設備使用。他不是個廚子，對吧？」

「我不知道他是幹嘛的，瑞格，不過我打賭你知道。」

「嗯，奈吉爾，從電話裡聽起來，我會說，他這個人似乎不錯。口音就像ＢＢＣ播報員，可是更人性一點。」

「你們談什麼？」

「第一是他的車。在還沒拿到他的車之前，他想先租車，所以我會租一輛給他，他會傳真他的駕照給我。」

「有說哪一種嗎？」

瑞格咯咯笑。「他說不要藍寶堅尼，也不要三輪車。要一輛他就算戴上圓頂硬邊禮帽都還坐得進去的車，如果他戴圓頂硬邊帽的話，因為他很高。」

「還有呢？」

「他的公寓，我們多快能幫他準備好。我們幫他找了一個很棒的地方，如果我能及時弄掉那些裝潢就太完美了。我告訴他，就在聯合俱樂部樓上，只要他喜歡，隨時可以對著他們的藍色染髮劑和假髮吐口水。我只要求上一點油漆，白色的。我告訴他，顏色任你選擇，所以你要選什麼色？不要粉紅，謝謝你，他說，也不要水仙黃。來點溫暖的駱駝糞棕色如何？我大笑起來。」

「他幾歲，瑞格？」

「我的天哪，我拿不準耶，什麼歲數都有可能，真的。」

「你還有他的駕照呀，不是嗎？」

「安德魯・朱利安・歐斯納德。」瑞格大聲唸著，非常興奮。「一九七〇年十月一日生於華特福。哎呀，那是我爹和我媽結婚的地方耶。」

•

史托蒙特站在迴廊上，從機器裡為自己倒了一杯咖啡，年輕的西蒙・皮特悄悄挨近，讓他偷偷瞥一眼藏在掌心的護照照片。

「你怎麼說，奈吉爾？是『大賽局』裡的柯儒瑟[2]呢，還是個男扮女裝、體重過重的瑪塔哈里[3]？」

照片裡是個養尊處優的歐斯納德，兩隻耳朵都露出來了。照片預先寄來，好讓西蒙可以洽請巴拿馬禮賓司在他抵達時提供通關禮遇。史托蒙特看著照片，有那麼一瞬間，整個私人世界似乎都逸出掌控：

前妻的贍養費金額太過龐大，但他堅持要給她；克萊兒的大學生活費；亞德里安想攻讀律師的野心；他想在阿爾格夫山坡買下一幢石瓦農莊的祕密夢想，種著自己的橄欖樹，有溫暖的陽光與乾燥的空氣可以治好佩蒂的咳嗽。還有一整筆退休金，讓夢幻成真。

「看起來是個好得不得了的傢伙。」他讓步說，是他天生的高貴情操自己發聲。

佩蒂說的對，他心想。我不該整夜看護她而不睡。我也應該睡一下才是。

•

每個星期一，為了在晨禱之後舒緩一下，史托蒙特會和葉夫・列格藍在帕佛里奧吃午飯。列格藍是法國大使館的首席參贊，和他一樣熱愛決鬥與美食。

「噢，對了，我們終於有新人了，真好。」在列格藍吐露了一些根本稱不上機密的機密之後，史托蒙特這麼說。「年輕小夥子，年紀和你差不多。政治組的。」

「我會喜歡他嗎？」

2　大賽局（The Great Game）一詞原指十九世紀時大英帝國與舊帝俄之間為爭奪中亞所產生的衝突，二十世紀之後逐漸變成美國與蘇聯因爭奪石油掌控權而產生的衝突。柯儒瑟（Carruthers）是英國小說家厄司金・柴德（Erskine Childers, 1870-1922）的間諜小說《沙岸之謎》（The Riddle of the Sands）的主角，是白廳的職員，在與好友度假時無意間發現德國間諜的陰謀。

3　Mata Hari，荷蘭舞蹈明星，為第二次世界大戰的知名女間諜。

「每個人都喜歡。」史托蒙特的語氣堅定。

•

史托蒙特才一回到他的辦公桌，法蘭就打內線電話給他。

「奈吉爾，發生不可思議的事了！你猜得到嗎？」

「我猜不著。」

「你認識我那個古怪的異母兄弟麥爾斯嗎？」

「沒私人交情，但我知道他。」

「嗯，你知道麥爾斯唸的是伊頓吧，當然。」

「不知道，但現在知道了。」

「好吧，今天是麥爾斯的生日，所以我打給他。你相信嗎，他和安迪．歐斯納德住同一個宿舍耶。他說歐斯納德非常討人喜歡，有點遲鈍，有點陰鬱，可是在校隊裡表現得好極了。他因為好色而被開除。」

「因為什麼？」

「女孩啊，奈吉爾，記得嗎？維納斯。不是因為男孩子，否則就該說斷袖。麥爾斯說，也有可能是他沒付學費。他不記得是誰先找上歐斯納德，維納斯或學校會計。」

在電梯裡，史托蒙特碰到古利佛帶著一只公事包，神色凝重。

「今晚有大任務嗎，古利佛？」

「奈吉爾，這件事有點兒棘手。老實說，得輕手輕腳的。」

「嗯，自己小心。」史托蒙特提出建議，並帶點適度的凝重神態。

前不久，菲比・馬爾畢的一個橋牌女伴看見古利佛和一個花枝招展的巴拿馬女子手挽手。她大概二十歲，至少，那個橋牌女伴說，而且親愛的，她黑得就跟你的帽子一樣。菲比說要在適當時機告訴她丈夫。

•

佩蒂已經上床睡了。史托蒙特上樓時聽見她的咳嗽聲。

看來得自己到荀伯格家去了，他想。荀伯格夫婦是美國佬，很有教養。愛爾西是個任務沉重的律師，不時得飛回邁阿密打戲劇性十足的官司。保羅是中情局的，也是不該知道安德魯・歐斯納德是朋友的人之一。

8.

「潘戴爾。來見總統的。」

「誰來見總統？」

「他的裁縫師。我。」

蒼鷺宮矗立於舊城中心，在一片突出的海岬上，與白蒂雅角隔著海灣相望。從海灣另一頭開車到這裡，得穿過土地開發商眼中的煉獄，到藏污納垢與高貴典雅並存的十七世紀西班牙殖民地。周遭盡是令人觸目驚心的貧民窟，然而謹慎選擇的路徑讓人看不見他們存在的痕跡。這天早上，在古老的門廊前，一支禮賓軍樂團正對著一列空蕩蕩的外交車輛與停妥的警用摩托車演奏史特勞斯。樂團團員頂著白色頭盔，身穿白色制服，戴白手套，樂器閃亮得有如白金。傾盆大雨從頭頂上設計不良的雨篷傾洩流下到他們的脖子。看守雙扉大門的是遜斃了的炭黑色西裝。

另一雙戴白手套的手接過潘戴爾的公事包，穿過電子探測器。他被叫到絞台上，站在上面。他心想，在巴拿馬，不知間諜是會被吊死還是槍斃。戴手套的手將公事包還給他，絞台宣告他無害，這位偉大的祕密情報員獲准進入城寨。

「這邊請。」一位高大的黑天神說。

「我知道。」潘戴爾驕傲地說。

一座大理石噴泉在大理石地板中央噴著水。奶白色的蒼鷺在水中漫步，輕啄任何引起牠們興趣的東西。牆邊與地板等高的幾個籠子裡，有更多蒼鷺對過往的人露出不豫之色。牠們合該如此，潘戴爾心想，想起涵娜每星期都要他講上好幾遍的那個故事。話說一九七七年，吉米．卡特前來巴拿馬簽訂新的運河條約，祕勤局人員在宮裡噴灑消毒劑，結果保住總統，卻要了蒼鷺的命。後來是一場極其機密的行動，趁黑夜掩護運走鳥屍，改從奇特雷運來肖似的活鳥取而代之。

「請問尊姓大名？」

「潘戴爾。」

「請問有何貴幹？」

他等著，想起孩提時的火車站；太多大人在他身邊匆匆奔向太多方向，他的手提箱總是擋住去路。一位和善的女士對他說話。轉頭時，他想，那一定是瑪塔，因為那美麗的聲音。但燈光拂過她的臉，完好無缺。他看見她那套布朗尼色套裝上的名牌，她是總統的貞女，名喚海倫。

「重嗎？」她問。

「輕如鴻毛。」他禮貌地答說，婉拒她那雙貞潔的手。

跟著她走上宏偉的樓梯，光燦的大理石換成了深紅色的桃花心木。更多戴耳機、穿著醜陋西裝的傢伙從廊柱門道裡盯著他。貞女說，他挑了個忙碌的日子來。

「只要總統一回來，我們就忙個不停。」她抬起眼睛，望著天堂，她住的地方。

問他在香港消失的那幾個小時，歐斯納德說。他趕到巴黎去見誰？是去搞七捻三，還是密商陰謀？

「直到這裡為止，我們都在哥倫布的統治之下。」貞女用她光潔無瑕的手指著一排巴拿馬早期總督對他說，「而從這裡開始，歸美國管。不消多久，我們就會自己治理了。」

「太好了，」潘戴爾熱烈附和，「也該是時候了。」

他們走進一間鑲有嵌板的大廳，像圖書館，卻沒有書。地板蠟的蜂蜜味撲鼻而來。貞女腰帶上的呼叫器響了。他獨自一人。

他旅途中的所有暇隙。找出他失蹤的那些時間。

•

獨自一人，直挺挺，抱著他的公事包。牆邊黃色罩面的椅子似乎脆弱得不堪一坐。想像坐垮一張。砰一聲，懇求赦免。日復一日，週復一週，若說有什麼事是潘戴爾拿手的，那必定是打發時間。他會站在這裡，畢其餘生，如果必要的話。公事包抱在手裡，等待他們叫他的名字。

在他背後，兩扇宏偉的門打開，陽光倏地衝進屋裡，伴隨乒乒乓乓的忙碌腳步聲與權威感十足的男聲。潘戴爾小心翼翼，避免做出任何不敬的舉動，悄悄退到一個肥臉的哥倫布時期總督畫像下，挨磨著，直到自己變成一道甩不掉累贅公事包的牆。走近的是十來個強壯、操各種語言的人。鞋子不耐煩地在鑲花地板上喀噠作響，西班牙語、日語與英語興奮交錯。這群人以政客的速度前進：威儀堂堂卻鬧哄哄，猶如剛放出禁閉的學童一樣吱吱喳喳。制服是深色西裝，語氣洋洋自得。勢如破竹越來越近之際，潘戴爾注意到他們編排成箭頭隊形。箭頭頂端，高出地面一、二呎處，升起了一尊大於真人尺寸的太陽王[1]本尊，無所不在之神，閃亮至尊，時光之聖，穿著P＆B的黑西裝外套，條紋長褲，和一雙鞋尖有著異色裝飾皮的達克[2]黑色牛皮都會鞋。

半是因為神聖不可侵犯，半是因為美食精饌，總統的雙頰煥發出粉紅光澤。滿頭華髮都已銀白，雙唇纖小潤澤，彷彿才剛離開母親的胸脯。清澄的矢車菊藍眼睛猶然沉浸在會議成果的喜悅當中，閃閃生輝。隊伍走近潘戴爾時突然參差不齊地煞住，隨著命令下達，一陣忙亂推擠。至尊閣下踏步向前，旋過腳跟，面對他的客人們。一個名牌寫著「馬可」的副官站在他的主人身邊。一個穿布朗尼套裝的貞女加入他們的行列，她的名字不是海倫，而是璜妮塔。

賓客一個挨著一個，大膽向前去握不朽至尊的手，然後告辭。璀燦閣下對每個人都送上一句鼓勵。就算他們把恩賜包裝好帶回家給媽咪，潘戴爾也不會訝異。此時，這位偉大的間諜內心飽受煎熬，擔心起裝在他公事包裡的東西。完工手要是裝錯了西裝怎麼辦？他看見自己打開箱蓋，拉出一件涵娜的牧羊女戲服，那是印地安婦人為了她要參加卡莉塔．盧德的生日化裝派對匆匆縫好的：大花圓裙，荷葉摺邊帽，藍色馬褲。他渴望查看好確認一下，但又不敢。道別還沒結束。有位客人，日本人，很矮小。總統並不矮。有人得站在斜坡上握手。

「那麼就說定囉，星期天打高爾夫球。」至尊無上閣下承諾，用的是他孩子很愛的那種灰沉平板的聲調。一位日本紳士立刻爆出痙攣似的大笑。

其他幸運兒也被挑選出來──「馬塞爾，謝謝你的支持，我們巴黎見！春天，在巴黎！帕布羅先生，請記得代我向貴國總統致意，告訴他，我很重視你們國家銀行的意見──」直到最後一群客人離開，門關上，那一抹陽光消逝，屋裡再無別人，只有浩瀚的偉大閣下，一個名叫馬可的副官，和名叫璜妮塔的貞女。以及一堵拿著公事包的牆。

三人組一起轉身，走過房間，太陽王走在中央。目的地是總統的私人辦公室。通往那裡的門距離潘戴爾所站之處不到三呎。他揚起微笑，公事包握在手裡，向前一跨步。滿是銀髮的頭抬了起來，轉向他，但那雙矢車菊藍的眼睛只看見牆。三人組從他身邊經過，私人辦公室的門關了起來。馬可回來。

「你是裁縫嗎？」

「是的，馬可先生，我是，替總統閣下服務。」

「等著。」

潘戴爾等著，和那些站著伺候的人一樣，年復一年。門再次開啟。

「動作快一點。」馬可命令道。

問他在巴黎、東京和香港消失的那幾個小時。

1　法國國王路易十四的俗稱。

2　一八九八年於倫敦開業的英國製鞋名店 Ducker，多位名人皆是其常客。二〇一六年已歇業。

一道雕花黃金屏風矗立在房間一角，精工雕琢的各個角落都有鍍金鑲飾，橫桿上垂著黃金玫瑰。背著光，透明的閣下身穿黑外套、條紋長褲，皇威浩蕩地站在窗前。總統的手掌柔軟得像老婦人的手，只是比較大。接觸到那絲般柔嫩的掌心，讓潘戴爾回想起他的羅絲嬸嬸切雞塊煮週日湯，班尼彈著直立式鋼琴唱起《聖潔的阿伊達》的情景。

「歡迎歸國，先生，您這趟旅程真是辛苦。」潘戴爾喉嚨哽塞不通地低聲說。

但是，這位全球最偉大的領袖，不知道有沒有收到這句幾乎窒息的歡迎辭，因為馬可交給他一具沒有撥號盤的紅色電話，他已經開始講了起來。

「法蘭柯？別拿這種事煩我。告訴她，她需要一個律師。今晚歡迎會上見，注意囉。」

馬可拿走紅色電話。潘戴爾打開公事包。不是牧羊女戲服，而是一件燕尾服的半成品，胸前謹慎地強化了襯裡，以擔荷那二十個安睡在香水薄絹棺木中的動章重量。地球之主站到內鑲鏡子的黃金屏風之後，貞女悄悄退下。這座屏風是宮裡的古老工藝品。子民如此愛戴的白髮銀頭消失又出現，總統的褲子已經褪下。

「閣下如此親切。」潘戴爾咕噥著。

總統一隻手搭在黃金屏風側邊。潘戴爾將長針假縫的長褲放在總統的前臂上，手臂與長褲一起消失。更多電話響起。問他消失的那幾個小時。

「西班牙大使，閣下，」馬可在辦公桌那頭叫道，「想私下和您談。」

「告訴他，明天晚上，在台灣人之後。」

潘戴爾與這位宇宙之王面對面站著：巴拿馬政治棋局的大師，手握世界兩大通道之一的鑰匙、決定未來世界貿易與二十一世紀全球權力平衡的人。潘戴爾將兩根手指塞進總統的背心裡。馬可又通報另一通電話，一個叫曼紐的人。

「告訴他，星期三。」總統從屏風頂端喝斥道。

「上午或下午？」

「下午。」總統回答。

總統的腰線令人難以捉摸。如果褲襠是對的，那麼褲長就錯了。潘戴爾提起腰頭，褲子懸在總統的絲質襪頭上，讓他剎時看起來活像查理．卓別林。

「曼紐說下午可以，如果只打九洞的話。」馬可慎重地警告他的主子。

突然間，再無他事煩擾。潘戴爾形容給歐斯納德聽，說這是私人辦公室在喧嚷、混亂之後，天賜的片刻休戰時分。沒人出聲。馬可沒有，總統沒有，他那許多線電話也沒有。偉大的間諜蹲了下來，別好總統的左褲管，但他的機智並未棄他而去。

「請容我敬問閣下，在遠東高度成功的旅途中，是否有稍稍歇息的機會，先生？或許來些運動？散個步？買點東西？請恕我如此冒昧詢問。」

仍然沒有電話響，沒有任何事情打擾這天賜的休戰片刻，握有強權之鑰者正思考他的答案。

「太緊了，」他說，「你做得太緊了，布瑞斯維特先生。幹嘛不讓你們的總統呼吸啊，你們這些裁縫？」

•

「『哈瑞』，他對我說，『他們巴黎的那些公園，要不是因為有土地開發商和共產分子，我明天立刻就在巴拿馬也弄些一樣的。』」

「等等。」歐斯納德翻到筆記本次頁，努力地寫。

他們人在城裡喧鬧地帶，一家名叫帕拉西歐的賓館四樓。越過馬路，一個亮閃閃的可口可樂商標一亮一滅，一忽兒讓房裡燃起紅色燄火，一忽兒又讓一切歸於黑暗。迴廊裡傳來情侶抵達與離開的腳步聲。透過隔間牆，有憤恨或愉悅的呻吟，以及慾望交纏的軀體越來越快的悸動。

「他沒說，」潘戴爾謹慎地說，「沒說太多。」

「別任意詮釋可以嗎？只要告訴我他說的話。」歐斯納德舔舔拇指，翻過一頁。

潘戴爾眼中浮現約翰遜博士[3]在漢普斯德石南園的夏日小屋，他和羅絲嬸嬸去那裡賞杜鵑花的那一天。

「『哈瑞』，他對我說，『巴黎的那個公園，真希望我記得那個名字。那裡有間木頭屋頂的小屋，只有我們、保鑣和鴨子。』總統熱愛大自然。『就在那間小屋裡，締造了歷史。有一天，如果一切照計畫進行，將來木牆上會有一塊銅匾，告訴全世界，就在這個地方，決定了羽翼漸豐的巴拿馬未來的繁榮、富足與獨立，還會加上日期。』」

「有說他和誰談嗎？日本仔，青蛙[4]，還是中國佬？不會只是坐在那裡和花兒談心吧，對不對？」

「他沒說，安迪。但有線索。」

「告訴我呀——」又舔舔拇指，咋了一聲。

「『哈瑞，你得替我保密這件事。東方人的聰明才智真是讓我料想不到，法國人也不落人後。』」

「哪一種東方人？」

「沒說。」

「日本人？中國人？馬來西亞人？」

「安迪，我怕你是想把原來沒有的東西塞進我腦袋裡吧。」

四下無聲，只有交通的尖銳嚎叫，冷氣機的匡噹喘息，以及努力壓倒匡噹喘息的罐頭音樂。歐斯納德的原子筆頭快速滑過筆記本的紙頁。

「馬可不喜歡你？」

「他從沒喜歡過，安迪。」

3 英國著名作家與辭典編撰者 Samuel Johnson（1709-1784）的常稱。

4 指法國人，取笑其嗜吃青蛙之意。

「為什麼不？」

「宮廷弄臣可不喜歡土耳其裁縫和他們的主子一對一密談呢，他們不喜歡。『馬可，潘戴爾先生和我半輩子沒談過話，我們得好好補償，所以請當個好孩子，到桃花心木門另一邊，等我叫你──』他們不喜歡吧？」

「他是同性戀嗎？」

「就我所知不是，安迪，但我沒問過他，這也不關我的事。」

「找他出來吃飯。給他一點時間，給他一點西裝折扣，看起來他是我們該爭取的那種人。有任何傳統的反美情緒在日本人之間發酵嗎？」

「完全沒有，安迪。」

「日本人是世界的下一個超強？」

「不，安迪。」

「崛起工業國家的天生領袖？──依舊不是？日美仇恨？──巴拿馬要在惡魔與深藍大海之間選擇？──總統覺得自己像三明治裡的火腿──這類的事──不是？」

「沒有這類不尋常的事，安迪，沒提到日本人，沒有。嗯，只供參考，安迪，現在該讓我繼續說了吧。」

歐斯納德臉色一亮。

「『哈瑞』，他對我說，『我祈禱的是，我永遠、永遠、永遠都不要再擠在日本佬和老美之間，在同一個房間裡，各據桌子一端。因為要在他們之間保持和平，浪費了我多年的生命，看看我這頭可憐的灰髮就知道。』雖然我不確定那頭頭髮全是他的，老實說。我想這有幫助。」

「他愛聊天，對吧？」

「安迪，他就是這樣滔滔不絕。只要有屏風圍著，就沒什麼可以擋下他。而且他只要一提到巴拿馬受到全世界宰制，一整個早上都談不完。」

「他在東京消失的那幾個小時呢？」

潘戴爾搖搖頭，很沉重，「很抱歉，安迪，我們得保守祕密。」他將頭轉向窗戶，冷靜自制地拒絕。

•

歐斯納德的筆陡然停住。對街可口可樂的商標照得他一亮一滅。

「你在搞什麼鬼啊？」他追問。

「他是我的第三位總統，安迪。」潘戴爾對著窗戶答說。

「所以呢？」

「所以我不幹。我不能。」

「不能做什麼？他媽的。」

「不能違背我的良心，不成。」

「你瘋啦？這可是金砂耶，老兄，我們談的是獲利很高很高的生意。告訴我，總統告訴你他在日本失蹤的那幾個小時，是想對該死的美國佬玩什麼花樣？」

潘戴爾得花更多自省功夫，才能讓自己開口。但他辦到了。他雙肩下垂，鬆懈下來，目光回到房裡。

「『哈瑞』，他對我說，『如果你的顧客問你，我在東京的行程為什麼這麼輕鬆，請你告訴他們，我太太和皇后一起去視察製絲工廠的時候，我第一次品嘗到日本屁股的滋味』——這不是我會用的表達方式，安迪，你知道的，在店裡不會，在家裡也不會——『因為，這麼一來，哈瑞，我的朋友』，他對我說，『在巴拿馬的特定圈子裡，我的股價可就狂飆啦。其實哪，這只是障眼法，想想我當時行動的真正本質，和我順道安排的極機密會談，都是為了巴拿馬的終極利益啊，我不管其他人怎麼想。』」

「他到底是什麼意思？」

「他提到他個人面對了某些威脅，為了不引起公眾警覺，所以隱而不宣。」

「他的話，哈瑞，老小子，懂嗎？聽起來就像某個下雨星期一的該死《衛報》。」

潘戴爾沉著以對。

「沒有話，安迪，不是這樣的。話語是不需要的。」

「解釋。」歐斯納德一面寫一面說。

「總統希望每套西裝的左胸口內都有一個特殊口袋，這個設計是最高機密，我從馬可那裡拿到槍的長度。他說：『哈瑞，別以為我太誇張，而且這絕對不能告訴任何人。我為了我心愛的這個新生國家巴拿馬所做的事，必須付出我的鮮血作為代價。我不能多透露了。』」

底下的街頭傳來醉酒客傻呼呼的笑聲，就像在挖苦他們似的。

「我保證，這可是特大尺寸的獲利。」歐斯納德闔起筆記本。「阿布瑞薩斯兄弟最近如何啊？」

•

相同的舞台，不同的布景。歐斯納德找了一張搖搖欲墜的臥室椅，伸長粗壯的大腿，跨坐在上面，椅背聳立在他的胯間。

「安迪，他們很難界定。」潘戴爾提出警告。他背著手，踱著步。

「誰啊，老兄？」

「緘默反抗組織。」

「我敢說他們確實是。」

「他們把手上的牌緊緊貼在胸前。」

「幹嘛呀？民主不是嗎？幹嘛保持沉默？幹嘛不站上肥皂箱號召學生？他們緘默是幹嘛？」

「這麼說吧，諾瑞加給他們上了一門健康教育，他們不願意再有人倒下。沒有人能把邁基再丟進牢裡。」

「邁基是他們的領袖，對吧？」

「精神上或實際上，邁基都是他們的領袖，安迪。雖然他從不承認，他那些緘默反抗者，他那些學生，或是他那些與橋另一端有接觸的人馬也都不承認。」

「拉菲資助他們？」

「一直都是。」潘戴爾轉身踏進房間。

歐斯納德從膝上拉起筆記本，貼在椅背，又寫了起來。「有成員名單嗎？黨綱？政策？他們之間的關係？」

「第一，他們的宗旨是肅清國家。」潘戴爾略停一下，好讓歐斯納德記下。他聽著瑪塔說話，愛著她。他看著邁基在新西裝裡清醒振作，胸膛充滿忠貞的驕傲。「第二，在我們的美國朋友終於拔營離去之後，他們要進一步提振巴拿馬，成為獨一無二的成熟民主國家，雖然老美會不會遵守諾言還很可疑。第三，他們要教育窮人和需要的人，醫院，提高大學補助，讓貧窮的農人，尤其是種稻、捕蝦的，能有更好的生活條件。而且，也不把國家資產賣給標金最高的阿貓阿狗，包括運河。」

「他們是左派，對吧？」歐斯納德抓住長篇大作的間歇片刻插嘴，一面用櫻桃小嘴舔著他那枝原子筆的塑膠筆套。

「他們不失高貴，也不失健康。謝謝你，安迪，的確，邁基是左傾分子。但中庸之道是他的口號，而且他對卡斯楚的古巴和共產黨也沒興趣，跟瑪塔一樣。」

歐斯納德手中的筆沒停過，臉上露出專心的扭曲表情。潘戴爾看著他，越看越擔心，納悶要如何才能讓他慢下來。

「我聽過一個邁基的笑話，挺好笑的，如果你想知道的話。邁基是『酒後吐真言』的顛倒版，喝得越多，對他的反抗運動就提得越少。」

「但他比較清醒的時候，會告訴你所有的事，對不對，我們的邁基？憑他告訴你的那些東西，你大可吊死他。」

「他是朋友，安迪，我不會吊死我的朋友。」

「一位好朋友，而且你也是他的好朋友，或許該是你有所行動的時機了。」

「比如？」

「把他簽下來，讓他成為最誠實的線民，把他加到薪資單上。」

「邁基？」

「不是什麼大不了的事。告訴他，你碰見這個有錢的西方慈善家，很欣賞他的宗旨，想私下助他一臂之力。別說這個慈善家是英國人，說是美國佬。」

「邁基，安迪？」潘戴爾無法置信地低語。「『邁基，你想當間諜嗎？』要我去找邁基，對他這麼說？」

「為了錢，有何不可？人胖薪水肥。」歐斯納德說，宛如宣讀間諜工作不容抗辯的法則。

「邁基才不買老美的帳。」潘戴爾說，和歐斯納德的殘忍提議苦苦搏鬥。「美國勢力入侵讓他恨到了骨子裡。他口中的國家恐怖主義，指的可不是巴拿馬喔。」

歐斯納德把椅子當木馬搖，用他的豐臀前推後晃。

「倫敦很看重你，哈瑞，這可不是常有的事。他們要你張開翅膀，布下天羅地網，無所不包。部長，學生，貿易聯盟，國民會議，總統府，運河和更多運河。他們付你任務津貼，誘因，豐厚的紅利加上提高的薪水，讓你償還貸款。把阿布瑞薩斯和他的集團弄上手，我們就海闊天空了。」

「我們，安迪？」

歐斯納德的頭顱像飛行穩定器般維持不動，只有屁股繼續搖晃著。他理當壓低聲音，但聽起來卻更大聲。

「我站在你這邊。嚮導，慈善家，親密好友。你不能獨自操控，沒有人可以。這個工作太龐大了。」

「我很感激，安迪。我很看重這一點。」

「他們也會付錢給下線，不消說，拿的和你一樣多。我們可以大發利市。你可以的，只要物有所值。到底有什麼問題？」

「我沒有問題，安迪。」

「那麼？」

那麼，邁基是我的朋友，他心想。邁基反抗的已經夠多了，他不需要再反抗任何東西，無論是緘默或其它的。

「我得想想，安迪。」

「沒人付錢讓我們想東想西，哈瑞。」

「沒差，安迪，我就是這樣的人。」

這天晚上，歐斯納德的議程上已經沒有其他主題要談，但潘戴爾一時沒能領會，因為他正回想起一個名叫「友善」的獄卒，最擅長用六吋長的手肘戳人卵蛋。你讓我想起的就是這個人，他心想。友善。

•

「星期四是露伊莎帶工作回家的日子，對吧？」

「是星期四沒錯，安迪。」

歐斯納德併起大腿下了木馬，掏掏口袋，抽出一只華麗到誇張的鍍金打火機。

「一個有錢的阿拉伯客戶送的禮物。」他遞給站在房間中央的潘戴爾。「倫敦的驕傲。試試看。」

潘戴爾壓下開關，火亮了起來。鬆手，火燄熄了，重覆這個動作兩次。歐斯納德拿回打火機，輕撫下方，又還給他。

「現在，透過鏡頭看一下吧。」帶著魔術師的驕傲命令道。

•

瑪塔的小公寓已經變成潘戴爾在歐斯納德與貝莎尼亞之間的減壓房。她躺在他旁邊，臉轉向另一側。有時她會這麼做。

「妳那些學生近來如何？」他對著她修長的背問道。

「我的學生？」

「妳和邁基在艱難時刻一起逃命的那些男生女生，妳愛上的那些炸彈客。」

「我沒愛上他們。我愛的是你。」

「他們怎麼啦？現在在哪裡？」

「他們發財啦，不當學生了，上大通銀行去，加入聯合俱樂部囉。」

「妳見過他們嗎？」

「有時候他們會在他們昂貴的車裡對我揮揮手。」

「他們關心巴拿馬嗎？」

「除非他們做境外存款。」

「那現在誰做炸彈？」

「沒人做。」

「有時我會感覺到，有個緘默反抗運動正醞釀，正從頂端慢慢往下流。某種中產階級革命總有一天會爆發，出乎意料地接管這個國家，一場沒有官員參與的官員叛變，如果妳懂我的意思。」

「沒有。」她說。

「沒有什麼？」

「沒有，沒有什麼緘默反抗運動。只有利潤，只有腐敗，只有權力。只有有錢人和絕望的人，只有無動於衷的人。」又是她博學多聞的聲音，一絲不苟的書呆子語調，自修有成的賣弄。「有窮得不能再窮、只能去死的人，還有政治，政治是他們所有人最大的騙術。這是為了歐斯納德先生嗎？」

「如果他想聽，我會說給他聽。」

她的手找到他的手，拉到她唇邊。有那麼一會兒，她吻著他的手，手指貼手指，什麼都沒說。

「他付你很多錢嗎？」她問。

「他要的我給不了，我知道得不夠多。」

「沒有人知道得夠多。三十個人決定巴拿馬的一切，其他兩百五十萬人只能靠猜的。」

「你那些學生老朋友要是沒加入大通銀行、不開閃亮新車，他們會怎麼做？」潘戴爾不退縮。「如果他們留在武裝組織裡，他們會做什麼？怎麼做才合理？比如說今天，他們仍然會堅持從前對巴拿馬的訴求嗎？」

她陷入沉思，慢慢了解他話裡的意思。「你的意思是對政府施壓？要求政府跪地求饒？」

「沒錯。」

「首先我們會製造混亂。你要混亂嗎？」

「可能要，如果必要的話。」

「是有必要。混亂是民主覺醒的先聲，一旦勞工發現他們沒人領導，就會從他們的階級中選出領導人。政府害怕發生革命，就會下台。你希望勞工選出他們自己的領導人？」

「我希望他們選邁基。」潘戴爾說，但她搖搖頭。

「邁基不行。」

「好吧，不要邁基。」

「可以先找漁民。我們一直計畫要做，但從沒實現。」

「為什麼要找漁民？」

「我們是反對核子武器的學生。我們很憤怒，因為核子原料運經巴拿馬運河，我們相信那些貨櫃會對巴拿馬造成危險，也是對我們國家主權的侮辱。」

「漁民又能做什麼呢？」

「我們會去找他們的漁會和幫派老大；如果他們拒絕，我們就去找水岸的犯罪分子。他們為了錢什麼都肯做。當時有些學生很有錢。有錢也有良心的學生。」

「就像邁基。」潘戴爾提醒她，但她再次搖搖頭。

「我們會告訴他們：『把你們拿得到的拖曳網、漁船和小艇都拖出來，載滿食物和水，開到美洲之橋，下錨停在橋下，向全世界宣告，你們就要留在這裡。很多大型貨櫃船需要一哩的距離緩速。三天之後，就會有兩百艘船等著通過運河，兩個星期後就有一千艘，還有成千上萬艘會在抵達運河之前就掉頭離去，改變航程或折返它們出發的地方。如此一來就會形成一場危機，全球股市震驚，美國佬抓狂，航運業必須採取行動，巴布亞崩盤，政府垮台，接著就再也沒有核子原料會通過運河。』」

「老實說，瑪塔，我考慮的倒不是核子原料。」

她揚起一邊的眉毛，破碎的臉靠近他。

「聽著，巴拿馬今天正努力向全世界證明，我們可以把運河管理得就像美國佬一樣好。運河不容干擾，不能罷工，不能中斷，不能缺乏效率，不能敲竹槓。如果巴拿馬政府無法維持運河正常運作，又怎麼能偷回歲收，提高關稅，出售特許權呢？在國際銀行集團開始起飛的時刻，不論我們要求什麼，『白尾族』都會給，而且我們也會什麼都要。為了我們的學校，我們的馬路，我們的醫院，我們的農民和我們的窮人。如果他們想趕走我們的船，或射殺我們，或賄賂我們，我們就會向每天維持運河運作的九千個巴拿馬勞工展開呼籲。我們會問他們：你們站在橋的哪一邊？你們是巴拿馬的子民，還是美國佬的奴隸？在巴拿馬，罷工是神聖的權利，反對者就是叛徒。政府裡還有人主張巴拿馬的勞工法不適用於運河，讓他們瞧瞧吧。」

她平躺在他身邊，棕色雙眸離他如此之近，近到他眼中看不見其它東西。

「謝謝妳。」他親吻她。

「我的榮幸。」

9.

露伊莎・潘戴爾愛丈夫之深，外人極難理解，除非妳剛好生來就有一對頑固的父母恣意嬌寵，又有一位比妳矮了四吋的美麗姊姊，遠在妳做錯任何事的兩年前，就做對了所有事情，勾引妳的每個男友——不論有沒有和他們上床，雖然她通常都不會放過，逼得妳只能採取高貴的清教主義作為回應。只有這樣的女人，才有可能了解她對丈夫的愛有多濃烈。

她愛他，因為他對她和孩子恆久的付出，因為他像她父親一樣奮發上進，因為他重振了一家眾人皆已灰心放棄的卓越英國老舖，因為他在週日穿著條紋圍裙下廚料理雞湯和雞蛋麵，因為他的「插科打諢」（也就是四處逗趣），因為他替特別的團圓聚餐布置餐桌，用上最好的銀器與瓷器，布質餐巾，從來不用紙巾。因為他忍耐她像祖傳電力系統脈衝相撞般突如其來的怒氣。她對自己的怒火無能為力，只能等待火氣平息，或與他做愛，這是至今最好的解決方式，因為她的色慾和姊姊的不相上下，她雖然缺乏美貌，卻也拋不開道德束縛去放縱享受。而她也深感愧疚，因為她無法附和他的笑話，或如他渴望的開懷暢笑。就算哈瑞使盡渾身解數在逗她，她的笑聲仍然像她母親的笑聲一樣，祈禱也是。唯獨怒氣像她父親。

她愛哈瑞這個受害者與堅毅不拔的倖存者，寧願忍受窮苦困絕，也不願墜入邪惡的班尼叔叔的罪惡深淵，直到偉大的布瑞斯維特先生出現，拯救了他，就如同哈瑞自己後來也將她從她父母親手中及運河區拯救出來，讓她掙脫陰魂不散的壓抑，給了她嶄新、自由、高尚的生活。她愛他這個孤獨決斷的人，和衝突的信念奮力搏鬥，直到布瑞斯維特的睿智忠告領著他接近無宗派的道德律法，很類似她母親衷心擁護的「協和基督教」。童年時期，露伊莎從巴布亞聯合教會牧師得到的，也是這一派的薰陶。

領受這諸多恩慈，露伊莎感謝上帝與哈瑞．潘戴爾，詛咒她的姊姊艾米莉。露伊莎由衷相信她深愛丈夫，無論他喜怒哀樂，也無關他的生活形色。然而她從沒見過他的這一面，她驚恐莫名。

但願他只是打她，假若他不得不如此。但願他痛斥、譴責她，把她拖到孩子們聽不見的花園裡說：「露伊莎，我們玩完了，我要離開妳，我有別人了。」假若這是他的隱情。任何事，任何其它事，都比漠然裝做倆人過著完美無缺的生活、什麼都沒有改變來得好。生活的確沒有改變，除了他在晚上九點衝出門去為一個身價非凡的顧客量身，而三個小時之後回來說，他們豈不是該請狄嘉多來家裡吃晚飯嗎？怎麼不順便也邀歐克雷夫婦和拉菲．多明哥？只消一眼，世上任何一個傻瓜都可洞悉那鐵定會是一場災難。然而，不知何時在她和哈瑞之間形成的鴻溝，卻讓她沒將這句話說出口。

所以露伊莎保持沉默，如期邀請了艾爾納斯托。一天傍晚，艾爾納斯托正要回家的當兒，她塞給他一只信封。他好奇地收下，心想一定是某件事的備忘提醒；像艾爾納斯托這麼一位夢想家與謀略家，鎮日忙著和說客與陰謀策士奮戰周旋，有時根本忘了自己身在哪個半球，更別提現在是幾點鐘。但隔天早上抵達辦公室時，他很有禮貌地回覆，秉持一貫的西班牙紳士風度，好的，他和他內人很樂意赴約，只要露伊莎別介意他們得提早離開，他妻子伊莎貝放心不下他們的小兒子荷恩和他的眼睛感染，有時他似乎完全沒睡。

之後，她寄了一張卡片給拉菲．多明哥。其實他們早就知道他太太會不克前來，因為她一向不出席，這是那種差勁的婚姻。隔天，不出所料，一大束玫瑰送達，大概值個五十塊錢，附上印有賽馬的卡片，拉菲自己手寫的筆跡，說他興奮、顫慄，神魂顛倒，親愛的露伊莎啊，但他的妻子另有行程等等。露伊莎對那一大捧花代表的意思心知肚明，因為八十歲以下的女人無一能躲得過拉菲的攻勢。有八卦說他根本不穿內褲，好提高他的動作速率。可恥的是，露伊莎要是誠實面對自己，通常在兩三杯伏特加下肚之後，她會發現他迷人得令她心慌意亂。最後，她打給朵娜．歐克雷，這是她刻意留到最後的工作。朵娜說：「哎呦，屁啦！我們愛死了！」這不折不扣就是朵娜的水準。什麼樣的組合呀！

恐怖的日子來臨了，哈瑞破天荒提早回家，全副武裝，帶著購自陸德維商店、一對要價三百元的瓷燭台，從馬泰店裡買來的法國香檳，以及其他不知從什麼地方弄來、整整半條的煙燻鮭魚。一個半小時後，一群奇怪的外燴隊伍出現了，由一個自信滿滿的阿根廷舞男領頭，接管露伊莎的廚房，因為哈瑞說自家的傭人靠不住。然後涵娜又沒來由地弄得臭氣熏天，讓露伊莎一頭霧水——你不能對狄嘉多先生好一點嗎，親愛的？畢竟他是媽咪的老闆，也是巴拿馬總統親近的朋友，而且他還要為我們拯救運河，沒錯，還有安尼泰島。不，馬克，謝謝你，這不是你該拉小提琴演奏《懶懶羊》的場合，狄嘉多先生和夫人也許會欣賞，其他客人就難說了。

哈瑞接著走進來說，喔，露伊莎，別這樣，就讓他拉嘛，但露伊莎不為所動，又開始自言自語。那些話就這樣脫口而出，她根本無法控制，她只能聽著，呻吟著：哈瑞，我真搞不懂，為什麼每次我教小孩，你就一定要插手唱反調，好表現你是一家之主。此時，涵娜又一陣尖叫，馬克把自己鎖在房間裡，不停地拉著《懶懶羊》，直到露伊莎搥他的門：「馬克，他們隨時都會到。」這倒不假，因為門鈴就在此刻響起，走進來的是拉菲．多明哥，以及他的身體乳液，他屈意奉承的眼神和鬢角和鱷魚皮鞋——即便是哈瑞的巧手縫紉製衣，也沒辦法讓他看起來不像舞台上最糟的那種拉丁痞子；光是他頭上抹的那層髮油，就足以讓她父親將他從後門趕出去。

緊接在拉菲之後，狄嘉多夫婦和歐克雷夫婦也相繼抵達，正足以證明這場聚會多麼不自然；因為在巴拿馬，沒有人會準時出現，除非是硬梆梆的場合，但突然這一切都發生了，艾爾納斯托坐在她右邊，像個善良睿智的政要：只要水就好，謝謝妳，親愛的露伊莎，我恐怕不太能喝酒。而這個露伊莎，此時恨不得躲在自己的臥房裡灌上兩大杯的露伊莎回說，老實講我也一樣，總認為酒會破壞美好的夜晚呢。但是餐桌另一端，坐在哈瑞右邊的狄嘉多太太聽見了，露出奇怪、無法置信的微笑，彷彿她聽得很清楚似的。

此時，坐在露伊莎左邊的拉菲．多明哥將他的時間一分為二，一面逮住所有露伊莎讓他有機可乘的機會，用他穿著襪子的腳纏住露伊莎的腳——他還為此悄悄踢掉一隻鱷魚皮鞋，一面瞄著朵娜．歐克雷洋裝的前襟。那是一套剪裁像是艾米莉會穿的衣服，胸部高聳如網球，乳溝直指南方，她父親酒醉後都稱說那是工業區的方向。

「哈瑞，你知道她對我有什麼意義嗎，你老婆？」拉菲用滿口惡劣的西班牙英語問桌子另一端的哈瑞。為了歐克雷夫婦，今晚的官方語言是英語。

「別聽他的。」露伊莎命令道。

「她是我的良心！」張嘴大笑，露出滿口牙齒和食物。「在露伊莎出現之前，我根本不知道我還有良心。」

大家覺得這句話非常有趣，所以一起舉杯恭祝他的良心。而拉菲自己則忙著伸長脖子，再享用一份朵娜的低胸裝，腳趾同時在露伊莎的小腿上上下下磨蹭，令她既憤怒又慾火高漲。艾米莉我恨妳，拉菲你這個爛痞子放開我，別再看朵娜。老天爺，哈瑞，你今晚會幹我嗎？

•

哈瑞為何邀請歐克雷夫婦，是露伊莎百思不得其解的另一個謎團。後來她想起，凱文在某些和運河有關的生意上有投資，必定在商界舉足輕重，否則就是她父親所說的騙子。而他老婆朵娜認真看珍芳達的錄影帶健身，穿貼身短褲，對超市裡每個幫她推手推車的俊美巴拿馬小夥子搖屁股，而且她有求於他們的，可不只是手推車而已。

從大夥兒一坐定，哈瑞就打定主意要談運河。先是單挑狄嘉多，但狄嘉多以貴族般的威儀四兩撥千金。接著哈瑞又逼著其他人加入討論，不管他們是不是有話可談。他對狄嘉多提出的問題非常尖銳，讓她很難堪。若不是拉菲游移的腿和她自認有點過度莊重，她真想對他說：哈瑞，狄嘉多先生他媽的是我老闆，不是你的。所以你幹嘛這樣拍他馬屁，你這個討厭鬼？但那是蕩婦艾米莉會說的話，絕不是貞潔的露伊莎，因為露伊莎不會潑婦罵街，或者該說，不會當著孩子的面，也絕對不會在清醒時開罵。

沒有，狄嘉多很有禮貌地回答哈瑞的轟炸，總統出訪途中並沒有答應任何事情，但提到過一些有意思的想法。哈瑞，合作是最主要的精神，善意最重要。

做得好，艾爾納斯托，露伊莎心想，你應該告訴他何時該住嘴。

「我的意思是，大家都知道那些日本人追著運河不放，不是嗎，艾爾尼？」哈瑞提出一個他根本沒有事實可佐證的空泛闊論。「唯一的問題是，他們要用什麼方法攻擊我們。不知道你的看法如何，拉菲？」

拉菲穿著絲質襪子的腳趾已經探進露伊莎的膝關節內，而朵娜的低胸裝就像穀倉門大開大敞。

「哈瑞，我來告訴你我對日本人的看法。你想知道我對日本人的看法？」拉菲用他吵雜得有如拍賣官的聲音說，喚起聽眾的注意。

「我的確很想知道。」哈瑞假作殷勤。

但拉菲需要在場每個人的注意。

「艾爾納斯托，你想知道我對日本人的想法嗎？」狄嘉多通情達理地表示有興趣一聽拉菲對日本人的看法。

「朵娜，妳想聽我對日本人的看法嗎？」

「拉菲，你就直說吧，看在老天爺份上。」歐克雷不耐煩地說。

但是拉菲一個也不放過。

「露伊莎？」他問，腳趾在她的膝蓋後晃動。

「我猜我們都正等著聽你怎麼說，拉菲。」露伊莎扮演的是魅力四射的女主人與她的蕩婦姊姊。

於是拉菲終於開始發表他對日本人的看法：

「我認為，上個禮拜的大賽之前，那些日本渾蛋給我那匹賽馬朵切維塔打了雙倍份量的煩寧[1]！」他叫道，對自己的笑話放聲大笑，好幾顆金牙閃閃發亮。迫不得已的聽眾隨著他一起笑，露伊莎最大聲，朵娜緊追在後。

然而哈瑞沒有就此鬆手。正好相反，他提出一個他深知會令他妻子比其他人更心煩意亂的話題：前運河區本身的處置問題。

「我的意思是，我們得面對這個問題，艾爾尼，那是你們這些小夥子正打算瓜分的一小片好地產。五百平方哩的美洲花園，又刈草、又灌溉得就像中央公園似的，游泳池的數量還比全巴拿馬各地加總起

1 Valium，一種鎮靜劑。

來的還多——這讓你很納悶，不是嗎？『知識之城』的想法不知道是不是還在推動，艾爾尼？」所位在叢林中央的大學。坦白說，我有些客戶似乎認為那是死路一條，很難想像有哪個博學的教授會把那當成事業巔峰。不曉得他們這樣的想法對不對。」

就快彈盡糧絕了，可是沒有人伸出援手，他只好繼續推進：

「我猜，那得看屆時會空出多少美軍基地，對不對？大家都說，那得靠水晶球幫忙才行。我敢說我們得發機密電報給五角大廈，才能知道那個小小謎語的答案。」

「鬼話連篇！」凱文大聲說，「好幾年前，聰明的小夥子早就把那片土地給瓜分掉了，對吧，艾爾尼？」

令人毛骨悚然的空寂趁虛而入，狄嘉多親切的臉孔變得蒼白、冷硬，沒有人能想出任何話題。除了拉菲，他完全無視周遭氣氛，愉悅地追問起朵娜所用的化妝品，以便給他老婆也買一些。他也努力想將腳探進露伊莎出於自衛而交疊的兩腿之間。突然，潑婦艾米莉說出了純潔露伊莎隱忍不說的話，語句滔滔不絕從她嘴裡湧出。起初是一連串可笑的記錄聲明，接著是無法停止、酒精誘發的衝動。

「凱文，我不知道你在暗示什麼。狄嘉多博士是為了保存運河而奮鬥的勇士，如果你不知道，那是因為艾爾納斯托太有禮貌又太謙虛，所以才沒告訴你。而你，正好相反。你在巴拿馬唯一的念頭就是想從運河撈錢，偏偏這又不是運河運作的宗旨。唯一能從運河撈錢的方法，就是毀了運河。」她的聲音如行雲流水，開始一一細數凱文處心積慮構思的犯罪勾當。「砍伐樹林，凱文，切斷淡水，不再依照我們老祖宗最基本的要求維修結構和機器。」她的聲音變得沙啞又帶鼻音。她自己也聽得見，但制止不了。

「所以，凱文，如果你覺得非要賣掉北美最偉大的成就來撈錢不可，那麼，我建議你快滾回舊金山，把金門大橋賣給日本佬。還有，拉菲，你的手要是再不放開我的大腿，我就拿叉子刺進你的指節。」

這時所有人似乎都決定回到他們本該討論的話題上——談生病的孩子，談保姆，談狗，談任何與他們此刻所在之處保有安全距離的東西。

•

但是哈瑞安撫了賓客，陪他們走到車邊，站在門階上和他們揮手之後，他又做了什麼？對董事會發表一篇聲明。

「這是在擴張事業哪，露」——他擁抱她，拍拍她的背——「全都是，讓顧客舒活一下」——用他的蘇格蘭亞麻手帕拭去她的淚——「不擴張就是等死，現在就是這樣。看看親愛的老亞瑟·布瑞斯維特的遭遇。先是他的事業毀了，然後人也走了。妳不希望我也有同樣下場吧，是不是？所以我們得擴張。我們設招待所。我們交際應酬。我們改變作風。因為不得不，呃，露？對吧？」

然而，他企圖以保護人自居的態度卻讓露伊莎反應更強烈。她推開他。

「哈瑞，等死還有其它方式，我希望你多想想你的家人。我知道太多案例，你也知道，四十歲男人得心臟病和其它壓力誘發的疾病。你的生意要是沒擴展，我會很意外，因為我記得最近聽到不少營收和產量增加的事。但是，如果你真的擔心未來，而不是以此為藉口，那麼我們還有稻米農莊可以退守啊。

我們真的寧可生活過得樸素，實踐基督教的簡約生活，也不願意和你那些不道德的有錢朋友比來比去，讓你為我們鞠躬盡瘁。」

潘戴爾這時將她拉了過去，緊緊擁住，答應明天真的會早點回家——或許帶孩子去遊樂園，看電影。露伊莎哭著說，噢，好，就這樣，哈瑞！我們去吧！可是他們沒去。因為明天到來時，他想起了巴西貿易代表團的酒會——有很多重量級的人物，露——我們何不改明天去呢？等那個明天來臨時，我是個騙子，露，這個晚餐會我不去不行，他們為墨西哥來的重量級拳擊手辦了一場酒宴。我是不是在妳書桌上看見一份新的《溢洪道》？

《溢洪道》是運河的時事通訊。

•

星期一早上，納歐蜜打來通常每週一通的電話。聽聲音，露伊莎就知道納歐蜜有重大消息。露伊莎很好奇，這次會是什麼？也許是猜猜皮皮．卡利伯上星期帶了誰到休士頓出差。或者，妳聽說了賈姬．羅培茲和騎術教練的事嗎？或者，朵洛蕾斯．羅迪蓋茲跟丈夫說她去陪剛動了心血管繞道手術的媽媽，可是妳知道她是和誰一起去嗎？不過這次，納歐蜜帶來的不是這些，她只想談可愛的潘戴爾一家。馬克這回考試成績如何，哈瑞真的給涵娜買了她的第一匹小馬？真的？露伊莎，哈瑞真是這世上最慷慨的男人，我們可惡的老公真該學學他！就在她們倆描繪著一幅潘戴爾家甜蜜和樂的情景之際，露伊莎領悟到，納歐蜜是在憐憫她。

「露伊莎，我真是太為你們高興了。我真的很高興，你們這麼健康，孩子這麼上進，你們又彼此相愛，上帝對妳這麼仁慈，潘戴爾對他擁有這些這麼珍惜。我很高興知道拉緹．荷田薩斯剛才告訴我關於哈瑞的事，不可能是真的。」

露伊莎動也不動地貼著話筒，驚恐得說不出話，也無法掛掉。拉緹．荷田薩斯，女繼承人，蕩婦，阿爾方索的老婆。阿爾方索．荷田薩斯，拉緹的老公，妓院老闆，P＆B的客戶，惡棍一個。

「當然。」露伊莎不知道她贊同的是什麼，只知道不論是什麼，都是為了說出「繼續說吧」。

「露伊莎呀，妳我都知道，哈瑞不是會去城裡那些以鐘點計價的寒酸旅館的人。『拉緹，親愛的，』我說，『我想妳該給自己換副眼鏡了。露伊莎是我的朋友，哈瑞和我也有多年的柏拉圖式友誼，露伊莎一直都知情，也能理解。她們的婚姻堅若磐石。』我對她說：『就算帕萊索賓館是妳老公開的，就算妳坐在大廳等他的時候，看見哈瑞和一堆妓女走進來，也沒什麼差別。很多巴拿馬女人看起來都像妓女，很多妓女在帕萊索作生意。哈瑞有很多各行各業的客戶』。露伊莎，我希望妳知道，我對妳很忠心，支持妳，我遏止了謠言。『不老實？』我對她說，『哈瑞從來不會。他根本不知道怎麼不老實。妳看過哈瑞不老實的樣子嗎？當然沒有。』」

許久過後，露伊莎的身體才又有了感覺。她很努力克制自己。晚宴上那次情緒爆發讓她驚魂未定。

「臭婆娘！」她在涙涕交横中大叫。

只是這時她已經掛掉電話，在哈瑞新置的款待櫃裡，給自己倒了一大杯伏特加。

一定是那間新招待所惹的禍，她這麼相信。多年來，P＆B頂樓一直是哈瑞最不切實際的夢想主題。

我要把試衣間擺在陽台下，露。他以前常這麼說。我要讓運動休閒區設在展示間隔壁。或者：也許我該將試衣間留在原地，加上一座戶外樓梯。或者：我想到了，露！聽著，我要把後面加蓋出去，弄個健康俱樂部和三溫暖，開家小餐廳，P＆B客戶專屬，湯品與本日現捕海鮮，如何？

哈瑞甚至弄好了模型，還大略估算了費用，整個計畫接著卻束之高閣，因此頂樓迄今仍是空中閣樓，只停留在計畫階段。而且無論如何——試衣間要擺哪兒？答案是，結果，哪裡都不去。試衣間留在原地不動，但運動休閒區，哈瑞的驕傲，要壓扁塞進瑪塔的玻璃盒裡。

「那麼瑪塔要往哪兒去？」露伊莎問，她可恥的那面暗自希望瑪塔真的「去」了別的地方，因為關於瑪塔的傷，露伊莎有些事一直沒弄懂，例如哈瑞為何認為對她的傷負有責任。不過哈瑞對所有事都覺得有責任，這也是她愛他的原因之一。他略過不提的事。他知道的事。激進學生和住在柯利羅區的貧民。還有瑪塔對他發揮的影響力，實在有些太像露伊莎自己的影響力了。

她心想，我嫉妒每一個人，並給自己調了一杯純馬丁尼基調的雞尾酒，不再碰伏特加。我嫉妒哈瑞，我嫉妒我的姊姊和我的孩子，我根本就是嫉妒我自己。

還有書。關於中國的。關於日本的。關於亞洲四小龍的。他是這麼說。她數了數，總共九冊，全是在夜裡毫無預警送達他書房的桌上，而後就一直留在那裡，像一支沉默不祥的占領軍。日本潛沉多年。它的經濟。日圓不斷升值。從帝國到君主立憲民主。南韓。它的人口統計、經濟與憲法。馬來西亞。它的過去與未來在全球事務中的角色。偉大學者的論文彙編。它的傳統、語言、生活型態、命運、與中國因工業而遞結的權宜婚姻。中國。共產主義何去何從？後毛澤東時代即崩潰的中國寡頭統治、人權、人口爆炸，該做什麼？我也該充實自己了，露，我覺得進退不得。老布瑞斯維特說的沒錯，一向如此，我應該上大學。在吉隆坡？在東京？在首爾？露，這些是崛起的地方，它們會是下個世紀的超強，妳等著看吧。十年後，他們會是我唯一的客戶。

•

「哈瑞，我希望你能分析利潤給我聽」——她鼓起最後的勇氣——「誰付冰啤酒和威士忌和紅酒和三明治和瑪塔的加班費？你的客戶向你買西裝，難道是因為他們想和你聊天喝酒到半夜十一點？哈瑞，我再也不了解你了。」

她想拿出帕萊索旅館的事情質問他，但已用盡勇氣，她需要再來一杯浴室頂架上的伏特加。她看不清楚哈瑞，她認為他也一樣。眼前隔著一層迷濛熱霧，從哈瑞的位置望來，只看見因悲嘆和伏特加而變老的自己。哈瑞已經走出去，她站在客廳此處，望著孩子們從車窗向她揮別，因為今天輪到哈瑞載他們去度週末。

「我會把一切都處理好的，露。」他允諾，輕拍她的背，像是安慰傷患。

那麼，是出了什麼過失，必須處理好呢？他口口聲聲說要矯正的又是什麼鬼東西？

•

是誰驅策他？是什麼？如果她無法滿足他，又是誰彌補了不足之處？哈瑞到底是什麼人，前一分鐘可以裝做她不存在，下一分鐘就帶了禮物給她，竭盡所能取悅孩子？他為什麼在城裡四處奔波，彷彿以此為生？為什麼接受那些他以往避之如蛇蠍、只單純視為客戶的人的邀請——如拉菲之流的骯髒大亨、政客，以及和毒品掛勾的企業家？還對運河高談闊論？他為什麼深夜和滿滿一電梯的流鶯一起偷偷溜出帕萊索旅館？然而，最黑暗的情節發生在昨晚。

昨天是星期四。每逢週四，她都會帶工作回家做，好在星期五將辦公桌清乾淨，空出週六陪陪家人。她把父親的公事包放在她書房的桌子上，想著也許能在送孩子上床和燒晚飯之間抽出一小時的空檔；但又突然想到牛排有狂牛症，於是開車下山買雞肉。回到家時，她很高興發現哈瑞提早回來了：他的越野車像往常一樣停得歪歪的，沒地方停她的標緻，所以她得停在山坡下——她倒是很樂意，辛苦提著採買的東西爬上人行道走回來。

她穿著運動鞋。屋子的門沒鎖，哈瑞真是健忘，我要嚇他，嘲笑他的停車技術。她在玄關停下腳步，她從書房敞開的門看見他背對她站著，他父親的公事包打開躺在她的書桌上。他拿出所有公文飛快地翻著，像是知道自己要找什麼，無需一一查看。好幾份檔案。機密的。針對某些人的個人報告。狄嘉多一位新加入的幕僚提出的文件草案，將提供給等待穿越運河的船舶所用。狄嘉多有點擔心，因為負責起草的人最近才剛成立自己的雜貨零售公司，可能會把承攬契約往對其有利的方向推動。或許露伊莎可以看一下，告訴他她的看法？

「哈瑞。」她說。

或許她是放聲吼叫。可是你對著哈瑞大吼，他不會跳起來，只是放下手邊正在做的事，等待進一步指示。他這時就是如此：凍結不動，然後非常緩慢、宛如不驚動任何人似地，把她的文件放回她的書桌上。接著從她的書桌退後一步，以他慣有的收斂低調，看著眼前六呎處的地面，露出像服過鎮定劑之後的微笑。

「是帳單啊，親愛的。」他用喪家之犬的聲音解釋。

「什麼帳單？」

「妳記得的，愛因斯坦中心，馬克的音樂課。他們說已經寄出、我們卻還沒繳的那張帳單。」

「哈瑞，我上星期就繳了。」

「看吧，妳知道，我就是這麼說的。露伊莎上禮拜就付了，她從來不會忘記的。他們根本不聽。」

「哈瑞，我們有銀行報表，我們有支票存根，我們有收據，我們有銀行可以打電話問，我們有現金擺在家裡。我不懂，你為什麼要在我的書房翻我的公事包，找一張我們老早就付清的帳單？」

「是的，沒錯，我們付清了，我不用麻煩了，對嗎？謝謝妳提供資訊。」

他裝出受傷的樣子，或自以為裝出的任何樣子走過她身邊，回到自己的書房。穿過中庭時，她看見他塞了個東西在長褲口袋裡，意會到是那只他近來從不離身、討人厭的打火機——顧客送的禮物，他說，在她面前晃，輕輕彈開關上，秀給她看，驕傲得像擁有新玩具的孩子。

她驚慌失措。視線模糊，耳鳴刺響，膝蓋發軟。燒焦的氣味，孩子般的汗水淌下她的身體。整個場景。她看見柯利羅區陷在烈燄中，哈瑞從陽台回到房裡時的臉，還有他眼裡仍舊熾熱燃燒的紅色油光。她看見他走近她蜷縮藏身的掃帚櫃，抱住她，也抱住馬克，因為她不放開馬克。然後他結結巴巴對她說了幾句話，幾句她聽不懂、也一直無法理解的話，直到此刻。但她寧可當那是目睹滔天浩劫之後神智不清的胡言亂語：

「如果我搞個這麼大的陣仗，他們會關我一輩子。」他說。

然後他低下頭，看著自己的腳，像站著祈禱的人。和他剛才的姿勢一樣，但更糟。

「妳看，我的腳不能動了，」他解釋，「釘住了，像被鉗子夾住了。我應該跑下山去，可是我辦不到。」

接著開始擔心瑪塔會有什麼事。

哈瑞想燒掉這間該死的房子！她對自己尖叫，渾身顫抖，啜一口伏特加，聽到中庭另一邊傳來他的古典音樂聲。他帶著打火機，想放火燒掉他的家！他上了床，她強暴他，他似乎很感激。隔天早上，什麼事都沒發生過。在早晨，向來不會有。哈瑞沒有，露伊莎也沒有。這是他們的生存之道。越野車壞了，所以哈瑞得借標緻車送孩子們上學。露伊莎搭計程車去上班。擦地板的女傭在食品儲藏室發現了一條蛇，嚇得歇斯底里。涵娜掉了一顆牙。下雨了。哈瑞不會被關一輩子，也不會用他的新打火機燒掉房子。但他在外頭待到很晚，遊說另一個晚來的顧客。

•

「歐斯納德？」露伊莎又說了一遍，不相信她的耳朵。「安德魯・歐斯納德？天曉得這個歐斯納德先生是誰，又為什麼要邀他到島上參加我們的週日野餐？」

「他是英國人，露，我告訴過妳了，幾個月前才派到大使館來。他就是訂了十套西裝的那位，記得嗎？他自己孤家寡人在這裡。在找到公寓之前已經在旅館住了好幾個星期。」

「哪家旅館？」她問，想拜託上帝，最好是帕萊索旅館。

「巴拿馬飯店。他想認識真正的一家人，妳能理解的，對不對？」——聽命行事的獵犬，只知忠心耿耿，從不理解。

在她想不出任何話可說時：

「他很有趣，露，妳會知道，很活潑，會和孩子們衝得像房子著火一樣快，我敢和妳打賭。」面臨不快的局面，他勉強擠出一陣假笑。「希望我英國的根能在他們難纏的小腦袋裡發芽。愛國心，他們說我們每個人都該有。妳也一樣。」

「哈瑞，我不懂你或我對國家的愛，和邀請歐斯納德先生在涵娜生日時加入我們親密的家庭野餐有什麼相干，尤其是你和自己孩子相處的時間又那麼少。」

這時他垂下頭，哀求她，像個站在門口的老乞丐。

「布瑞斯維特先生替安迪的父親做西裝，露，我常跟著去，幫忙拉布尺。」

•

涵娜想去稻米農莊過生日，露伊莎也是，雖然基於不同理由。因為她無法了解，為何稻米農莊從哈瑞的話題裡消失了。她在最難熬的時候，曾相信哈瑞必定在那裡金屋藏嬌——阿諛奉承的安吉會替任何人拉皮條。每每露伊莎建議去農莊，哈瑞就立刻擺出高傲態度，說那裡有大計畫正在進行，最好等律師把一切都搞定再說。

所以他們只好開著越野車到安尼泰島。安尼泰是一棟沒有牆的房子，像個木造音樂台，蹲踞在長僅六十碼、水霧瀰漫的島上。這島位在運河水道水位最高的一段，這段悶熱的氾濫谷地位在距離大西洋二十哩的內陸，稱為加通湖，水量豐沛，由兩兩成行、消失在濕潤水霧裡的彩色救生圈標出彎彎曲曲的界線。島在湖的西北緣，僻處水岸叢林密生的鋸齒狀海灣、峽口、紅樹林濕地和其它島嶼之間。湖裡最大的島是巴羅．科羅拉多，而最不起眼的就是安尼泰。「安尼泰」是潘戴爾的孩子以派汀頓熊果醬所起的名字，由露伊莎的父親向他的雇主租來，每年只付少到忘了多少的租金，現在則無償遺贈給她。

運河在他們左邊流過，繚繞的水霧像永不消逝的露水。鵜鶘潛進迷霧，車裡的空氣聞起來有船的油味。世界萬物未曾改變，也永遠不變，阿門。行經這裡的船隻，是露伊莎像涵娜這年紀時行經此地的船。相同的黑色身影伸出赤裸的手肘，撐在汗水淋漓的欄杆上。相同的濕旗子從旗杆上垂下，天曉得這代表什麼意思——她父親常這麼開玩笑——除非是為了波特白羅[2]的瞎眼老海盜。有歐斯納德先生在場，潘戴爾顯得非常不安，一路陰沉地默默開著車，露伊莎窩在他旁邊。歐斯納德先生這麼堅持，他發誓他比較喜歡坐後座。

歐斯納德先生，她昏昏欲睡地對自己說。碩大的歐斯納德先生。至少比我年輕十歲，然而我永遠不可能叫你安迪。她已經忘了，就算她曾經知道，英國紳士虛情假意時，溫文有禮得多麼讓人解除心防。她母親常警告她，幽默加上禮貌，會構成危險的魅力。所以就當個好聽眾吧，露伊莎心想。她將頭往後靠，微笑地聽著涵娜像地主似地為他介紹景觀。馬克也隨她去，因為這是她的生日——更何況，他也像涵娜一樣，被這位客人沖昏頭了，但他的因應之道是格外沉默。

一座老燈塔出現眼前。

「到底是誰這麼蠢，把燈塔一面漆成黑色，一面漆成白色？」無休無止地聆聽涵娜描述鱷魚的恐怖

2　Portobelo，巴拿馬位於加勒比海一側的小海港。

嗜好後，歐斯納德先生問道。

「涵娜，別對歐斯納德先生沒大沒小。」露伊莎警告，因為涵娜大吼大叫，說他是個傻瓜。

「告訴她老布瑞斯維特的事，安迪。」哈瑞頗不情願地建議，「告訴她你小時候對他的印象，她會喜歡的。」

他在對我炫耀，她心想。幹嘛這樣？

但她已溜回自己的童年迷霧之中，每回開車來到安尼泰，她都會這樣，一種靈魂出竅的體驗：回到運河區日復一日、一成不變的恐怖生活，回到滿懷夢想的老祖宗遺留給我們的火葬場甜香之中，他們沒留什麼事給我們做，除了在公司為我們種下、終年盛開的花叢間，在公司幫我們割的終年常綠草地上漫遊，在公司的游泳池裡游泳，怨恨我們漂亮的姊妹，讀公司的報紙，以及早期美國社會主義者、移民殖民傳道兼而有之者、在運河區外不信神的蠻荒世界建立完美社會的夢幻。在此同時，卻從未真正超脫外國駐軍抱持的憐憫論調和嫉妒心，從未質疑公司對種族、性別與社會的傲慢態度，從不敢走出劃定給我們的界線之外，只能服服貼貼、義無反顧地前進，一層接一層，順著我們生命中早已注定風平浪靜的狹窄河道上下移動，熟知每一個水閘、湖泊和溝渠，熟知每一個隧道、自動裝置、水壩，以及兩岸依序排列、形狀各異的山丘。這是亡者永恆不變的成就，而我們在這世上唯一負荷的義務，就是讚美上帝與公司，在高牆之間直線前進，深植我們的信念與恩慈，向我們放蕩的姊姊挑釁，把自己手淫到死，擦亮「世界第八大奇景」的銅牌。

誰拿到那些房子，露伊莎？誰拿到土地、游泳池、網球場、手工修剪的樹籬和公司提供的塑膠聖誕麋鹿？露伊莎，露伊莎，告訴我們如何提高效益，削減開支，擠出外國聖牛的奶！我們現在就要，露伊莎！我們現在當權了，現在，外國投標客對我們打躬作揖，現在就做，要趕在天真善感的生態學家開始向我們宣導他們珍貴的雨林之前。

分紅、計誘和祕密交易的低語在長廊迴盪。運河會現代化、拓寬，以利更大的船舶通行他們正計畫的新水閘……跨國承包商提供龐大金額作為諮詢、影響力、佣金、契約……同時：露伊莎不許處理的新檔案，以及那些只要她一走進房間就停止討論的新老闆們，只有狄嘉多的房間例外：她可憐、高尚、光榮的艾爾納斯托和他的掃帚，在他們貪得無饜的浪潮裡，徒勞無功地揮動。

「我真是他媽的太年輕了！」她吼道，「我太年輕也太活力充沛，不該看到我的童年在眼前堆積如垃圾！」

她一震，坐直身子。她的頭一定是靠在潘戴爾不合作的肩膀上。

「我說了什麼？」她苦惱地追問。

她什麼都沒說。說話的是坐在後座的外交官歐斯納德先生。他以無窮無盡的禮貌態度，問露伊莎是否樂意見到巴拿馬接管運河。

在崗波亞港，馬克向歐斯納德先生示範，如何扯下機動船上的防水布，靠自己發動引擎。哈瑞把舵良久，讓船駛過甦醒起來的運河交通。然而是馬克讓船靠岸，栓住，卸下行李，並在快活的歐斯納德先生大力協助下，生火烤肉。

•　•

這個滑頭的年輕人是誰，這麼年輕，這麼既英俊又醜陋，這麼好色，這麼逗趣，這麼有禮貌？這個好色的男人是我老公的什麼人？而我老公又是他的什麼人？為什麼這個好色的男人好像為我們帶來新生活——儘管把我們蒙在鼓裡的哈瑞似乎希望他未曾如此？他怎麼會對我們這麼了解，和我們相處得如此自在，親如家人，談起店裡、瑪塔、阿布瑞薩斯、狄嘉多和我們生活裡的所有人，無不如數家珍，只因為他父親是布瑞斯維特先生的朋友？

為什麼我這麼喜歡他，比哈瑞還喜歡？他是哈瑞的朋友，不是我的。為什麼我的孩子繞著歐斯納德先生轉時，哈瑞要皺起眉頭，背過身去，拒絕跟著許多笑話發笑？

她最初的念頭是哈瑞在嫉妒，這讓她很高興。第二個念頭既是夢魘又是恐怖與可恥的狂喜：噢，天哪，噢，老爸老媽，哈瑞要我愛上歐斯納德先生，這麼一來我們就扯平了。

潘戴爾和涵娜烤著多出來的肋排。馬克準備釣竿。露伊莎拿出啤酒和蘋果汁，看著她的童年在救生圈之間咕嚕咕嚕地遠去。歐斯納德先生向她問起巴拿馬學生的事——她認識任何一人嗎？他們好鬥嗎？——以及住在橋另一端的人。

「嗯，我們是有座稻米農莊，」露伊莎迷人地回答，「可是我不覺得我們認識那邊的任何人。」涵哈瑞和馬克背靠背坐在船上。而魚兒，套句歐斯納德先生的話，以自願安樂死的精神放棄自己。涵娜趴臥在安尼泰房舍的陰影裡，誇張地翻閱歐斯納德先生帶來祝賀她生日的那本關於小馬的書。露伊莎在他的溫文鼓勵和偷偷灌下伏特加的影響下，慨然和他分享她迄至此時的生活歷程，用她那個放蕩姊姊艾米莉賣弄風情的言語，發揮她的郝思嘉魅力，而後跌躺在地。

「我的問題是——我一定得說——我叫你安迪真的沒關係嗎？我是露——雖然我這麼愛他，用這麼多不同的方式愛他，我的問題是——感謝上帝，我只有一個問題，因為我在巴拿馬認識的大部分女孩，每個禮拜的每一天都有不同問題——我的問題就是我的父親。」

10.

露伊莎打點丈夫晉謁將軍的朝聖之旅，就像打點孩子們上聖經學校，甚至更熱心。她臉頰上泛起迷人色彩，言語中洋溢莫大的朝氣。她情緒之所以高漲，一大部分來自於酒瓶。

「哈瑞，我們得把車洗乾淨。你要去幫一位在世的當代英雄做西裝耶，以將軍的階級和年齡，他獲得的動章比美軍任何一位將軍都來得多。馬克，去提幾桶熱水過來。涵娜，可以請妳負責海綿和清潔劑嗎，該死，快點。」

潘戴爾其實可以將車開到本地修車廠的自動洗車機，但今天露伊莎為了將軍，不只要心誠虔敬，還要一乾二淨。從來沒有這麼以身為美國人為榮，她一再說著。她實在太興奮，跳來跳去，幾乎跌倒。洗淨車子之後，她檢查潘戴爾的領帶，就像羅絲嬸嬸檢查班尼叔叔的領帶。先是貼近，再拉遠距離，畫畫似地。她一直不滿意，直到他換上一條比較沉穩的領帶。她的呼吸充滿牙膏味。潘戴爾很不解，為什麼她最近刷牙刷得這麼勤。

「你看起來就像我認識的報社特派員。扮成特派員的樣子，拜訪指揮南方司令部的美國將軍，這很不妥當耶。」所以她用最佳的艾爾尼·狄嘉多祕書的聲音，打電話給髮型設計師，約了十點鐘。「不要蓬起來，也不要留鬢角，謝謝你，荷西。潘戴爾先生今天想剪短、梳齊，他要去拜會指揮南方司令部的美國將軍。」

之後，她告訴潘戴爾該表現出什麼樣子：

「哈瑞，你別開玩笑，要恭敬」——愛憐地撫平他原本就好好的外套肩膀——「而且要替我問候將軍，說潘戴爾全家，不只是米爾頓．簡寧的女兒，很期待美國家族的感恩節烤肉和煙火表演，每年都一樣。你離開店裡之前，先把鞋再擦亮一下。天生的軍人會用你的鞋子評斷你，指揮南方司令部的將軍也不例外。小心開車，哈瑞，我說真的。」

她的耳提面命是多餘的。沿著彎彎曲曲的叢林道路開下安孔丘，潘戴爾一如往常，非常注意查看速限。在美軍基地的檢查哨前，他僵直身軀，壯起膽子對哨兵露出微笑，因為他自己此時幾乎也就是個士兵。行經修葺整潔的白色別墅，他察覺到居住者的鏤空雕花軍階就環繞在他周遭，身歷其境體驗平步青雲入了天堂的感覺。踏上高貴的階梯到第一流菱石高地大門口時，儘管提著公事包，但他卻學起美國大兵古怪的軍事步伐，上半身保持不動，屁股和膝蓋各自執行獨立的功能。

從踏進屋裡的那一刻起，潘戴爾和每次來到這裡時一樣，絕望地深陷愛河。

•

這不是權力，是權力的戰利品：一幢前執政官的宮殿聳立在占領區的山崗，由謙恭有節的羅馬衛兵戍守著。

「先生，將軍現在要見你，先生。」中士通知他，以一個訓練有素的動作拿下他的公事包。

亮閃閃的白牆上掛著銅牌，紀念曾在此地服務的每一位將軍。潘戴爾像老朋友似地和他們打招呼，一面緊張地四下張望，尋找不樂見的改變跡象。他毋須害怕。遊廊有些不祥的玻璃閃光，有幾部看不見的冷氣機，幾條太過多餘的地毯。將軍曾經在事業的起步階段征戰東方，否則這幢房子可能會和泰迪．羅斯福前來視察登月火箭進度時相去無幾。無足輕重，自己的存在毫不相干，潘戴爾跟著中士穿過相連的廳堂、客廳、圖書室和起居室。對他而言，每一扇窗都是一個不同的世界：這會兒是運河，擠滿貨船，陣仗盛大地迴旋穿過河谷盆地；這會兒是層層疊疊的淡紫山丘，披覆著熱霧瀰漫的森林；一會兒是圓拱的美洲大橋，像隻大海怪盤繞著跨越海灣，遠處三個圓錐島嶼自天際延展開來。

還有鳥！動物！就在這個山丘上——潘戴爾從露伊莎父親的一本書裡得知——種類比全歐洲加總起來的數量還多。在一棵大橡樹的枝椏上，成年的鬣蜥在近午陽光裡曬太陽沉思著。在另一條枝椏上，棕白相間的狨從旗杆上盤旋、跳下，抓起將軍那位可人的太太放在那裡的芒果，而後又躍上旗杆，手拉手，笑鬧著互相踐踏，跳回安全之地。而在完美的草地上，棕色的水豚像巨大的頰鼠，盡本分地緩緩走動。這是另一幢潘戴爾一直企盼能住在當中的房子。

•

中士登上樓梯，將潘戴爾的公事包拎在左舷。潘戴爾跟著他。老照片裡穿著制服的戰士得意地對他翹起鬍子。募兵海報需要他參與早被遺忘的戰爭。將軍的書房裡，一張柚木書桌擦得光亮，亮到潘戴爾發誓能看透它。但最令潘戴爾飄飄然的是更衣室。九十年前，最頂尖的美國建築與軍人意志，聯手打造了巴拿馬第一個縫紉聖殿。當時，熱帶氣候對男士的服裝不甚有利，頂級剪裁的西裝會在一夜之間長霉；衣服擺放在狹小空間裡，只會令濕氣更重。因此，創造將軍更衣室的人在原為衣櫃的地方，設計了一個高大、通風的小禮拜堂，開有頂窗，位置別具巧思，恰好足以捕捉住任何一絲拂過的微風。在更衣室裡，他們巧妙設計出一個掛在滑車上的桃花心木橫桿，可以推高到頂端，也可以降低到地面，只需女人輕輕一碰的力道就能夠操作。橫桿上，他們掛上統領高地、第一代將軍的許多套日間西裝、早晨外套、晚宴服、燕尾服、軍禮服與制服。所以，所有衣服就可以這樣掛著輪流穿，還能在窗戶捕捉住的微風裡輕輕颾動。在這世上，就潘戴爾所知，對他這門藝術最振奮人心的貢獻莫過於此。

「而且您將之保存了下來，將軍，長官！您使用它！」他熱情地呼喊。「我絕對沒有不敬之意，但我得說，我們英國人通常不會和我們大西洋對岸的朋友如此有志一同。」

「噢，哈瑞，我們和表面上看起來不太一樣，對吧？」將軍審視著鏡子裡的自己，無邪而滿足。

「是啊，先生，我們不一樣哪。可是等運河落入我們英勇的巴拿馬主人之手，可就完全變了，我想沒有人能決定。」他狡猾地扮演起情報偵搜者的角色。「我有些比較敏感的顧客，會提到無政府和其他更糟的事。」

將軍常保年輕心態，喜歡直言無諱：「哈瑞，這就像溜溜球。昨天他要我們走，因為我們是壞事做盡的殖民野人，騎到他們頭上，壓得他們喘不過氣來。今天他們要我們留下，因為我們是這個國家最大的雇主，山姆大叔要是遺棄了他們，他們就會在國際貨幣市場上遭遇信心危機。打包，不打包；不打包，又打包。感覺很棒。哈瑞，露伊莎好嗎？」

「謝謝您，將軍，露伊莎非常好，知道您問起，她一定會更好。」

「米爾頓．簡寧是位頂尖的工程師，也是高尚的美國人。很遺憾他離開了我們。」

他們試穿一套炭灰色羊駝呢的三件式西裝，單排釦，要價五百美元，這是整整九年前、潘戴爾向他的第一位將軍所開的價碼。他拉拉褲腰。將軍永不發胖，體格猶如運動天王。

「我想，接下來會有一位日本紳士住在這裡。」情報偵搜員哀悼地說。他折彎將軍的手肘，兩人都看著鏡子。「還有他全家、僕人和廚子，我一點都不懷疑；你絕對不會認為他們有人聽過珍珠港。老實說，將軍，這讓我很沮喪，舊有秩序的改變，請容我這麼說。」

就算將軍已想到如何回答，他的答覆也被妻子宜人的聲音打斷了。

「哈瑞．潘戴爾，你得馬上把我的丈夫還給我。」她快活地抗議著，手上抱著一只插滿百合的大花瓶，不知從何處飄了進來。「他完完全全屬於我，你別在這套西裝上動一針一線啦。這是我見過最性感的東西。現在，我想再和他私奔一回。露伊莎好嗎？」

•

他們在一家閃著霓虹燈、二十四小時營業的咖啡館碰面。咖啡館旁是廢棄的海洋鐵路終點站，現在已成為運河一日遊的搭船地點。歐斯納德帶著一頂巴拿馬帽，癱坐在角落一張桌子旁，肘彎裡抱著一個原來不知裝什麼的空玻璃杯。從潘戴爾上回見到他至今的一個星期裡，他添了體重，也添了年歲。

「茶，還是這玩意兒？」

「我要茶，拜託，安迪，如果你不介意的話。」

「茶。」歐斯納德粗魯地對女服務生說，一手用力摸著頭髮。「再來一杯這個。」

「難熬的一晚啊，安迪。」

「作戰哪。」

透過窗戶，他們可以默默凝望逐漸傾圮、毀壞的硬體設備，憑弔巴拿馬的英雄歲月。老舊的鐵路客運車廂，內裝已被老鼠和流浪漢破壞得爛兮兮，黃銅桌燈完好無缺。鏽蝕的蒸汽引擎、轉車台、客車、煤水車，四散棄置，像被寵壞的孩子給丟棄一地的玩具，任其腐朽。人行道上，背包族擠在雨篷下，推開乞丐，數著浸濕的鈔票，努力想弄懂西班牙文告示。大半個早上都在下雨，一直下到現在。餐廳裡有汽油的臭味。船隻的號角聲壓過了喧囂。

「這是湊巧碰見，」歐斯納德強壓下一個酒嗝之後這麼說，「你來買東西，而我來查看船班。」

「我買什麼東西啊？」潘戴爾非常困惑。

「我他媽的管你幹嗎？」歐斯納德痛飲白蘭地，潘戴爾小口啜著茶。

潘戴爾開車。他們同意開這輛四輪驅動車，因為歐斯納德的車掛的是外交車牌。路旁的小禮拜堂標示出間諜和其他摩托車騎士遇害的地點。焦慮不安的小馬背負重擔，驅趕牠們的，是頭上頂著包袱、耐心十足的印地安人家庭。一頭死牛趴在十字路口，一群黑色禿鷹爭食最佳部位。震耳欲聾的一聲槍聲宣告後輪爆胎。潘戴爾動手換輪胎，戴著巴拿馬帽的歐斯納德陰沉地蹲在路邊。城外一家公路餐廳，塑膠雨篷下擺放硬木桌，烤架上叉著烤雞。雨停了，猛烈的陽光打在翡翠綠的草地上。鐘形鳥籠裡的鸚鵡荒腔走板怪聲尖叫著。除了潘戴爾和歐斯納德，只有兩個穿藍襯衫的大塊頭坐在木板平台的另一邊。

「認識嗎？」

「不，安迪，很樂意告訴你，我不認識。」

兩杯主廚白酒沖下他們的雞肉——再接再厲，來個一瓶吧，然後嘛，滾吧，讓我們安靜一下。

•

「神經兮兮的，他們就是這樣。」潘戴爾開口。

歐斯納德把頭埋在一手張開的手指間，另一手記著筆記。

「將軍身邊不時都有五、六個人在打轉，我沒辦法和他獨處。有個上校，高個子的傢伙，老是把他拉到一邊，要他簽些東西，跟他咬耳朵。」

「看見他簽的是什麼？」歐斯納德稍稍挪動頭部，以減輕疼痛。

「我在給他試穿時看不見啊，安迪。」

「聽到他們說話的內容？」

「沒有，我想你蹲在地上的時候根本沒辦法聽見。」他啜了一口酒。「『將軍』，我說，『如果不方便，或者有我不該聽見的話，請明白告訴我，我不會生氣，我可以改天再來。』但他不肯。『哈瑞，我希望你留下來，這是屬於你的地方。你是狂濤大海上安定人心的船筏。』『那麼，好吧』，我說，『我就留下來。』接著他太太走了進來，什麼話都沒說。但是，有些表情抵過千言萬語，安迪，我看到的就是其中之一。我說哪，是兩個了解至深的人之間，意義非常深遠、涵意非常豐富的表情。」

歐斯納德放慢書寫速度。「『指揮南方司令部的將軍和他老婆交換一個意義深遠的表情。』這個應該會讓倫敦提高警覺。」他酸溜溜地說，「將軍到底有沒有痛罵國務院？」

「沒有，安迪。」

「說他們是一群軟腳蝦、書呆子、娘娘腔，還罵中情局那些學院派是從耶魯來的守舊分子？」

潘戴爾搜尋記憶。他深思熟慮。

「他是提過一點點，安迪。有些流言，我會這麼說。」

歐斯納德下筆稍帶熱忱。

「惋惜老美失掉權力，思索運河未來的所有權？」

「是有點緊張，安迪，提到學生，而且語氣可不怎麼敬重。」

「照他的話說可以嗎，老兄？我來加油添醋，你照他的話說就成了。」

潘戴爾依照他的吩咐：「『哈瑞』，他對我說——非常平靜，真的，我很擔心他前面的領子——『我對你的建議是，哈瑞，趁早賣掉你的店鋪和房子，帶你的妻子和家人離開這個鬼地方。米爾頓．簡寧是個偉大的工程師，他女兒應該有更好的生活。』我茫茫然，說不出話，太感動了。他問我小孩幾歲，知道他們還沒到上大學的年紀，鬆了一口氣，因為他可不想看到米爾頓．簡寧的孫子和那些長頭髮的共產黨痞子在街上逃竄。」

「等一下。」

潘戴爾等著。

「好了，再來。」

「然後，他說我應該照顧露伊莎，光看她能忍耐運河管理局那個口是心非的渾球艾爾納斯托．狄嘉多博士，老天詛咒他，就知道她的確是虎父無犬女。將軍不是一個很健談的人，安迪，我很震驚，你一定也是。」

「狄嘉多是渾球？」

「沒錯，安迪。」潘戴爾回想起那位紳士在他家晚餐時，毫無助益地裝腔作勢，以及這麼多年來宛如布瑞斯維特再世似地掐住他脖子。

「他到底怎麼個口是心非？」

「將軍沒說，安迪，我沒有立場問。」

「談到美軍基地要撤或要留？」

「他不是這樣說的，安迪。」

「他媽的是什麼意思？」

「說了一些笑話。苦中作樂。提到說，不久之後，馬桶就會阻塞。」

「航運安全？阿拉伯恐怖分子威脅癱瘓運河？老美必須留下來，繼續和毒品作戰，控管武器小子，維持和平？」

潘戴爾對每個問題都謹慎地搖頭。「安迪，安迪，我是個裁縫，記得嗎？」——並對一根從碧藍穹蒼飄落、打轉的鶚鳥羽毛露出讚賞的微笑。

歐斯納德點了兩杯飛機燃料。在飲料的影響下，他的表現變得更敏銳，斑斑光芒重新進入他的小眼睛裡。

「好吧，迎向基督的時間到了。邁基怎麼說？他想不想玩？」

•

但潘戴爾不急。對邁基的問題一點都不急。他不急不徐地講著自己編的故事，關於他朋友的故事。他咒罵自己如行雲流水的說服力，極力希望那天晚上邁基未曾現身。

「他可能想玩，安迪。可是要有條件，他還在思考。」

歐斯納德又開始寫，汗水滴落在塑膠桌布上。「你在哪裡和他碰面？」

「凱撒公園，安迪，賭場外面那條又寬又長的迴廊。邁基不在乎跟誰在一起時，就會在那裡呼朋引伴。」

真相頓時抬起她危險的頭，雖然僅止一瞬間。就在前一天，邁基和潘戴爾才坐在他所描述的那個方向。邁基說著他對老婆的愛與咒罵，一面替他的孩子感到惋惜。潘戴爾，他的忠貞獄友，至表同情，卻小心翼翼不說出任何會刺激邁基走極端的話。

「對他提過那個不按牌理出牌的百萬富翁慈善家了嗎？」

「我提了，安迪，而且他記了下來。」

「告訴他國籍了嗎？」

「我矇混過去，安迪，照你說的。『我朋友是西方人，高度民主，但不是老美。』我說，『我只能透露這些。』『哈瑞小子』，他說——他是這麼叫我的，哈瑞小子——『如果他是英國人，我就妥協。請記住，我是個牛津人，也是英巴文化協會的高級官員。』『邁基』，我說，『相信我，我不能再多說了。我那位不按牌理出牌的朋友有一大筆錢，他準備將錢交給你處置，因為他認為你的宗旨正確。我說的可不是小數目，如果有人賣掉巴拿馬的運河，』我說，『如果街上又充斥長筒靴和領袖萬歲的呼聲，粉碎這個英國小國家邁向民主處女航的機會，那麼，我那位不按牌理出牌的朋友會用他的億萬財富，採取各種方法幫助你們。』」

「他怎麼說？」

「他說，『哈瑞小子，我得坦白告訴你，這些錢對我來說是及時雨，因為我已經幾乎兩手空空了。

不是賭場毀了我，也不是我把錢給了我心愛的學生和橋另一端的人。是我信任的情報來源，是我付他們的賄賂，是我計畫外的開銷。不只是巴拿馬，還有吉隆坡、台北、東京，還有其他我不知道的地方。我是個窮光蛋，這是赤裸裸的事實。』」

「他需要賄賂誰？他到底要買什麼？沒搞清楚。」

「他沒告訴我，安迪，我也沒問。突然改變話題，這就是他的作風。他提到一大堆事，走後門的投機客啦，用巴拿馬人民與生俱來的權利塞滿自己口袋的政客啦。」

「拉菲．多明哥呢？」歐斯納德質問的語氣帶有遲來的暴躁怒氣；那是提議給錢的人發現自己的提議被接受之後，會油然而生的那種傲慢態度。「我以為是多明哥給他錢。」

「不給了，安迪。」

「為何不給？」

真相再度謹慎地助了潘戴爾一臂之力。

「就在幾天前，多明哥先生不再是，這麼說吧，不再是邁基餐桌上受歡迎的貴客。每個人都心知肚明的事，邁基終於也心知肚明了。」

「你是說，他拆穿了他老婆和拉菲的事？」

「沒錯，安迪。」

歐斯納德細細思量。「我真是受夠這些痞子了！」他抱怨道，「這個陰謀，那個陰謀，老是說什麼出賣，街角的騷動啊，緘默反抗，遊行的學生。看在老天份上，他們到底是在反抗什麼？又為了什麼？

為什麼他們就不能說清楚呢？」

「我就是這麼對他說的，安迪。我說：『邁基，我的朋友不會投資在撲朔迷離的事情上，只要有你知道、而我朋友卻不知道的的大機密存在，錢就會一直留在他口袋裡。』安迪，我很強硬，對邁基就一定要用這套。他很頑固。『你帶來你的計謀，邁基，』我說，『我們就會帶來慈善家。』我就是這樣說。」他補上一句，歐斯納德喘息振筆，汗水滴滴答答落在桌上。

「他怎麼說？」

「他很收斂呢，安迪。」

「他什麼？」

「守口如瓶哪。我還得強迫他吐出幾句話來，簡直就像審問一樣。『哈瑞小子，』他對我說，『我們是有榮譽感的人，你和我，所以我不會說不負責任的話。』他發火了。『如果你問我什麼時候，我會回答你永遠不會。永遠，永遠不會。』」潘戴爾聲音裡的烈焰栩栩如生，你馬上就知道他當時在場，感覺得到阿布瑞薩斯的激昂。「因為我永遠不會透露高度機密情報來源傳給我的一絲一毫細節，除非我一項一項完全處理乾淨……」他壓低聲音，轉變成了莊嚴承諾「……屆時，我會提供給你的朋友，我這個運動的戰爭指令，加上一份我們目標與夢想的聲明，加上我們如果贏得生命樂透頭彩要怎麼做的宣言，加上我看來邪惡得無以復加的這個政府的祕密陰謀。所有必要的事實與數據，但必須有堅定的保證。」

「例如呢？」

「『……例如以高度慎重且尊敬的態度對待我們的組織，例如透過哈瑞・潘戴爾事先消除所有攸關我個人、以及我麾下人馬的所有安全細節，無論是多微小的細節，都不例外。』句點。」

一陣沉默。只有歐斯納德那動也不動、黑沉沉的凝視。只有發慌的潘戴爾蹙著眉，努力想讓邁基躲過他這份愛的禮物帶來的意外後果。

•

歐斯納德先開口。

「哈瑞，老小子。」

「幹嘛，安迪？」

「有沒有可能你只是在拖延我？」

「我只是實話實說，這是邁基和我說的話。」

「這可是大條的，哈瑞。」

「謝謝你，安迪，我知道的。」

「超級大。這是我們可以拿整個世界來換的東西，你和我。這是倫敦夢寐以求的：狂飆的在地中產階級激進自由運動，風起雲湧，只待汽球一升空，就為民主揭竿而起。」

「我不懂這和我們有什麼相干，安迪。」

「已經沒時間讓你獨力行動了，懂我的意思嗎？」

「我想我不懂，安迪。」

「我們合則兩利，分則兩敗。你交出邁基，我交出倫敦，就這麼簡單。」

潘戴爾靈光一閃。一個很討人喜歡的主意。

「他還有一個條件，安迪，我得說出來。」

「是什麼，呃？」

「很荒謬的，老實說，我不覺得應該轉告你。『邁基，』我對他說，『你這根本是異想天開，你玩得太過火了，我想你會很久都聽不到我朋友的消息。』」

「繼續。」

潘戴爾笑了起來，但只笑在心裡。他已經看到自己的出路，一道通向自由的六呎寬闊大門。說服力在他全身奔暢，搔著他的肩膀，揉著他的太陽穴，在他耳邊唱歌。他深吸一口氣，再次開始長篇大論：

「『你那個腦袋壞掉的百萬富翁朋友，打算資助我們的緘默反抗運動，好讓我們的運動達到一般水準，並且在這個面臨自決的關鍵時刻的小國家，成為民主的利器。而我要談的，就是交付現金的方式以及其他必要措施。』」

「是什麼呢？」

「錢必須預先交付。現金或黃金，全部。」潘戴爾深懷歉意地回答，「任何階段都不能有貸款、支票或銀行介入，因為安全顧慮。款項由他的運動專用，包括學生與漁民，全吞下肚，乾乾淨淨，連配料有不例外。」他下結論，得意揚揚地感謝他的班尼叔叔。

但是歐斯納德的反應卻和潘戴爾預期的不一樣。正好相反，聽了潘戴爾的話，他胖墩墩的臉孔似乎剎時亮了起來。

「我了解這是特殊案例。」他全然理解地說，他已經考慮良久，因為這個有意思的提議值得多加考量。「倫敦也會了解，我會讓他們考慮看看，試試規模大小，再看結果如何。他們大部分是很講理的傢伙，敏銳，必要時也有很有彈性。總不能開支票給漁夫吧，完全沒道理。還有其他我能幫上忙的地方嗎？」

「我想這樣就夠了，謝謝你，安迪。」潘戴爾故作拘謹地回答，驚愕得喘不過氣來。

•

瑪塔站在她的爐子旁煮著希臘咖啡，因為她知道他喜歡。潘戴爾躺在她的床上，反覆查看一張錯綜複雜的圖表，有直線、有圈圈，還有一串數字，後面跟著大寫字母。

「這是作戰指令，」她解釋說，「我們還是學生時，常用這個東西。化名、密室、通訊線路、和勞工聯盟對話的特別聯絡小組。」

「邁基該擺在什麼地方？」

「什麼地方都不擺。邁基是我們的朋友，那個不太合適。」

咖啡上升又沉下。她倒滿兩個杯子。

「大熊打電話來。」

「他想幹嘛？」

「他說想幫你寫篇報導。」

「很不錯啊。」

「他想知道，那間新的招待所花了你多少錢。」

「這和他又有什麼相干？」

「因為他邪惡啊。」

她拿回那張作戰指令，把咖啡遞給他，緊挨著他坐在床上。

「邁基想要另一套西裝，你做給拉菲的那種，犬牙花紋羊駝呢。我說除非他付清前一套的錢。這樣對吧？」

潘戴爾啜著咖啡。他感到害怕，莫名所以。

「如果他喜歡就給他好了，」他說，避開她的眼睛，「是他掙來的。」

11.

年輕的歐斯納德的做事方式讓每個人都很欣喜。聽說，連其他人都認為不可能欣喜的馬爾畢大使也曾指出，一個玩八人划船賽、下槳之間還能閉緊嘴巴的年輕人，想必壞不到哪裡去。奈吉爾．史托蒙特在幾天之內就已放下疑慮。歐斯納德並沒有挑戰他身為首席參贊的地位，也對同僚的敏感表現出適度尊敬，而且在雞尾酒會和晚餐會上卓然出眾，卻又不至於太過鋒芒畢露。

「我應該怎麼向城裡的人介紹你的身分呢，你有沒有什麼建議？」史托蒙特問他，語氣不甚親切。這是他們首次會面。「當然還有大使館裡。」他又加上一句。

「『運河觀察家』如何？」歐斯納德建議道，「後運河時代的英國貿易路線。這也是實情。問題在於你怎麼觀察。」

史托蒙特挑不出這個提議的毛病。除了英國，每個駐巴拿馬的大使館都有自己的運河專家。可是，歐斯納德搞得懂那些東西嗎？

「那麼，美軍基地的底線是什麼？」史托蒙特追問，想測試歐斯納德有多少斤兩可以適任這個新職位。

「我不懂你的意思。」

「美軍會撤，還是會留？」

「丟銅板決定囉。有些巴拿馬人希望他們留下來，保障外國投資人的安全。短期的，當作過渡時期。」

「其他人呢？」

「一天都別多留。打從一九〇四年開始，美國就是這裡的殖民強權，讓這個地區蒙羞，把人都趕走了。二〇年代，美國海軍從這裡進攻墨西哥與尼加拉瓜，一九二五年壓制巴拿馬工潮。打從運河一開通，美軍就在這裡了。除了銀行家，沒有人覺得好過。現在，美國利用巴拿馬做為基地，用以打擊安地斯山區與中美洲毒品大亨的基地，以及訓練拉丁美洲獨行俠採取行動，對抗尚待界定的敵人。美軍基地雇用了四千名巴拿馬人，還提供一萬一千個工作機會。美國部隊的官方數字是七千名，但還有許多隱藏人數，還有許多挖空的山裡藏著玩具和壕溝。據估計，美軍駐紮約貢獻國民總生產毛額的百分之四點五，但這根本是胡說八道，因為你還得把巴拿馬無形的收入算進去呢。」

「條約呢？」史托蒙特暗暗吃驚。

「一九〇四年的條約把運河區永遠劃歸老美，一九七七年的杜里荷斯-卡特條約說，運河以及所有設施應該在新世紀開始時交還給巴拿馬，一毛錢都不要。右翼的北美人仍然認為這是出賣。條約准許美軍繼續駐紮，只要雙方都願意。問題是，誰該付錢給誰，又該付多少，為何付，何時付，都沒提到。我過關了嗎？」

他過關了。歐斯納德，正式的運河觀察家，穩穩當當住進了他的公寓，參加他的歡迎派對，熱情擁抱，幾週之內就成為外交圈裡最討人喜歡的次級重要人物。又過了幾週，他成為重要資產。他和大使打高爾夫球，但也和西蒙·皮特打網球，參加資淺官員歡樂的海灘派對，還投身外交社群定期發作的募款狂熱，替那些無權無勢的巴拿馬人籌良心錢。天可憐見，贖罪的良心錢還真是源源不絕呢。大使館正在排練一齣耶誕劇，經由不記名投票，歐斯納德獲選扮演滑稽的老太太。

「你願意告訴我嗎？」兩人混得比較熟之後，史托蒙特問他，「國內的規畫與執行委員會到底是什麼？」

歐斯納德有點曖昧。史托蒙特這麼覺得。

「不太確定，說真的。那是財政部主導的，有一堆跨部會的人，各行各業的成員通力合作，吹散陳年蜘蛛網的清新空氣。半自治機構再加上救世主。」

「任何特別的行業？」

「國會。新聞界。這裡，那裡。我老闆覺得那很不得了，可是談得不多。主席是個叫卡文狄胥的傢伙。」

「卡文狄胥？」

「名叫傑夫。」

「傑夫瑞·卡文狄胥？」．

「某種自由工作者，在幕後掌控。辦公室在沙烏地阿拉伯，家在巴黎和倫敦西區，有房子在蘇格蘭。賄賂一族。」

史托蒙特無法置信地瞪著歐斯納德，一時真的無法相信。販賣影響力的卡文狄胥，他心想。國防說客卡文狄胥。獨樹一幟的政治家之友卡文狄胥。百分之十的卡文狄胥，從史托蒙特還在倫敦外交部做例行雜務時就已經開始。聲名大噪的卡文狄胥，軍火掮客。石油傑夫。任何人只要發現自己和上述名字稍有接觸，就必須在進一步行動之前向人事處呈報。

「還有誰？」史托蒙特問。

「有個叫塔格的傢伙，叫啥就不知道了。」

「不是寇比？」

「就只是塔格。」歐斯納德不在意地說，這個態度讓史托蒙特很喜歡。「他們講電話時聽到的。開會之前，我老闆和塔格吃飯。我老闆請客，好像禮貌上該如此。」

史托蒙特咬著嘴唇，沒再追問。他知道的已經快比預期的多，很可能也比該知道的多。他轉而體貼地垂詢歐斯納德未來的工作成果。這是一家供應白蘭地咖啡的新開幕瑞士餐廳包廂裡，他們正邊吃飯邊討論。歐斯納德找到這個地方，堅持要用他所謂的地下基金[1]付帳。他提議吃藍帶豬排和馬鈴薯麵餃，配著智利紅酒下肚，然後再喝白蘭地咖啡。

大使館什麼時候能看一下歐斯納德的工作成果？史托蒙特問。在送往倫敦之前？之後？或永遠不行？

「我老闆說除非他點頭，否則不能和本地分享。」歐斯納德滿嘴塞著食物，「怕華盛頓怕得要死，所以必須親自處理。」

「你認為這樣好嗎？」

歐斯納德喝了一口紅酒，搖搖頭。「需要奮戰，這是我的建議。在館內弄個工作小組。你，大使，法蘭，我。古利佛是國防部的，所以他不是我們一家人，皮特還在見習。組一份指導名單，每個人都簽字，在下班時間碰面。」

「你老闆會認帳嗎，無論他是誰？」

「你推一記，我就拉一把。他名叫拉克斯摩爾，雖然應該是祕密，不過每個人都知道。告訴大使，他一定要迎戰命運。『運河是定時炸彈，即時的在地反應不可或缺。』擲骰定輸贏，他一定會屈服的。」

「大使才不會迎戰命運呢。」史托蒙特說。

但是馬爾畢必須出面迎戰，因為從他們個別的部門傳來一連串礙事的電報，通常都需要在深夜靠人工解碼，此後歐斯納德和史托蒙特勉強獲准為共同目標攜手奮鬥。大使館成立了一個工作小組，取了個無傷大雅的名字：地峽研究社。三個愁眉苦臉的技術人員從華盛頓飛來，聽壁腳聽了三天之後，宣稱他們耳朵都聾了。一個騷動不安的週五傍晚七點鐘，四個同謀準時圍集在大使館那張雨林柚木會議桌旁，在一盞工程部電燈昏暗的光線下，簽字認可自己祕密參與特別情資「巴肯」的作業，這是由「巴肯行動」的情報來源「巴肯」所提供的情資。此刻的莊嚴氣氛卻被馬爾畢突如其來的幽默打破，事後大家歸

1　reptile fund，指政府機構暗中保留的一筆款項，用於見不得光的用途（比如說收買媒體等）。

因於是他妻子暫時離巴返英之故：

「從現在開始，『巴肯』可能就是快速起飛的事業。」歐斯納德輕快宣布，一面收齊大家的簽名表格，活像收賭注的人收取籌碼。「他的情報進來得快，每週開一次會可能不太夠。」

「你說什麼事來著，安德魯？」馬爾畢問，喀噠一聲放下他的筆。

「快速起飛。」

「快速起飛？」

「我是這麼說的，大使，快速起飛。」

「沒錯，的確是這樣，謝謝你。好，從現在開始，如果你樂意，安德魯，這事呢——套句你的話——是插翅難飛啦。巴肯或許所向無敵，他或許必須忍耐痛苦，他或許會頑強抵抗，或在危急時繼續或重新來過。但他絕對不會，只要我當大使一天，絕對不會就這樣飛了，如果你不介意的話。那太讓人傷心了吧。」

然後，驚奇中的驚奇，馬爾畢邀請全體成員回官邸，吃培根加蛋，游泳，舉杯祝賀「巴肯成員」。他領著客人到花園欣賞他的蟾蜍，他高聲壓過交通的喧囂，叫出蟾蜍們的名字：「來吧，赫丘力斯，跳，跳——別這樣傻呼呼地看她，加里雷歐，以前沒看過漂亮小姐嗎？」大家在半暗的夜色裡心曠神怡地游泳，馬爾畢再次讓眾人大吃一驚，他很愉快地叫喊「天哪，她真是漂亮！」來頌讚法蘭。最後，為了讓這一夜有個完美句點，他堅持要播放跳舞音樂，叫他的家僕把地毯拉開，但是史托蒙特無法不去注意，法蘭和每一位男士跳舞，唯獨歐斯納德除外。歐斯納德假裝對大使的書籍比較感興趣，手背在身後走來走去，宛如英國王子校閱御林軍。

「妳不覺得安迪有些曖昧嗎？」他喝著睡前飲料，對佩蒂問道，「妳從來沒聽說他和女孩子出去。而且他對法蘭的態度，好像她得了瘟疫似的。」

他以為她又要開始咳嗽了，但她卻笑起來。

「親愛的，」佩蒂低聲說，抬起眼睛望著穹蒼。「安迪．歐斯納德？」

如果法蘭嘉絲卡．汀恩聽到這段話，一定很樂意提供她的觀點，尤其是當她慵懶地躺在歐斯納德座落在白蒂雅的公寓床上時。

•

她到底是怎麼去到那裡的，對她來說一直是個謎團，雖然這個謎團迄今已有十週大了。

「解決這個問題只有兩種方法，小妞。」歐斯納德對她說明，就像對任何事情一樣信心十足。他在巴拿馬飯店的游泳池畔，藉著烤雞與冰啤酒助陣。「甲案，提心吊膽痛苦忍耐六個月後，投進彼此懷裡，黏答答抱成一團。『親愛的，我們以前幹嘛不做呢，呼，呼？』乙案，比較好的方案，現在就弄個清楚，秉持『緘默原則』[2]，先看我們喜歡怎麼做。如果我們做了，就有機會。如果我們不做，就一直

2　omerta，即「拒絕作證」之意，為義大利黑手黨之古訓，不得對外透露組織內的不法情事。

憋在心裡，沒個頭緒。『好啦，別掛心，有好消息。日子繼續過下去，恭喜。』」

「還有內案呢，謝謝你。」

「是什麼？」

「克制自己啊，比方說。」

「妳是說，我自己縛手縛腳，而妳戴上面紗？」他在池邊揮著那隻肉呼呼的手，各形各色奢華的女孩，隨著現場樂團的音樂和愛人調情。「遠離此地的荒島，小姐，最近的白人遠在千萬哩之外。只有妳和我們對大英母國的義務，直到我老婆下個月到來。」

法蘭嘉絲卡幾乎跳起來，認真大聲吼叫：「你老婆！」

「我沒有老婆。以前沒有，以後也沒有。」歐斯納德跟著她站起來，「所以啦，阻撓我們幸福的障礙已經移開，幹嘛說不呢？」

他們舞跳得非常好，但她仍然苦苦思索答案。她從沒想到這麼壯碩的一個人，動作可以如此輕盈；或者，這麼小的一雙眼睛，可以如此迷人。她從來沒想到過（如果她誠實的話），這個男人有這麼多不如希臘天神之處（這還是保守的說法），竟還能如此吸引她。

「我猜你從來沒想過，我或許更喜歡其他人，對吧？」她追問。

「在巴拿馬？不可能，小妞，我調查過妳啦，本地的小夥子都叫妳英國冰山。」

他們貼得很近地跳舞。這似乎是顯而易見、非做不可的事。

「他們才不會這樣叫我。」

「要打賭嗎？」

他們貼得更近。

「國內呢？」她堅持追問，「你怎麼知道我沒有靈魂伴侶在夏洛普郡？或者在倫敦？」

他親吻她的太陽穴，但吻的也可能是她身上任何部位。他的手依舊在她背上不動，而她的背是赤裸的。

「這裡對妳再適合不過了，小妞。橫越五千哩，妳再也找不到更滿意的地方，至少我的記錄裡沒有，對吧？」

法蘭並不是相信歐斯納德的論調。她一面告訴自己，一面回想他躺在她身邊的那張飽滿、打盹的臉龐。也不是因為他是這世上最好的舞者。或者因為他比她認識的其他人，更能逗她笑得更久、更大聲。只是因為她無法想像自己能多抗拒他一天，更別說是三年。

她在六個月前來到巴拿馬。在倫敦時，她和一個英俊得不得了的股票經紀人消磨週末，他名叫艾德加。他們的戀情在她得到新職位任命時，彼此同意告一段落。和艾德加在一起，什麼事都是相互同意。

•

但歐斯納德是誰呢？

相信可靠資料來源情報的法蘭，從來沒和她未曾調查過的對象上床。

她知道他讀過伊頓，但這是因為麥爾斯告訴過她。似乎很痛恨舊學校的歐斯納德，提到學校時都說是「惡魔」或「墮落的公學」，否則就是不屑提及他的教育程度。他知識廣博，但很武斷。對一個學校生活驟然喊停的人來說，你還能期望他如何。喝醉時，他喜歡引用巴斯德[3]的話：「機會只賜給那些準備好的心靈。」

他很有錢，或者雖然沒錢卻揮霍無度，或極度慷慨。他在當地訂製昂貴西裝——相信安迪吧，他一抵達就能找到城裡最好的裁縫師——幾乎每個口袋內都塞滿二十和五十元的紙鈔。可是她點醒他的時候，他卻聳聳肩，說那是工作需要。如果他帶她去吃飯，或他們偷到一個週末在鄉間相聚，他花錢就像流水。

他養過一隻靈𤟠獵犬，在白城出賽，直到——據他說——一群小夥子請他把他的狗帶去別的地方。在阿曼王國開一家小型單座汽車賽車場的遠大計畫也遭遇相同挫折。他還曾經在牧羊人市場開了家銀舖。這些插曲都沒能維持太久，因為他只有二十七歲。

關於父母親，他絕口不提，只說他無窮的魅力與財富都得自一位遠房姑媽。他從沒提過以前曾經擄獲的對象，但她有絕佳的理由相信應該為數眾多，而且各形各色都有。他信守緘默原則的承諾，從來沒在公開場合透露他們倆關係的蛛絲馬跡，這讓她覺得很刺激：前一刻在他無所不能的臂彎裡放浪形骸，下一刻在參贊會議上就坐他正對面，裝出一副彼此不認識的樣子。

而且他是間諜，工作是操控另一個名叫巴肯的間諜，或者好幾個間諜，因為巴肯的情報種類繁多，而且相當引人入勝，遠超過一個人能夠囊括的範圍。

巴肯在總統和指揮南方司令部的美國將軍身邊都有耳目。巴肯認識不少惡棍和投機客：就像安迪也認識這樣的人，在他養那隻靈猩那時。她最近才知道那隻狗的名字叫「報應」。她特別強調這個意義：安迪凡事自有盤算。

巴肯也和一個祕密的民主反對團體有接觸。那團體在等著巴拿馬的法西斯分子露出真面目。他和學生運動的好戰人士、漁民以及聯盟裡的祕密活動成員都談過話。他和他們一起策畫陰謀，等待時日到來。他提到他們——她認為相當吸引人——是從橋另一端來的人。巴肯和艾爾尼．狄嘉多，運河的幕後老闆，有密切往來，和替卡特爾[4]洗錢的拉菲．多明哥也有互動。巴肯認識很多位國民議會的議員，認識律師與銀行家。似乎全巴拿馬所有值得認識的人，巴肯無一不認識，這讓法蘭覺得非比尋常，事實上是毛骨悚然，因為安迪在這麼短的時間內，就成功打進巴拿馬的核心，而她甚至對其存在毫不知情。之後，他更是直取她的心房，依然猛烈難擋。

而且巴肯嗅到一個大陰謀，雖然沒有人能完全清楚其中內容：只知道那涉及法國人，可能還有日本人及中國人，東南亞小龍或許也牽涉在內，很可能還有中南美洲的販毒卡特爾。陰謀和從後門賣掉運河

3　Louis Pasteur（1822-1895），法國細菌學家，發明狂犬病預防接種及食品滅菌法。
4　the cartel，指的是某些國家、政客或企業體，為了共同的政經利益而結合起來的集團。

有關，安迪是這麼說的。但怎麼賣？又如何瞞過美國？畢竟，幾乎一整個世紀以來，美國實際掌控著這個國家，他們擁有最不可思議、最精密的竊聽和監視系統，遍布整個地峽與運河。

然而不知為何，老美對此竟然一無所知，這更是大幅增添了刺激程度。或者他們也許知情，只是沒告訴我們罷了，因為這些日子以來，只要提到華盛頓的外交政策，你就得先問是哪一個政策，以及哪一位大使：是美國大使館裡的那一位，還是安孔丘上的那一個。因為美軍還無法適應，在巴拿馬，不能隨便轟掉別人的腦袋。

倫敦也非常興奮，從各式各樣奇怪的地方挖出資料加以佐證。有時是從許多年前的資料推演出不可思議的結論，說那些人追求世界權力的野心將會主宰其他每一個人。因為誠如巴肯所言，全世界的禿鷹都聚集在可憐的小巴拿馬，玩的遊戲就是猜誰能拿到大獎。倫敦不斷催著還要更多、更多，這讓安迪很惱火，因為過度操一個情報網，就好比過度操一隻賽狗，他說：最後你倆都會付出代價，狗和你。但他也只告訴她這麼多，其餘全都守口如瓶，這令她非常讚賞。

這一切，從開始到現在，不過短短十週，和他們的韻事一樣。安迪是個魔術師，伸手碰觸周遭已存在經年的東西，讓它們心神激盪，生氣盎然。他碰觸法蘭的方式也一樣。可是，巴肯是誰？如果安迪是由巴肯所定義，那麼巴肯又是由誰來定義？

為什麼巴肯的朋友對他或她這麼坦誠以告？巴肯是心理醫師，是醫生？或者是個心機深沉的蕩婦，靠著挑逗技巧從愛人身上悄悄套出祕密？是誰打電話給安迪，響個十五秒，在他答說「我會去」之後就立刻掛掉？是巴肯本人嗎？還是中間人？一個學生？漁夫？安全閥？情報網裡某個特別的聯絡人？安迪是去哪裡？他像是受到超自然聲音召喚一樣，在深夜起床，套上衣服，從床後的保險箱取出一疊美金鈔票，留她獨自躺在床上，幾乎沒道再見，而後在破曉時分偷偷溜回來，有時懊悔，有時極度興奮，身上散發雪茄和女人的香水味。接著他會要她，仍然不發一語，無窮無盡，美妙非凡，永不疲憊，時時刻刻，年復一年，永不饜足。他厚實的身體宛如無重量似地壓著她，抱著她，一個巔峰又一個巔峰。法蘭從來沒有過如此體驗，除了在學生時代的幻想之中。

安迪搞的又是哪一種偉大煉金術？當一個模樣尋常的棕色信封送達門口時，他就會帶著信封進到浴室，把自己鎖在裡面半小時，留下一股樟腦丸的氣味，還是甲醛？安迪到底看見什麼？他從掃帚櫃再次現身時，帶著一卷不比條蟲寬的濕膠卷，坐在書桌旁用縮小剪輯器處理。

「不是該在大使館做嗎？」她問。

「沒有暗房，也沒有妳。」他回答，低沉、不屑一顧的聲音令她難以抗拒。真是繼艾德加之後的討厭鬼不二人選——這麼足智多謀，這麼無拘無束，這麼勇而無懼！

她會在巴肯會議上觀察他：我們的首席巴肯組員，強勢盤踞在長桌，一綹引人遐思的瀏海垂落在右眼上。他遞出鮮豔條紋的檔案夾，眼神飄到虛空的遠方，每個人都期待著他親自唸出檔案內容，巴肯眼中的巴拿馬，現場目擊：

外交部的安東尼奧·某某最近宣稱，他被古巴情婦迷得神魂顛倒，打算不顧美國反對，盡力增進巴拿馬與古巴的關係。

對誰宣稱？他的古巴情婦？那個情婦又告訴巴肯？或者是她直接告訴安迪，或許——在床上？她又想起那香水味，想像那是在耳鬢廝磨間擦上了他的身體。安迪是巴肯嗎？沒有什麼是不可能的。

某某的另一個效忠對象是箇郎的黎巴嫩黑手黨，據說他們付了兩千萬，希望打造一個箇郎犯罪社群樂見的國家情勢……

在古巴情婦與黎巴嫩流氓之後，巴肯直接跳到了運河：

最近組成的運河當局內部，混亂與日俱增，因為老手被純粹靠裙帶關係任命的不適任幕僚所取代，頗令艾爾納斯托·狄嘉多失望。最顯著的例子是任命荷西—馬利·費南德斯當綜合服務處長，因為他取得了中國速食連鎖企業「李蓮」的百分之三十股分，而李蓮的股份有百分之四十為巴西的羅德里格斯古柯鹼卡特爾所擁有……

「這個費南德斯就是國慶日大會從我面前經過的那個嗎？」法蘭面無表情地問安迪。這是夜裡在馬爾畢辦公室舉行的巴肯專案小組會議。

她和他一起在他的公寓裡吃午餐，做愛做了一整個下午。她之所以問這個問題，與其說是好奇，不如說是餘韻未盡。

「禿頭腿又外八的傢伙，」安迪漫不經心地回答，「投機，長粉刺，討人厭，有口臭。」

「就是他。他要我和他一起飛到大衛市參加節慶。」

「妳什麼時候走？」

「安迪，你無權過問。」奈吉爾．史托蒙特埋首檔案裡，頭抬都沒抬地說道。而法蘭得靠工作轉移注意力，避免迸出咯咯笑。

等會議結束，她會從眼角瞥見安迪收齊檔案，和他們一起走到他的祕密王國，就在那道新鐵門後面的東迴廊。背後跟著他那個鬼鬼祟祟的辦事員，身穿蘇格蘭費爾島針織背心，梳著一頭油光滑亮的頭髮——他自稱謝伯德，手裡總是抓著東西，好比螺帽板手，或螺絲起子，或一些鬆緊帶。

「謝伯德到底在替你做什麼事啊？」

「擦窗戶。」

「他又不夠高。」

上。

「我舉他起來啊。」

此時，她一樣不抱什麼期待地問歐斯納德，在每個人都準備上床睡覺的時候，他幹嘛又把衣服穿上。

•

「去看個傢伙，談狗的事。」他簡潔地答道。他整晚都心神不寧。

「一隻靈猩？」

沒有回答。

「可真是一隻晚睡的狗啊。」她希望讓他打心底感受到她的嘲諷。

沒有回答。

「我猜你今天下午收到那封誇張的緊急親譯電報，也是同一隻狗吧？」

正忙著套上襯衫的歐斯納德頓時停住動作。「妳從哪裡打聽到的？」他追問，態度並不愉快。

「我打算搭電梯回家時碰到了謝伯德，他問我說你是不是還在附近，我自然問了他為什麼這麼問。他說他弄到一個火熱尤物，可是你打算自己『拆封』。本來我還替你覺得不好意思，後來才知道，他指的是緊急電報。你帶上那把珍珠柄的貝瑞塔嗎？」

沒有回答。

「你要上哪兒去見她？」

「妓院。」他不耐煩地說，朝門走去。

「我冒犯你了嗎？」

「還沒，不過快了。」

「也許你已經冒犯我了。我可能會回我的公寓去，我需要好好睡一覺。」

可是她留下來了，身上還有他豐滿而靈巧的身體留下的氣味，身旁的床單上還有他身體留下的印子，腦中還留著那雙觀察家的眼睛盤旋在她身上的回憶，大半夜揮之不去。即使是他發脾氣的樣子也令她興奮。黑暗的那一面也是，雖然他表露出這一面的機會極其罕有：做愛的時候，當他們挑逗嬉戲、而她讓他幾乎抓狂時，他汗濕的頭會猛然抬起，彷彿要揮拳出手，就剛好在他撤守之前，就只差一點點。或者在巴肯的會議上，當馬爾畢一貫剛愎自用地決定嘲弄他的報告時——「你這個全知全能的情報來源是不是沒唸過書啊，安迪，還是我們得感謝他這一大串零零落落的不定詞？」——慢慢地，他豐潤的臉上線條益發僵硬，危險的光芒在眼眸深處燃起，這讓她了解他為何將那隻靈猩取名為「報應」。

我失控了。她心想。我控制不了的不是他，因為他從來就不在我的掌控中。我控制不了的是我自己。身為極盡自負的法律大臣女兒，以及無瑕艾德加的前任伴侶，她發現，自己對聲名狼藉有難以克制的渴求。

12.

歐斯納德將他那輛外交牌照的車停在高聳大樓底層的購物商場外，和值班警衛打過招呼，登上四樓。在病態的條紋燈光下，獅子與獨角獸[1]看似永遠關在箱子裡。他輸入一組號碼，走進大使館的接待大廳，打開上鎖的防彈玻璃門，爬上樓梯，進入迴廊，打開上鎖的鐵柵門，走進他自己的王國。眼前還有最後一道關上的門是鐵製的。他從口袋整串鑰匙中挑出一把瘦長的銅鑰匙，插入時搞錯了方向，罵了聲他媽的，抽出來，重新再插進去。獨自一人的時候，他的動作和有人在場時略微不同，更加急躁，甚至有些鹵莽。他的下巴頹然下垂，肩膀拱起，眼睛在壓低的額頭下往外望，似乎準備迎擊某個看不見的敵人。

保險室占據迴廊最後兩碼的空間，改裝成像是食品儲藏室。在歐斯納德的右手邊是文件分類架。左手邊，在一大堆不協調的東西，如滅蠅劑和衛生紙之間，有個綠色的嵌壁式保險箱。前方，一部超大的紅色電話靜靜躺在一大堆電路箱上。用術語來說，這是他與上帝的數位連結設備。底座有個告示寫道：「以此設備通話，每分鐘五十鎊」。歐斯納德在下方寫上一句：「盡情享受！」此刻他就是抱持這樣的

1 英國國徽上，金獅與獨角獸分別代表英格蘭與蘇格蘭。

心情，拿起話筒，不理會機械聲音要他按下按鈕與查對程序，直接撥給他在倫敦的賽狗賭注經紀人，在好幾隻靈猩身上各押注五百鎊。他似乎對每一隻的名字和狀況都如數家珍，一如他對賭注經紀人那般熟悉。

「不，你這個蠢東西，要贏！」他說。歐斯納德何時在賽狗身上下注還有其他目的來著？

之後，他開始忙於辦正事。從文件分類架上標有「巴肯，極機密」的格子裡抽出一個平凡無奇的卷宗，帶回辦公室，打開燈，在辦公桌旁坐下，深深吐出一口氣，雙手托頭，開始讀起他那天下午收到、付出極大耐性親手譯出的電報。那是他的地區主管拉克斯摩爾傳來的四頁指示。歐斯納德模仿拉克斯摩爾的蘇格蘭土腔——雖然不完全像，但也還過得去——大聲唸出內容

「你應將下列命令牢記在心」——舔舔牙齒——「此電報不重覆列入情報站檔案」應於接獲七十二小時內銷毀，年輕的歐斯納德先生……你應立即對巴肯建議下列事項」——舔舔牙齒——「你只能給巴肯下列承諾……你應處理下列嚴正警告……喔，沒錯！」

他憤怒地咕嚕一聲，將電報重新折好，從辦公桌抽屜內挑出一只素面白信封，將電報放進去，然後將信封塞進右手邊的後褲袋。這條潘戴爾與布瑞斯維特的訂製長褲，是他以必要的活動經費名目向倫敦報銷花費的。回到保險室，他拿起一個刻意不帶官方色彩的破舊皮面公事包，放到架子上，然後用鑰匙圈上的另一把鑰匙打開那個綠色嵌牆式保險箱，箱內有一本硬皮帳本和厚厚一疊五十元美鈔——百元大鈔因為太過可疑而難以交涉。他在他給倫敦的指令中這麼說，無法讓你不引人注目。

在天花板上那盞斜頂燈的照明下，他打開帳簿，翻到當日這一頁。帳簿上分成三欄，左邊那欄標明

H的代表哈瑞，右欄標明A的代表安迪。中間這一欄，數目最大的，標明收入。性學家最愛的那種整齊的圈圈和線條，將其資源指向左邊或右邊。歐斯納德面色凝重地仔細查看三欄，從口袋掏出一枝鉛筆，很不情願地在中間那欄寫下7，劃一個圓圈圈住，在圓周外加上一條線往左，將之歸於代表哈瑞的H那一欄。然後他寫了一個3，心情較為愉快地劃向代表安迪的A那一欄。他自哼自唱，從保險箱裡數了七千塊，放進一個皺得不得了的袋子內，之後又丟進滅蠅劑和架上其他零零碎碎的東西，態度輕蔑，好像很瞧不起這些東西似地，事實上也的確是。他闔上袋子，鎖上保險箱，然後是保險室，最後是大門。

踏進街道時，一輪滿月對他微笑。星光閃爍的夜空彎彎跨過海灣，和等待駛進運河的船隻燈光相互輝映，劃破了黝黑的海平線。他拍拍手，招來一輛龐帝雅克計程車，給了一個地址。不消多久，他就在通往機場的路上搖搖晃晃前進，不安地尋找一個淡紫色霓虹燈閃耀的丘比特，將陽性象徵的箭射向他代言廣告的愛之別館。在對面車道來車的光束照射下，他的臉色凝重，深色的小眼睛一直機警地注視後照鏡，被每一道穿梭而過的光線燃起火花。機會只賜給那些準備好的心靈，他對自己說。這是他預科學校的科學老師最愛引用的一句名言。那個老師鞭打得他一身青紫，然後建議他們脫掉衣服以彌平彼此之間的差異。

•

倫敦北邊的華特福附近，有一座歐斯納德府邸。如果要到那裡，你得通過一條交通繁忙的支道，再急轉彎過一幢傾毀的宅邸，名喚「榆樹林園」，因為此地曾有古老榆樹成蔭；府邸在最近這五十年來，比之前的四個世紀住了更多人：忽而是老人之家，忽而是少年犯矯治機構，忽而是賽狗訓練畜廄。更晚近以來，在歐斯納德那個凡事悲觀的哥哥林德塞管理之下，成為一家東方宗教信眾的中介庇護所。

有一段時期，每經歷一次轉型，散居印度與阿根廷的歐斯納德家族成員就要為租金而意見分歧，爭論修繕費用，以及該不該給某個還活著的保姆退休金。但是，慢慢地，就像這幢養出他們的房子一樣，他們年久失修，也放棄了生存的奮鬥。歐斯納德的一個叔叔拿走他應得的份，到肯亞花了個精光。歐斯納德的一個堂兄認為自己應該到澳洲享受榮華富貴，於是買了一座鴕鳥農場，付出了代價。歐斯納德的一個律師侵占了家族信託基金，將投資錯誤後還沒散盡的所剩資產席捲一空。沒隨著鐵達尼號滅頂的歐斯納德族人，也被勞合船舶保險協會給拖垮。從來不服膺中庸之道的林德塞，披上佛教僧侶的橘黃色長袍，在圍牆高聳的庭院裡僅存的一棵壯碩櫻桃樹上吊身亡。

只有歐斯納德的父母半陷窮困，還令人憤怒地活得好好的。他父親住在西班牙一幢已抵押的家族房產，靠著僅餘的財產勉強糊口，仰賴西班牙親戚伸出援手；母親人在布萊頓，和一隻吉娃娃與一瓶琴酒一起過著撐場面擺闊的敗德生活。

•

如果生活這麼具有世界觀，換做其他人，很可能會動身去尋找新天地，或至少徜徉在西班牙的太陽下。但年輕的歐斯納德很小的時候就決定，他是為英格蘭而活，說得更具體些，英格蘭是為他而存在的。被剝奪的童年與可憎的寄宿學校在他身上留下永遠褪不去的烙印，使得他在二十歲那年深深感覺到，他為英國付出的代價已遠遠超過任何一個講理國家有權從他身上榨取的分量。從此以後，他不再付出，只要回收。

問題是如何回收。他沒有職業也沒有資格；離開了高爾夫球場與臥房，他就沒有任何能獲認可的技術可言。他了解最深的是英國的傷風敗俗，他需要某個步向衰微的英國機構，把另一個步向衰微的機構所奪走的還給他。第一個想到的是艦隊街。他粗識文字，而且不受原則羈絆，所以確實有條件可以安定下來。表面上看起來，他加入這個媒體新貴階級簡直如魚得水。經過兩年前途似錦的新進記者生涯後，他在《羅福堡信息晚報》的事業突然宣告結束，因為他一篇題為〈本城老人之性愛怪癖〉的鹹濕文章，竟然是根據執行編輯老婆的枕邊細語撰寫的。

一個規模頗大的動物慈善機構聘用他，他一度認為自己已找到真正的天職。在離劇院與餐廳都近的輝煌基地裡，大不列顛動物的需求獲得誠摯而熱情的討論。無論是首映晚宴，著禮服的正式宴會，或是視訪其他國家動物的海外旅行，對慈善機構的高薪官員來說都不算過度繁重的任務。原本一切可能都會開花結果的，但是在「即時救援驢子基金」（籌募人：A．歐斯納德）與「退休賽狗鄉間度假計畫」（財務長：A．歐斯納德）大獲讚賞之際，他的兩名上司卻被請到「重大詐欺署」交代案情。

在此之後，一整個無聊至極的星期，他挖空心思想進英國國教教會，因為那裡素來提供油腔滑調、性感且活力十足的人快速找到與人上床的機會。但等他研究後發現，血本無歸的投資已經讓教會變成了不受歡迎的基督教貧民之後，他的虔誠之心也消失無蹤。放手一搏的他，在人生的快車道上進行一連串沒經過好好策畫的冒險行動。每項都曇花一現，每項都以失敗收場。他比以往更需要一份職業。

「BBC如何？」他問祕書。這已經是他第五次、還是第十五次回來大學的求職部門。一頭灰髮，看起來未老先衰的祕書怯縮了一下。

「已經沒缺了。」

歐斯納德又提到國民託管組織[2]。

「你喜歡老建築嗎？」祕書問，像是很怕歐斯納德會破口大罵。

「很喜歡啊，很熱衷哪。」

「是啊。」

祕書微微顫動的手指挑開檔案一角，偷偷瞥了一眼。

「我想他們可能會要你。你聲名狼藉，有某種魅力，又有雙語能力，如果他們喜歡西班牙語的話。反正我相信你去試試看也不會有損失。」

「國民託管組織？」

「不，不是，是間諜。這裡。把這個拿到陰暗角落，用隱形墨水填好。」

歐斯納德找到了他的聖杯。他終於到了他真正的英格蘭教會，他敗德墮落的小鎮，而且預算還極為寬裕。這裡有全國最隱密的祈禱者，保存良好，猶如在博物館裡。這裡有懷疑論者、夢想家、狂熱分子和瘋狂的修士，還有讓一切變得真實的現金。

更不要提召募他是早就決定好的事。這是一個新式組織，不受過去的束縛，秉持偉大保守黨無階級的傳統，以民主方式從各行各業裡精挑細選出男女人選：白人、受私立教育的郊區階級。歐斯納德和其他人一樣，都是仔細挑出來的：

「你哥哥林德塞的不幸——自我了結——你認為對你造成什麼影響？」一個眼神空洞的特務頭子露出非常苦惱的表情，隔著擦得晶亮的桌子問他。

歐斯納德一向厭惡林德塞。他裝出勇敢的樣子。

「真的很痛苦。」他說。

「怎麼說？」

「會讓你問自己，什麼是值得的，你在乎什麼，你到底要怎麼過日子。」

「那麼——假設你已經有結論——會選擇加入這個組織嗎？」

「毫無疑問。」

「你不覺得——繞著地球跑來跑去——家人在這裡、那裡，散居各地——雙重護照——這樣的工作

2 National Trust，保護名勝古蹟的一個英國組織，成立於一八九五年。

太不符合英國作風了？太近似於世界公民，而不是我們的一分子？」

愛國主義是棘手的課題，歐斯納德如何應付呢？他的反應會很具防衛心嗎？他會很鹵莽嗎？或者更糟，很情緒化呢？他們毋須擔憂。他對他們的唯一要求，是一個可以投注他無關道德行徑的地方。

「英國是我放牙刷的地方。」他回答，引來一陣笑聲。

他開始了解這個遊戲。說什麼其實無關緊要，重要的是怎麼說。這小子能獨立思考嗎？他會輕易被激怒嗎？他會玩手段嗎，他會被嚇倒嗎，他有說服力嗎？他能一面想謊言卻說實話嗎？他能想謊言然後說出口嗎？

「我們追查了你過去這五年來的重要關係人，年輕的歐斯納德先生。」一個留鬍子的蘇格蘭佬眨著眼睛說，好讓自己更顯精明。「這，呃，這名單還真是長，」——舔舔牙齒——「雖然你年紀還這麼輕。」

哄堂大笑，歐斯納德也加入，但卻不怎麼真心。

「我猜，要判斷愛情韻事，最好是看它怎麼結束。」他以討人喜歡的謙遜態度回答，「我的故事大多和平收場。」

「其他的呢？」

「嗯，我的意思是，天哪，我們總是偶爾會在錯誤的床上醒來，對吧？」

圍桌而坐的六個人，尤其是提問的那個大鬍子，顯然不太可能遇到這種事，所以歐斯納德只得到一陣謹慎的笑聲。

「你是我們的家人，你知道嗎？」人事官用結瘤隆起的手和他一握，狀似恭喜。

「嗯，我想我現在是囉。」歐斯納德說。

「不，不，老早就是一家人了。一位姑媽，一位表哥。還是你真的不知情？」

人事官大大滿意，他的確不知情。等他知道他們是誰，內心簡直要迸出狂亂的捧腹大笑，但他即時忍住，只露出討人喜歡的錯愕傻笑。

「我是拉克斯摩爾。」大鬍子蘇格蘭佬說，和他握握手，力道與人事官一樣大。「我負責伊比利亞和南美洲，以及附近幾個地方。你或許會聽我談起和福克蘭群島有關的一些小事。等你一受完基礎訓練，我就會來找你，年輕的歐斯納德先生。」

「我等不及了，長官。」歐斯納德熱切地說。

•

他是等不及了。後冷戰時期的間諜，他觀察到，正面臨最好的時代，也是最壞的時代。情報單位有大把鈔票可以燒，但是火到底在哪裡？待在只比馬德里電話指南編輯辦公室大一倍的所謂「西班牙酒窖」裡，和菸不離手、已屆中年、卻還綁著愛麗絲式髮帶的老少女擠在一起，這位年輕的見習生振筆疾書，寫下尖酸刻薄的評論，評定他的雇主們在白廳市場的身價：

愛爾蘭最優：收入一般，長期前景極佳，但因敵對單位瓜分，利潤微薄。

伊斯蘭好戰分子：偶爾忙亂，基本上沒有表現。取代紅色恐怖，全盤失敗。

販毒集團之戰：慘敗。組織不知道該當獵場看守員場呢，還是盜獵者。

在當前這個產品過度吹噓的時代，他認為，商業間諜活動就算能破解幾個台灣密碼和收買幾個韓國打字員，讓你對英國工業除了一掬同情之淚外，也很難有其他貢獻。至少他是這麼相信，直到蘇格蘭佬拉克斯摩爾找他到身邊。

「巴拿馬，年輕的歐斯納德先生，」——他不停在滿鋪的藍色地毯上來回踱步，打響手指，戳動手肘，沒個安靜——「對像你這麼有天分的年輕人來說，是個合適的地方。如果財政部那些笨蛋看得見他們鼻子以外的地方，那裡倒是個適合我們大家的地方。我們碰上像福克蘭那樣的難題啦，也不介意讓你知道。裝聾作啞，直到午夜鐘聲響起。」

拉克斯摩爾的房間很大，而且很靠近天堂。透過染色的防彈玻璃窗可看見西敏宮[3]聳立在泰晤士河對岸。拉克斯摩爾本人個子很小，刺眼的鬍子和輕快的腳步並沒能讓他的體型增大。在年輕人的世界裡，他算是老人了，如果不起而奔跑，很可能就要落敗。至少歐斯納德這麼認為。拉克斯摩爾很快地舔了一下他那排蘇格蘭門牙，彷彿嘴裡有塊硬糖一直讓他忙於應付。

「但是我們已有進展，已經派了貿易委員會和英格蘭銀行去敲門了。外交部雖然沒歇斯底里，但也表達審慎的關切之意。我還記得，我有幸提醒他們加爾鐵里將軍[4]對於那個誤名為馬爾維納斯[5]之島的意圖時，他們也有相同的表情。」

歐斯納德的心一沉。

「可是，長官——」他提出反對意見，用精心選擇的聲調——一個屏息以待的新手。

「什麼，安德魯？」

「英國在巴拿馬的利益是什麼呢？或者我太蠢了？」

拉克斯摩爾很滿意他的天真。在第一線為組織塑造年輕人向來是他最大的樂趣。

「完全沒有，安德魯。在巴拿馬這個國家，英國沒有任何形式或任何種類的利益可言。」他笑彎嘴回答，「是有些擱淺的船，幾億的英國投資，人數越來越少、而且已經同化的英國早期移民，幾家垂死掙扎的領事協會，這就是我們在巴拿馬共和國的利益。」

「那麼——」

拉克斯摩爾手一揮，要歐斯納德別說話，並對著防彈玻璃上的倒影自說自話。

「不過呢，如果你換個方式問你的問題，年輕的歐斯納德先生，就會得到大大不同的答案了。噢，沒錯。」

3　Westminster Palace，自一五一二年起即為英國國會所在地。

4　Leopoldo Fortunato Galtieri Castelli（1926-2003），阿根廷軍事強人，一九八一年擔任總統，一九八二年出兵福克蘭群島，引發英阿戰爭，失利後下台，一九八三年因為踐踏人權而下獄。

5　Malvinas，即福克蘭群島。

「怎麼問，長官？」

「我們在巴拿馬的地緣利益是什麼？問你自己吧，如果你會回答。」他要起飛了。「我們的重大利益是什麼？我們這個偉大的貿易國家在哪裡面臨到生存命脈的危機？在我們用望遠鏡遠眺英倫三島的未來福祉之際，我們會在哪裡察覺到最黑暗的暴風雨雲已經成形呢，年輕的歐斯納德先生？」他振翅飛翔。「我們察覺到哪裡是下一個活在借來的時光裡的香港，哪裡有下一個等待爆發的災難？」他視野宏遠的日光顯然在河對岸凝止。「年輕的歐斯納德先生，野蠻人就在大門口。從世界各個角落來的掠食者全衝進了小巴拿馬。那裡的大鐘一分一秒滴答響，倒數末日大戰的到來。我們的財政部留意到了嗎？沒有。他們再次將耳朵埋在雙手裡。誰會贏得新千禧年所有權的大獎？阿拉伯人嗎？日本人將他們的武士刀磨利了嗎？他們當然會！會是中國人，那群老虎，或是那些坐擁幾百億販毒銀子的泛拉丁集團嗎？會是除了我們之外的歐洲嗎？又是那些德國人，那些詭計多端的法國人？不會是英國人，安德魯，這是可以確定的。不，不會，不會是我們這個半球，不會是我們的運河，我們在巴拿馬沒有利益。巴拿馬是個落後地區，年輕的歐斯納德先生，巴拿馬是兩個人和一條狗。我們全都一起出去，好好吃頓午飯吧。」

「他們瘋了。」歐斯納德低語。

「不，他們沒瘋，他們說的沒錯，那裡不是我們的轄區。那裡是後院[6]。」

歐斯納德的理解力遲疑了一下，接著一躍而醒。後院！在他的訓練課程裡，有多少次聽人談起這個詞？後院！每個英國諜報員的理想黃金國！老美後院裡的權力與影響力。特殊關係復甦了！穿著斜紋呢外套的耶魯與牛津子弟並肩坐在同一間討論室裡，擘畫他們的帝國夢想，渴望已久的黃金時代終於再現了！拉克斯摩爾再次忘記歐斯納德的存在，對著自己的靈魂傾訴：

「老美又犯了，對，沒錯，真是令人吃驚哪，這證明了他們的政治不成熟，證明他們懦弱不敢擔當國際責任，證明他們錯把對自由的敏感性濫用到了外交政策上。我可以坦白告訴你，在福克蘭群島那件錯綜複雜的事件上，我們也碰到相同問題。嗯，沒錯。」他兩手交疊在背後，小心翼翼抬起他那雙小腳，臉上浮現咧嘴的奇特表情。「老美不只和巴拿馬人簽訂那個名不正、言不順的條約——把舖子拱手讓人，謝謝你啦，吉米・卡特先生——他們還提議要履行條約。結果呢，他們竟然提議要讓他們自己陷入真空狀態——更糟的是，也讓他們的盟邦陷進去。所以，我們的工作就是填補真空，說服他們去填補，讓他們知道他們的作法是錯的，重新爭取我們主桌上的合法地位。這是最古老的故事，安德魯。我們是僅存的羅馬人，我們有知識，可是他們有權力。」他精明的目光瞥向安德魯，但也馬上環顧房內各個角落，彷彿有個野蠻人偷偷溜了進來。「我們的任務——你的任務——是提供基礎，年輕的歐斯納德先生，提供論證，提供證據，一切有用的東西，好讓我們的老美盟友能恢復意識。你聽懂了嗎？」

「不完全，長官。」

「這是因為你現在還缺乏宏觀視野。不過你會有的，相信我，一定會的。」

「是的，長官。」

「宏觀的視野，安德魯，由某些特定元素組成。基礎良好的外勤情報偵查只是其中之一。一個天生

6　美國的後院，意指美國將中南美洲視為其勢力範圍。

的情報員在找到東西之前，就知道自己要找的是什麼。年輕的歐斯納德先生，記住這一點。」

「我會的，長官。」

「他有直覺，他會選擇，他會嘗試，他會說『對』──或『不』──但他可不是來者不拒，他甚至──依據自己的選擇──有些吹毛求疵。我這話說得夠清楚嗎？」

「恐怕沒有，長官。」

「很好。因為待時機成熟，一切──不，不是一切，是一部分──就會展現在你面前。」

「我等不及了。」

「你必須等。對天生的情報員來說，耐心也是一項美德。你必須有印地安紅人那種耐心，以及他們的第六感。必須學會眺望超過地平線之外的地方。」

為了示範，拉克斯摩爾再次將目光射向河對岸，凝望白廳那座笨重的堡壘，並且皺起眉頭。不過，讓他皺眉的卻是華盛頓：

「缺乏自信到危險的地步，我是這樣說的，年輕的歐斯納德先生。這個世界超級強權受到清教主義制約，上帝保佑啊。難道他們沒聽過蘇彝士運河的事嗎？一定有很多鬼魂要從他們的墳裡跳起來了！退縮、不使用他高貴的權力，年輕的歐斯納德先生，是政治上最嚴重的罪行。美國必須揮劍，否則就只能坐以待斃，還拖我們下水。我們難道就眼睜睜看著我們無價的歐洲遺產被裝在盤子上、奉送給那些異教徒？我們貿易的命脈，我們的商業權力，一點一滴從我們的指縫溜走，就等著日本佬的經濟從太陽裡瞄準，等著東南亞之龍把我們扯得稀爛？我們就是這樣的人嗎？年輕的歐斯納德先生，這就是現今世代的精神嗎？或許是吧。或許我們是在浪費時間。給我一點啟發吧，拜託，我不是開玩笑，安德魯。」

「我知道這不是我的精神，長官。」歐斯納德由衷地說。

「好孩子，這也不是我的精神，不是我的。」拉克斯摩爾停頓一下，目光打量著歐斯納德，忖度在安全範圍內能對他透露多少。

「安德魯。」

「長官。」

「現在沒有別人，感謝上帝。」

「很好，長官。」

「你說很好。你知道多少？」

「只有您告訴我的部分，以及我很長一段時間以來的感受。」

「上訓練課程的時候，他們沒告訴你嗎？」

沒告訴我什麼？歐斯納德很納悶。

「什麼都沒有，長官。」

「沒提過一個高度機密的組織，叫規畫與執行委員會的？」

「沒有，長官。」

「由一個叫傑夫·卡文狄胥的人主持，一個很傑出的人，很有遠見，對於影響力與和平說服的藝術很有一套？」

「沒有，長官。」

「一個對老美了解得比誰都多的人？」

「沒有，長官。」

「沒談到一陣新的現實主義吹過祕密迴廊？擴充祕密決策的基礎？徵召各行各業的優秀男女投入祕密任務？」

「沒有。」

「沒談到他們相信締造我國成就的推手，應該加入拯救國家的行列，不管他們是部會首長，是工業領袖，媒體大亨，銀行家，船東，還是這世界上的男男女女？」

「沒有。」

「我們應當和他們一起擬定計畫，也已經擬定，並加以執行？自此而後，藉由精心引進這些經驗豐富的外界人士，在積極行動或許可以阻止腐敗的狀況下，我們大可把躊躇顧忌拋到一邊？什麼都沒提？」

「什麼都沒有。」

「那我應該封口了，年輕的歐斯納德先生，你也必須封口。自此而後，情報組織光知道吊在我們脖子上的繩子長度與強度是不夠的。靠著上帝的幫助，我們也該揮劍斬斷它。忘掉我剛才說的話吧。」

「我會的，長官。」

禮拜顯然結束了，拉克斯摩爾又重新戴上正義凜然的態度，回到他暫時中斷的話題。

「我們光彩輝煌的外交部，或者國會山莊那些心靈高貴的自由派人士，是否稍微關心一下，巴拿馬人連管一家路邊咖啡攤都不夠格了，更別提世界最大的貿易大門？有沒有想一下，他們這麼腐敗，這麼耽於逸樂，不賄賂就凡事行不通？」他轉身，彷彿駁斥從大廳背後傳來的反對意見。「他們要把自己賣給誰啊，安德魯？誰會買他們？為什麼目的？對我們的生存利益又會造成什麼影響？安德魯，浩劫這兩字可不是我會輕忽的字眼。」

「怎麼不說是罪行呢？」歐斯納德提出有益的建議。

拉克斯摩爾搖搖頭。夠格糾正蘇格蘭佬拉克斯摩爾的形容詞、而且還能全身而退的人，根本還沒出生呢。歐斯納德這位自許的恩師與嚮導還有一張牌可打，歐斯納德必須看著他打，因為拉克斯摩爾做的事很少是真的，除非有其他人在旁邊看。他拿起一部綠色電話，線路讓他可以直通白廳奧林帕斯山巔[7]的其他不朽人物。他臉上做了一個表情，剎時有些戲謔，又意味深長。

「塔格！」他愉快地叫道——歐斯納德一時之間還以為那是一句命令，後來才知道原來是個小名。「塔格，跟我說一下，下個星期四規畫與執行要在某人家裡聚會，我說的對嗎？——說對了，嗯，很好。我的間諜們不是每次都這麼精準，嗯，嗯。塔格，你願意賞光和我吃個午飯嗎，那天中午，讓你為嚴刑拷打做更周全的準備，哈，哈？如果傑夫老友能加入我們，你應該不會反對吧？我請客，塔格，我堅持請客。聽著，我在想哪裡比較適合？我想要一個稍微偏離主流的地方，我們要避開那些引人注目、人聲鼎沸的地方。我想到一家小小的義大利餐館，就在堤岸附近——塔格，你手邊有筆嗎？」

7 Mount Olympus，希臘神話中眾神居住之地。

這時，他旋轉一隻腳踝，踮在腳趾上，異乎尋常地慢慢抬起膝蓋，以免跌在他腳邊的電話線上。

•

「巴拿馬？」人事官快活地大叫。「第一個駐地？你？年紀輕輕就到那裡獨當一面？那些惹人愛的巴拿馬小妞一定會全過來勾引你？嗑藥，罪孽，間諜，詐騙？蘇格蘭佬腦袋一定是壞了！」

接著人事官自得其樂地做了歐斯納德早知道他會做的事。他派歐斯納德到巴拿馬去。歐斯納德缺乏經驗並無妨礙，他的訓練教官也充分證明他在妖術上頗為早熟。他能操雙語，而且就實戰層面來說，他也清白無瑕。

「你得給自己找個頭號線民，」人事官後知後覺地哀嘆，「根據帳簿，我們在那裡顯然沒有手下，我們好像把那地方拱手讓給老美了，我們這些笨蛋。你直接向拉克斯摩爾報告，了解嗎？別把那些分析員扯進來，除非另有指示。」

•

給我們找個銀行家，年輕的歐斯納德先生——舔舔鬍子後面的那排蘇格蘭門牙——一個洞悉世事的人！現在的銀行家總是自找麻煩，完全不像老一輩的那種風格。我還記得在福克蘭紛爭期間，我們有好幾個銀行家。

藉著西敏宮與白廳都不承認有的中央電腦之助，歐斯納德收集到了巴拿馬各個英國銀行家的檔案，但人數寥寥無幾；而且經過進一步打聽，也沒有半個人稱得上洞悉世事。

那麼就幫我們找個新貴大亨吧，年輕的歐斯納德先生——眨眨那雙精明的蘇格蘭眼睛——一個什麼事都插一腳的人。

歐斯納德叫出巴拿馬每個英國生意人的詳細資料，其中雖然有幾個很年輕，但沒有半個人是什麼事都插上一腳的，儘管他們或許很像沾上邊。

那就給我們弄個新聞記者來吧，年輕的歐斯納德先生。記者可以問問題，不會引起注意，去哪兒都可以，願意承擔各種風險！那裡總有個高尚的記者吧。把他找出來，帶他來見我，請你千萬別遲疑！

歐斯納德調出每個據悉浪跡巴拿馬、而且能說西班牙語的英國記者資料。有個吃得肥滋滋，蓄小鬍子，打黑領結的男人似乎可以試試。他叫海克特．普萊德，替一家在哥斯大黎加發行、名不見經傳的英文月刊《拉提諾》寫稿，父親是托雷多出身的運酒商。

一旦找到我們需要的人，年輕的歐斯納德先生——他野蠻地踐踏他的地毯——把他簽下來，把他買下來，錢不是問題。財政部那些吝嗇鬼要是把他們的保險櫃鎖起來，針線街[8]上那些帳房就會打開他們的保險箱，我有來自高層的保證。年輕的歐斯納德先生，這是一個奇怪的國度，逼迫它的企業家們付錢

8　Threadneedle Street，倫敦街名，為英國中央銀行所在地，重要金融機構亦多集中於此。

買他們的情報。可是，在我們這個有高度成本意識的世界裡，這就是冷酷的事實……

歐斯納德用化名，佯裝是外交部研究員，邀請海克特．普萊德到辛普森餐廳吃飯，花掉了拉克斯摩爾允許他用在這種場合的兩倍費用。普萊德和他的許多同業一樣，話說得很多，吃得多，喝得也多，但是不太聽別人說話。歐斯納德一直等到布丁上桌，才逮住機會提出問題；然後到上義大利乾酪的時候，普萊德的耐心顯然也耗盡了，因為他竟開始自言自語，暢談印加文化對當代祕魯思想的影響，還不時迸出猥瑣笑聲，令歐斯納德慌亂不知所措。

「你幹嘛不追求我啊？」他大呼小叫，引起左右用餐客人的側目。「我有什麼不對勁嗎？你已經把美眉帶上該死的計程車了不是嗎？把你的手伸到她裙子底下呀！」

後來才得知，普萊德受雇於英國一個討厭的姊妹組織，也就是擁有他那家報紙的情報單位。

「我向你提過潘戴爾這個人，」趁著他意氣消沉，歐斯納德提醒拉克斯摩爾，「老婆在運河管理局工作的那個。我一直覺得他們是理想人選。」

•

他夜以繼日地想，而且想的只有這個人。機會只賜給準備好的心靈。他抽出潘戴爾的犯罪紀錄，翻開潘戴爾入獄服刑的檔案照片，正面，側面，詳讀他對警方供述的自白，雖然大半都是他的聽眾堂而皇之編造的。讀精神科醫師和社工的報告，他在獄中的行為記錄，盡可能挖出露伊莎的那個狹小封閉運河區世界的資料。就像一個玄祕占卜者，他敞開自己，貼近潘戴爾的內心世界與精神脈動。他心無旁騖地研究著，宛如靈媒研究一片叢林的地圖，據信飛機就在那片無法穿越的叢林裡失蹤：我來找你了，我知道你在哪裡，等著我，機會只賜給那些準備好的心靈。

•

拉克斯摩爾回想，不過一星期前，他才判定同一個潘戴爾不夠格執行他心目中那個崇高的任務：當我的頭號線民，安德魯？你的？在這個火熱的位子上？一個裁縫？我們會變成頂樓的笑柄！歐斯納德再次逼他用這個人，這次是在吃過午飯，拉克斯摩爾心情通常比較寬厚大方的時候：我是個有成見的第三人，年輕的歐斯納德先生，而且尊重你的判斷。但是東區那些傢伙會在背後捅你一刀，他們天性如此。老天在上，我們還沒降格以求到要徵召前科犯的地步吧。

但這是一個星期之前，巴拿馬的鐘滴答滴答，響得更大聲了。

「你知道，我想我們可能弄到一個冠軍人選了。」拉克斯摩爾舔舔牙齒，第二度飛快翻著潘戴爾的簡要資料，宣布道：「為了慎重起見，我們應該先從其他方面探探底，喔，沒錯，頂樓一定會給我們加分的。」小夥子潘戴爾那份無法取信於人的警局自白，在他手裡飛快翻過。什麼罪名都一肩承擔，沒牽連任何人——「只要深入去看，就會發現這傢伙的資料真是太好了，恰恰是我們在這個罪惡小國需要的類型」——又一舔——「福克蘭群島出問題的時候，我們也有一個和他很相似的傢伙，在布宜諾斯艾利斯港區工作。」他的目光停駐在歐斯納德身上一晌，但眼神並未暗示他覺得自己的下屬也同樣有能力應付犯罪社群。「你一定要駕馭他。他們是很難馴服的，那些東區的裁縫。你想你應付得來嗎？」

「我想可以，長官，如果你能偶爾指點我一下。」

「若說惡棍對這個遊戲有任何好處，前提是他得是我們的惡棍。」——現在翻到潘戴爾那位素未謀面的父親的入境證件——「而且老婆無庸置疑是個資產，」——舔舔牙——「一腳已經踏進運河管理局，我的老天，還是個老美工程師的女兒。安德魯，我已經看到一手好牌了，而且她是天主教徒。我注意到了，我們這位東區紳士幹得可真好啊，沒有信仰的障礙要克服，呃……嗯。自利總是最重要的，絕對是，一向如此。」——舔舔牙——「安德魯，我已經看見輪廓漸漸浮現在我們面前的天空。你一定要查看他的帳戶三遍，我會讓你知道，功夫絕對不會白費。他會搞非法勾當，他會嗅風向，他會玩騙術。可是你能搞定他嗎？是誰在操控誰？這會是個問題。」——瞥一眼潘戴爾的出生證明，登載著已跑掉的母親的名字——「毫無疑問，這些傢伙肯定也知道如何進到某人的客廳，嗯，沒錯。索回致命的代價。我們恐怕會把你丟進水深火熱裡，應付得來嗎？」

「我相信可以，真的。」

「沒錯，安德魯，我也相信。一個真正棘手的客戶，不過他是我們的人，這才是重點。一個天生的同化者，有過牢獄訓練，知道街道的黑暗面，」——舔舔牙——「以及人心的齷齪。這是困局，但我喜歡，頂樓也會喜歡。」拉克斯摩爾啪地一聲闔上檔案，又開始踱步，這一次腳步跨大了。「如果無法喚起他的愛國心，我們也可以激起他的恐懼心，訴諸他的貪婪。安迪，我來告訴你頭號線民是怎麼回事吧。」

「請告訴我，長官。」

雖然傳統上，「長官」這個頭銜應該保留給情報首腦用，歐斯納德卻用來滿足拉克斯摩爾自己策勵的雄心壯志。

「年輕的歐斯納德先生，你可以找個糟糕的頭號線民。然後你付錢給他，可是他蠢透了的耳朵裡根本就沒記住對方的保險箱和號碼組合鎖，所以就空著手回來找你。這事我了解，因為我碰過。在福克蘭群島紛爭期間，我們就有過一個這樣的人。但是，好的頭號線民呢，你可以矇住他眼睛，把他丟進沙漠，不到一個星期，他準能聞出他的目標所在。為什麼？因為他會犯下竊盜罪」——舔舔牙——「這種人我見多了。安迪，記住，一個不犯竊盜罪的人，就一無是處。」

「我一定會記住。」歐斯納德說。

他又動了起來，突然在辦公桌後坐下。正要伸手拿電話，卻突然停住。「去找檔案室，」他命令歐斯納德，「叫他們從魔術帽裡給我們抓出一個化名，一個能顯示意圖的化名。寫一份提案書過來給我，長度別超過一頁，樓上都是大忙人。」然後他終於拿起電話。「同時我也該打些私人電話給一、兩個有影響力的公益人物，他們發誓要保密，而且永不透露姓名。」——舔舔牙——「那些財政部的門外漢什麼事都想阻止。安迪，想想運河，凡事繫之於運河，這是我們應付各行各業人士時所用的口號。」

但歐斯納德的思緒仍停留在俗事上。「我們得替他設計一套相當巧妙的付款系統對吧，長官？」

「為什麼？沒道理。規則就是訂來打破的，難道他們沒教你？他們當然沒有，那些教官都是過氣的人。我看得出來你有意見想表達，說吧。」

「是的，長官。」

「說吧，安德魯。」

「我想查一下他現在在巴拿馬的財務狀況。如果他大賺錢——」

「怎麼樣？」

「嗯，我們會給他一大筆錢，對不對？一個每年撈二十五萬美金的傢伙，如果我們一年給他兩萬五，就不太可能誘惑得了他，如果你懂我的意思。」

「所以？」——他帶著好玩的神情，要這小子吐露實情。

「嗯，長官，所以我在想，你城裡的朋友是不是可以編個藉口，查一下潘戴爾的銀行，找出答案。」

拉克斯摩爾已經拿起電話，空出的那隻手搓著長褲的縫線。

「蜜麗安，親愛的，幫我接傑夫・卡文狄胥，找不到就找塔格。蜜麗安，很緊急。」

•

又過了四天，歐斯納德才再蒙召見。潘戴爾可憐的銀行報表就躺在拉克斯摩爾的辦公桌上，感謝拉蒙・盧德。拉克斯摩爾本人仍然直挺挺地站在窗戶邊，品味這歷史性的一刻。

「安德魯，他挪用他老婆的儲蓄。每一分錢。他們就是無法抗拒高利貸，永遠抗拒不了。我們可以抓住他的小辮子了。」

他等著歐斯納德看完數字。

「付他薪水也不太有用。」歐斯納德說，他對財務報表的掌握比他的主子更有經驗。

「哦，為什麼？」

「直接就進了他銀行經理的口袋啦，我們得從第一天起就提供資金給他。」

「多少？」

歐斯納德心裡已經有個數字。他加倍，深知如果要繼續下去，叫價有多重要。

「我的天哪，安德魯，要這麼多？」

「還可能更多呢，長官，」歐斯納德鬱鬱地說，「他就要滅頂了。」

拉克斯摩爾的目光轉向城市天際線，尋求安慰。

「安德魯？」

「長官？」

「我對你提過，宏觀的遠見有幾個要素。」

「是的，長官。」

「其中一個是規模。別給我破銅爛鐵，別給我葡萄彈[9]，也別說『拿去，蘇格蘭佬，這袋骨頭拿

9 grapeshot，古代大砲的一種彈藥，射出時會發散成許多鐵粒。

去，看你的分析員能拼湊出什麼東西來。』你了解嗎？」

「不太了解，長官。」

「這裡的分析員都是白癡，他們沒有聯想力，也看不到天空浮現的輪廓。一分耕耘一分收穫，你了解嗎？偉大的情報員在行動中掌握歷史，我們可不能期望三樓那些整天只擔心房貸、朝九晚五的小人物能夠做到，是不是？有遠見的人才有可能在行動中掌握歷史，不是嗎？」

「我會全力以赴，長官。」

「安德魯，別讓我失望。」

「我會努力不讓你失望，長官。」

•

然而，如果拉克斯摩爾此刻有機會轉頭，必定會驚訝地發現，歐斯納德的舉止沒有一絲聲調裡的柔順神態。一抹勝利的微笑浮上他那張坦率的年輕臉龐，貪婪的光芒在眼裡閃爍。安德魯．歐斯納德打包行李，賣掉車子，對六、七個女友一一宣誓守貞，打理離去之前其他零零碎碎的瑣事。對一個身為即將啟程赴異國、為女王服務的年輕人而言，他做了一件頗不尋常的事。他透過西印度群島的一位遠房親戚，在大開曼群島開了個帳戶，並先確認了該銀行在巴拿馬市設有分行。

13.

歐斯納德付了車資給龐帝雅克計程車，踏進夜色裡。錐心的寂靜與幽暗的燈光讓他想起訓練學校。渾身冒汗，在這種該死的天氣裡他常常如此。內褲刺痛胯部，襯衫像塊溼答答的抹布，可恨哪。沒開車燈的車子鏗鏗鏘鏘駛過濕漉漉的車道，鬼祟地經過他身邊。修剪整齊的樹籬高高聳起，更增添幾分凝重氣息。雨下過又停了。他手裡拎著袋子，穿過鋪著柏油的中庭。一尊六呎高的塑膠維納斯裸像從陰部射出光線，散發出一種病態的幽光。他被一只花盆絆了一腳，咒罵一聲，這回用的是西班牙語。走近一排門上掛著塑膠緞帶的車庫，一盞電力不足的燭光燈泡照亮了每個號碼。走到八號，摸索著找到遠端牆上那盞紅色的球瓶燈，按下虛幻的按鈕。遠處一個聽不出性別的聲音歡迎他蒞臨。

「我叫柯龍波，我訂了房。」

「柯龍波先生，你想要一間特別的房間嗎？」

「我想要我訂的房間，三個小時，多少錢？」

「你想換間特別房嗎，柯龍波先生？狂野西部？阿拉伯之夜？大溪地？多加五十塊錢？」

「不要。」

「一百零五塊，謝謝。盡情享受吧。」

「給我一張三百塊錢的收據。」歐斯納德說。

一陣嗡嗡響，一個燈光打亮的信箱在他手肘邊開啟。歐斯納德將一張百元和一張二十元的鈔票放進信箱的紅色嘴巴。信箱倏地關上。鈔票經過檢查，耗了一些時間，找錢和造假的收據才準備好。

「再回來看我們喔，柯龍波先生。」

一陣刺眼的白光讓他幾乎什麼都看不見，深紅色的歡迎地毯出現腳邊，一道電動都鐸門喀噠一聲打開。塵封已久的消毒水氣味迎面撲來，宛如從烤箱飄散而出。不在場的樂團演奏著《我的太陽》。他汗水直流，正環顧四周找尋冷氣機，就聽見空調開始自動運轉的聲音。牆上與天花板鑲著粉紅色的鏡子，好多個歐斯納德聚在一起相互瞪著。鑲鏡子的床頭板及深紅色的羽絨床罩在令人作嘔的燈光下微微閃光。免費的盥洗袋裡有梳子、牙刷、三個保險套、兩條美國製牛奶巧克力。電視螢幕上有兩個婦人和一個四十五歲的拉丁男子赤身裸體露著毛在某人的客廳裡尋歡作樂。歐斯納德想找開關切掉電視，可是線路卻是從牆上來的。

老天爺，還真是典型哪！

他坐在床上，打開寒傖的公事包，把東西放在床罩上。一捆用本地生產的打字紙包裹起來的新複寫紙，六捲超小型底片藏在一罐殺蠅劑裡。為什麼總部用的這些隱藏道具，都像是從俄羅斯的政府剩餘物資商店買來的？一部超小型錄音機倒是沒有偽裝。一瓶威士忌，提供頭號線民與他的專案控管官使用。二十和五十面額的鈔票，共計七千元。看著錢飛走可真不好受，就當成種子基金[1]吧。

口袋裡掏出的是拉克斯摩爾長達四頁的電報，光榮未滅，歐斯納德還把它們一張張攤開，以利閱讀。接著他對電報皺起眉頭，嘴巴張得開開的，手裡挑揀著，一面默記於心，一面又丟開來，活像方法演技學派[2]演員唸台詞：我會這樣說，但用不同的說法。我絕對不會那樣說，我會這樣做，但是照我的方式，而不是他的。聽到有輛車停到了第八號車庫前，他站起身，將那四頁電報塞回口袋，走到房間中央。聽到錫門噹地一聲，心想是那輛越野車；又聽見腳步聲，心想，「走路像該死的服務生」，同時留意傾聽有沒有其他可能不太友善的聲音。哈瑞出賣告密了嗎？他帶了一堆狠角色來逮捕我嗎？該死的他當然沒有，但教官說時時刻刻留神才是上策，所以我正留神著。敲門聲：三短，一長。歐斯納德取下門鎖，板門往後拉，沒全打開。潘戴爾，站在門階上，手裡抱著一個古怪的大帆布提袋。

「我的老天爺，他們到底想怎麼樣啊，安迪？這讓我想起班尼叔叔以前常帶我去看的柏翠坊馬戲團裡的『三個托利諾』。」

「你也行行好！」歐斯納德拉他進房裡時罵說，「你這該死的袋子上全是 P&B 的標記。」

•

房裡沒有椅子，所以他們坐在床上。潘戴爾穿了一件巴拿馬衫。一個星期前，他還對歐斯納德透

1 seed money，即用來吸引更多資金的基金。

2 即 Stanislaviski Method，為戲劇表演理論，主張演員假定自己就是劇中人物，使其演出自然而具個性。

露，巴拿馬衫真把他給煩死了：涼爽、時髦、舒適，安迪啊，而且只要五十塊錢，不知道我幹嘛費事。歐斯納德照章行事。這不是裁縫與顧客的偶然碰面，而是依照傳統間諜學校手冊指示行事的兩萬五千哩全規格勤務。

「一路上有任何問題嗎？」

「謝謝你，安迪，一切都很順利。你呢？」

「你有什麼交到我手上會比留在你手裡好的東西嗎？」

潘戴爾掏著巴拿馬衫的口袋，拿出那個華麗的打火機，接著掏出一枚銅板，旋開底部，倒出一個黑色小圓筒，遞過床去。

「這裡恐怕只有十二張，安迪，但我想你最好先拿去。在我們那個年代，我們會等到整卷底片全拍完才拿去沖洗。」

「沒有人跟蹤你？認出你？摩托車？汽車？沒有看起來討厭的人？」

潘戴爾搖搖頭。

「如果有人妨礙我們，你要怎麼辦？」

「我留給你去解釋，安迪。我會儘早離開，並且通知我的下線保持低調或出國渡假，到正常勤務恢復之後，你再等我和你聯絡。」

「怎麼連絡？」

「緊急程序啊。在約定時間，公用電話對公用電話。」

歐斯納德催潘戴爾背出約定的時間

「如果行不通怎麼辦？」

「嗯，總還有店鋪可用啊，不是嗎，安迪？我們呢，斜紋呢外套已經拖了很久沒試穿，這給了我們一個堅不可摧的藉口，真棒！」他加上一句，「我一動刀，就看得出那會是件好外套。」

「我們上回見面之後，你給了我幾封信？」

「只有三封，安迪，但我這段時間能擠出的也就這些了。生意源源不絕，你不會相信的。在我看來，那間新招待所真的物超所值。」

「那是什麼？」

「兩張發票，一張時裝展示間新裝預覽的邀請函。全都收到了對吧？因為我有時候很擔心會出錯。」

「你不夠用力，寫在印刷品上的字跡常會不見。你用原子筆還是鉛筆？」

「鉛筆，安迪，我照你說的做。」

歐斯納德在他那個公事包亂七八糟的東西裡掏來找去，摸出一支木頭鉛筆。「下次用這個寫。雙H，更硬。」

螢幕裡，那兩個女人已放棄她們的男人，彼此撫慰。

倉儲。歐斯納德交給潘戴爾那罐裝有多餘膠卷的殺蠅劑。潘戴爾搖一搖，按下壓頭，發現還可以用，笑得咧嘴。潘戴爾對他的複寫紙保存期限表達憂心，會不會失掉活性還是什麼的，安迪？不過歐斯納德還是交給他一卷新的，要他甩掉那些舊的。

網絡。歐斯納德需要聽一聽每個下線情報員的進展，同時記錄在他的筆記本上。情報下線莎賓娜是瑪塔的天才創作，也是她的化身，是負責訓練柯利羅區毛澤東主義祕密分子的政治異議學生，她想要一部新的印刷機，以取代掛掉的那部，這估計要花五千塊錢。或者安迪知道可從哪兒替她弄部舊的來？

「她自己去買。」歐斯納德很快就決定，一面寫下「印刷機」以及「一萬元」。「只是舉手之勞。她還以為她的情報是賣給老美嗎？」

「沒錯，安迪，除非賽巴斯汀給她另一套說法。」

賽巴斯汀是瑪塔的另一個創作。她是莎賓娜的愛人，勞苦大眾的律師以及退休的反諾瑞加老兵。拜他一貧如洗的委託人之賜，可以提供許多奇奇怪怪的深度背景情報，如巴拿馬阿拉伯穆斯林社群的地下生活之類的。

「愛爾發和貝塔呢？」歐斯納德問。

情報下線貝塔是潘戴爾自己：國民議會運河諮詢委員會的一員，同時也兼差替銀行大戶找體面的投資機會。而貝塔的姑媽愛爾發是巴拿馬商會的祕書。在巴拿馬，每個人都有個在某處任職的有力姑媽。

「安迪，貝塔回鄉下為連任努力，所以才這麼無聲無息。可是他星期四和巴拿馬商業與工業協會有一場很棒的會議，星期五還要和副總統吃晚飯。燈光已經在隧道盡頭亮起來了。倫敦是不是最不喜歡他啊？他有時候覺得自己不受重視。」

「還好啦，到目前為止。」

「只是貝塔很納悶，獎金什麼時候才會準備好？」

歐斯納德似乎也很納悶，因為他記了下來，草草寫了一個數字，還畫個圓圈圈起來。

「下次告訴你。」他說，「那麼馬可呢？」

「我說啊，安迪，馬可呢，過得很好。我們在城裡混了一個晚上。我見過他老婆，和他一起遛狗，一起去看電影。」

「你什麼時候要丟出問題？」

「下個星期，安迪，如果我有心情的話。」

「嗯，你非要有心情不可。每週從五百元起薪，三個月後再評估，事先付款。他一在虛線上簽名，就有五千元現金的獎金。」

「給馬可？」

「給你，你這笨蛋。」歐斯納德遞給他一杯威士忌，剎時，每一面粉紅鏡子裡都是他的影像。

•

歐斯納德露出大權在握之人有些不中聽的話要說時的表情。他富有彈性的臉掛著不滿的噘嘴，對螢幕上翻雲覆雨的人影皺起眉頭。

「你今天好像很快活啊。」帶著指控意味。

「謝謝你，安迪，多虧你和倫敦。」

「你運氣不錯，搞定貸款了是不是啊？我沒說錯吧？」

「安迪，我每天都會為此感謝造物主，只要想到我能無債一身輕，腳步就像裝了彈簧般輕盈。有什麼問題嗎？」

歐斯納德穩穩把頭擺出準備出拳打擊的姿勢，雖然他一向都只有挨打的份。

「沒錯，是有問題，真的，問題可大了。」

「喔，老天哪。」

「恐怕倫敦對你不像你自以為的那麼滿意。」

「怎麼回事，安迪？」

「沒事，完全沒事，真的。他們只是覺得，超級間諜H，潘戴爾酬勞過高，不夠忠誠，是專門在汙錢的雙面騙子。」

•

潘戴爾的笑容慢慢消褪，終至完全隱沒。他的肩膀下垂，一直撐在床上的雙手順服地擱在身前，讓上級知道它們絕無加害之意。

「安迪，到底有什麼特別的原因？或者這只是他們概括的看法？」

「不只如此，他們全都對該死的邁基·阿布瑞薩斯先生很不爽。」

潘戴爾的頭陡然抬起。

「為什麼？邁基做了什麼？」他以出乎意料的抖擻精神追問——也就是說，出乎他自己的意料。

「邁基和這件事沒關係。」又充滿挑釁意味地補上一句。

「和什麼沒關係？」

「邁基什麼都沒做。」

「是啊，他是沒做，這就是重點。時間拖了他媽的太長，只裝腔作勢地收下一萬塊現金預付款當成善意之舉。你做了什麼？也一樣，什麼都沒有，就等邁基編他的故事。」歐斯納德的聲音裡有男學童挖苦的刺耳腔調。「而我又做了什麼？相信你的生產力，所以付了一大筆豐厚的獎金——笑話——說得白一點，就是搞來一個特別沒生產力的下線，這位阿布瑞薩斯先生是也：暴君之痛，平民之光。倫敦真是笑破肚皮了。他們在想，這個外勤官員——也就是我——是不是有點太青澀，也有點太容易上當，沒辦法應付阿布瑞薩斯先生和你這種不務正業又嗜錢如命的大鯊魚。」

歐斯納德的長篇控訴根本沒人聽進耳裡。潘戴爾沒把這些話放進心裡，反而顯得相當自得其樂，讓身體放鬆。他恐懼的一切都已經過去，無論他們此刻要處理什麼問題，和他的夢魘相比，不過都像是小小一杯啤酒。他的手又回到身體兩側，翹起腳，身體往後靠著床頭。

「我們很想知道，安迪，那麼倫敦打算拿他怎麼辦呢？」他充滿同情地問。

•

歐斯納德放棄威脅恐嚇的聲音，取而代之的是誇張的義憤填膺。

「一天到晚哭訴他光榮的負債，那他對我們又負有什麼光榮的債務呢？一直在吊我們的胃口——『今天不能說，下個月再告訴你』——讓我們一直渴望那個根本不存在的陰謀，還哈得要死。他只能告訴那群學生，還有那群只跟學生講話的漁夫，還有諸如此類的鬼話。看在老天份上，他到底以為他是誰啊？他到底以為我們是誰啊？該死的白痴嗎？」

「那是他的忠誠啊，安迪，那是他寶貴的情報來源，就像你一樣，他一定要得到那些人同意啊。」

「去他媽的忠誠！我們為了他這個寶貝忠誠，已經等了該死的三個星期了！如果他真的這麼忠心耿耿，打從一開始就不該向你吹噓他的運動。可是他說了，所以你就把他逼上梁山。在我們這一行，如果你把某人逼上梁山，你就一定得採取行動，不能讓每個人坐在那裡枯等宇宙意義的答案，只因為某個利他主義的酗酒廢物需要三個星期去取得他朋友的同意之後才能告訴你。」

「所以你要做什麼，安迪？」潘戴爾很平靜地問。

如果歐斯納德擁有足夠的耳力或心力，他也許會在潘戴爾的聲音當中察覺到一股相同的暗流，與幾個星期前他在午餐間首度提起徵召邁基的緘默反抗運動時一樣。

「我會明明白白告訴你應該怎麼做。」他的語氣不耐煩，又把頭擺出那種大官的姿態。「你去找該死的阿布瑞薩斯先生，告訴他：『邁基，真不想用這件事來煩你。我那個腦袋壞掉的百萬富翁朋友不打算繼續等下去了，所以呢，除非你想回到你原本那個巴拿馬貧民窟，和那些不認識的人共謀，策畫你他媽的那些陰謀，否則你還是對我坦白吧。因為只要你做了，就有一大袋錢等著你；如果你不做，就有張小床在一個小地方等著你。』那個瓶子裡是水嗎？」

「是的，安迪，我相信是。我確定你會想來一點。」

潘戴爾將水瓶遞給他，彷彿服侍精疲力竭的顧客，讓他們恢復精神。歐斯納德喝了下去，用手背擦擦嘴，再用胖胖的食指指著瓶頸。他把瓶子回遞給潘戴爾。可是潘戴爾決定自己不渴。他覺得噁心，但不是水能夠舒緩的那種反胃感。大半原因是他和老獄友阿布瑞薩斯之間緊密的同袍之誼，還有歐斯納德提出的那個建議讓他感覺受辱。這世上他最不想做的事，就是從被歐斯納德的口水弄濕的瓶子裡喝水。

「東一點，西一點，全是一點點，」歐斯納德抱怨，依舊趾高氣昂，「加在一起會是什麼樣子？法蘭絨，明天就皺成一團了。等著瞧吧。我們缺乏宏觀視野，哈瑞，大條的往往就在轉角等著，倫敦現在就要，他們不能再等了，我們也是。你聽得懂我的意思嗎？」

「又大聲又清楚，安迪，又大聲又清楚。」

「非常好。」歐斯納德很勉強地用半安撫的口吻說著，想重拾他們的友好關係。

然後，他從阿布瑞薩斯跳到另一個更貼近潘戴爾內心的話題，也就是他的妻子露伊莎。

「狄嘉多一步步爬上巔峰囉，看見沒？」歐斯納德輕鬆地開場。「我看，媒體已經把他吹捧成運河指導委員會裡最重要的人物。已經爬到不能再高，再高，就要把自己的假髮給燒焦了。」

「我讀過。」潘戴爾說。

「哪裡？」

「報紙上。不然是哪裡？」

「報紙？」

這回輪到歐斯納德扮演微笑的角色，潘戴爾則躊躇不前。

「難道不是露伊莎告訴你的嗎？」

「她直到公開之後才說，她不會先對我透露。」

離我朋友遠一點，潘戴爾的眼睛說著。離我老婆遠一點。

「為什麼從不透露呢？」歐斯納德問。

「她很謹慎，這是她的責任感，我告訴過你了。」

「她知道你今晚要和我碰面嗎？」

「她當然不知道。我是什麼？瘋子嗎？」

「可是她知道有些事在進行，對不對？注意到你生活型態有些改變，諸如此類？又不是瞎子。」

「她只知道我在擴展生意，也只需要知道這麼多。」

「但擴展生意的方法很多呀，對吧？不全然都是好消息。對老婆來說不是。」

「她完全不煩心。」

「她給我的印象可不是這樣喔，哈瑞。上回去安尼泰島，她心裡好像有什麼一直在蠢蠢欲動，讓我很吃驚。不是因為什麼大難臨頭，那不是她的風格。只是要我告訴她，在你這個年紀這樣是不是很正常。」

「什麼東西正不正常？」

「需要其他人作伴。一天二十四個小時。除了她之外。在城裡到處晃。」

「你怎麼說？」

「我說呀，等我到了四十歲，就能告訴她答案囉。哈瑞，了不起的女人。」

「沒錯，她的確是。離她遠一點。」

「我只是在想，你要是能讓她放寬心，她可能會更快樂點。」

「她的心好好地在那裡。」

「只是希望她能更踏近井邊一點，就是這樣。」

「什麼井？」

「水井啊，來源啊，所有知識的泉源。狄嘉多。她是邁基的忠實支持者，很欣賞他，這是她告訴我的。很喜歡狄嘉多。痛恨從後門出賣運河的念頭。這我確定得很，一眼就看得出來。」

潘戴爾的雙眼又變成那雙囚犯的眼睛，陰沉，緊鎖。但歐斯納德沒注意到潘戴爾已退回自己的內心，仍然用推理的方式，以大聲取笑露伊莎為樂。

「就是那種天生的白痴，如果你問我的話。」

「誰？」

「『瞄準運河。』」歐斯納德覺得很有趣。「『凡事繫之於運河。』倫敦朝思暮想的就只有這件事。誰會得到運河。他們會怎麼做。整個白廳急得尿濕了他們的條紋褲，想找出狄嘉多到底和誰在柴房裡談話。」他閉起眼睛沉思。「了不起的女孩，全世界最好的一個。像岩石一樣穩固，像帽貝一樣緊抓不屈，忠心耿耿，至死不渝。難以置信的好素材。」

「什麼素材？」

歐斯納德灌下威士忌。「加上你的一點協助，用正確的方式賣給她，用詞謹慎，沒有問題。」他耽溺沉思繼續說著，「不涉及直接行動，不要求她在蒼鷺宮擺炸彈，和學生搞在一起，或是和那些捕漁郎出海去。她要做的就只有聽和看。」

「看什麼？」

「不必提起你的好朋友安迪，不必對阿布瑞薩斯或其他人提起她，別對她提起，這會對美好的婚姻關係造成壓力。古老的榮譽和服從，露伊莎把她的東西交給你，你再交給我，我傳回倫敦。輕而易舉。」

「她愛運河，安迪，她不打算背叛它。她不是這樣的人。」

「她不是背叛它，你這個笨蛋！是在拯救它，行行好吧你！她以為陽光是從狄嘉多的屁眼裡照出來的，對吧？」

「她是美國人哪，安迪。她尊敬狄嘉多，但是她也愛她的美國啊。」

「又不是要背叛老美，看在老天份上！讓山姆大叔一刻不鬆懈，讓他們的軍隊繼續備戰，讓軍事基地繼續保留。她還能要求更多嗎？她會幫忙狄嘉多，不讓運河落入騙子手中；她會幫助老美，告訴我們巴拿馬佬在搞什鬼，以及更多讓美國軍隊留下來的理由。你說什麼？我沒聽見。」

潘戴爾的確開口說話了，但他的聲音哽塞，幾乎聽不見。所以他像歐斯納德一樣挺起胸膛，再試一次。

「我想我得問你，你認為露伊莎在公開市場上有多少身價，安迪？」

歐斯納德很歡迎這個務實的問題，他打算自己盡力將價碼提高一點。

「和你一樣，哈瑞，平分秋色，」他由衷地說，「基本待遇一樣，獎金一樣，這是我的重要原則。女生和我們一樣優秀啊。甚至更優秀。我們可以把你的費用加倍。一份是緘默反抗運動，一份是運河。恭喜。」

電視裡的影片換了，兩個牛仔女郎在峽谷中剝光一名牛仔的衣服，栓在一旁的馬匹撇開牠們的視線。

潘戴爾彷彿在說夢話，很慢，又很機械化。與其說是對著歐斯納德講，不如說他在自言自語。

「她永遠不會這樣做。」

「為什麼？」

「她有原則。」

「我們可以花錢買啊。」

「那是不賣的。她和她母親一樣，別人推得越用力，她就站得越直。」

「何必推她？幹嘛不讓她出於自願地跳進來？」

「很好笑。」

歐斯納德變得慷慨激昂。他一手揮舞，一手貼在胸前。「『我是個英雄，露伊莎！妳也可以！站在我身邊，一起勇往直前！加入十字軍！拯救運河！拯救狄嘉多！揭發貪污腐敗！』要我替你對她美言幾句嗎？」

「不必，你最好也別試。」

「為什麼不？」

「老實說，她不喜歡英國人。她會看上我，是因為我出身不錯。可是如果談到英國上流階級，她可就繼承她父親的看法，認為他們全都是口是心非、毫無羞恥心的混蛋，無一例外。」

「可是她很喜歡我。」

「而且她也不可能和她的老闆作對，絕對不會。」

「我有點懷疑，她真的絲毫都不會動搖嗎？」

但是潘戴爾仍然是那種機械化的聲音：「錢不能讓她改變，謝謝你。她覺得我們的錢已經夠用了，更何況她還常認為錢是邪惡的，應該禁絕。」

「那麼我們就把薪水付給她心愛的老公吧。現金，不必記在帳上。你管錢，她負責奉獻。她不必知道。」

可是這幅間諜夫婦的和樂景象並未得到潘戴爾的回應。他的臉毫無表情，盯著牆壁，準備長期服刑。

•

螢幕上，那名牛仔仰躺在馬毯上。兩個牛仔女郎還戴著帽子，蹬著靴子，分站在他頭尾兩邊，好像在想該怎麼包住他才好。但歐斯納德忙著翻找公事包，所以沒留意，潘戴爾則依然對著牆壁皺著眉頭。

「天哪——差點忘了。」歐斯納德大叫。

他拿出一疊錢，又一疊，把七千塊錢和滅蠅劑、複寫紙、打火機全數擺得滿床都是。

「獎金，很抱歉延誤了，都怪銀行處的那些小丑。」

潘戴爾費了一番氣力才將目光轉到床上。「我不該拿獎金。沒人該拿。」

「不，你當然該拿。莎賓娜在那些年齡較大的學生中間備戰，愛爾發拿到了狄嘉多和日本仔的私下交易，馬可則是因為昨天晚上和總統的會議。萬歲！」

潘戴爾困惑地搖搖頭。

「莎賓娜三顆星，愛爾發三顆星，馬可一顆，總共七千塊。」歐斯納德堅持，「數數看。」

「不需要。」

歐斯納德塞給他一張收據和一支原子筆。「一萬塊，付七千，三千塊當你的遺孀與孤兒基金，和平常一樣。」

潘戴爾在內心深處嘆了一口氣。但他將錢留在床上，只看沒碰。歐斯納德還一味貪婪地設想著徵召露伊莎的新法子，潘戴爾則退回他隱密思緒的陰影裡。

•

「她喜歡海鮮，對不對？」

「這又有什麼相干？」

「你有沒有常帶她到某家餐廳吃飯？」

「馬利斯柯之家，明蝦沙拉和比目魚，她從來沒變過。」

「位子很棒，隔間很寬，是不是啊？很隱密？」

「那是我們慶祝生日和結婚週年去的地方。」

「特別的位子？」

「窗邊的角落。」

歐斯納德扮演起深情款款的丈夫，眉毛挑高，頭很迷人地斜向一邊。「『我有事要告訴妳，親愛的，我想是該讓妳知道的時候了。公民義務，要把事實向有能力處理的人報告。』演得還可以吧？」

「或許吧，可以在布萊頓碼頭演。」

「『所以，妳親愛的父親在九泉之下能夠安息，母親也是。因為妳的理想，邁基的理想，還有我的，雖然我為了安全的理由不得不隱藏鋒芒。』」

「那我怎麼跟她說孩子們的事？」

「就說是為了孩子們的未來。」

「他們的未來還真是美好呢，有我們這一對坐在大牢裡的爸爸媽媽。你看過窗戶裡伸出來的那些手臂是吧？我有一回算過，人在裡面時就會這麼做，一扇窗戶二十四隻手，還不包括那些掛出來的髒衣服，而一個窗戶就是一間牢房。」

歐斯納德嘆了一口氣，彷彿這件事對他的傷害還比潘戴爾深。

「你逼我來硬的，哈瑞。」

「我沒逼你。沒有人逼你。」

「我不想這樣對你，哈瑞。」

「那就別做。」

「哈瑞，我想跟你好聲好氣地說，可是不管用，所以我要把底線告訴你。」

「哪裡有什麼底線，我不懂你的意思。」

「你們倆的名字都在契約上，你和露伊莎，你們兩個同歸一命。你想要回債務——店鋪和農場，倫敦則是想要你們這對夫婦的貢獻。他們要是沒拿到，愛就會轉為恨，他們會切斷金錢來源，置你們於死地。店面，農場，高爾夫俱樂部，車子。一場浩劫哪。」

潘戴爾的頭揚起一會兒，彷彿需要一點時間才能理解法官的入監宣判。

「安迪，這是勒索，不是嗎？」

「市場法則，老小子。」

潘戴爾緩緩起身，動也不動地站著，雙腿併攏，頭垂下，瞪著床上的鈔票，然後將鈔票收攏整齊，放進信封，再將信封擺進他的提袋內，和複寫紙及滅蠅劑放在一起。

「我需要幾天時間，」他對著地板說，「我得和她談談，不是嗎？」

「哈瑞，特效藥就在你手裡。」

潘戴爾拖著腳步走向門口，頭仍然垂著。

「再會啦，哈瑞。下一回，下一個地方，好嗎？好走吧。祝你好運。」

潘戴爾停下腳步，停頓一會兒，轉過身來，臉上沒有流露任何神色，只有消極接受懲罰的表情。

「你也是，安迪。謝謝你的獎金和威士忌，也謝謝你和我分享你對邁基和我太太的建議。」

「我的榮幸，哈瑞。」

「別忘了過來試穿你的斜紋呢外套。那衣服很耐穿，但又很有品味。花點時間，我們就能讓你面目一新。」

•

一個小時之後，歐斯納德將自己鎖在保險室最寬那一頭的小隔間裡，對著那部保密電話的超大話筒講話，想像自己的話語在拉克斯摩爾毛茸茸的耳朵裡經過數位重組的情景。在倫敦，拉克斯摩爾很早就會抵達辦公室，以便接聽歐斯納德的電話。

「給他胡蘿蔔，然後對他揮棍子，長官。」他用專為他主子保留的少年英雄聲音報告，「恐怕相當有效。可是他還在猶豫。她會的，她不會，她可能會。他不願透露。」

「該死！」

「我也這麼覺得。」

「所以他還想要更多錢，呃？」

「看來是。」

「安德魯，絕對不要怪這些卑鄙混蛋裝模作樣在演戲。」

「他說需要一點時間說服她。」

「這隻聰明的猴子，更像是需要時間來說服我們吧。安德魯，怎麼收買她？坦白告訴我吧，老天爺，這事情過後，我們可得把他身上的韁繩拉緊。」

「他沒提到數目，長官。」

「我敢說他沒提。他是個談判高手，抓住我們的要害，而且心知肚明。你的估算呢？你了解這傢伙。最壞的情況是怎樣？」

歐斯納德讓自己沉默以對，表示正在沉思。

「他很棘手。」他謹慎地說。

「我知道他很棘手！他們全都很棘手！你知道他很棘手！頂樓知道他很棘手！傑夫知道他很棘手。我的一些私人投資朋友知道他很棘手。打從第一天開始他就很棘手。這一路走來，他一天比一天棘手。我的天啊，我要是還有更好的辦法可想，早就跳開了。福克蘭群島有個傢伙拐了我們一大筆錢，卻是什麼屁東西都沒給。」

「我們一定要依成果來決定。」

「繼續。」

「更大筆的固定酬勞只會鼓勵他以逸待勞。」

「我同意，完全同意。他在取笑我們，他們都是這樣。坑我們的錢，然後哈哈大笑。」

「另一方面，更大筆的獎金卻能讓他警醒。這我們以前就領教過，今晚也見識到了。」

「的確，可不是嗎？」

「你一定很想親眼看見他把東西塞進公事包裡的德性。」

「噢，我的天哪。」

「另一方面，他已經給了我們愛爾發和貝塔和學生，他已經把大熊弄到半知半覺的地步，他已經命中目標，吸收了阿布瑞薩斯，他也吸收了馬可。」

「而且每一吋進展我們都付了錢，很大方的。截至今天，我們又拿到什麼？承諾。微不足道的零頭。『弄點大的來吧。』我覺得噁心，安德魯，噁心。」

「我向他把話說得相當重了，長官，如果你容我這麼說。」

拉克斯摩爾的聲音頓時軟化。「我相信你說的，安德魯。如果我的話不中聽，真的很抱歉，請繼續吧。」

「我個人相信——」歐斯納德繼續說，但顯得非常沒有自信——

「這是唯一重要的事，安德魯！」

「——我們應該只採用獎勵制度。如果他帶了東西來，我們就付錢。一樣的道理，他是這麼說的，如果他帶老婆來，我們就付錢。」

「聖母瑪麗亞啊，安德魯！他這麼對你說的？他把老婆賣給你？」

「還沒有，不過她待價而沽。」

「安德魯，我幹這行二十年了，還從來沒碰到過。歷史上從來沒有過，有人竟然為了金子出賣自己的老婆。」

談起錢，歐斯納德有種特別的味道，一種低速、而且更加流暢的引擎聲。

「我建議，我們按他所吸收的每個情報下線定期付他獎金，包括他的老婆。獎金應該占下線薪資的一定比例。固定比例。如果她領到獎金，他也能分一杯羹。」

「額外的？」

「絕對是。莎賓娜拿什麼付給她的學生，也還是個沒解決的問題。」

「別寵壞他們了，安德魯！阿布瑞薩斯呢？」

「阿布瑞薩斯的組織一旦送來陰謀的內容，潘戴爾也會拿到相同的佣金，應該是我們付給阿布瑞薩斯和他的組織獎金的百分之二十五。」

這會兒換拉克斯摩爾沉默不語。

「我剛才聽你到說『一旦』？難道我沒聽清楚嗎，安德魯？」

「很抱歉，長官，我只是沒辦法不去懷疑，阿布瑞薩斯究竟是不是在耍我們，還有潘戴爾也是。原諒我，而且現在時間很晚了。」

「安德魯。」

「是的，長官。」

「聽我說，安德魯，這是命令。這是一個大陰謀，別只因為你累了就掉以輕心。當然是有陰謀。你相信，我相信，全球最偉大的決策者之一也相信。發自內心，非常自豪。艦隊街最頂尖的腦袋也相信，或者很快就會相信。大陰謀就在那裡，巴拿馬菁英組成的邪惡核心正著手策動，焦點就在運河。我們得找出來！安德魯？」拉克斯摩爾突然提高警覺。「安德魯！」

「長官？」

「叫我蘇格蘭佬吧，如果你不介意，我們受夠長官了。你內心平靜嗎，安德魯？你壓力大嗎？你覺得舒服嗎？我的天哪，我覺得自己就像個食人魔，從來都沒關心一下你的福祉。我這陣子在樓上的迴廊不無影響力，在河對岸也是。在這個物質主義時代，一個勤勉不懈、忠心耿耿的年輕人從來沒為自己提出任何要求，真是讓我黯然。」

歐斯納德發出困窘的笑聲，就是勤勉不懈、忠心耿耿的年輕人困窘時會發出的那種。

「如果你容許，我想我應該睡一下。」

「去睡吧，安德魯，現在就去。想睡多久都行，這是命令。我們需要你。」

「我會的，長官，晚安。」

「早安，安德魯。我現在是認真的。等你醒來，你就會再次聽到那個大陰謀，又清楚又大聲，就像狩獵的號角在你耳邊盤旋，然後你就會從床上跳起來，快馬加鞭去尋找，我知道你會的。我經歷過，我也聽到過。我們就是為此上戰場的。」

「晚安，長官。」

•

然而，這個年輕有為的間諜頭子，離一天要結束還早得很。趁記憶猶新時存入檔案，教官一再耳提面命，令他作嘔。回到保險室，他打開一個外觀怪異、另有一套號碼鎖的金屬盒，從裡邊抽出一本重量和分量都像航海日誌的紅色冊子。這冊子是手工裝訂的，用一條像是貞操帶的鐵帶捆著，連接處另有一個鎖。歐斯納德也已經打開。回到自己的辦公室，他將冊子放在辦公桌上，就在他的檯燈旁邊，緊挨著的是一瓶威士忌，以及他從那個破舊公事包裡取出的筆記和錄音帶。

紅色冊子是他撰寫創造力十足的報告時，不可或缺的助手。在龐大的隱密冊頁上，有一塊總部顯然毫無所知的區域，也稱為分析員的「黑洞」，情報蒐集者可以很方便地利用這塊區域。依據歐斯納德先生的邏輯，分析員不知道的事，分析員當然也就無從查證。他們既然無從查證，當然也就無法挑毛病。就像其他許多寫報告的新手，歐斯納德發現自己對批評出乎意料地敏感。整整兩個小時，歐斯納德片刻不停地重新整理，潤飾，雕琢，重寫，直到巴肯最新的情報資料像是一根刨得完美無缺的榫釘，穩穩打進了分析員的黑洞裡。精雕細琢的語氣，這裡加一點不敢掉以輕心的懷疑，那裡添一些額外的疑惑，增添整體的真實性。直到最後，對自己手藝滿懷自信的他打電話給他的密碼書記謝伯德，要他立即過來大使館；基於在非社交時間派遣的信差比他們晝間的同僚更令人印象深刻的原則，他交給他一份手寫密碼的極機密與巴肯電報，要他立即傳送。

「老謝，真希望我能和你分享。」歐斯納德用他那種「我們天亮去潛水」的聲音說著，因為他發現謝伯德正以渴望的眼光，凝視著那些無法理解的數字。

「我也是，安迪，可是，等我需要知道的時候，自然就會知道，對不對？」

「應該是。」歐斯納德承認。

我們要派老謝伯德去，人事官說。讓年輕的歐斯納德有條有理，規規矩矩。

•

歐斯納德開著車，但不是朝向他的公寓。他有目的地開著，然而目的卻遠在他前方，尚待界定。一疊厚厚的鈔票抵著他的左乳頭。我能擁有什麼？聚光燈，黑人裸體女郎的彩色照片在亮著燈的框裡，好幾種語文的招牌宣告活色生香的性愛。這樣也可以，但是不符合我今晚的心情。他繼續開著。皮條客，流鶯，警察，一堆娘娘腔男生，全都在找男人。穿制服的美國大兵三三成行。他經過布拉瓦海岸俱樂部，這裡的特色是幼齒的中國妓女。謝謝啦，親愛的，我寧可她們年紀大一點，感恩多一點。他仍然繼續開，跟著感覺走，他向來喜歡讓感覺引領。本惡的人性翻騰不休。平息騷動的唯一方法就是嘗遍一切。還沒買下之前，你怎麼可能知道你要的究竟是什麼？他的心飛回拉克斯摩爾身上。全球最偉大的決策者之一也相信……一定是班恩·哈特利。在倫敦的時候，拉克斯摩爾好幾次透露過他的名字。一語雙關。我們的恩惠基金，哈哈。某幾位愛國媒體大亨的恩慈祝福。你不會聽到的，年輕的歐斯納德先生。哈特利這個姓絕對不會從我唇間穿出。舔舔牙齒。真是王八蛋。

歐斯納德將車橫過馬路，撞上路邊石，碾上去，開到人行道上。我是個外交官，所以管你們去死。賭場與俱樂部，招牌上這麼寫著；另一扇門是「手槍請先查驗」。兩個九呎高的巨漢身披斗篷，頭戴遮簷帽，守衛著出入口。穿迷你裙與網襪的女郎在紅色樓梯下方騷動不安。看啊，這是我的地方。

清晨六點鐘。

「真該死，安迪．歐斯納德，你把我嚇死了。」他爬上床到法蘭身邊時，她語帶感情地說。「到底發生什麼事了？」

「她把我累垮了。」他說。

但他顯然已再次甦醒。

14.

潘戴爾帶著一肚子氣，離開那家按鈕式的愛情賓館。可是一直到他爬上他那輛越野車，一直到穿過紅色迷霧橫衝直撞開回家，一直到他帶著砰砰跳的心睡在貝莎尼亞的床上，一直到隔天早上醒來，甚至到再隔天的早晨，這股氣都沒消。「我需要幾天的時間。」他對歐斯納德咕噥。然而他心裡盤算的可不是幾天，而是幾年。是他每一個不得不轉的錯誤彎口。是他為了更大的益處而不得不吞下的每一個恥辱，寧可自己受罪，也不能招致班尼所謂的 Gewalt（暴力）。是他每一聲還來不及接觸自由氣息就在喉嚨受阻的尖叫。是終此一生揮之不去的挫折震怒，在那些以哈瑞．潘戴爾之名被出賣的角色主導下不請自來。

這像號角響起般喚醒了他，火力全開地撼動他，斥責他，其他情緒都納入麾下。愛、恐懼、憤怒與報復，都是第一批加入的志願軍，推倒了潘戴爾靈魂中那堵區隔真實與虛構的脆弱之牆。這聲音說：「夠了！」以及「進攻！」不容任何人棄甲逃遁。可是，進攻什麼？又用什麼來進攻？

我們想買下你的朋友，歐斯納德說。如果我們買不到，就會把他送回大牢。待過大牢嗎，潘戴爾？是的，還有邁基也是。我在那裡看見他，他幾乎連說哈囉的力氣都沒有。

我們想買下你老婆，歐斯納德說，如果我們買不到，就會把她丟到街上，連你的孩子一起。待過街上嗎，潘戴爾？

我就是打那兒來的。

這些威脅都是真槍實彈，不是夢。歐斯納德拿來抵住他的頭。好吧，潘戴爾騙了他，如果可以稱為「騙」的話。他說些歐斯納德想聽的話給他聽，而且發揮到不可思議的極致，讓他取得滿意的結果，包括拼湊、捏造。有些人說謊是因為謊言會為他們帶來刺激，讓他們自覺比那些趴在地上說實話的卑賤從俗者更勇敢，或者更聰明。但潘戴爾不同。潘戴爾說謊是為了從俗。隨時隨地說正確的話，即使正確的話與實話天差地遠。與壓力同騎並進，直到他可以跳下馬來，回家去。

然而歐斯納德的壓力不放他下馬。

•

潘戴爾用盡手邊的方法痛責自己。身為經驗豐富的自我譴責者，他拉扯自己的頭髮，呼喚上帝見證他的悔改。我墮落了！這是審判！我回到監獄！整個生命全是監獄！我在裡面或外面都無關緊要！而且這是我自己一手造成的！但他的憤怒並未消逝。他避開露伊莎的協和基督教會，重拾班尼口中那些有關贖罪的恐怖言詞，他原本幾乎都忘了，現在沒頭沒腦地全背誦出來：我們已造成傷害，已腐化，已墮落……我們有罪，我們背叛……我們掠奪，我們詆毀……我們離經叛道，誤入邪道……我們犯了錯……我們讓自己背離真理，只耽於既存的現實。我們躲在逸樂與玩具背後。怒氣仍然拒絕退讓。無論潘戴爾到哪裡，它就跟到哪裡，就像在某齣噁心啞劇裡的貓。即使當他對自己從一開始到今日的卑鄙行為進行冷酷的歷史分析時，他的憤怒也還是一把劍，從他自己的胸口撥開，朝外對著那些讓他背棄人性的誘發者。

•

太初有惡語[1]，他對自己說，是安迪闖進我店裡時帶來的，無從抵抗，因為那是壓力，不只是關於夏日女裝，也還涉及亞瑟·布瑞斯維特，露伊莎和孩子們視之如神的那位人物。好吧，嚴格來說，布瑞斯維特根本不存在。他何必存在？不是每個神都必須存在才能行使祂的職權。

由於以上種種而產生的結果，我必須成立一個情報偵搜站。所以我就偵搜，而且還聽到不少事。至於耳朵沒聽到的，我的腦袋也都聽見了，在壓力的影響下，這極其自然。我做的是服務業，所以我提供服務，這算什麼大錯呢？在這之後，就某種程度而言，也就是我所謂的繁花盛開階段，我聽得更多，情報也做得越好。因為你會學到，間諜這一行就像做生意，也像性愛，不是越來越好，就是一事無成。

所以我就進入了我們或許會稱為「積極監聽」的階段，也就是把某些特定的話塞進其他人嘴裡，讓他們就像時時刻刻都想到這些話，自然地說了出來。反正大家都這麼做。再加上我還拍了露伊莎公事包

1　此處潘戴爾的心聲是模仿《聖經》裡的話「太初有道」（In the Beginning there was the Word）。

裡零零碎碎的一些東西。我不喜歡這麼做，可是安迪非要不可，老天保佑，他可真愛他的照片哪。可是這不算偷竊，只是瞧瞧罷了，每個人都可以瞧，無論口袋裡有沒有打火機。我就是這麼說的。

在這之後發生的事，全都該怪安迪。我從來沒鼓勵過他，從來沒動過如此念頭，直到他提起。安迪要求我找情報下線。你的下線是一群各形各色的人，帶來各種你從未注意到的情報，是我所謂「重大突破」不可或缺的一環，而具體報告則視提供者的心智態度而定。但是，關於情報下線，有件事我要告訴你。一旦你踏進情報下線的世界，他們都是非常好的人，甚至好過某些我能指名道姓、在現實世界裡舉足輕重的人。情報下線是一個祕密族群，除非你要求，否則他們不會回答或提問任何問題。所謂情報下線，就是將你的朋友變成他們幾乎已經是的那種人，或者變成他們希望是、但嚴格說來又永遠不會是的那種人，又或者變成他們完全不想做的那種人。雖然基於本性，他們理應變成那種人。

例如莎賓娜——這是瑪塔以她自己為輪廓塑造出的人物，但又和她不盡相同。例如你那個脾氣暴躁、等著使出最惡劣手段的炸彈客學生。例如愛爾發和貝塔，以及其他因為安全理由必須隱姓埋名的那幾個人。例如邁基和他的緘默反對運動，和他那個「沒有人可以染指的陰謀」。在我個人看來，這個陰謀真是純粹的天才之作，只是在安迪殘酷無情的高度壓力下，我遲早得把手伸進去，才能滿足各方需求。例如「住在橋另一端的那些人」和「巴拿馬真正的良心」，除了邁基和幾個帶著金屬探測器的學生之外，沒人找得到。例如馬可，他絕對不會答應，除非我讓他老婆對他放狠話，要新冰箱和第二部汽車，以及送他們的孩子上愛因斯坦學校。馬可要是能來到另一個陣營，我便能幫他們安排，所以，她是不是應該再對他好好進言一番？

全是說服力。鬆弛的線憑空出現，編織，裁剪，等待量製。

•

所以你建立了自己的情報下線，替他們做他們該做的監聽，擔他們該擔的心。你替他們做研究，替他們研讀，聽取瑪塔對他們的意見，而且你會在適當時機將他們放在適當位置，讓他們帶著所有的理想和問題，踏出一小步去追尋他們的最佳利益，就像我在店裡所做的。而且你付錢給他們，只付適當數目。部分現金放進他們的口袋，其他的就收起來以備不時之需，免得他們到處炫耀，讓他們自己顯得既蠢又可疑，讓他們曝露身分觸犯法律。唯一麻煩的是，我的下線無法把現金放進口袋，因為他們不知道自己賺進了酬勞，有幾個甚至連口袋都沒有，所以我只得放進自己的口袋。可是仔細想想，這倒也十分公平，因為錢不是他們賺的，可不是嗎？是我賺的，所以我拿了現金。或者是安迪替我存進他的孤兒寡婦帳戶裡。而情報下線仍然不知情，這是班尼所謂的冷血騙子。如果不是虛構，生命又是什麼呢？從虛構自己開始著手吧。

•

囚犯，眾所周知，有他們自己的道德。這就是潘戴爾的道德。

在充分譴責自己又寬恕自己之後，他已然平靜，只是那隻黑貓仍然瞪著他[2]。而且，他感覺到的平靜，是悍然武裝的那一種平靜，一股龐然成形的暴怒更加強烈，也益發清晰可見，在他充斥不公不義的人生中，這還是前所未有。他感覺到手裡那種刺痛與肌肉緊縮感。這種感覺在他背上，大半穿透雙肩。他在家裡和店裡踱步時，就在他的臀部與腳跟。在過度激昂的情緒下，他可以握緊拳頭，搥進心底一直包圍著他的被告席木牆裡，大聲呼喊他的清白，或者是只差毫釐、近乎無異的清白：

因為我會告訴你其他事情，大人，等我們談到的時候，如果你能抹掉臉上領頭羊般的微笑：探戈得兩個人才能跳。而女王陛下的安德魯·歐斯納德先生就是天賜的探戈好手。我可以感覺到。他是否感覺到了則是另一回事，但我認為他可以感覺到。有時人不知道自己正在做什麼。可是安迪教唆我。他得之於我的，比我得之於他的還多，什麼東西都算兩遍，卻假裝只有一遍。再加上他很不正派。我對不正派的了解可深了，而且倫敦還比他更糟。

•

就在此時，潘戴爾深思熟慮地不再對他的造物者、他的大人或他自己說話，盯著面前那堵工作室的牆。他這會兒正巧在工作室裡替邁基·阿布瑞薩斯裁剪另一套能改善人生的西裝，幫他贏回他老婆。已經做過那麼多套，潘戴爾閉著眼睛都能裁剪。但是他雙眼大睜，嘴巴也是，看起來像是迫切需要氧氣，雖然他的工作室拜高窗之賜，空氣不虞匱乏。他正播著莫札特，但莫札特已不符他的心情。一手摸索著關掉音樂，另一手握著剪刀，但凝望的目光毫不退縮。他仍然出神地望著牆上相同的那一點。這面牆不像其他見過的牆、不是漆磨石灰就是淡綠色，而是漆成鎮定人心的梔子花色調，那是他和室內裝潢師費了好一番功夫才完成的。

然後他開口了。很大聲。一個字。

不是阿基米德可能會說的那句話，也沒帶著任何可資辨識的情緒，而是他兒時的火車站裡、趣味盎然的那種「我說出你的體重」機器的語調。機械化，但斬釘截鐵。

「喬納。」他說。

哈瑞．潘戴爾終於有了他的宏觀遠見。一瞬間，遠見在他眼前飛舞，原封不動，精采絕倫，螢光閃閃，完整無缺。從一開始就已擁有，現在他已然領悟，就像他挨餓受凍、以為自己就快破產的這段日子以來，褲子後口袋裡卻一直塞著一疊鈔票，他奮鬥、渴望、追求他未曾擁有的知識。然而他擁有了！一直就在那裡，任憑他宰制，他的祕密庫藏！他一直忘了它的存在，直到此時！此時，他面前繽紛燦爛。我的宏觀遠見偽裝成一堵牆；我的陰謀，尋得目標的陰謀。一刀未剪的原創版本，在眾人引領期盼下登上你的銀幕，在怒火照耀下光彩奪目。

它的名字就叫喬納。

2 典出愛倫坡短篇小說〈黑貓〉。故事中的黑貓勾動人心之惡，引誘主角犯下罪行。

那已經是一年前的事了，但在潘戴爾誇大、失實的記憶裡，那是此時此刻，就在他眼前的這面牆上。那是班尼過世後的一個星期，也是馬克進入愛因斯坦學校第一學期的兩天之後，以及露伊莎在運河管理局重新得到有酬工作的一天之後。潘戴爾開著他此生的第一部四輪驅動車，目的地是箇郎，同時有雙重任務：每月一次造訪布魯特納先生的織品倉庫，以及終於成為兄弟會的一分子。

他開得很快，和所有人開往箇郎時一樣，一方面是怕高速公路上的劫車者，一方面也是因為免稅區的財富就在路的盡頭等著。他穿著一套為避免引起家人激憤而擺在店裡的黑西裝，臉上的鬍渣已經六天未刮。班尼哀悼過世的友人時不刮鬍子，潘戴爾至少可以為班尼做到這一點吧。他甚至買了一頂黑色的漢堡帽，儘管他有意地將帽子留在後座。

「起疹子啦。」他對露伊莎解釋。為了讓她心裡舒坦，也為了顧及安全，他沒讓她知道班尼的死訊，因為她一直相信，班尼早在多年前就已經死於酒精中毒，不會再造成任何威脅了。「我想，是我為精品展示間試用那罐新的瑞典鬍後水惹的禍。」他補上一句，引起她的關心。

「哈瑞，你應該寫信給那些瑞典人，告訴他們說他們的乳液很危險，不適合敏感性皮膚。這對我們的孩子是生命威脅，也不符合瑞典人主張的健康論調。疹子要是一直都不消，就告他們個天昏地暗。」

「我已經在打草稿了。」潘戴爾說。

兄弟會是班尼最後的一個心願，就寫在他那封鬼畫符的信裡，在他死後才寄達店裡：

哈瑞小子，對我來說，毫無疑問，你就像非常昂貴的珍珠，除了一件事，查理．布魯特納的兄弟會。你生意做得不錯，有兩個小孩，再來還會有什麼只有天知道。可是大筆報酬一直就在你眼前，我實在搞不懂，為什麼這麼多年你都不伸手去取。在巴拿馬，查理不認識的人也就不認識，何況好差事和影響力總是相繼而來。有兄弟會當靠山，你就永遠不缺生意和生活所需。查理說，門仍然為你敞開，更何況他還欠我，雖然永遠比不上我虧欠你的那麼多。我的孩子啊，我站在走廊等待時來運轉，在我看來，那真是希望渺茫，可是別告訴你羅絲嬸嬸。這個地方不壞，如果你喜歡拉比[3]的話。

祝福你

班尼

•

布魯特納先生在箇郎統治了占地半畝大的無隔間辦公室，裡頭滿是電腦和身穿高領襯衫配黑裙的快樂祕書，而他是這世上排名第二位值得尊敬的人物，僅次於亞瑟．布瑞斯維特。每天早上七點，他登上

3　Rabbi，猶太教士。

公司的飛機，飛行二十分鐘到箇郎的法國田野機場，降落在哥倫比亞進出口商高階經理人員彩漆華麗的飛機之間。他們都是在此暫時停留，小小採購一番免稅品，或者因為實在太忙，所以派女眷代勞。每天傍晚六點，他又飛回家，但星期五除外，三點就飛回家。在「猶太贖罪日」，公司放年度假期時，布魯特納先生會為了只有自己和班尼知曉的罪孽贖罪。而從一個星期前開始，知情的就只剩他一人了。

「哈瑞。」

「真是高興啊，布魯特納先生。」

每回都一樣。謎樣微笑，正經八百地握手，刀槍不入到可敬可重，而且從不提露伊莎。然而這一天，他的微笑更帶一抹憂傷，握手握得更久，而且布魯特納先生打了一條庫存的黑領帶。

「你那位班傑明叔叔是了不起的人。」他用他那沾滿粉末的小爪子拍拍潘戴爾的肩膀。

「一位巨人，布先生。」

「哈瑞，你的生意興隆吧？」

「我的運氣不錯，布先生。」

「你不擔心這個世界變得越來越暖？不久之後就沒人買你的外套了？」

「布魯特納先生，上帝創造太陽的時候，也很睿智地發明了冷氣機。」

「你願意見見我的幾個朋友吧。」布魯特納先生眨眨眼，微笑地說。

箇郎的布魯特納先生比他在太平洋岸熟悉的那位布魯特納先生多了幾分邪氣。

「我也不知道我為什麼一直拖著不做。」潘戴爾說。

在其他日子，他們會走上後面的樓梯到織品部，讓潘戴爾讚賞新到的羊駝呢。可是這一天，他們卻走上擁擠的街道，布魯特納先生急匆匆領頭，汗流浹背像個碼頭工人，一直走到一扇沒有任何標示的門前。布魯特納先生手裡握著一把鑰匙，不過，他先對潘戴爾淘氣地眨眨眼。

「我們得犧牲一個處女，你不會在乎吧，哈瑞？搞個私刑虐待一下，對你不是問題吧？」

「如果是班尼希望我做的就不會，布魯特納先生。」

布魯特納先生鬼鬼祟祟，對著人行道左右張望一下後才旋轉鑰匙，用力一推。那已經是一年前、甚或更久的事了，但此刻卻恍若就在眼前。在面前那道梔子花色的牆上，潘戴爾看到同樣的那扇門敞開，相同的暗黑迎面襲來。

15.

潘戴爾隨著主人從活力四射的陽光踏進漆黑的暗夜。他一時看不見主人，站得直挺挺，臉上掛著微笑，以防萬一有人看得見自己。他會見到誰，又會穿著什麼奇怪的裝束？他嗅嗅空氣，沒聞到燒香或溫熱血液的味道，只有陳腐的香菸與啤酒味。然後，慢慢地，刑房的配備才飄到眼前，現出原形：一個吧台後面有瓶子，瓶子後面有鏡子，一個年紀很大的亞裔調酒師，掀起的奶白色鋼琴蓋上畫了幾個躍騰的女郎，木頭風扇在天花板無精打采地轉動，一扇高窗，撐開窗戶的繩索已斷裂。最後才現形的，是和潘戴爾一樣追尋光明的人，因為他們最不起眼；他們身上穿戴的不是黃道長袍與圓錐帽，而是巴拿馬人穿的那種單調便裝：白色短袖襯衫，磚匠似的肚子下是皺巴巴長褲，鬆垮垮的領帶上有紅色花椰菜圖樣。

有好幾張臉是他在聯合俱樂部較為卑微的邊陲地帶見過的：荷蘭人韓克，他老婆剛捲走他的存款，和一個中國鼓手跑到牙買加。他沉重地踮起腳尖，朝潘戴爾走來，兩手各端著一只凍霜的白鑞啤酒杯——「哈瑞，我們的兄弟，我們太驕傲了，你終於加入我們的行列。」——彷彿潘戴爾長途跋涉，越過了海埔新生地才來到他們身邊。歐拉夫，瑞典船務代理和酒鬼，帶著水晶眼鏡及羊毛絲假髮，用他永誌不忘、卻不道地的牛津腔喊道：「我說啊，哈瑞兄弟，老傢伙，幹得好，乾杯。」比利時人雨果，自成一格的廢鐵商，也是以前的剛果水手，從裝在褲袋裡搖搖晃晃的銀酒瓶倒出東西給潘戴爾，「一些來自你老家的特別東西」。

沒有被栓鍊住的處女，沒有冒泡的焦油桶或恐怖草藥鍋：只有讓潘戴爾在此之前一直不願加入他們的其他理由，相同老戲碼裡的相同老卡司叫道，「你的毒藥呢，哈瑞兄弟？」和「我們為你斟滿杯，兄弟。」和「你為什麼拖了這麼久才來找我們，哈瑞？」直到布魯特納先生本人穿著倫敦塔守衛的披風，戴著市長項鍊，用一只缺角的英國獵號吹響粗嘎的兩聲，一扇雙扉門被踢開，一隊亞裔人頭頂托盤，大步走進房間，用嚴厲的速度不斷誦唸著「打倒他，祖魯戰士」。領頭的不是別人，正是布魯特納先生本人。潘戴爾此刻開始了解，他是在補償早年歲月裡失去的一些元素，例如錯失的青春期。

為了把大家叫到桌子旁邊，布魯特納先生自己站在正中央，旁邊是潘戴爾，愉快地站著喚起大家的注意。等大家集中注意力，荷蘭人韓克發表了一篇冗長而不知所云的飯前禱詞，大意是說，如果大家吃了眼前的食物，道德層次就會益發提升——這是潘戴爾一直質疑的問題，自從那次班尼趁著羅絲嬸嬸虔誠地去參加「錫安之女」聚會之際，帶著他到附近的克汗先生店裡，讓他吃下足以改變性情的第一口要命咖哩之後，他就存疑至今。

可是大家才剛坐下，布魯特納先生就又跳了起來，宣布兩項令大夥兒很快活的消息：我們的潘戴爾兄弟今天第一次來到我們之間——如雷的掌聲，間雜點綴著戲謔的猥言褻語，大夥兒現在變得和樂融融——請容我介紹一位其實不需要介紹的兄弟，這麼一位好手，請。我們這位雲遊四海的賢人，長期服侍光明的僕人，潛入深處探索未知，比我們今天在座的每一位滲透進更黑暗的地方——淫穢的笑聲——這就是獨一無二、難以匹敵、永垂不朽的喬納，才剛從荷屬東印度群島經歷了一場危機四伏的探險，凱旋歸來，你們有些人以後會讀到（有人大叫：「在哪裡？」）。

而潘戴爾，此刻正望進他那面梔子花牆裡，就如同一年前可以看見喬納：叉開雙腿，一副凶狠好鬥的模樣，臉色泛黃，一雙蜥蜴眼，有條有理地把眼前食物的精華貯存在他的盤子裡——紅辣辣的醃黃瓜，辣味爆玉米和印度薄餅，切片辣椒、印度南餅和一團軟糊糊斑斑點點的紅褐色東西，潘戴爾已經暗自判定那是未經提煉的膠化汽油。潘戴爾也聽得見他的聲音，喬納，我們雲遊四海的賢人。梔子花牆的音響系統毫無瑕疵，雖然喬納的聲音在淫穢故事和無聊敬酒的喧嘩中很不容易聽清楚。

下一次的世界大戰，喬納告訴他們，有濃厚的澳洲腔，會是在巴拿馬，而且日期也已經訂好了，你們這些王八蛋最好他媽的相信。

•

第一個挑戰這個論點的是個形容憔悴的南美工程師，名叫皮耶特。

「已經發生過了，喬納，老小子。我們這裡有一群叫『正義行動』的小傢伙。喬治．布希用他的軟弱無能的基因來對付我們，死了好幾千人。」

結果引起一連串諸如「侵略的時候你在幹嘛啊，爹地？」之類的含糊詢問，並獲得知識水平差不了多少的回答。

好幾個區域同時爆發攻擊與反擊的火力交會，讓布魯特納先生滿懷單純的喜悅，他的微笑從一個講話的人轉到下一個人，就像欣賞勢均力敵的網球比賽般精準。因為腸子咕咕叫，潘戴爾聽得不是很清楚，但此時他恢復了部分意識，喬納已經把注意力轉向運河的缺點。

「現代的船隻根本沒辦法利用這條該死的運河。採礦船、超級油輪跟貨櫃船太大了，過不去，」他斷然宣稱，「簡直就是恐龍。」

瑞典人歐拉夫提醒眾人，運河有增加水閘的計畫。這個情報換來喬納的嗤之以鼻，顯然他咎由自取。

「噢，拜託，老爺，這主意還真是偉大啊。更多他媽的水閘，太奇妙，太不可思議了。我很好奇，接下來科學還會做什麼？我們也來個法式風味吧，反正也相去不遠嘛。然後從羅德曼海軍基地切一塊小地方。那麼或許到二〇二〇年左右，靠著老天垂憐和所有的現代奇蹟，我們就會有一條稍微寬一點的運河，通過也要花更長的時間。我敬你，老爺。我站起來，舉起酒杯，祝他媽的二十一世紀進步發展。」

煙雲瀰漫中，喬納很可能真的站起來敬酒，因為潘戴爾此刻望著梔子花牆上重播的景象，真真確確記得喬納跳了起來，卻維持幾乎完全一樣的姿勢，直到他後來用誇張的姿態舉起啤酒杯，將泛黃的臉整個埋了進去，包括那雙蜥蜴眼和所有東西。有那麼一秒，潘戴爾懷疑他是不是會再浮出來。可是這些潛水家技巧可好得很呢。

「不管是一個，還是六個他媽的水閘，山姆大叔根本連屁都懶得放。」喬納又重拾那種蔑視一切的尖銳語氣。

「只要和老美有關，就越多越好。我們偉大的美國朋友老早就放棄運河了。就算他們有人想炸掉那個該死的東西，我也不意外。他們要一條有效率的運河幹嘛？他們已經有一條從聖地牙哥直通紐約的快速貨運路線了，不是嗎？他們的乾運河，他們就喜歡這樣叫，是高尚低能的老美經營的，不是一大群拉丁人。世界上其他人自己去想辦法吧。運河是落伍的象徵，讓其他傢伙去用吧——去你的，你這個愛睏的德國討厭鬼。」他補上一句，說的是昏昏欲睡、像懷疑他智慧的荷蘭人韓克。

可是桌旁各處一個個疲累的頭抬了起來，一張張醉醺醺的臉轉向喬納這個迷離的太陽，布魯特納先生深怕錯失任何珠璣字句，半爬出椅子，越過桌面，決心捕捉喬納的每一句話。而雲遊四海的賢人已嚴辭峻拒批評：

「不，我才不是隨便亂放屁哩，你這個乳臭未乾的愛爾蘭佬。我說的是石油，我說的是日本石油。以前很重的石油，現在變得很輕囉。我說的是黃種人主宰世界，我們認識的他媽的文明就要結束了，連你們那個他媽的翡翠島[1]都不例外。」

有個聰明人問喬納，這意思是日本人打算用石油灌滿運河囉？但他理都不理。

「日本人啊，我的好朋友，在還沒發現該怎麼利用之前，老早就開始鑽探他們的重油了。他們在全國各地的巨型油槽裡裝滿油，他們的頂尖科學家夜以繼日研究該死的分解方程式。好啦，現在他們找到了，所以等著瞧吧。趕快打醒你們的腿，如果你們找得到的話，各位先生，這是我的建議，然後抬起你們的屁股面對上升太陽，好好親吻道別吧，因為日本佬已經發明出神奇的乳劑。也就是說，根據車站大

1 Emerald Island，愛爾蘭的別稱。

鐘，你們在這個樂園頤養天年的時間只能再維持五分鐘了。把東西倒進來，搖一搖，然後，賓果，你就像其他男生一樣得到石油了，要多少有多少。一旦他們蓋了自己的巴拿馬運河，這可是隨時都有可能的事，可能就在渺小蜉蝣搖搖命根子的那一瞬間，他們就可以快樂地把東西運往全世界。山姆大叔一定會暴跳如雷。」

停頓。桌子各個角落響起困惑不贊同的抱怨聲，接著，逐字推敲的歐拉夫代表大家，提出顯而易見的問題：

「喬納，你這麼說是什麼意思？『一旦他們蓋了自己的巴拿馬運河』？這話的依據是什麼，我想知道，拜託？建造新運河的想法在入侵之後已經完全推翻了。也許你花了太多時間潛在水底，聽樓上的動靜了。入侵之前，的確有個高階專精的三方委員會在研究運河的其他選項，包括修建一條新的支道，美國、日本和巴拿馬都是成員。但現在這個委員會已經完全解散了。美國人很高興，他們一點兒都不喜歡那個委員會。他們假裝喜歡，其實不然。他們比較喜歡維持原貌，然後增加新水閘，讓他們的重工公司管裡那些獲利驚人的終點港口。我清楚得很，謝謝你，這是我的工作。那件事已經玩完了。去你的。」

然而喬納非但沒有屈服，還一副耀武揚威的樣子。

盯著梔子花牆，潘戴爾就像布魯特納先生，繃緊自己，捕捉住從這位偉人唇間吐露出來的每一句預言。

「他們當然不喜歡那個他媽的委員會，你這個賣弄學問的北歐佬！他們痛恨委員會！他們當然要他們的重工工程公司進駐箇郎和巴拿馬市，控管終點港口。你認為老美為什麼一加入委員會就開始抵制？

你認為他們為什麼打從一開始就想入侵這個愚蠢的小國家，用盡一切方法把這裡摧毀得支離破碎？為了禁止淘氣的將軍把他的古柯鹼賣給山姆大叔？狗屁！他們這麼做，是為了擊潰巴拿馬軍隊，摧毀巴拿馬經濟，讓日本人沒辦法買下他媽的這個國家，蓋出一條對他們自己有利的運河。日本人要從哪裡搞到鋁？你不知道，所以我告訴你：巴西。他們要從哪裡弄來鋁礦砂？還是巴西。黏土呢？委內瑞拉。」他一一列舉潘戴爾從未聽過的物質。「你要告訴我說，日本佬打算把這些工業基本原料往上運到紐約，穿過快速貨運路線運到他媽的聖地牙哥，再渡海運回日本，只因為現在這條運河對他們來說太窄、也太慢了？你是要告訴我，他們打算讓他們巨大的郵輪繞過他媽的南美海岬？讓他們新的油管穿過地峽，然後花他媽的一輩子時間嗎？他們就眼睜睜看著每當一輛日本汽車抵達費城，價格就得添上五百大洋，只因為運河沒辦法再載運它們啦？運河最大的使用國是哪一個？」

停頓，有人自告奮勇。

「老美。」有人大膽地說，也付出了代價：

「狗屁，老美！難道你沒聽過現在打著快樂無害的『開放註冊』名號，以此獲得許可的權宜旗幟嗎？誰在享受這種方便？日本人和中國人。是哪個王八蛋打算造下一代的運河通行船？」

「日本人。」有人低聲說。

一道天賜的陽光奮力穿過潘戴爾裁剪室的窗戶，像隻白鴿停在他頭上。喬納的聲音變得嘹亮。虛幻的贅詞冗句猶如毫不需要的註記，全都拋開了。「誰擁有最高級、最低廉、最新穎的技術？忘了那些美國大男生吧，是日本人哪。誰有最好的重機械，最讓人膽戰心驚的談判人才？最好的工程頭腦，技術最好的勞工和管理人才？」他在潘戴爾耳邊侃侃而談。「是誰日日夜夜夢想著要掌管全球聲望最響亮的通道？就在這一刻，是誰家的探測專家和工程師在凱密托河河口千呎以下開採土壤樣本？雖然老美進來把這個地方搞得一團亂，你們以為他們會就此放棄嗎？你們以為他們會對山姆大叔磕頭，為他們想控制世界貿易的蠢念頭而道歉嗎？那些日本人？你以為他們會撕掉生態殺手的和服，讓彼此從未好好溝通認識的東西兩洋攜手並進嗎？那些日本人，在他們自己的存亡關頭？你以為他們會屈服，只因為有人叫他們這麼做？那些日本人？這不是地緣政治，這是爆炸哪。我們要做的就只是坐在這，等著轟然一響。」

有人怯怯地問，中國人在這場戲裡可能扮演什麼角色，喬納兄弟。又是歐拉夫，用他明顯可辨的牛津腔英語：「我的意思是，老天爺哪，喬納老友，日本人不是恨中國人嗎，老實說，這豈不是你來我往的事嗎？日本人忙著搞權力爭榮耀，中國人為什麼只站在旁邊看？」

在潘戴爾的記憶裡，喬納此時顯得非常寬容與和藹可親。

「因為中國人想要的和日本人一樣，歐拉夫，我的好友。他們想要擴張，財富，地位，在世界各大會議裡獲得認可，對黃種人的尊敬。你剛才問我，日本人需要中國人做什麼？請容我解釋。首先，他們要中國人當他們的鄰居。之後，他們要中國人成為日本商品的買主。再來呢，他們要中國提供低廉的勞工，生產剛才提到的那些商品。你知道，日本人認為中國人是次等人，所以中國人也一報還一報。可是眼前中國和日本是血盟兄弟，在他們騙死人不償命的圓眼睛裡，歐拉夫，注定要求爺爺告奶奶的是我們啊。」

那天下午喬納其餘所說的話，潘戴爾只記得片片斷斷。就連梔子花牆也沒有足夠功力，能把汽油膠化劑和酒精物質所損毀的記憶修補起來。需要班尼的鬼魂，站在他的肘邊，即興插補佚失的信息：

……哈瑞小子啊，我會對你坦白，我不都一向如此嗎？我們現在搞的是很大的騙局，比得上那個把艾菲爾鐵塔賣給有興趣買家的小子，一個五星級的大陰謀，大得足以把你的朋友安迪送回給他的銀行經理，難怪邁基·阿布瑞薩斯一直對他的朋友保持沉默，因為這是個炸藥，更何況他也虧欠他們。哈瑞小子，我以前說過，而且還要再說一遍，你擁有的說服力可比帕格尼尼和吉格利加起來的還多，你需要的只是在正確的日子，有輛正確的巴士停在正確的車站，而且在你自己知道之前就已經朝那個方向邁進，不像我們其他人得在走廊等候。這就是那輛巴士，我們談的是一條寬四分之一哩，運用最新科技，由日本人建造，能夠連接海岸的海平面運河，哈瑞小子。計畫在最隱密的深處進行，而老美還在不停哭訴新的水閘，讓他們的重工業惡棍進來耀武揚威，和往日時光一模一樣，只不過他們看錯條運河了。最頂尖的巴拿馬律師、政客與聯合俱樂部一如往常組成了一個緊密的集團，把手伸進了錢櫃，對老美嗤之以鼻，把日本佬壓榨到乾。再加上安迪老是對你提起的狡猾法國佬，以及你那些邪惡的哥倫比亞販毒資金。哈瑞小子，火藥陰謀[2]是沒成功，只是這回會有誰逮到你手裡的火柴呢？答案——沒有人。你問我代價，哈瑞小子？你告訴我那些日本佬付不起？日本佬負擔不起他們自己的運河？大阪機場花了多少

2 Gunpowder plot，一六五〇年蓋·福克斯等人密謀要在十一月五日炸死詹姆斯一世，但事前就被破獲，後來英國人在陰謀破獲的十一月五日固定放煙火慶祝。

錢？據我得到的可靠消息，哈瑞小子，總共三百億。貨真價實。知道一條海平面運河要花多少錢嗎？三座大阪機場，包括法律費用和印花稅。哈瑞，對那些小子來說，這只不過是留在盤子底下的小費，不是嗎？你問條約？巴拿馬負有法律義務，不得損壞運河，以維護山姆大叔的權益？哈瑞小子，那是舊運河哪，巴拿馬的法律義務只限於舊運河啊。

•

梔子花牆還有最後一個片段要為他映演。

潘戴爾和他的主人站在布魯特納先生那幢商業大樓的門口，互道好幾次再見。

「你知道嗎，哈瑞？」

「什麼，布先生？」

「喬納那傢伙是這世上最狗屁不通的藝術家。他對奧里油[3]一竅不通，對日本工業更是什麼都不懂。他們擴張的夢想：嗯，沒錯，我同意，日本人一直對巴拿馬運河有非分之想。問題是，等到他們掌控運河，那時已經沒有人用海運，也沒有人需要石油了，因為我們有更好、更乾淨、更便宜的能源。而他的那些礦物」——他搖搖頭——「如果他們需要，他們會發現唾手可得。」

「可是，布魯特納先生，你在裡面看起來很快樂啊。」

布魯特納先生露出邪氣的微笑。「哈瑞，告訴你，每回我聽喬納說話，就好像聽到你的班尼叔叔在說話，而且總是想起他有多愛騙子。那麼，你加入我們這個小小兄弟會如何啊？」

可是，在那一瞬間，潘戴爾說不出布魯特納先生想聽的話。

「我還沒準備好，布先生，」他熱切地回答，「我還在醞釀。我會努力，總有一天。等那天到來，我就會準備好的，我會回到你身邊，像塊剛出爐的蛋糕。」

然而此刻他已經準備就緒。共謀的心已起而昂揚，無論有沒有奧里油都一樣。憤怒的黑貓已將爪子舔淨，準備出征。

3　orimulsion，一種鍋爐燃料的專利名稱。一九七九年，委內瑞拉國家石油公司與英國石油公司合作開發新技術，將超重質原油提煉成流動性較高的乳化油，稱之為奧里乳化油，簡稱「奧里油」。

16.

潘戴爾告訴歐斯納德，要等幾天，我需要幾天時間。需要幾天時間多替彼此考慮，也為婚姻重新加溫，讓潘戴爾這位丈夫與愛人能重建通往他配偶的那座傾頹橋梁，無所隱匿，帶她一起走近他的私密領域，任命她為他的心腹、他的夥伴、他的間諜同志，為他的宏觀遠見服務。

潘戴爾為露伊莎重新塑造自己的同時，也為世界重新塑造了露伊莎。他倆之間再無祕密，一切都了然於心，一切都相互分享，他們終於在一起了，頭號情報員與情報下線，了解彼此，也了解歐斯納德的存在。坦誠相對、密不可分的夥伴，奮鬥不懈。他們有這麼多共同之處。狄嘉多是他們共同的情報來源，向他們提供英勇小巴拿馬人未來的命運。倫敦是他們要求嚴苛的共同工頭。盎格魯薩克遜的文明岌岌可危，有孩童要保護，有個出色的情報網要維持，有卑鄙的日本陰謀要對付，有共同的運河要拯救。哪個稱職的女人、夠格的母親、繼承父母加入戰爭的人，會拒絕回應召喚，放下推託遁詞，舉起短劍，竭力刺探運河的掠奪者呢？從此之後，遠觀宏見將完全主宰他們的生活。每件事都臣服其下，每個偶然的字句和不經意的偶發事件，都會被織進神聖的織錦掛毯。察覺的是喬納，還原真相的是潘戴爾，但是，從今而後，露伊莎才是侍奉天神的貞女。有狄嘉多的幫助，露伊莎將站在神龕前，勇而無懼地高舉燈籠。

就算露伊莎不完全了解她的新地位，至少對隨之而來的小小體貼無法視而不見。傍晚，潘戴爾推掉了不必要的約會，關上招待所，急急趕回家照料、觀察他那位候補情報員，研究她的行為模式，逼真模擬她每天在辦公室的作息，尤其是她與她那位值得尊敬、心靈高尚、討人喜愛，以及——在潘戴爾嫉妒的眼中——根本就是被過度推崇的上司艾爾納斯托．狄嘉多的關係。

他深怕直到此刻，他對妻子的愛都還只是概念式的，只是把她當成「坦白直率」的某種標準，用以和自己複雜的天性互補。非常好，從今天起，他會把概念式的愛擱在一邊，就為了她自己而了解她。此前，他每每搖晃著婚姻的柵欄，只想出去；現在，他卻想進去。對他而言，她的日常生活細節沒有一個是太過微不足道：對她那位舉世無雙的老闆的每一句評論，他的進出，電話，約會，會議，喜好和瑣事。他每日例行公事中任何一樁最微小的逸軌行為，任何一位以最隨意的態度經過露伊莎辦公室、晉見那位偉人的訪客，他們的名字與地位——在此之前，潘戴爾一直都只是禮貌性地左耳進、右耳出——這些都成了他極度關切的事項。但他也必須壓下好奇心，以免惹來她的關注。基於相同的理由，他持續不斷整理札記的工作，也得在作戰情況下進行：窩在他的小密室裡——有些帳單要處理，親愛的——或是在廁所內——我不知道吃了什麼，妳認為會是魚嗎？

這個早上，一張親手送達的帳單交給了歐斯納德。

她個人的社交生活也令他興致盎然，幾乎不下於對狄嘉多的興趣。她和其他運河人不合時宜的聚會（這些人目前在自己的土地上慘遭放逐），她加入的那個激進論壇（在潘戴爾看來，其激進程度就和溫啤酒不相上下），她為了表達對自己已逝的母親的忠誠而參加的協和基督教會教友團，全都成了他關注的問題，以及登記在他裁縫筆記本裡的事項。他用的是自己發明的奧祕密碼，混合了縮寫、簡寫和精心設計的潦草字體，只有訓練有素的眼睛才能解讀。露伊莎不知情的是，她的生活已與邁基的生活密不可分，纏繞在一起。就算實際上不存在，但在潘戴爾腦袋裡，在緘默反抗運動祕密開疆闢土，納入異議學生、基督徒良知、以及住在橋那端、志節高尚的巴拿馬人之際，妻子與朋友的命運已注定相連。在極端隱祕的情況下，前運河人的會所悄然成立，天黑之後在巴布亞三三兩兩的群聚。

在兩人分開時，潘戴爾從未和她這麼接近過，或者該說，在兩人聚首時，他從來沒有和她如此疏離過。偶爾，他會詫異地發現自己比她還優越，但隨即明瞭這其實理所當然，因為他比她自己還更了解她的生活，只有他觀察得到她另一個神奇的角色：她是英勇潛伏在敵人總部的祕密情報員，為緘默反抗運動和其堅貞情報網所掌控的龐大陰謀奉獻心力。

偶爾，真的，潘戴爾會脫下面具，技藝超群的虛榮心占了上風。他告訴自己，他用他神祕創造力的魔棒碰觸她所做的每一件事，是在助她一臂之力，拯救她，分攤她的負擔，保護她的身心免受欺騙，以及隨之而來的悲慘後果。讓她遠離監獄，讓她免於錯綜複雜思緒的日日折磨，讓她的思想和行動自由地與豐富、健康的生活相結合，不必像他自己那樣，在單獨的禁閉室裡辛苦操勞，無法相互交談，除非藉由耳語。可是等他一換上面具，她又變成了另一個人：他英勇無畏的情報員，他親密的戰友，堅決承諾保存我們了解的文明，若有必要，甚至可用非法（當然也包括不正派）的方法。

•

潘戴爾對露伊莎懷抱無比的虧欠之情，於是說服她向狄嘉多請一天假，帶她去清晨野餐：單獨，只有我們，露，一對一，就像我們還沒有孩子那時。他請歐克雷夫婦替他送小孩上學，開車載著她到了崗波亞，到一個名為林木環的山頂，那是他們還在卡利多尼亞年代愛去的地方。爬上蜿蜒、鋪著碎石的美軍道路，穿過濃密森林，到分隔了大西洋與太平洋的陸塊山脊。他的選擇依舊充滿象徵意義：巴拿馬地峽，我們監管之地，我們戒慎恐懼照顧的小巴拿馬。這是個超脫塵俗、變幻莫測之地，與逆風苦苦搏鬥，距離伊甸園比距離二十一世紀還近。儘管最初修建這條路的目的，是為了那個高達六呎、髒兮兮的奶油色高爾夫球形天線：它就裝設在那裡，監聽著中國、俄羅斯、日本、尼加拉瓜或哥倫比亞。可是現在已正式宣告耳聾——除非是出於某種對陰謀特別敏感的生存本能，這個天線才有可能在兩名英國間諜想從每天犧牲奉獻的緊張生活中偷個空時，恢復聽力。

他們上方，兀鷲和老鷹在清澄無色、平靜無波的天空中悠遊翱翔。透過林木間隙，他們能看見翠綠山腰的一條河谷，一路通向巴拿馬。此時不過早上八點鐘，但他們回到越野車旁時已是大汗淋漓。他們喝著保溫罐裡的冰茶，吃潘戴爾前一晚準備的碎肉餡餅，這是她的最愛。

「最好的生活哪，露。」他殷勤地對她說。他們肩並肩、手拉手坐在車子前座，讓引擎轉動，冷氣開到最強。

「什麼生活？」

「這樣的生活啊，我們的。我們做的每件事都有回報。孩子。我們。我們順心如意。」

「只要你快樂就好，哈瑞。」

潘戴爾判斷，提出他那個偉大計策的時機已成熟。

「前幾天，我在店裡聽到一則好玩的故事。」他用一種回憶趣事的語氣說，「關於運河的，說日本人以前常提到的老計畫又重新回到檯面了。不知道這件事有沒有傳到你們管理局去。」

「日本的什麼計畫？」

「一條新的渠道。海平面。利用凱密托出海口。經費要上千億，不知道我有沒有聽錯。」

露伊莎不高興了。「哈瑞，我不懂你為什麼帶我來到山頂，就為了轉述日本新運河的謠言。那是很不道德、嚴重破壞生態的計畫，反美，也違反條約。所以我非常希望你回去找那些對你胡說八道的人，建議他們別再宣傳謠言，免得讓我們運河的未來更難調適。」

有那麼一秒鐘，恐怖的失敗感籠罩了潘戴爾，他幾乎就要落淚。繼之而來的是憤慨。我想帶她一起走，但她不肯跟，寧可墨守成規。難道她不明白婚姻是雙向道嗎？你要嘛支持另一半，要嘛拉倒。他改用傲慢的語氣。

「就我聽說，這件事目前還是高度機密，所以妳沒聽過，我也不會特別意外。有巴拿馬最高層的官員參與其事，不過他們保持沉默，暗中見面。那些日本人不聽別人講道理，和運河有關的事情他們就一意孤行。妳那個親愛的艾爾尼．狄嘉多也參了一腳，他們說，理當如此嘛，所以我也沒太驚訝，早就料到了。我從來沒辦法像妳一樣，對艾爾尼那麼熱絡。老總也為這件事忙得不可開交。他在遠東旅程中消失的那幾個小時，忙的就是這件事。」

長長的停頓。她最長的一次。起初，他以為她是在思索這個情報有多麼罪大惡極。

「老總？」她重覆說。

「總統。」

「巴拿馬總統？」

「嗯，總不會是美國總統，對吧，親愛的？」

「你為什麼叫他老總？歐斯納德就是這麼叫他。哈瑞，我不懂你為什麼要模仿歐斯納德先生。」

•

「她已經在臨界點了。」當天晚上，潘戴爾用電話報告。他講得很快，以防被偷聽。「事關重大。她在問，她能勝任嗎？那裡有些事她不想知道。」

「哪種事？」

「她沒說，安迪。她還在下決心，她擔心艾爾尼。」

「怕他識破她？」

「怕她自己識破他。艾爾尼和他們其他人一樣伸長了手呢，清廉先生的形象只是表面文章。『這是我寧可不看的部分。』她告訴我。這是她說的話。她正在鼓起勇氣。」

隔天晚上，在歐斯納德的建議下，他帶了她到馬利斯柯之家吃晚餐，窗邊的位子。她點了乳酪焗龍蝦，讓他很吃驚。

「哈瑞，我不是石頭做的，我有情緒，我變了。我是個有感情的人類。你希望我吃明蝦和比目魚嗎？」

「露，只要妳覺得自在，我希望妳什麼都試試。」

她準備好了，他斷定，看著她大啖龍蝦。

「歐斯納德先生，很高興通知你，你預付訂金的第二套西裝已經做好了。」隔天早上，潘戴爾這麼宣布。這回電話是從他的剪裁室打出。「已經一件件分開摺好，用薄棉紙包妥，裝盒了。希望很快就能收到你的支票。」

「太棒了。我們什麼時候能一起聚一下？我很想試穿。」

「恐怕不行，先生，我們不能全部一起來，這不是原本的條件。就像我說的，我量身，我剪裁，我試穿，全都是我自己來。」

「這到底是什麼意思？」

「意思是我也負責送貨。沒有其他人涉入，絕對沒有，只有你和我，沒有第三者直接涉入。我和他們談過一次又一次，但他們不肯讓步。要做，就透過我，否則拉倒。這是他們的原則，無法改變，抱怨也沒用。」

他們在巴拿馬飯店的可可酒吧碰面。潘戴爾得放聲嘶吼，才壓得過樂團的聲音。

「這是她的道德觀，安迪，就像我說的。她很固執，她尊敬你，她喜歡你，可是你已超出她的界線。尊敬與服從丈夫是一回事，身為美國人、卻替英國人刺探她的老闆又是另一回事，先不管她的老闆是不是背叛了神聖的託付。你可以說這是偽善，說這就是女人。『別再提起歐斯納德先生，』她說，那是個臨界點，『別帶他過來，別讓他和我的孩子說話，他會汙染他們。絕對不要告訴他說我同意你要求我做的齷齪事，或者我加入緘默反對運動的事。』雖然很痛苦，安迪，我坦白告訴你，只要露伊莎一腳踩進去，就只有隱形轟炸機才能讓她移動。」

歐斯納德抓起一把腰果，頭往後仰，張開嘴，全丟進口中。

「倫敦不會高興的。」

『那他們也只好忍耐了，對不對，安迪？」

歐斯納德邊嚼邊想，「沒錯，他們要忍耐。」他贊同道。

「而且，她也不提供任何書面的東西。」潘戴爾似乎後來才想到似地補上一句，「邁基也是。」

「聰明的女孩。」歐斯納德嘴裡還嚼個不停。「她的薪水會回溯到從這個月初開始算，也要確保你將她的開支全計算進去。汽車，暖氣，燈，電力，日期。你也要來一杯嗎，還是烈一點的？」

露伊莎被吸收了。

•

隔天早上潘戴爾起床時，感覺自己複雜得不得了，在多年的努力與幻想中，他從未體驗過如此強烈的感覺。他從來沒擁有過這麼多人。有些對他來說是陌生人，其他的獄卒和囚犯則是他先前定罪時就已經認識的。可是，他們全都站在他這邊，和他一起朝著相同的方向邁進，分享他的宏觀遠見。

「看來這個禮拜會很吃不消，露。」他隔著浴簾對老婆喊道，發射他新攻勢的第一槍。「好幾個家庭拜訪，情報來源的新指令。」她正在洗頭。她常洗頭，有時一天兩次，而且至少刷五次牙。「今晚打壁球嗎，親愛的？」他問得很隨意。

她關掉蓮蓬頭。

「壁球，親愛的，妳今晚要去嗎？」

「你想要我去嗎？」

「今天是星期四，店裡有俱樂部之夜。我以為妳都是星期四去打壁球的，和嬌安有約。」

「你希望我和嬌安去打壁球？」

「只是問問，露。不是希望，是問。妳想保持健康，我們都知道，而且也很有效。」

數到五。兩次。

「沒錯，哈瑞，我正打算今晚和嬌安去打壁球。」

「是啊，很好。」

「我下班以後應該回家。我應該要改變。我應該開車到俱樂部和嬌安一起打壁球。我們訂了球房，七點到八點。」

「很好啊，代我向她問好，她是個好女人。」

「嬌安喜歡把時間分成兩段，一次連續打半個小時，一段練她的反手拍，一段練她的正拍。身為她的球伴，例行的順序剛好倒過來，除非球伴是左撇子，而我不是。」

「原來如此，了解。」

「孩子們會去歐克雷家，」她又補上一句，延伸她之前的報告，「他們會吃胖死人的炸薯片，喝蛀壞牙的可樂，看暴力電視，在歐克雷不衛生的地板上打地鋪，如此一來就符合我們兩家的共同利益。」

「好啦，謝謝妳。」

「不謝。」

蓮蓬頭再度打開，她又開始在頭髮上抹肥皂。水又關了。

「打完壁球之後，因為今天是星期四，我應該開車回辦公室，安排狄嘉多先生下星期的行程。」

「照妳說的吧。聽說他行程滿檔呢。這麼努力，真令我印象深刻。」

扯開浴簾。答應她，從今而後要完全真實無虛。然而，真實不再是潘戴爾的主題，就算以前曾經是。在往學校的路上，他唱了整首的《我的目標永無止境》，孩子們認為他是樂瘋了。進到自己的店裡時，他變成了心醉神迷的陌生客。新穎的藍色地毯和時髦的家具令他驚嘆，還有瑪塔玻璃包廂裡的休閒區，以及布瑞斯維特肖像周圍閃亮的新相框。這些到底是誰做的？是我。他很高興地聞到瑪塔的咖啡香從樓上的招待所傳了下來，也很高興看見一份學生反抗運動的新報告出現在他辦公桌的抽屜裡。十點鐘，門鈴已帶著鼓舞的氣息響起。

首先吸引他注意的是美國代辦和他蒼白的武官。代辦是來試穿他簡稱為「燕尾」的晚宴外套。他那輛防彈的林肯「大陸」就停在店外，開車的是個平頭、不苟言笑的司機。代辦是個滑稽而富有的波士頓人，一輩子都在讀普魯斯特和玩槌球，話題是惱人的美國家庭感恩節烤肉會與放煙火，這也是讓露伊莎煩惱一整年的問題。

「我們沒有更文明的選擇，麥可。」代辦堅持用他拉長了尾音的風雅語調說話。潘戴爾正以粉筆在領子上做記號。

「沒錯。」蒼白的武官說。

「我們要嘛就把他們當成家裡馴養的成年人，要嘛就說他們是我們不能信任的壞孩子。」

「沒錯。」蒼白的武官又說。

「人重自重。我要是不相信這個，就不會把最美好的歲月浪費在這齣外交喜劇裡。」

「我們是不是能把手臂稍微彎起來，到中間有記號的這裡，先生。」潘戴爾低聲說，將手掌邊緣放在代辦彎曲的手肘上。

「軍方會恨我們。」武官說。

「哈瑞，這領子是不是有點兒凸出來了？我覺得像女人的胸部。你不覺得嗎，麥可？」

「只要燙一燙就不會再有問題，先生。」

「我覺得很好看。」蒼白的武官說。

「我們袖子的長度，先生？這麼長，還是稍微短一點？」

「我很猶豫。」代辦說。

「對軍方還是對袖子？」武官說。

代辦揮揮手腕，同時帶著批評的眼光看著。

「這樣很好，哈瑞，就這樣吧。麥可，我一點兒都不懷疑，如果安孔丘上那些小夥子為所欲為，我們就會看到五千人穿著戰鬥服排在路邊，每個人都在裝甲運兵車裡跳進跳出。」

武官咧嘴大笑。

潘戴爾讓代辦轉成側身，好讓他更清楚地欣賞背面。

「還有我們外套的長度，先生，全長？稍微長一點，還是我們覺得現在這樣就很滿意？」

「哈瑞，我們很滿意，太完美了。原諒我，今天有點心不在焉。我們正努力避免另一場戰爭。」

「先生，對於您的努力，我相信我們都希望你成功。」潘戴爾誠心誠意地說。代辦和他的武官輕快走下樓梯，平頭的司機大搖大擺地隨侍在側。

他等不及要他們離開。歡慶豐收的合唱在耳邊迴旋，他發狂似地在裁縫小冊隱密的後頁裡振筆疾書。

依美國代辦之見，美國軍方與外交人員之間的摩擦，已達一觸即發的緊張階段。爭論的焦點是，一旦學生發起暴動，應該如何處理。依據代辦的說法，他在完全祕密的情況下，對消息來源說……

他們告訴他的是什麼？渣滓殘屑。他聽見什麼？天國樂音。而這還只是預演而已。

「山裘醫師，」潘戴爾大叫，愉快地張開手臂，「好久不見了。盧可羅先生，真是太榮幸了。瑪塔，還不快設宴歡迎！」

山裘是整型外科醫師，擁有好幾艘遊艇，和一個他恨之入骨的有錢老婆。盧可羅是前程似錦的髮型設計師。兩人都是從布宜諾斯艾利斯來的。上回來店裡，是為了到歐洲要穿的安哥拉羊毛附雙排釦背心西服。這一回，我們正好需要有件在遊艇上要穿的晚宴外套。

「家門前一片寧靜？」在樓上小飲一杯時，潘戴爾很有技巧地帶出話題。「完全沒有任何大動亂？我就常說，南美洲是唯一一個你為某位先生在這週裁了西裝，下星期就看見他的塑像穿在身上的地方。」

沒有大動亂，他們咯咯笑地證實。

「可是哈瑞啊，你有沒有聽說過我們的總統對你們的總統說了什麼嗎，在他們以為沒有別人在聽的時候？」

潘戴爾沒聽說過。

「有三個總統一起坐在一個房間裡，對吧？巴拿馬、阿根廷和祕魯。『好啦，』巴拿馬總統說，『你們這兩個小子倒好，都已經選上第二任了，可是巴拿馬憲法禁止連任，這一點都不公平。』所以我們的總統轉頭說：『喔，我的天哪，可能是因為你只能做一次的事我都能做兩次吧！』然後祕魯總統說……」

可是潘戴爾沒聽見祕魯總統說了什麼。天堂樂音又在耳邊響起，他盡本分地偷偷摸摸記錄在筆記本上。親日的巴拿馬總統想展延權勢到二十一世紀，這是狡詐偽善的艾爾尼．狄嘉多對他信賴的私人祕書與不可或缺的助理透露的消息。祕書名喚露伊莎，又稱露。

•

「反對派陣營那些混蛋，昨晚竟然有個女人在會議上甩了我一記耳光。」立法議會的胡安．卡羅斯這麼宣稱。潘戴爾正拿著粉筆在他的日間西裝肩膀上做記號。「這輩子從沒見過那婊子。從人群裡走出來，微笑著朝我跑來。電視攝影機，報紙。我知道的下一件事就是她狠狠打了我一拳。我該怎麼做？在攝影機面前打回去嗎？胡安．卡羅斯，打女人的男人？如果我什麼都不做，他們就會說我是娘娘腔。你知道我怎麼做嗎？」

「我想不出來」——檢查背心，再多添一吋，因應胡安．卡羅斯財富的進一步累積。

「吻她的嘴。把我的舌頭伸進她骯髒的喉嚨，像豬一樣喘氣。他們愛死我了。」

潘戴爾目眩神迷。潘戴爾欣羨得飄飄然。

「胡安．卡羅斯，我一直聽說他們打算讓你負責某些特別委員會？」他嚴肅地問，「下一次，我就會替你的總統就職典禮裁衣服。」

胡安．卡羅斯迸出一陣粗魯的笑聲。

「特別？貧窮委員會？那是城裡最差勁的一個委員會。既沒錢，又沒未來。我們就只是坐在那裡，你瞪我、我瞪你，說貧窮還真是可憐，然後一起去吃頓高貴的午餐。」

在另一次與高度信任的私人助理閉門、一對一的私密懇談中，主宰運河管理局與推動極機密日巴協定最力的艾爾納斯托·狄嘉多說，有一份關於運河未來的機密文件必須偷偷送給貧窮委員會的胡安·卡羅斯過目。當問到貧窮委員會怎麼會與運河事務扯上關係時，狄嘉多露出狡猾的微笑，回說不是每件事都和表面上看起來的一樣。

•

她坐在她的辦公桌旁。他在撥她的專線電話時，能將她看得一清二楚：總部大樓樓上優雅的迴廊，未改裝過的百葉門開敞著通風；她那間高敞、通風的房間可以俯瞰舊火車站，但景觀卻被麥當勞的招牌褻瀆，讓她每天都快抓狂；她那張超有現代感的辦公桌上有電腦螢幕和低音量電話。她抓起聽筒前有一晌遲疑。

「我在想，妳今晚有沒有特別想吃什麼，親愛的？」

「為什麼？」

「只是想到我回家路上可以在市場停一下。」

「沙拉。」

「打完壁球後來點清淡的，對吧？親愛的？」

「沒錯，哈瑞。打完壁球以後，我應該吃點像沙拉這樣的清淡食物。和平常一樣。」

「忙碌的一天？老艾爾尼忙個沒完，對吧？」

「你想幹嘛？」

「我想聽聽妳的聲音，如此而已，親愛的。」

她的笑聲讓他鬆了一口氣。「喔，你最好快一點，因為不到兩分鐘後，這個聲音就要被一群來自京都的熱心港務長給打斷啦。那群人一句西班牙語也不會，英語也懂沒幾句，一心只想見巴拿馬總統。」

「我愛妳，露。」

「但願如此，哈瑞，我得掛了。」

「京都，呃？」

「沒錯，哈瑞，京都。再見。」

「ＫＹＯＴＯ」，他用大寫字母一一拼出。多棒的情報下線，多棒的女人，多棒的妙計。一心只想見總統。他們當然了。而且馬可會在那裡，把他們迎向光明偉人閣下的祕密房間裡。艾爾尼會放下他的光圈，和他們一起進去。而邁基會掌握情況，全靠他那些在東京、廷巴圖克，或其他什麼地方的高薪情報來源賄賂得來。王牌操控員潘戴爾會逐字逐句往上呈報。

•

休息時間，在剪裁室裡閉關的潘戴爾讀著本地報紙，整理內容——這些日子以來，他每一份報紙都讀──翻到當天的「宮廷活動」一欄，標題是：今日我國總統將接見的賓客名單。沒提到京都來的熱心港務長，名單上完全沒有日本人。好極了。會面不列入記錄。避人耳目，高度機密的會面。馬可讓他們從後門進來，一群咬緊嘴唇的日本銀行家，假扮成港務長，說他們不懂西班牙語，其實全都懂。再加上第二層神奇色彩，無窮無盡地增添結果的多樣性。還有誰在場──除了滑頭艾爾尼之外？當然了！一定是吉堯姆！那隻詭計多端的法國青蛙！他就在這裡，站在我面前，像片樹葉抖個不停！

「吉堯姆先生，歡迎哪，來得正是時候！瑪塔，快給吉堯姆先生來杯威士忌。」

吉堯姆來自里爾[1]，膽小如鼠，但機警敏捷。他的職業是地質顧問，替採勘商做土壤採樣，才剛從梅德林[2]待了五個星期回來。他上氣不接下氣地告訴潘戴爾，那個城市有十二件登記有案的綁架案，以及二十一樁登記有案的謀殺案。潘戴爾正在幫他做一件淺黃褐色的羊駝呢單排釦西裝，附有背心，並多加一條長褲。他很有技巧地將話題轉向了哥倫比亞的政治。

「老實說，我不知道他們的總統怎麼還有臉出來露面，」他抱怨道，「有那麼多醜聞和毒品。」

吉堯姆喝下一口威士忌，眨眨眼。

「哈瑞，我活著的每一天，都感謝上帝讓我只是個技術人員。我進去。我察看土壤。我寫報告。我出來。我回家。我吃晚飯。我和老婆做愛。我還存在。」

1　Lille，法國西北城市。
2　Medellin，哥倫比亞的首要工業城。

「更何況你還收了一大筆費用。」潘戴爾親切地提醒他。

「事先收。」吉堯姆表示贊同，神經兮兮地在穿衣鏡裡證實自己的存在。「而且先放進銀行。如果他們想殺我，就會知道他們浪費的是自己的錢。」

唯一參與這場會面的另一人，是法國頂尖的退休地質學家，也是和梅德林卡特爾決策階層有密切關係的自由應聘國際顧問，名為吉堯姆．德拉薩斯。某些特定圈子公認他是無人能出其右的權力掮客，也是巴拿馬排名第五的危險人物。

還有前四名的獎項要頒授呢。他邊寫邊告訴自己。

•

午餐的尖峰時間，瑪塔的鮪魚三明治供不應求。瑪塔自己既是無所不在，又芳蹤杳然，很小心地避開潘戴爾的眼睛。陣陣雪茄菸霧和男性笑聲。巴拿馬人喜歡自己找樂子，在P&B裡玩笑嘻鬧。拉蒙．盧德帶來一個英俊小子。冰桶裡拿出來的啤酒。裹了一層冷凍棉紙的葡萄酒。家裡和海外來的報紙。用來增加效果的行動電話。身兼裁縫、主人與首席情報員的潘戴爾在試衣間和招待所之間來回穿梭，中場休息時偷空在筆記本背面迅速記下單純無害的備忘。他聽見的比傳進的耳朵多，他記下的又比聽見的多。老衛兵帶著剛吸收的新兵，談論著醜聞、馬匹和錢，談著女人，偶爾也談運河。前門砰地一聲，噪音的吵雜程度低了幾分，然後又升高，「拉菲！邁基！」的叫聲此起彼落，阿布瑞薩斯及多明哥和平常一樣，捲起一陣炫目昂揚的旋風，這對知名的花花公子搭檔，再次和好如初。拉菲一身金項鍊、金戒指、金牙和義大利皮鞋，肩上披著一件 P&B 裁製的五顏六色大衣，因為拉菲痛恨單調，痛恨西裝外套，衣不驚人死不休。他愛大笑，愛陽光，也愛邁基的老婆。

而邁基陰鬱，不快樂，卻是拚命抓著他的朋友拉菲，彷彿是他酗酒、散盡家財後，僅餘的一點依靠。兩人走進喧鬧之中，兵分二路。拉菲被眾人拉住，邁基則朝試衣間前進，迎向他的第無數套新西裝，比拉菲的更精美、更鮮亮、更昂貴、更涼爽的新西裝——拉菲，你要贏回星期天的第一夫人盃嗎？

突然間，喋喋不休的吵鬧聲停止，削弱成單一個聲音。是邁基的聲音。絕望地從試衣間喧然響起，公告眾人他的新西裝是破布爛衣。

他先用一種方式說，接著又換另一種方式再說一遍，直接當著潘戴爾的面。他其實寧可是對多明哥這樣耀武揚威，但他不敢，所以只好拿潘戴爾當替死鬼。然後，他又用第三種方式說，因為眾人都期待著。換作是其他日子，潘戴爾會避開攻擊，說個親切的笑話，給邁基一杯酒，建議他改天心情好再回來，好言勸他下樓，把人塞進計程車裡。這對牢友以前就演過相同的戲碼，而隔天邁基就會以昂貴的蘭花、酒和珍貴的華卡[3]手工藝品禮物，以及求饒的手寫短箋，表達歉意和謝意。

然而今天對潘戴爾有此期待的人，根本沒料到會有隻邪惡黑貓掙脫了頸帶束縛，張牙舞爪撲向邁基，扯得他皮開肉綻，沒有人想得到潘戴爾下手會如此狂暴。濫用邁基的脆弱，詆毀他，壓榨他，出賣

3 Huaca，南美印加人的墓地與神諭。

他，趁他哭哭啼啼、毫無尊嚴可言時去看他——過去這些作為帶來的所有罪惡感，一股腦地從潘戴爾身上湧出，化為猛烈的憤怒之火。

「我為什麼不能做像亞曼尼那樣的西裝？」這句話他重覆說了好幾遍，就當著邁基大驚失色的面。「我為什麼不能做亞曼尼西裝？恭喜啦，邁基，你剛剛為自己省了一千塊大洋。所以行行好，去亞曼尼吧，給你自己買套西裝，永遠別再回來了，因為亞曼尼比我還會做亞曼尼西裝。門就在那兒。」

邁基動也沒動，反應不過來。像他這麼一個塊頭碩大的傢伙，怎麼有辦法在櫃上買件亞曼尼西裝？可是潘戴爾停不下來。羞愧、憤怒和大禍臨頭的預感在他胸口無法遏制地狂奔。邁基是我創造的。邁基，我的挫敗，我的獄友，我的間諜，竟然跑到我安全的房舍裡指控我！

「邁基，你知道嗎？我做出來的西裝不是用來讓人宣傳的，而是替人界定身分的。或許你不想被界定，也或許你沒有足夠的料可被界定。」

凳子上傳來笑聲。邁基身上的東西可夠定義好幾遍呢。

「邁基，我做出來的西裝不是酒醉之後的尖聲怪叫，而是線條，是有型有款，是精準的眼光，是剪影，是輕描淡寫，是在告訴世界他們需要知道你是什麼樣的人，多一點都不行。老布瑞斯維特說這叫謹慎。如果有人注意到我的西裝，我會覺得難堪，因為一定是哪裡出了差錯。我的西裝不是用來改進你的外表，或是讓你變成這房間裡最漂亮的小夥子。我的西裝不是反傳統，而是暗示，是含蓄。它們鼓勵大家來接近你，它們幫助你改進你的生活，償清你的負債，在這世上成為舉足輕重的人。因為等我追隨老布瑞斯維特的腳步、到了天上的大血汗工廠時，我希望我還能相信，路上往來的人身上穿的若是我做的西裝，他們會對自己有更高的評價。」

我心裡鬱積太多事了，邁基，該是你分攤重擔的時候了。吸進一口氣，彷彿想要自我檢查似地，因為他發出一個打嗝聲音。他又要開口，但邁基慈悲地搶在前頭。

「哈瑞，」他低聲說，「我對天發誓，都是因為褲子。就是因為這條褲子，讓我看起來活像個老頭子，比我還老得多。別跟我說這些形而上的屁話，我早就知道了。」

接著，潘戴爾腦袋裡一定響起了號角聲。他環顧四周，看見他那些顧客大驚失色的臉，看見邁基在瞪他，手裡抱著那條有爭議的羊駝呢長褲，完全就像他有一次抱著自己那件牢服太過寬大的橙色長褲，宛如擔心有人會搶走似的。他看見瑪塔像座雕像般動也不動，破碎的臉上交織著不以為然和警告的神色。他放下拳頭，垂到身側，挺直身體，打算站得舒服一點。

「邁基，那條長褲會很完美。」他以溫和的語氣對他保證。「我一直不想要我們穿犬牙紋，可是你想要，結果你說得沒錯。你穿上這條褲子，全世界都會愛你，外套也是。邁基，聽我說，總有人要負責這套西裝吧，你或我，該是誰呢？」

「耶穌。」邁基低聲說，偷偷溜進拉菲的臂彎。

•

店空了，沉寂了，準備午睡，顧客退去。他們有錢要賺，有情婦和老婆要安撫，有理想要實現，馬兒要養，八卦要交換。瑪塔也消失了。念書時間。她埋首在她的書裡。回到剪裁室，潘戴爾打開史特拉汶斯基，清掉桌上的棕紙、布尺、布料、粉筆和剪刀。他打開裁縫小冊後面的紙頁，將他用代碼開始記錄的地方壓平。如果他因為攻擊老朋友而受責罰，他也不容許自己知道。他的繆思正在呼喚他。

他從一本環紋襯墊的發票簿裡抽出一張格線紙，紙頭有近乎皇家風格的潘戴爾與布瑞斯維特店徽，底下則是潘戴爾工整如銅版印刷的筆跡，兩千五百元的請款單，給安德魯．歐斯納德先生，地址是在白蒂雅的私人公寓。將請款單攤平放在工作檯上，他拿起一枝在神祕歷史中被認定來自布瑞斯維特的高齡鋼筆，握在長年沉浸於裁縫溝通方式的老古董手裡，加上幾個字：「懇請惠予盡速處理」。這是記號，意思是說，這張帳單除了要錢之外，還有別的訊息。他從抽屜中央的硬紙夾裡抽出一張白色、無線、無浮水印的紙，這是從歐斯納德交給他的袋子裡拿到的。聞一聞，他向來如此。沒聞到任何熟悉的味道，只有一股極其幽微的監獄消毒水氣味。

備齊所有的奇妙物品，哈瑞。沒有碳的複寫碳紙，只能用一次。

那麼，你弄到手之後要怎麼做？

發展啊，你這個笨蛋，你以為要怎樣？

在哪裡，安迪？怎麼做？

見鬼的別多管閒事。在我的浴室裡。閉嘴，你在自取其辱。

他輕輕將複寫紙鋪在請款單上，從抽屜裡拿出一枝歐斯納德刻意給他的2H鉛筆，在史特拉汶斯基響亮的和弦樂聲中開始動筆，直到史特拉汶斯基突然讓他很不耐煩才關掉。惡魔的曲調總是最動聽，羅絲嬸嬸以前常說。他放上巴哈，但是露伊莎對巴哈很狂熱，所以他關掉巴哈，在無依無靠的沉寂中工作，這對他來說極不尋常。眉毛下垂，舌尖吐出，邁基已被斷然遺忘，說服力開始在他身上湧起。側耳傾聽門的另一邊，敵營竊聽者可疑的腳步，或掩飾不了的拖曳聲。來回看著筆記本和複寫紙上的象形文字。組織。訂正。潤飾。大肆擴充，讓人看不出原貌。扭曲附會。在混亂中理出秩序。要說的事這麼多，時間卻這麼少。每個櫃子裡都有日本人。中國煽動他們。潘戴爾展翅翱翔。一會兒在他的資料上，一會兒在資料下；一會兒是個天才，一會兒是他想像力卑屈的編輯，一會兒又是他雲端王國的國王，王子與奴僕合而為一。黑貓一直在他身邊，法國人也一如往常在陰謀裡絕不缺席。一場爆炸，哈瑞小子，炸得粉身碎骨。威力無窮，蓬勃滿盈，輕鬆寬心，自由自在。跨越土地，來自上帝的恩典，債務得解。創造力帶來罪孽深重的暈眩，掠奪、偷竊、扭曲與再造，執行的是一個心蕩神馳、狂亂贊同、狂怒難遏的成年人，他的贖罪懸而未決，貓的尾巴颼颼揮動。換張複寫紙，把用過的揉掉，丟進字紙簍。重新換上一張，重新發射所有槍砲。從筆記本裡撕下那幾頁，放進壁爐裡燒掉。

「你要咖啡嗎？」瑪塔問。

全世界最偉大的陰謀家忘了鎖上他的門。燄火在背後的壁爐裡燃起。燒得焦黑的紙等待壓碎。

「來杯咖啡很不錯，謝謝妳。」

她將門關上。身體僵直，一絲微笑都沒有。

「你需要幫忙嗎？」

她的眼睛避開他。他吐了一口氣。

「是的。」

「什麼？」

「日本人要是打算暗中蓋一條新的海平面運河，而且偷偷收買巴拿馬政府，假設學生得知這個消息，他們會怎麼做？」

「今天的學生？」

「妳的。那些和漁夫談話的學生。」

「暴動，走上街頭，攻擊總統府，猛攻立法議會，封鎖運河，號召全面罷工，呼籲區域內的其他國家支持，發起拉丁美洲的反殖民運動，要求一個自由的巴拿馬。我們也會燒掉所有日本人的商店，吊死叛國賊，就從總統府開始。夠了嗎？」

「謝謝妳，我相信這已經夠好了。顯然還要召集橋另一端來的人。」他後知後覺地補上一句。

「當然了，學生只是無產階級運動的先鋒。」

「我覺得很對不起邁基。」潘戴爾頓了一頓，低聲說道，「我沒法克制自己。」

「我們無法拷打敵人的時候，就會傷害我們的朋友。只要你能了解這點就好了。」

「我懂。」

「大熊打電話來。」

「關於他的專題報導？」

「他沒提到那篇報導。他說他需要見你，盡快，在老地方。他的話聽起來像是威脅。」

17.

巴布亞大街上的「巴布亞大道」是間低矮、生意清淡的小酒館，塑膠天花板上有帶監獄風格的條紋燈光，困在木料橫板之間。幾年前，這裡曾發生爆炸，沒人記得為什麼。寬闊的窗戶開向巴布亞大街，直望入海。一張長桌邊，一個下巴肥厚的男人在身著黑西裝、戴著墨鏡的保鑣保護下，對著電視攝影機大吹大擂。大熊坐在他自己的空間裡，看他自己的報紙。周圍的桌位全都空無一人。他穿著P&B的條紋休閒外套，頭戴一頂從精品區花了六十美元買來的巴拿馬帽。閃亮墨黑的海盜鬍子看來就像剛洗過，正好配他烏黑閃亮的眼鏡框。

「你打過電話來，泰迪。」潘戴爾提醒。他已經在報紙後面坐了一分鐘，卻沒有任何動靜。報紙心不甘情不願地放下。

「幹嘛？」大熊問。

「你打電話，所以我來了。外套看來挺好的。」

「誰買了稻米農莊？」

「我的一個朋友。」

「阿布瑞薩斯？」

「當然不是。」

「為什麼當然不是？」

「他快破產了。」

「誰說的？」

「他說的。」

「也許你付了錢給阿布瑞薩斯。也許他在替你幹活兒。你和阿布瑞薩斯搞些見不得人的勾當？你們一起販毒，像他老爸那樣？」

「泰迪，我想你是瘋了。」

「你拿什麼付盧德的錢？你吹噓的『腦袋壞掉的百萬富翁』是誰？竟然沒分盧德一杯羹？這實在讓人作嘔。怎麼會想出這種荒唐的點子，在店鋪樓上開招待所？你出賣給什麼人了？這到底怎麼回事？」

「我是個裁縫啊，泰迪。我替紳士做衣服，而且我生意興隆。你打算替我做免費的宣傳嗎？《邁阿密先鋒報》不久前有篇報導，不知道你看見沒。」

大熊嘆了口氣，聲音一點活力都沒有。就算最初曾有過同情、憐憫與好奇，也早就流失殆盡。

「我來解釋新聞業的基本原則吧。」他說，「我有兩種賺錢的方法。第一種，別人付錢讓我寫故事，所以我就寫。我痛恨寫，可是我得吃飯，我得要錢來供養我的嗜好。另一種，別人付錢要我別寫故事。對我來說，這種比較好，因為我什麼都不必寫，還是一樣可以拿到錢。如果我牌打得更好，靠著不寫東西，我可以比寫東西賺到更多錢。還有第三種方法，這個我不喜歡，我稱之為我的最後手段。去找政府裡某些特定人士，提議賣出我所知道的事。不過這個方法讓我很不滿意。」

「為什麼？」

「我不喜歡暗中交易。如果我是和普通人交手——比方你——或是和那邊那個人——我知道我可以毀了他的聲望，他的生意，或他的婚姻，而且他也知道，所以那個故事就有價格，我們可以達成協議，這是很普通的商業手法。可是，如果我去找政府裡的某些特定人士」——他不以為然地搖搖頎長的頭，非常輕微——「我不知道那對他們來說值多少錢。他們當中有些人很精明，有些卻很驢，你不知道他們是不在乎，或是不告訴你。所以就要虛張聲勢，再嚇唬回來，很浪費時間。也許他們也會用我的檔案來威脅我，打倒我。我不喜歡這樣浪費我的生命。你想做生意，就快快給我一個答案，省得我麻煩。我會給你一個好價錢。因為你有個腦袋壞掉頭的百萬富翁任你擺佈，所以在客觀衡量你的財力時，當然也應該把他列入考慮。」

潘戴爾有一股衝動，想將他的微笑按順序一一整理好，先是一邊，再來是另一邊，然後是臉頰；等他容許這些全都集中一致時，就輪到眼睛了。最後是他的聲音。

「泰迪，我想你是在耍欺負老實人的老把戲。你一面告訴我說『飛吧，飛吧，全都洩露啦』，然後一面盤算著，等我趕往機場的時候，就搬進我的房子去。」

「你替老美工作嗎？政府裡的某些特定人士可不喜歡喔。一個英國人闖進他們的保留區，他們會來硬的。如果他們是自己動手，那又是另一回事。他們可以背叛自己的國家，那是他們的選擇。他們在這裡出生，這是他們的國家，他們可以隨自己喜歡去做，他們總是有辦法。可是，你以外國人的身分來到這裡，背叛了這個國家，這對他們來說可是非常不能忍受的。你不知道他們會怎麼做。」

「泰迪，你說的沒錯。我很驕傲地說，我是在替老美工作。南方司令部的指揮官喜歡樸素的單排釦和多做一條長褲，以及他所謂的背心。至於美國代辦，他有件安哥拉毛無尾晚宴服，和他到紐哈芬渡假會穿的斜紋呢外套。」

潘戴爾站了起來，感覺到膝蓋後側抵著長褲，抖個不停。

「泰迪，你沒有任何對我不利的消息。要是有，你就不會開口問了。而你之所以沒有任何不利於我的消息，是因為根本就沒什麼消息可挖。至於你談到錢，要是你能付清你身上這件外套的錢，我就很感激了，好讓瑪塔可以清理她的帳冊。」

「你和那個沒臉的混血雜種幹什麼勾當，不關我的事！」

潘戴爾離開大熊。他和潘戴爾進來時一樣，頭後仰，鬍子亂翹，讀著報紙上他所寫的東西。

•

回到家，迎接潘戴爾的是空蕩蕩的房子，讓他有點受傷。這就是我辛苦一天換來的代價嗎？他追問空蕩蕩的牆。一個有兩份職業、把自己操得不成人形的男人，一定要在晚上自己買東西回家吃嗎？然而他頓時覺得寬慰。露伊莎父親的公事包再次躺在她的書桌上。他急忙打開，拿出一本封面以哥德字體寫著「狄嘉多博士」的厚重公務日誌。旁邊是一疊往來通信的檔案，標記著「約會」。潘戴爾拋開所有讓他分心的事，包括大熊威脅要揭發他，讓自己再次成為徹底的間諜。天花板的燈有亮度調節器，他開到全亮，將歐斯納德的打火機貼近一隻眼睛，另一眼閉上，透過細小的窺孔外望，同時努力讓鼻子和手指別遮住鏡頭。

•

「邁基來過電話。」露伊莎在床上說。

「打到哪兒？」

「打給我，辦公室。他又想殺掉自己了。」

「喔，沒錯。」

「他說你瘋了，說有人偷走你的腦袋。」

「還真不錯。」

「而且我也同意他的說法。」她把燈熄掉。

•

這是星期天晚上，他們的第三家賭場，但安迪還是沒讓上帝接受考驗，雖然他對法蘭打包票說要這麼做。她幾乎整個週末都見不到他，除了從睡夢裡偷來的幾個小時，和一次瘋狂纏綿的清晨做愛，然後他就匆匆趕回工作。週末其餘的時間，他都在大使館，跟身穿費爾島套頭衫、腳踏黑色膠底帆布鞋、送熱毛巾與咖啡的謝伯德一起度過。至少在法蘭的想像裡是這樣。她不該想像謝伯德穿黑色膠底帆布鞋，因為她從來沒見他穿過。可是她記得讀寄宿學校的時候，有個體育老師就是穿那種鞋，而謝伯德也有他那種卑躬屈膝的熱忱態度。

「巴肯的東西堆積如山，」安迪隱晦地解釋，「得敲進報告表格裡。每件都有點急，而且是『昨天之前就該送給我們』。」

「巴肯小組什麼時候可以分享這些資訊？」

「倫敦把百葉窗放下來啦。東西太火熱，要等分析員把所有東西用浴羊藥液清理過，才能供本地使用。」

於是諸事平靜，直到兩個小時之前，安迪拉她到了一家昂貴的水岸餐廳，喝掉一瓶昂貴的香檳之後，他下定決心，該是讓上帝接受考驗的時候了。

「上個星期，我從一個姑媽那裡得到一筆遺產。很小的數目，對誰都沒有幫助。唯一的辦法，就是讓上帝來把數目加倍。」

他這會兒一副一意孤行的樣子。焦躁不安，質疑的眼神，看什麼都不順眼，稍一碰觸就暴跳如雷。

「你們接受點歌嗎？」跳舞的時候，他對樂隊領班喊道。

「先生，只要女士想聽的都可以。」

「那何不讓今晚熱鬧一點呢？」他建議道。法蘭很睿智地拉著他，舞動到樂團聽不見的地方。

「安迪，這不叫試煉上帝，而是自找死路。」法蘭嚴正對他說。他從西裝內側口袋掏出溼答答的五十元鈔票付晚餐費用。一套新的亞麻西裝，本地裁縫裁製的。

•

在第一家賭場，他挑了一張大桌子坐下，只看沒玩。法蘭站在他背後保護他。

「挑中喜歡的顏色了嗎？」他越過他的肩頭問她。

「不是該留給上帝決定嗎？」

「我們選顏色，上帝給好運。遊戲規則。」

他喝下更多香檳，但是一場賭局都沒玩。他們離開時，她突然想到，這些人認識安迪。他以前來過，從他們的表情、知情的微笑和「務必再度光臨」的話語中感覺得出。

「這是出於任務需要。」她指責他時，他粗魯地這麼說。

第二家賭場，一名保全人員出了差錯，想搜他們的身，情況差點兒一發不可收拾，還好法蘭拿出她的外交證件。再一次，安迪只看別人賭，自己卻不下場，桌子另一頭的兩個女郎一直想擄獲他的目光，其中一個甚至還叫道：「嗨，安迪。」

「任務需要。」他又說一遍。

第三間賭場位在她從沒聽過的一家旅館內，所在的區域聲名狼藉，有人曾經告誡她，絕對不要踏進這附近一步。在三樓的三〇三號房，敲敲門，等待著。一個惡狠狠的大個兒拍拍安迪，這次安迪卻沒反抗，他甚至勸法蘭就讓那男人檢查她的手提包。法蘭和安迪進入第二個房間時，收賭注的人完全僵住，肅靜的沉默驟然而降，每個人都轉過頭來，停止交談：這其實也不足為奇，因為安迪要求兌換五萬元的籌碼，只要五百和一千面額的，不需要那些小籌碼，謝謝，你可以把那些都收回原來的地方。

法蘭回過神後看到的第一件事，是安迪坐在收賭注的人旁邊。她再次站在他背後，收賭注的是個強悍、肉感的婊子，厚厚的嘴唇，很露的露背裝，飛舞不休的小手，修剪得像爪子的鮮紅手指。輪盤飛轉。輪盤一停，安迪贏了一萬元，因為他押紅色。依據她事後的推算，他玩了八次或九次。他從香檳換喝威士忌。他把他的五萬塊錢翻了一倍，這顯然是他為上帝設定的目標。然後，為了增添樂趣，他讓自己賭最後一把，又拿走了另外的兩萬塊錢。他要求一個貨運袋和一輛計程車在門口等著，因為他認為提著十二萬元的現金走到大馬路上是件很蠢的事。他說會叫謝伯德明天過來取車，或者乾脆就把車給丟了吧，反正他恨那輛車。

但在法蘭心中，這一連串事件的先後順序一團混亂，因為只要記憶一浮現，法蘭唯一能集中精神回想起的，就是她此生的第一場騎術比賽。她那隻和世界上其他第一匹小馬一樣、名叫「米絲緹」的第一匹小馬，完美地躍過第一道欄杆，接著就在往雪瑞斯伯利的大馬路上狂奔四哩，害得法蘭緊緊抱住牠的脖子。車輛從前後來來往往，除了她自己，似乎沒有半個人口出穢言。

「昨天晚上，大熊去了我的公寓。」瑪塔說，關上背後潘戴爾裁剪室的門。「他帶了一個警界的朋友。」

•

這是星期一早上。潘戴爾坐在他的工作檯旁，替緘默反對運動的作戰指令作最後的潤飾。他放下他的2H鉛筆。

「為什麼？他們以為妳幹了什麼？」

「他們想知道邁基的事。」

「他的什麼事？」

「為什麼他這麼常到店裡來，為什麼他老在亂七八糟的時間來找你。」

「你怎麼告訴他們？」

「他們要我刺探你。」她說。

18.

從巴拿馬情報站送來的第一批「巴肯二號」情報資料，讓在倫敦一手籌謀這個計畫的拉克斯摩爾自鳴得意到前所未有的地步。但這天早上，他的欣喜卻被煩躁不安的緊張取代。他踱步的速度比平常快了一倍。他諄諄善誘的蘇格蘭腔帶著吱吱嘎嘎的聲音。他的目光不停瞥向河對岸，朝北望，朝西看，那是他未來之所繫。

「別小看女人哪，強尼小子。」他告誡一個滿臉憔悴的年輕小夥子。名叫強森的這個小夥子接在歐斯納德之後，擔任拉克斯摩爾的私人助理這份討人厭的工作。「在我們這一行，一個女人隨時都抵得上五個男人。」

強森就像他的前任者，深諳奉承的藝術，他坐在椅子上，傾前身子，表現出認真傾聽的模樣。

「強尼，她們輕諾背信。她們有膽識，是天生的偽君子。你猜她為什麼堅持非透過她老公不可？」他的聲音帶著男人事先提出藉口的抗議語氣。「她很清楚，她會讓他相形失色。那麼他會落到哪裡去呢？人行道上，被丟到一邊，一窮二白。她幹嘛讓這樣的事情發生？」手掌在褲子兩側抹了抹，「把好好的兩份薪水搞掉一份，還讓她的男人變成傻瓜一個，她何必呢？我們的露伊莎不會這樣。我們的巴肯二號不會！」他瞇起眼睛，彷彿認出遠方窗戶裡的某個人，但慷慨的陳詞並未停頓。「我知道自己在做什麼。她也一樣。千萬別低估女人的直覺，強尼。他已經到頂，已經玩完了。」

「歐斯納德？」強森滿懷希望地說。他被指派成為拉克斯摩爾的影子已經有六個月之久，而且眼前還看不到有任何職位等著他。

「我是說她老公，強尼。」拉克斯摩爾氣惱地駁斥，指尖在他蓄鬚的一邊臉頰上耙搔著。「巴肯一號。噢，一開始，他的工作大有可為，但他不夠宏觀，從來就不夠。沒有格局，不了解歷史，全都是一些閒嗑牙、炒冷飯的傢伙，只管掩護他自己的後方。我們不能永遠守著他，我現在了解了，她也了解。那女人了解她的男人，比我們更了解他有多少能耐，還有她自己的力量。」

「分析人員有點擔心當中沒有可以相互佐證的東西。」強森大膽提出，他抗拒不了任何一個能打擊歐斯納德地位的機會。「莎莉．莫爾普戈說，巴肯二號的東西寫得太多，可是來源卻交待得太不清楚。」

這句話引起了拉克斯摩爾的注意，他正轉過身子，準備開始第五度測量地毯的長度。他露出粗率而茫然的微笑，毫無幽默感的人才會有那種笑法。

「她這麼說？莫爾普戈小姐是最聰明的人，無庸置疑。」

「嗯，我想她的確是。」

「女人對另一個女人總是比我們男人還嚴格，對吧？」

「這倒是真的，我之前一直沒想到這一點。」

「她們也會有些嫉妒心——或許，我們應該說是羨慕吧——我們男人就天生免疫。對不對啊，強尼？」

「我希望是。不，沒錯，我的意思是『就是這樣』。」

「莫爾普戈小姐不同意哪一件事？」拉克斯摩爾這會兒的語氣是個可以虛心接受公正批評的男人。

強森真希望自己剛才閉緊嘴巴。

「她只是說，嗯，沒有可以相互佐證的東西，從每天湧進來的洪水裡。她是這麼說的。零，完全沒有。沒有跡象，沒有友好聯絡，美國人那裡連半點聲音都沒有。沒有旅行往來，沒有人造衛星，沒有不尋常的外交交通。全都是黑洞裡的東西。這是她說的。」

「就只有這樣？」

「嗯，老實說，不盡然。」

「別瞞著我，強尼。」

「她說，在人類情報史上，從來沒有人以這麼少的代價，提供這麼多的情報。這是個笑話。」

如果強森希望打壓拉克斯摩爾對歐斯納德和他工作的信任，那麼可要失望了。拉克斯摩爾挺起胸膛，聲音也恢復了蘇格蘭方言的元氣。

「強尼，」舔舔前排牙齒，「你有沒有想過，今天證明是負面的事，其實就是昨天證明為正面的事？」

「沒有，我沒想過，說真的。」

「那麼就想一想吧，我懇求你。一定要有很靈巧的心思，強尼，才能讓他的妙計避開現代科技的耳目，不是嗎？從信用卡到旅行支票，電話，傳真機，銀行，飯店，任何你想得到的東西。現在我們到超級市場買瓶威士忌，就等於昭告天下。在這種情況下，『無跡可循』幾乎就等於是有罪的證據。這些熟諳世故的人很了解，他們知道要怎麼樣不被看見、不被聽見、不被識破。」

「我相信他們知道，長官。」強森說。

「強尼，這些世故的人才不會像眼光只朝內看的情報官員，因為職業性的缺陷而飽受痛苦。他們不是鑽牛角尖的人，不會陷在枝節末微和多餘的情報裡，無法自拔。他們看見的是整片樹林，而不是一棵棵樹。他們看見的是大膽冒進的東南結盟大計。」

「可是莎莉看不見，」強森斷然附和，決定一不作二不休，「阿穆也看不見。」

「誰是阿穆？」

「她的助理。」

拉克斯摩爾的微笑仍然寬容和藹，他也一樣，微笑說，看見的是整個樹林，而不是一棵棵樹。

「把你自己的問題反過來想吧，強尼，我想你就會得到你自己的答案。如果巴拿馬沒有什麼值得反抗的事，那為何會有地下的反抗運動？為什麼那些祕密的異議團體——不是地痞流氓，強尼，而是有錢、又關心社會的階級——會在一旁等待，除非他們知道自己在等的是什麼？為什麼漁民要鬧事？——強尼，機靈的人從來不敢低估海裡來、浪裡去的那些人。巴拿馬總統安插在運河管理局裡的人，為什麼公開說的是一套政策，但祕密約會簿裡顯示的又是另一套？為什麼他表面上過的是一種生活，在水底下過的又是另一種，藏起他的蹤跡，在不該有社交活動的時間，撥冗接見偽裝的日本港務長？為什麼那些學生不罷手？他們在空氣裡嗅到了什麼？他們在小咖啡館和小舞廳裡又聽到什麼樣的耳語？為什麼每個人嘴裡都不停出現『出賣』這兩字？」

「我不知道。」強森回說。他最近觀察到，送經他主子辦公桌上的巴拿馬原始情報日益增多，令他越來越困惑。

然而強森並不是對所有事情都很清楚——至少對拉克斯摩爾那些鼓舞人心的情報並不清楚。每當拉克斯摩爾著手準備他那著名的一頁摘要，以提交給他神祕的規劃與執行者時，他會先要求從限閱層級最高的檔案庫裡調來一大疊檔案，然後將自己鎖在房間內，直到文件完成為止——強森曾經偷偷看過一眼調來的檔案，全是過往的事件，例如一九五六年的蘇彝士運河，和現在及未來可能發生的事一點關係也沒有。

拉克斯摩爾把強森當成一塊共鳴板。強森學到，有些人若是沒有聽眾在場，就無法思考。

「強尼，這是像我們這樣的情報人員最難插手的事：事情還沒有動靜，就掀起人為的狂濤巨浪；事情還沒傳開，民意就先來了。看看伊朗和什葉派，看看埃及和蘇彝士運河的紛爭，看看『重建政策』[1]和邪惡帝國的崩潰，看看海珊，我們最好的客戶之一。強尼，誰預見這些事會發生來著？誰又看到這些事像烏雲在地平線上聚集成形？不是我們。看看加爾鐵里和福克蘭群島事件的爆發，我的天哪。一次又一次，我們龐大的情報榔頭足以粉碎所有的核果，唯獨一個除外：人類的謎團。」他用以往的速度踱

1 perestroika，蘇聯領袖戈巴契夫所提出的改革思想。

步，每個步伐都非常誇張。「但我們現在想打碎的就是這個，這回我們可以搶得機先。我們監聽整個市集。我們掌握了群眾的情緒，他們潛意識的進程，他們潛藏的起火點。我們可以先發制人，我們可以打破歷史。埋伏——」

他一把抓起電話，速度之快，讓它幾乎連響的時間都沒有。只不過打來的是他的妻子，問他上班前是不是又把她車子的鑰匙塞進他的口袋裡了。拉克斯摩爾簡潔地認錯，掛掉電話，拉拉外套衣襬，再次開始踱步。

•

他們選擇傑夫的地方，因為班恩·哈特利說要用那個地方，畢竟傑夫是班恩·哈特利的傀儡，雖然他們倆都覺得對此應該謹慎地保持緘默。況且，選擇傑夫的地方再適合不過，因為這個計畫打從一開始就是傑夫的點子。就某種意義而言，最初擬訂遊戲計畫的是傑夫·卡文狄胥，然後班恩·哈特利說他媽的，就做吧。班恩·哈特利的遣詞用字就是這樣：身為偉大的英國傳媒鉅子，麾下有無數個心驚膽戰的記者，他對自己的母語有著出於本能的厭惡。

是卡文狄胥點燃了哈特利的想像力（如果他當真有想像力的話）；是卡文狄胥敲定了和拉克斯摩爾的買賣，鼓勵他，支持他的預算和自我；卡文狄胥也是在哈特利的應許下，在國會附近的昂貴餐廳舉行最初的小型午餐會和非正式的簡報，遊說那些該遊說的議員（雖然不提哈特利的名字），打開地圖，讓他們知道那個該死的地方在哪裡，以及運河的走向，因為他們大半的人都搞不清楚；卡文狄胥在城裡和石油公司偷偷敲響警鐘，擁抱那些低能的保守右派，這對他來說根本不費吹灰之力，只要討好那些懷抱帝國夢想、痛恨歐洲、痛恨黑人、仇視外國、迷失心靈又缺乏教育的孩子就成了。

是卡文狄胥在選戰的危急存亡時刻召來邪靈，讓鳳凰從保守黨的灰燼裡展翅飛起，扭轉戰局；他穿著那套至今仍嫌太大、閃閃發亮的戰袍，用不同的語言、相同的高亢語氣對反對黨說——別擔心，先生小姐們，你們不需要反對任何事，或採取任何立場，只要低下頭，說現在已經沒有時間搖晃忠貞的大英之船，即使它的航向偏斜到錯誤的方向，在瘋子掌舵之下，漏水漏得像個瀝水鍋。

同樣是卡文狄胥激起了大眾適度的憂慮，散播對英國工業、商業與英鎊有災難性影響的謠言。套句他的話，是卡文狄胥讓我們意識到的。也就是說，巧妙利用一向對哈特利帝國敬而遠之的專欄作家，將謠言轉化成眾所接受的確信之事，這些人在哈特利帝國之外運作，因此在理論上，不受它可畏名聲的汙染。卡文狄胥接著在幾家素有聲望、而且有承諾待履行的小雜誌社種下後續的專論，這些專論接著就會被較大的雜誌大幅報導，然後晉級或降級到畫報內頁，到所謂素質低落的社論，以及電視的夜間公共辯論節目。不只在哈特利擁有的頻道上，也在競爭者的頻道——因為媒體會一再重複自己虛構的想像，還有害怕任何競爭對手挖到獨家新聞的恐懼心態，都是最容易預期的事。他們不管故事是不是真的，因為，親愛的，老實說，在現今的新遊戲裡，我們沒有人手、時間、興趣、心力、文字能力或一點點微小的責任感，用任何方式查證我們的事實，我們只會想起其他捉刀人所寫的相同主題的東西，拿來像福音書一樣照抄一遍。

是卡文狄胥這個穿斜紋呢，體型高大，聲音神似晴朗夏日午後上流社會板球播報員的戶外型英國佬，發揮了極具說服力的宣傳效果。他一向透過精饌美食之助，宣傳班恩．哈特利珍愛的信條——「不趁現在，更待何時？」——他心中那種跨大西洋權力拉鋸與陰謀戰，正是以這種說法為基礎。他理論的重點在於：美國高居舉世唯一超強的地位至多只能再撐十年，而在那之後的一切猶未揭露，因此，這個信條主張，如果世界上有任何需要動大手術的地方，無論從外表或從內部來看有多殘忍，有多自私自利，但為了我們的生存、我們子孫的生存、哈特利帝國的生存、還有它對第三與第四世界精神靈魂日益擴張的宰制——趁我們打出長打的時候，動手吧，他媽的，拜託！別再搖擺不定！拿走你想要的，把你不要的敲個粉碎！可是不管你做是不做，別再扭扭捏捏、讓步、道歉、怯懦不前。

如果這讓班恩．哈特利像他在海洋此端的血親兄弟一樣，帶著「北美瘋狂右派」上床，還讓他變成軍火工業的寵兒——喔，他媽的，他會用他親愛的母語說，他不是政客，他討厭那些混蛋，他是個現實主義者。對於他的近親，他也可以既往不咎，只要他們講道理，別再躡手躡腳走在國際迴廊上，對每個日本佬、黑鬼和南歐仔說：「原諒我是個中產階級自由主義的美國白人，先生，原諒我這麼龐大、強壯、有權又有錢，我們相信上帝的子民人人平等有尊嚴。你能容我垂手屈膝，吻你的屁股嗎？」

為了他麾下軍官們的好處，班恩．哈特利不眠不休地描繪這幅景象，但一切都是在一種共識下進行——先生小姐們，這些事情我們別傳出去，這是為了客觀報導新聞的神聖利益，我們就是為此而生在世上，否則你那雙他媽的腳就永遠別想踏進來。

「別把我算進去。」前一天，班恩．哈特利對卡文狄胥這麼說，用的是他那沒有抑揚頓挫的聲音。他說話時，偶爾嘴唇連動都不動。偶爾，他對自己的陰謀詭計、對全人類的平庸覺得越來越難忍受。

•

「你們兩個混蛋，自己去搞定那些人。」他惡毒地補上一句。

「如你所願，主子。可憐哪，可是我們沒辦法。」卡文狄胥說。

然而班恩．哈特利來了，不出卡文狄胥所料。他搭計程車，因為不信任自己的司機，甚至還提早十分鐘抵達，讀一份卡文狄胥過去這幾個月來送給凡恩手下的那些狗屁摘要——狗屁是他最喜歡的修辭——結尾是河對岸那些討厭鬼只有一頁長度的火熱報告——沒有署名，沒有來源，沒有抬頭——卡文狄胥說那是鉗子，是純酒，是遺失的鑽石。主子，凡恩的手下正準備出擊，所以才有今天的集會。

「這東西是哪個混蛋寫的？」哈特利迫不及待想把榮譽歸於應得之人。

「拉克斯摩爾，主子。」

「就是一手搞砸福克蘭群島事件的那個渾球？」

「就是那一個。」

「沒經過潤改部吧，肯定是。」

儘管如此，班恩．哈特利還是讀了兩遍，這對他可是破天荒第一遭的事。

「是真的嗎？」他問卡文狄胥。

「夠真的，主子。」卡文狄胥的語氣穩健睿智，這使得他的判斷格外引人注意。「部分是真的，有效期限則不確定。凡恩的手下可能得快點行動。」

哈特利把報告拉回面前。

「嗯，至少他們這回他媽的知道該怎麼做。」他沉著臉，對塔格．柯比點了個頭。柯比是第三號兇手，卡文狄胥開玩笑給他的封號。他剛闖進房間裡，也沒擦一下他的一雙大腳，怒視著四周搜尋敵人。

「老美還沒到？」他咆哮道。

「隨時會到，塔格。」卡文狄胥安撫似地對他保證。

「這些畜生連自己的葬禮都會遲到。」柯比說。

•

傑夫的地方有個特別的好處，那就是位於梅菲爾心臟地帶的優越地理位置，克蕾利吉飯店的側面入口近在咫尺，一條有大門阻隔與警衛看守的死巷，住有多位重量級打手、外交官和說客，巷底就是義大利大使館。另一個好處是可以隱姓埋名。你是清潔工也好，是辨外燴的也罷，或者是信差、管家、保鑣、孌童或銀河系的大主宰都不打緊，沒人在乎。而且傑夫是個善開大門的人，他知道如何接近權貴，讓他們全聚在一起。只要有傑夫在，你就可以退居一旁，靜待事情發展，就像現在：三個英國佬和他們的兩個老美客人，每個人都可以否認自己在場，正一起大吃大喝他們一致同意沒發生過的餐宴，沒有僕人在旁見證。自助式的，包括從卡文狄胥的蘇格蘭莊園空運過來、餘溫猶存的鮭魚，鵪鶉蛋，水果和起士，還有卡文狄胥的老保姆親手做的麵包奶油布丁。

至於飲料，則有冰紅茶之類的選擇。因為在今天浴火重生的華盛頓，據傑夫．卡文狄胥說，午餐喝酒精類飲料簡直是野獸的象徵。

圍坐圓桌就可以不分尊卑，腿有足夠的伸展空間。柔軟的椅子，電話插頭拔掉了。卡文狄胥對舒服的程度最講究了。女孩也多的是，如果你想要的話，問塔格吧。

•

「艾略特，航程還好吧？」卡文狄胥問。

「噢，我簡直是置身旅行天堂，傑夫。我愛死那些搖搖晃晃的小噴射機了。諾斯霍特[2]很整潔。我愛諾斯霍特。搭直升機到貝特西[3]，驚天地泣鬼神哪。真是美麗的發電站啊。」

聽艾略特說話，你永遠不知道他是在諷刺，還是真心歡喜？他三十一歲，是阿拉巴馬出身的南方

2　即 RAF Northolt，位於倫敦西方十六公里，為英國皇家空軍基地，現亦開放私人商務客機使用。
3　Battersea，倫敦泰晤士河南岸，有直升機場。

人。既是律師，也是記者，懶洋洋又愛開玩笑，只有遭受攻擊時例外。他在《華盛頓時報》上有自己的專欄，大張旗鼓地和直到不久前名氣都比他大得多的人打筆仗。瘦長、枯槁、危險、戴眼鏡，臉上只看得見下巴和骨頭。

「塔格，很遺憾，宴會一結束，我們就得回去了。」艾略特說。

「不去向大使館致意？」塔格露出畸形的獰笑。

這是笑話。塔格並不常說笑。在這個世界上，最後一個知道艾略特或上校來訪的就是國務院。上校坐在艾略特身邊吃著鮭魚，每一口都嚼上固定的次數之後才吞下去。

「那裡沒有我們的朋友，塔格，」他很敏捷地回答，「只有同性戀。」

在西敏寺，塔格．柯比被稱為「職繁不及備載」部長。部分是因為他的性愛冒險為他贏來了這個封號，但主要原因是他負責的顧問與董事業務之繁多，無人能及。在全國、甚至中東各地，沒有任何一家國防公司沒有塔格．柯比，或者應該說，沒有一家不屬於塔格．柯比。就和他的客人一樣，他有權有勢，隱隱有股脅迫意味。他的肩膀寬厚，眉毛粗黑得像是貼上去的。他有雙公牛似的平庸、愚蠢的眼睛。即使吃飯時，握緊的大拳頭也隨時保持警戒。

•

「嗨，狄克——凡恩還好嗎？」哈特利越過桌子，快活地叫道。

班恩．哈特利開始施展他傳奇的魅力，沒有人能抗拒得了。他的微笑躲在濃雲裡如此久之後，這會兒顯得興致盎然。上校立刻開朗起來，卡文狄胥也很高興看見他的主子突然精神一振。

「長官，」上校大聲吼道，宛如在軍事法庭發表演說，「凡恩將軍向你致意，表達對你的感謝，班恩，過去幾個月來一直到今天，你提供給他的實質支持與鼓勵，價值非凡。」

肩膀後挺，下巴緊縮。長官。

「嗯，你跟他說，他沒出來選總統，我們真是他媽的失望。」哈特利說著，微笑燦爛依舊。「美國唯一的好人竟然沒有立足之地，真是天殺的可恥。」

上校對哈特利戲謔的挑撥不為所動。前幾次會議開下來，他對這些煽動言論已經習以為常。

「先生，凡恩將軍身邊有年輕人。將軍看事情很長遠。將軍非常有戰略。」在和緩、怏怏不樂的句子之間，他自顧自地點著頭，眼睛仍然睜得大大的，很容易受傷害的樣子。「將軍讀了很多東西，他很有深度，知道如何等待。換成其他人，可能現在就開火了。但將軍不會，不會哪，長官。等時機開始對總統造成影響的時候，將軍就會在那裡左右他。依我之見，他是美國唯一知道該怎麼做的人，對吧，長官。」

我聽命，上校那雙跟班的眼睛如此示意，但下巴卻說滾開別擋路。他的頭髮理得很短。看他坐得筆直的樣子，實在很難讓人想起他沒穿制服的模樣，也很難不懷疑他是不是稍微有點瘋狂。或者，是不是他們全都瘋了。正式儀節突然結束。艾略特看看手錶，無禮地挑起眉毛，望著塔格．柯比。上校取下脖子上的餐巾，一本正經地揩揩嘴唇，然後放到桌上，宛如一束不討人歡心的花，留待卡文狄胥清理。柯比點燃一根雪茄。

「你介意把那根他媽的東西熄掉嗎，拜託，塔格？」哈特利很有禮貌地問。柯比按熄雪茄。偶爾，他會忘記哈特利擁有他的祕密。卡文狄胥正在問誰要在咖啡裡加糖，有人要奶精嗎？至少這是場會議，不是餐宴。五個彼此嫌惡的男人，圍坐在擦得晶亮的十八世紀古董桌旁，為一個偉大的理想齊聚一堂。

•

「你們這些傢伙要不要參加？」班恩·哈特利說，他向來都是開門見山。

「我們當然要加入囉，班恩。」艾略特說，臉像海門一樣緊閉。

「那是誰在阻擋你們，看在老天的份上？你們有證據。你們統治那個國家。你們還等什麼？」

「凡恩想要加入，狄克也是。對吧，狄克？大家都摩拳擦掌，對吧，狄克？」

「當然。」上校喘口氣，手拉手，搖搖頭。

「那就動手啊，看在老天份上！」塔格·柯比叫道。

艾略特假裝沒聽見這句話。「美國人會希望我們介入。」他說，「他們或許還不知道，不過他們很快就會明白。美國人會想要回應該屬於他們、而且原來就不該放棄的東西。沒有人阻擋我們，班恩。我們有五角大廈，有意願，有訓練有素的人，也有科技。我們擁有參議院，我們擁有眾議院，我們擁有共和黨，我們寫外交政策，我們有一家可以在戰時掌控媒體的公司。上一回控管得滴水不漏，這一次一定更密不透風。沒人阻擋我們，除了我們自己，班恩。沒有人，這是事實。」

一時之間，眾人盡皆沉寂。柯比是第一個打破沉默的人。

「跳下來總是需要一點勇氣。」他粗暴地說。「柴契爾從來不猶豫。其他傢伙就不時舉棋不定。」又歸於靜默。

「我想運河就是這麼丟掉的。」卡文狄胥說，可是沒有人笑，靜默再次籠罩。

「傑夫，你知道那天凡恩是怎麼對我說的嗎？」艾略特說。

「說什麼，老小子？」卡文狄胥說。

「每個非北美人都賦予北美洲某個角色，雖然他們幾乎全都是沒有自己角色的人，都是自己打手槍的傢伙。」

「凡恩將軍很有深度。」上校說。

「也只好習慣啦。」哈特利說。

可是艾略特不急著回答。他若有所思地將雙手擺在胸前，彷彿正套上背心，在他的殖墾地抽方頭雪茄。

「班恩，我們在這件事情上頭沒有一根該死的樁釘哪。」他坦承，以記者的身分對另一個記者吐露心聲。「沒有釘勾。我們有一個狀況，但是沒有冒煙的槍管，沒有被強暴的美國修女，沒有死掉的美國嬰兒。我們有謠言，我們有或許，我們有你們那些間諜報告，卻是我們那些地下情報員在此時此刻無法證實的消息，因為我們一定要堅持這樣的說法。現在還不是掏出國務院血淋淋的心臟、或在白宮欄杆邊高舉『滾出巴拿馬』標語的時機！這是採取關鍵行動、重新凝聚全國共識的時機！只要全國有共識就可以動手做。我們會幫忙，你也可以，班恩。」

「我說過我會的，一定會。」

「可是你們給不了我們的就是一根樁釘，」艾略特說，「你不能強暴修女，你不能替我們屠殺嬰兒。」

柯比很不合時宜地爆出一陣狂笑。「別這麼確定喔，艾略特。」他大叫，「你可不像我們這麼了解我們的班恩。什麼？什麼？」

可是他沒得到喝采，只換來上校痛心的蹙眉。

「你當然會得到他媽的樁釘。」班恩．哈特利謹慎地反駁。

「說說看。」艾略特說。

「否認囉，行行好吧。」

「什麼否認？」艾略特說。

「每個人的否認。巴拿馬人否認，法國佬否認。所以他們全是騙子，像卡斯楚一樣是騙子。卡斯楚否認他有蘇聯火箭，所以你們就介入了。運河的陰謀家否認他們的陰謀，所以你們又動手了。」

「班恩，古巴危機的時候，那些火箭就在那裡。」艾略特說，「我們以前有那些火箭的照片。我們以前有冒煙的槍管。可是現在我們有沒冒煙的槍管。美國人要看的是正義伸張，光說並沒有用。我們需要一枝冒煙的槍管。總統需要一支冒煙的槍管，如果他沒拿到手，就不會動。」

「我們不會剛好搶拍到幾張戴假鬍子的日本工程師在挖第二條運河的快照吧？」卡文狄胥半開玩笑地問。

「沒有，我們他媽的沒有。」哈特利反駁，並沒有提高聲音，但其實也毫無必要。「所以你們打算怎麼做，艾略特？等著日本佬在他媽的一九九九年十二月三十一日的午餐時間，給你們來場拍照記者會？」

艾略特不為所動。「班恩，我們沒有聳動的畫面能在電視螢幕上播放。上一回算我們運氣好，諾瑞加的尊嚴軍在巴拿馬市當街虐待高貴的北美女人。我們到那個時候才有立場。我們有了毒品，所以我們就把毒品拿來大書特書。我們有諾瑞加的態度問題，我們大書特書。我們有他的醜陋惡行，我們大書特書。很多人覺得醜惡就是不道德，我們就利用這一點。我們有他的性生活和巫毒教。我們打卡斯楚的牌。可是，一直要到披著高尚之名的粗鄙拉美士兵折磨高貴的北美女人之後，總統才覺得應該派我們的男生去教他們一點禮儀。」

「我聽說是你一手安排的。」哈特利說。

「不管怎樣，不能玩第二次。」艾略特回答，把這個建議推到一邊，彷彿毫不相干。

班恩．哈特利內心爆裂。祕密試爆，沒有爆炸聲，他動也不動。只有吐出空氣時發出的高壓嘶嘶聲，混雜著挫折與憤怒。

「該死的老天爺啊，那條他媽的運河是你們的耶，艾略特。」

「印度也曾經是你們的呀，班恩。」

哈特利沒費事反駁。透過簾幕深垂的窗戶，他沒望見任何值得他浪費時間的東西。

「我們需要立足點。」艾略特又說了一遍。「沒有立足點，沒有戰爭。總統不會輕舉妄動。結束。」

•

傑夫．卡文狄胥靠著精雕細琢與健壯豪爽的外表，才為會議帶回了光明與快樂氣息。

「好了，各位先生，依我看哪，我們已經達成很大的共識。我們得留時間給凡恩將軍做決定，沒有人反對吧。我們是不是能稍微讓你們了解一下？塔格，我看得出來，你迫不及待了。」

哈特利拉起自己心窗的簾幕。想到要聽柯比講話，只更加深他的沮喪。

「這個緘默反對運動，」柯比說，「阿布瑞薩斯集團。艾略特，你看過報告了嗎？」

「我該看嗎？」

「凡恩看了嗎？」

「他很喜歡。」

「他可真怪，不是嗎？」柯比說，「想過那個傢伙反美嗎？」

「阿布瑞薩斯不是傀儡，他不是顧客。」艾略特平靜地說，「如果我們要派人搞個巴拿馬臨時政府，讓那個國家安全過度到下次選舉，阿布瑞薩斯的呼聲一定很高。那些自由派的傢伙就不能再叫我們殖民帝國，巴拿馬人也一樣。」

「而且如果他不乖，你們也還可以炸掉他的飛機，對吧。」哈特利惡毒地說。

•

柯比又說：「我的重點是，艾略特，阿布瑞薩斯是我們的人，不是你們的。我們的人，他自己選的。所以他的反對運動也是我們的。我們掌控，我們提供裝備和建議，我想我們都應該記住這一點。凡恩特別要記住。如果事情搞成阿布瑞薩斯拿的是美國人的錢，或者他手下用的是美國配備，那對凡恩將軍來說可就大大不妙了。我們不想讓這個可憐的傢伙從一開始就背負美國奸細的罪名，對吧？」

上校有個主意。他眼睛睜得大大的，閃閃發亮。他的微笑超凡入聖。

「聽著：我們可以打別人的名號啊，塔格！我們在那裡有資產！我們可以搞得像阿布瑞薩斯是從祕魯、瓜地馬拉、還是卡斯楚的古巴弄到傢伙。我們可以搞成任何樣子。絕對不會有問題。」

塔格．柯比一次只講一個重點。「我們找到阿布瑞薩斯，我們給他裝備。」他態度強硬地說，「我們有個第一流的代理人在現場。你們想要給錢、想給什麼都很歡迎，可是必須透過我們。不能從當地提供，不能直接給。我們控制阿布瑞薩斯，我們提供他後援，他是我們的，還有他的學生，他的漁夫，和他掌控的其他每個人。基地的一切所需都由我們提供。」他說完了，指節在十八世紀的餐桌上敲了敲，以防其他人沒抓到重點。

「全部都是『假如』。」一晌之後，艾略特這麼說。

「假如什麼？」柯比追問。

「假如我們參加。」艾略特說。

突然間，哈特利的目光不再盯緊窗外，而是轉到艾略特臉上。

「我要先嘗第一口，獨家。」他說，「我的攝影機和文字記者第一波就進去，我那些小夥子要和學生、漁民一起前進，獨家。其他人全坐備用的防彈廂型車。」

艾略特冷冷一笑。「班恩，你們的人或許可以替我們發動侵略，或許可以替你們解決你們的選舉問題。保護流亡英國公民救援行動，你覺得如何？巴拿馬一定有幾個流亡的英國人吧。」

「很高興聽到你提出這個問題，艾略特。」柯比說。

另一個主軸。柯比很緊張，所有目光全集中在他身上，甚至包括哈特利。

「為什麼，塔格？」艾略特問。

「我們之前只談到我們的人如何確實置身事外。」柯比回嘴。我們的人，指的是我們的領袖，我們的傀儡，我們的吉祥物。

「塔格，你要他和凡恩一起坐在五角大廈的戰情室裡？」艾略特戲謔地提議。

「別蠢了。」

「你要英國軍隊在美國戰艦上？歡迎之至。」

「我們不想，謝謝你，那是你們的後院。可是我們想要功勞。」

「要多少，塔格？我聽說你生意談得可好了呢。」

「不是那樣的功勞，是道德上的聲望。」

艾略特露出微笑，哈特利也是。他們的表情顯示，道德是可以商量的。

「我們的人要在前線現身，大聲疾呼。」塔格．柯比宣布，用他巨大的手指一一細數條件。「我們的人把自己裹在旗子裡，你們的人一面替他歡呼，大不列顛萬歲，去他的布魯塞爾。特殊的關係將獲得進一步提升——對吧，班恩？訪問華盛頓，握手，推崇備至，對我們的人說盡好話。等你們一搞定你們的人，也盡快讓他到倫敦訪問。他姍姍來遲，大家都會注意到。英國情報單位的角色應該在某些受敬重的媒體披露。我們會給你們文章內容——對吧，班恩？其他歐洲國家全蒙在鼓裡，法國青蛙和以往一樣很沒面子。」

「把那個爛差事留給我吧，」哈特利說，「他又不賣報紙，我賣！」

他們像一對意見不合的愛人分手，擔心自己說錯話，沒說該說的，沒讓對方了解。我們一回去，就會讓凡恩掌控這件事，看看他感覺如何，凡恩將軍看的是長期，上校說。凡恩將軍真的很有遠見。將軍盯住耶路撒冷。將軍知道如何等待。

「他媽的給我來杯酒吧。」哈特利說。

他們自己坐在一起，三個英國人帶著他們的威士忌退場。

「不賴的小會議喔。」卡文狄胥說。

「狗屁！」柯比說。

「買下緘默反對運動，」哈特利下令，「確定他們能說，也能開火。學生有幾分真實性？」

「他們不太穩定，主子。有毛派信徒，跌跌撞撞的小孩，反戰狂，很多都已經超齡了。他們可能會倒向任何一邊。」

「他媽的誰在乎他們倒向哪一邊？收買這些該死的傢伙，放他們到處去。凡恩要根椿釘，他夢想著要，可是沒膽子開口。你想，那個混蛋幹嘛派他的奴才過來，自己卻躲在家裡？或許那些學生可以提供立足點。拉克斯摩爾的報告在哪兒？」

卡文狄胥遞給他，他讀了第三遍才丟回給卡文狄胥。

「是哪個婆娘替我們寫那些前景悲觀的狗屁？」

卡文狄胥說了一個名字。

「把這個給她，」哈特利說，「告訴她，我要學生做大。把他們和窮人、被壓迫的人扯上關係，踢開共產黨。多渲染緘默反抗運動，把他們塑造成英國人眼中二十一世紀巴拿馬的民主典範角色。我要危機。『恐怖行動在巴拿馬街頭橫行』，像這樣的狗屁。第一版。週日。去找拉克斯摩爾，告訴他，該叫他那些他媽的學生起床了。」

拉克斯摩爾從未擔負過如此危險的任務。他意氣風發，他心驚膽跳。可是出國總是讓他心驚膽跳。他孤注一擲，英勇犯難，獨自一人。在他絕對不能脫掉的外套裡，有本令人望而生畏的護照，要求所有外國人必須保障女王陛下心愛的信使梅洛斯安全穿越邊界。他身旁的頭等艙座位堆著兩個笨重的黑色皮革公事包，以蠟封箋，鑲印皇家徽紋，捆著寬幅的肩帶。他虛構的單位規則不允許他睡覺或喝酒，公事包必須隨時在他視線與雙手可及的範圍內。任何汙穢的手都不許褻瀆女王信使的文件袋。他不能結交任何朋友，但他卻為一位英國航空的座艙長破了戒。飛越南大西洋途中，他出乎意料地發現自己得去上洗手間。他站起來兩次，卻老是被其他旅客捷足先登。最後實在急得不行了，只好說服空服員替他守著一間空下來的洗手間，等他提著沉重的行囊，粗野地擠過打瞌睡的阿拉伯人，撞到飲料推車，像螃蟹一樣奮力橫著穿過走道。

「你一定帶著很沉重的祕密。」看他安返客艙，那位座艙長愉快地說。

拉克斯摩爾很高興發現她也是蘇格蘭人。

「妳是哪裡人，親愛的？」

「亞伯丁。」

「太棒了，那個銀色城市！天哪！」

「那麼你呢？」

拉克斯摩爾幾乎就要脫口說出他的那個蘇格蘭故鄉，但他想起他的假護照，梅洛斯出生在科拉普漢。他努力挪動放在地板上的文件袋時，她替他拉著門，讓他益加難堪。回到座位，他四下搜尋潛在的劫機匪徒，找不到半個可以信任的人。

飛機開始下降。我的天哪，想想看！拉克斯摩爾對他的任務如此誠惶誠恐，又如此痛恨飛行，夢魘交錯——她撞進海裡了——文件袋隨之而去。從美國、古巴、俄羅斯和英國來的救援船趕赴現場！那位神祕的梅洛斯是誰？他的文件袋為什麼沉入海底？為什麼沒有半張紙浮出水面？為什麼沒有人出面找他？沒有未亡人、子女或親人？他的文件袋出現了。女王陛下的政府會樂於向屏息以待的世界說明這袋內非比尋常的內容嗎？

「你這回抽中的是邁阿密，對吧？」座艙長問，看著他做好下飛機的準備。「我敢說，你一衝到目的地，一定馬上想泡個熱水澡。」

拉克斯摩爾壓低聲音，免得那些阿拉伯人無意間聽到。她是個蘇格蘭俏姑娘，理當聽到實情。

「巴拿馬。」他咕噥說。

可是她已經離開他身邊，忙著要旅客確定已豎直椅背，繫好安全帶。

19.

「他們是按階級收果嶺費的。」馬爾畢解釋，選了一根中號鐵桿來推桿。旗子矗立在八十碼外，對馬爾畢來說，那就是一天的旅程。「大頭兵幾乎不必付錢，步步高升的人一升官就得加錢，他們說，將軍簡直打不起球了。」他咧嘴一笑。「我談成一筆減價協議，」驕傲地吐露，「我是中士。」

他揮桿擊球，凝視佇望，球飛旋六十碼，安安穩穩越過濕漉漉的草地，藏匿無蹤。他快步追上前去，史托蒙特緊跟在後。一個戴草帽的印第安老桿弟扛著一套裝在褪色球袋裡的古老球桿。

阿瑪多這座待客殷勤的高爾夫球場，是蹩腳的高爾夫球手夢寐以求的球場，而馬爾畢正是蹩腳的高爾夫球手。球場修剪整齊的草地位在美軍基地與通向運河入口的海岸之間，建於一九二〇年代的基地仍然保存著原貌。球場有一小幢守衛小屋，一條筆直無物的道路，由無聊的美國大兵和無聊的巴拿馬警察看守。除了軍方人士和他們的老婆，很少有人會來這裡。地平線上可以望見柯利羅區，再遠處是白蒂雅角的薩坦尼克塔。這天早上，雲朵層層翻捲，顯得格外柔和。外海羅列著島嶼和堤道，以及一長排靜止的船舶，正排隊等待通過美洲之橋。

但是對蹩腳的高爾夫球手來說，此地最有魅力的，是那低於海平面三十呎的草溝。這裡曾是運河工事的一部分，現在則變成打壞的球賴以翻身的渠道。蹩腳的高爾夫球手打的球可能左曲，也可能右拐。

但是只要他位在草溝範圍之內，一切都沒問題。草溝對他唯一的要求是擊中球，保持低速。

「佩蒂還好吧。」馬爾畢偷偷用高爾夫球鞋的趾尖調整球的位置。「她的咳嗽可有好點？」

「不怎麼好。」史托蒙特說。

「天哪，他們怎麼說？」

「說得不多。」

馬爾畢再度揮桿，球快速越過果嶺，再次消失。馬爾畢急忙追上去。雨滴每隔十分鐘落下一回，但馬爾畢似乎沒注意到。球淘氣地躺在雨濕的沙坑中央。老桿弟遞了一支適合的球桿給他。

「你應該帶她去別的地方。」他隨口建議史托蒙特。「瑞士，或者最近大家都去的其他地方。巴拿馬太不衛生了，你永遠不知道細菌會從哪裡來。他媽的。」

他的球像是某些原始昆蟲，直奔豐沃的翠綠草原。透過重重雨幕，史托蒙特看著他的大使用力揮出一個又一個拱形，直到球緩緩爬上果嶺。馬爾畢要長推桿，氣氛緊張。球進洞，勝利歡呼。他很急，史托蒙特心想：他快瘋了。現在是關鍵時刻。奈吉爾，行行好，聽我講幾句話就好，馬爾畢這天早上凌晨一點鐘打給他的時候這麼說，那時佩蒂才剛剛睡著。我想我們可以邊走邊談，奈吉爾，如果你可以的話。你怎說都成，大使。

「要不是這樣，大使館近來也還算是個愉快的地方，」走向下一條草溝的時候，馬爾畢又重拾話題，「除了佩蒂的咳嗽和可憐的老菲碧。」菲碧，他老婆，既不太老，也不算可憐。

馬爾畢沒刮鬍子。襤褸的灰色套頭衫全濕透了，掛在他上身就像一件鎖子甲，卻配錯了長褲。這個該死的傢伙，為什麼不給自己穿套防水衣呢？史托蒙特百思不解，更多雨水淌下他自己的脖子。

「菲碧向來不快樂，」馬爾畢說，「我想不透她為什麼回來。我討厭她，她討厭我，孩子們討厭我們倆，怎麼看都沒道理。我們已經很多年沒幹那檔子事了，謝天謝地。」

史托蒙特保持沉默，令人心驚的沉默。打從他們認識開始的這十八個月來，馬爾畢從沒對他吐露過心聲。現在，突然間，不知基於什麼原因，他們之間的親密竟然無止無盡，駭人至極。

「你們離婚離得好。」馬爾畢抱怨說，「你們的事也鬧得人盡皆知，如果我沒記錯的話。可是你們熬過來了，孩子還和你們說話，辦公室也沒趕你們走。」

「也不盡然。」

「嗯，我真希望你能和菲碧談一談。為了她自己好。告訴她，你也經歷過，其實並沒有別人說的那麼難過。她沒辦法和人好好談，這也是個問題。她只想作威作福。」

「或許讓佩蒂和她談談會好一點。」史托蒙特說。

馬爾畢把球放在球釘上。史托蒙特注意到，他這麼做的時候，膝蓋連彎都沒彎一下，就只是將自己對折成兩半，然後直起身子，嘴裡的話倒是一直都沒停。

「不，老實說，我想應該是你去和她談。」他對著球練習了幾次揮桿動作。「你知道的，她很擔心我。她知道她自己可以好好過下去，可是她以為我會一直打電話給她，問她水煮蛋該怎麼煮。我才不會做那種事，我會找個絕色佳人住進來，整天煮蛋給她吃。」他揮桿，球往上飛，飛越草溝的救贖。有那麼一會兒，球似乎心滿意足地保持直線前進。接著，它改變了心意，轉向左邊，消失在滂沱雨幕裡。

「噢，吃屎呦！」大使說，展現了史托蒙特從未想到過的語言深度。

雨勢大得荒唐。他們任那顆球自生自滅，匆匆跑向座落在一排已婚軍官眷舍前的團部音樂台。可是那個老桿弟不喜歡音樂台，他寧可仰仗一叢棕櫚樹不牢靠的庇蔭，站在樹下，任憑滂沱大雨從他的草帽流下。

「要不是這樣，」馬爾畢說，「就我所知，我們算是很快活的一群人。沒結什麼梁子，每個人都很快樂，我們在巴拿馬的收穫從來沒這麼高過，不可思議的情報從四面八方湧進。這讓人不禁要問，我們的主子還能要求什麼呢？」

「為什麼？他們還要求什麼？」

可是馬爾畢一點兒也不急，他喜歡自己那種迂迴前進的奇怪路徑。

「昨天晚上，我用了歐斯納德那部祕密電話，和各式各樣的人聊了很久。」他用緬懷舊事的深情口吻說。「你用過那玩意嗎？」

「不能說用過。」史托蒙特說。

「紅通通、恐怖兮兮的東西，線接在波爾戰爭時期的洗衣機上。在那部電話上，你想說什麼都可以，我真是印象太深刻了。那些傢伙也都不錯。我沒見過他們，不過聽起來都很不錯的樣子。電話會議。有個人一直道歉說打擾了。一個叫拉克斯摩爾的人要來找我們，一個蘇格蘭佬，我們要叫他梅洛斯。這我不應該告訴你的，但是我當然會講。拉克斯摩爾─梅洛斯會帶來改變一生的消息。」

雨完全停了，可是馬爾畢似乎沒注意到。桿弟依然蜷縮在棕櫚樹下，抽著胖胖一卷的大麻葉。

「也許你應該打發那個傢伙走人，」馬爾畢建議，「如果你不打了的話。」

於是他們拿了幾張濕答答的鈔票，讓桿弟把馬爾畢的球桿揹回俱樂部會館，然後在音樂台邊緣找張乾的長椅坐下，望著高漲的水流奔過伊甸園。陽光宛如上帝的榮光，突然照亮每一片樹葉，每一朵花。

•

「事情已經決定了——被動語態不是我自己選擇的，奈吉爾——已成定局了，女王陛下的政府會對巴拿馬的緘默反抗運動暗中提供協助與支持。當然啦，在可以否認的基礎上。我們應該稱之為梅洛斯的拉克斯摩爾，就是來告訴我們該怎麼做的。就我了解，有一本相關的手冊，如何向你的地主國奪權或諸如此類的，我們必須瀏覽一下。我還不知道我是不是該在深夜找多明哥和阿布瑞薩斯先生到我的菜園裡來，或者這個工作是不是會落在你身上。我當然是沒有菜園啦，可是我似乎記得已故的哈利法克斯公爵有一座，他在那裡會見各形各色的人。你看起來很懷疑的樣子。這樣子是懷疑沒錯吧？」

「這件事為什麼歐斯納德不能自己處理？」史托蒙特問。

「身為他的大使，我並不樂見他涉入，那孩子已經有夠多的責任了。他太年輕，太資淺。那些反抗運動的人喜歡有經驗的老手來，好讓他們安心。有些是像我們這樣的人，但也有些是年老的勞動階級、碼頭工人、漁夫、農民之類的，我們最好自己扛起責任。我們也要支持那些神出鬼沒、製造炸彈的學生，永遠詭計多端的傢伙，我們也應該接管那些學生，我相信你對他們可以應付自如。你似乎很困擾，奈吉爾，我讓你覺得沮喪嗎？」

「他們幹嘛不給我們多派幾個間諜來？」

「喔，我想沒這個必要。或許有臨時的救火員，像拉克斯摩爾─梅洛斯這樣的人，可是沒有常駐人員。我們不應該讓大使館有員額異常擴增的現象，會招來閒言閒語。我也提到這一點。」

「你提到？」史托蒙特難以置信地說。

「是的，的確是。有像你我這樣兩位經驗豐富的主管，我是這麼說的，額外的人手都非常沒有必要。我的態度很堅定，他們會把這個地方搞得天翻地覆，我說我無法接受。我使出權威，說我們都是熟諳人情世故的人。你一定會以我為榮。」

史托蒙特認為他在大使眼中看到了極不尋常的光芒，只有甦醒的慾望堪可比擬。

「我們需要一大堆東西，」馬爾畢繼續說，熱中程度就宛如小男生望著一組新的玩具火車。「無線電，汽車，安全房舍，信差，更別提還有軍事裝備──機關槍，地雷，火箭筒，炸藥，當然，還有雷管，所有你想得到的東西。他們向我保證，沒有這些裝備，就沒有現代化的緘默反抗運動。還有個人說備用品也非常重要。你知道那些學生有多粗心大意。早上給他們一部無線電，到中午就已經畫滿塗鴉。我相信緘默反抗運動也好不到哪兒去。武器全都是英國的，你一定會覺得鬆了一口氣。還有一家經過測試檢驗的英國公司也已準備好要提供武器給他們了，這樣不錯吧。柯比部長對他們的評價很高，他們在伊朗立下大功，還是伊拉克？也許兩次都有。古利佛對他們的評價也很高。我很樂於告訴你，部裡已經接受了我的建議，讓他立即升級成為巴肯小組成員。在我們說話的這會兒，歐斯納德正在讓他宣誓效忠呢。」

「你的建議？」史托蒙特痲木地重覆一遍。

「沒錯，奈吉爾，我下定決心，你和我可以搞定這樁陰謀。我有一回對你提到過，我很渴望參與英國的謀略。嗯，這就是了，祕密的號角已經響起，相信我們兩人絕對都不缺熱情——真希望你看起來可以更開心一點，奈吉爾。你似乎不了解我告訴你的這件事有多重要。大使館就要飛黃騰達啦，就要從一灘死氣沉沉的外交死水，變成最搶手的位置。升遷，獎章，最阿諛諂媚的評論，一夜之間全是我們的。別跟我說你懷疑我們主子的智慧吧？那可是很糟糕的時機喔。」

「只是這中間似乎有點不太連貫。」史托蒙特有氣無力地說，和一個嶄新的大使纏鬥。

「胡說八道。什麼東西不連貫？」

「邏輯，比方說。」

「喔，真的？」——冷冰冰的——「你從哪裡看到邏輯有問題？」

「嗯，我是指緘默反抗運動。除了我們，根本沒人聽過。他們為什麼不做點事——放些消息給媒體——宣揚一下？」

馬爾畢已經嗤之以鼻了：「可是我親愛的小夥子啊！那就是他們運動的名字啊。那就是他們的本質——緘默啊。他們一直保守祕密，等待時機。阿布瑞薩斯不是個酒鬼，而是勇敢無畏的英雄，替天行道、為國奮鬥的祕密革命家。多明哥也不是性慾過剩的毒販，他是最無私的民主鬥士。至於那些學生，又有誰搞得清楚呢？你也記得我們自己以前的德性，毛毛躁躁，沒個定性，今天想西，明天往東。我怕你是太疲累了，奈吉爾，巴拿馬讓你沮喪。你該帶佩蒂去瑞士了。喔，對了，」——他繼續說，彷彿漏了什麼沒提——「差點忘了。拉克斯摩爾—梅洛斯先生會帶金條過來。」他補上一句，用的是面對最後一道行政難題的口吻，「在這種事情上，我們不能信任銀行和信差服務，在你和我一腳踏進的這個黑暗陰謀世界裡不行。奈吉爾，所以他擔任女王陛下的信使，用外交郵袋帶來。」

「帶什麼？」

「奈吉爾，對緘默反抗運動來說，金條似乎比美金、英鎊或瑞士法郎還受歡迎。我必須說，道理很明白。你能想像我們用英鎊先令來支持反抗運動嗎？他們還來不及發動第一次流產政變，就已經貶值啦。我聽說緘默反抗運動的代價可不低。」他用相同的一語帶過口吻，「現在幾百萬根本就不算什麼，你當然也不能指望單靠這一點錢，就買到一個未來的政府。學生，沒錯，我們可以稍微控制住他們，可是你還記得我們以前是怎麼弄得負債累累的嗎？兩邊的前線都需要優秀的後勤軍官，不過我想我們可以勝任，奈吉爾，你說對吧？我把這個當成自我的挑戰，這是人到事業生涯中期夢寐以求的事。一座外交黃金城，而且不必在叢林裡汗流浹背到處轉。」

•

馬爾畢很樂。史托蒙特緊抿著嘴唇站在他身邊，從來沒見過他這麼放鬆。他也搞不懂自己，完全無法解釋。太陽依舊光芒萬丈。縮在音樂台的陰影裡，他覺得自己像是終生監禁的囚犯，無法相信牢房的門已然敞開。他已經被逼著攤牌了——可是，是什麼牌？看著整個大使館在歐斯納德虛矯的煉金術下欣欣向榮，他除了自己，又愚弄了誰？「別找碴了。」他很嚴厲地警告佩蒂，因為她說巴肯有點好得過頭，不像是真的，尤其你若是對安迪多些了解的話。

馬爾畢開始暢談大道理。

「大使館不夠格去估價，奈吉爾。我們或許有些見解，但是不一樣。我們可能熟悉本地情況。我們當然熟悉了，有時候和上司告訴我們的會互有衝突。我們有我們的判斷。我們可以看，可以聽，可以聞。但是我們沒有占地幾畝的檔案，電腦，分析員，和一大堆秀色可餐的年輕女孩在走廊跑上跑下，啊哈。我們沒有宏觀遠見，不了解世界的遊戲。至少像我們這麼小又邊陲的大使館是這樣。我們是鄉下土包子，我想你同意吧？」

「你這麼告訴他們嗎？」

「我的確這麼跟他們說，用歐斯納德那部神奇電話。任何話只要當祕密講，分量馬上加重，你不同意嗎？我說，我們很清楚自己的能耐，我們的工作很單調，我們偶爾可以得到許可，瞥一眼外面的大世界。巴肯就是這樣的一瞥。我們很感激，我們很驕傲。一個小小的大使館，我說，要負責解讀國家情勢，宣揚我們政府的觀點，實在太不正確，也太不恰當，簡直就是要我們對超乎眼界之外的事務作出主觀判斷嘛。」

「什麼事讓你這麼說？」史托蒙特問。他原想大聲一點，可是不知什麼東西塞住了喉嚨。

「當然是巴肯啦。部裡指責我，說我對最近的情報吝於讚美。同理可推，你也一樣被指責。『讚美』？我說，『你要多少讚美都可以。安德魯．歐斯納德是個迷人的傢伙，極有良心，巴肯行動帶給我們思想上的啟蒙與食糧。我們很欣賞，也很支持，那讓我們這個小圈圈充滿活力。可是我們不敢擅自把這個行動列入大謀略之中，這個工作應該是留給你們的分析員和我們的主子。』」

「他們覺得很滿意？」

「他們很著迷。我告訴他們，安迪是個不錯的傢伙，很受女孩子歡迎，大使館的資產哪。」他突然住口，留下一個問號，然後壓低聲調，「沒關係，或許他沒真的玩過八人划船賽，也或許到處扯點小謊，不過誰不是呢？我的重點是，巴肯的情報是最嚇人的胡說八道，這和你或我或這個大使館裡的任何人都絕對無關，可能只有年輕的安迪除外。」

•

史托蒙特在危機時刻的沉著冷靜絕非浪得虛名。他靜靜坐了一會兒，儘管很痛苦——長椅是柚木材質，他只稍微靠著一點背，尤其在這麼潮濕的天氣裡。他審視那一排乏善可陳的船隻，美洲大橋，舊城，和它在海灣對岸醜陋的摩登姊妹。他放下交疊的腿，又換個方式翹起來。他懷疑，基於某種尚未揭露的原因，他不知道自己是正在見證事業的結束，或是目睹另一個輪廓尚不明朗的新事業開端。

相反的，馬爾畢正沐浴在告解過後的輕鬆氣氛中。他靠著背，頎長得像山羊的頭顱靠著音樂台的一根鐵柱，聲調一派寬宏大量。

「我不知道，」他說，「你也不知道這些東西究竟是誰編出來的。是巴肯嗎？是巴肯太太嗎？還是情報下線——不管是誰——阿布瑞薩斯、多明哥、莎賓娜那個女人，還是在附近到處打轉的那個記者？叫泰迪還是什麼的？或者是安德魯自己搞的，其他全是假象？老天保佑他吧。他還年輕。他們可能是在愚弄他。另一方面，他腦筋動得很快，而且還很滑頭。不，不只如此，他根本從頭到尾爛透了，是個大渾蛋。」

「我以為你喜歡他。」

「喔，我是喜歡他，喜歡得不得了。我可沒作弊整他。很多人作弊，不過大多數作弊的人都是像我這種蹩腳的玩家。我的意思是，我認識一些作弊會道歉的傢伙，事實上我自己也道歉過好幾次。」他對著一對決定加入對話的大黃蝴蝶咧嘴，露出粗鄙的笑容。「但是你知道，安迪是贏家。作弊的贏家是渾蛋。他和佩蒂處得如何？」

「佩蒂很喜歡他。」

「噢，我的天哪，希望沒太過喜歡吧？他勾搭上法蘭了，請原諒我這麼說。」

「胡說！」史托蒙特憤然回答，「他們彼此幾乎都不講話。」

「因為他們暗地裡勾搭啊，已經搞上好幾個月，她好像完全失去理智了。」

「你怎麼可能知道？」

「親愛的小傢伙啊，你一定注意到了，我的眼睛根本離不開她。我觀察她的一舉一動，我跟蹤她。

我想她沒看見我，可是，當然了，我們盯梢的一定寧可被他們看見啦。她離開她的公寓到歐斯納德的公寓去，沒再出來。隔天早上，七點鐘，我捏造一封緊急電報，打電話到她的公寓去，沒人接。事情真是再清楚不過。」

「你什麼都沒對歐斯納德說？」

「幹嘛說？法蘭是天使，他是混蛋，我是色狼。我們有什麼可說的嗎？」

音樂台又開始滴滴答答，豪雨再次傾洩而下，他們得再多等幾分鐘，等太陽露面。

「那你打算怎麼做？」史托蒙特粗聲粗氣問道，擋開所有他拒絕問自己的問題。

「你是說做嗎，奈吉爾？」這才是史托蒙特記得的馬爾畢：枯燥、賣弄、冷淡。「做什麼？」

「巴肯、拉克斯摩爾。緘默反抗運動。學生。橋那端的人，不管他們是什麼人。歐斯納德。『巴肯純屬虛構』的事實。如果他是假的，那麼那些報告就是胡說八道，就像你所說的。」

「我親愛的傢伙啊，又沒有人要求我們做任何事，我們不過是為更崇高目標服務的人罷了。」

「可是，倫敦如果照單全收，而你又覺得那像賭骰子——」

馬爾畢傾前，就像他平常在辦公桌上傾前身子，指尖抵在一起，像是無聲的阻撓。「繼續啊。」

「——你要告訴他們。」史托蒙特不屈不撓地說。

「為什麼？」

「阻止他們誤入歧途啊，什麼事都可能發生。」

「可是，奈吉爾，我想我們已經有過共識，我們不是負責評估的人。」

一隻亮閃閃的橄欖色小鳥闖進了他們的領地，纏著要麵包屑。

「我沒有東西可以給你。」馬爾畢苦惱地說，「真的沒有。噢，該死！」他大叫，把手插進口袋，拍一拍，沒找出任何有用的東西。「等會兒，」他告訴小鳥，「明天再回來。不，後天，差不多這個時間。我們有位頭號間諜要蒞臨。」

•

「奈吉爾，這種情況下，我們在大使館裡的義務，是提供合乎邏輯的支持。」馬爾畢用嚴謹、公事公辦的語氣繼續說，「你同意嗎？」

「我想是的。」史托蒙特有點存疑。

「在協助確能發揮作用之處提供協助。提供喝采，鼓勵，讓理智冷靜。幫那些坐在火線座位上的減輕負擔。」

「駕駛座上的人，」史托蒙特心不在焉地說，「或是火線上，我想你大概是這個意思。」

「謝謝你。為什麼每回我想用個現代的修辭，卻總是辦不到？我猜我剛剛想到的是一輛坦克。古利佛的那種，用金條換的。」

「我想也是。」

馬爾畢的聲音凝聚力量，彷彿為了音樂台外的聽眾著想，然而那裡半個人都沒有。「我告訴倫敦，這是群策群力的事——我相信你會贊同——不管安德魯．歐斯納德有多少優點，他太缺乏經驗，無法掌管這麼大筆的錢，無論是現金或黃金。為了他，也為了接受者的公平起見，應該有個出納協助他。身為他的大使，我無私地自願擔起這份工作。倫敦了解箇中智慧。不論歐斯納德是否質疑，他都很難反對，尤其是因為我們——你和我，奈吉爾——會在適當時機接手緘默反抗運動與學生的聯絡工作。大家都知道，從祕密基金支出的錢很難查核，一旦進錯了口袋，也幾乎不可能追得回來。更重要的是，有你和我的照管，這筆錢一定能秉公管理。我要參贊處配備歐斯納德保險室裡那種款式的保險箱，可以將黃金——以及其他任何東西——存放在裡面，你和我可以共同保管鑰匙。歐斯納德要是決定他需要一大筆錢，他就得來找我們，陳述他的狀況。假設金額是在事前同意的額度之內，你和我就可以一起拿出現金，交到適當的人手裡。奈吉爾，你是個有錢的人嗎？」

「不是。」

「我也不是。離婚是不是把你搞得一窮二白？」

「是的。」

「我想也是。等輪到我的時候，情況也不會好到哪裡去。菲碧可不會輕易滿足。」他瞥了史托蒙特一眼，想獲得印證。但是史托蒙特的臉已經轉向太平洋，肅然毫無表情。

「人生就是這麼沒道理。」馬爾畢轉而用閒話家常的口吻說著，「我們是健康的中年人，有健康的嗜好。我們犯過一些錯，也勇敢面對，學到了教訓。在靠助行器走路之前，我們還有好幾年寶貴美妙的歲月。但是，只要一個小小意外就會毀掉我們完美的前景。我們破產了。」

史托蒙特的目光從海面移向遙遠島嶼上空如棉毛般的雲朵上。他彷彿在雲端看見了白雪，佩蒂的咳噉好了，愉快地在通往農舍的小徑上漫步，提著從村裡採買回來的東西。

「他們要我試探美國人。」他呆板地說。

「誰？」馬爾畢迅即反問。

「倫敦。」史托蒙特用相同平板的聲音說。

「為了什麼目的？」

「探聽他們知道多少，關於緘默反抗運動，學生，和日本人的祕密會晤。我要試試水溫，什麼都不透露；試探反應，挑起爭端。反正就是那些屁股安坐在倫敦的人會叫你做的蠢事。國務院和中情局顯然都沒看過歐斯納德的情資。我要去弄清楚，他們有沒有獨立的情報管道。」

「意思就是他們到底知不知道？」

「如果你喜歡，這樣說也行。」史托蒙特說。

馬爾畢很憤慨。「喔，我真討厭老美，他們老是希望每個人都和他們一樣，用興奮忙碌的腳步奔向毀滅。那得花上好幾百年才能做得正確無誤哪，看看我們。」

「假設老美什麼都不知道，假設還沒有人發現，或者全部都還不為人知。」

「假設根本沒有什麼可知道的，這個可能性高得多囉。」

「有部分可能是真的。」史托蒙特不屈不撓地仗義執言。

「破鐘每十二個小時也會說一次實話，若用這樣的標準來看，是的，我承認，可能有部分是真的。」馬爾畢不屑地說。

「先不管情報是真是假，假設老美也相信這些情報。」史托蒙特死不肯放棄，「如果你喜歡這麼想的話，就幫他們受騙了吧。倫敦也是。」

「哪一個倫敦？當然不是我們的倫敦。老美當然也不會相信。不會真正相信。他們的系統比我們好太多了。他們會證明那全是胡說八道，他們會謝謝我們，說他們會記下來，好好研究。」

史托蒙特拒絕讓步。「大家都不信任自己的系統。情報工作就像考試，你老是認為坐你隔壁的傢伙懂得比你多。」

「奈吉爾，」馬爾畢亮出職位權威，強硬地說，「請容我提醒你，我們不是負責評估的人。生命賜給我們的，是在工作中找到成就感的機會，為我們尊重的人服務。我們眼前是輝煌燦爛的前程。在這樣的情況下，棄權是一種罪行。」

史托蒙特仍然瞪著前方，但已沒有白雲提供慰藉，他只能正視自己的未來。佩蒂的咳嗽逐漸吞噬她，他們只負擔得起英國日益敗壞的醫療服務。提早退休到薩克森，靠著微薄的津貼過日子。他曾懷抱的每個夢想都逐漸遠去；而他曾經愛過的英國，也早已埋在九泉之下。

20.

他們躺在完工縫紉手的房間裡，在地板上，在那些原住民女人為她們從聖巴拉斯湧進來的表親姑姨叔伯所準備的一堆毯子上。他們的頭頂上掛著成排等著縫上釦眼的訂製西裝。天光是僅有的照明，城市的燈火輝煌使光線轉呈粉紅色。僅有的聲音是西班牙大道的車流聲，以及瑪塔在他耳邊如貓的低語。他們衣著整齊，她破碎的臉埋在他頸子邊。她顫抖著，潘戴爾也是。他們合而為一，一具冰冷、恐懼的屍體。他們是空房子裡的小孩。

「他們說你逃漏稅。」她說，「我告訴他們，你付稅了。『帳是我記的，所以這件事我清楚。』」她停下來，怕他可能想說什麼。但他什麼都沒說。「他們說你沒繳員工的保險費。我說：『我負責保險，保險費都繳了。』他們說我不該問問題，他們有我的檔案，我不該以為因為我被打過一次，就已經免疫了。」她挪動頭，靠著他。「我沒問任何問題。他們說我臥室牆上掛著卡斯楚和切．格瓦拉的照片，他們會記在我的檔案裡。他們說我又和激進學生混在一起。我說我沒有，這是真的。他們說你是間諜，說邁基也是間諜。他們說他酗酒只是一種手段，用來遮掩他是間諜的事實。他們瘋了。」

她說完了，但潘戴爾花了一些時間才意會，因此也遲了一晌才轉向她，用雙手撫著她貼在他胸口的臉頰，讓他們倆的面孔合而為一。

「他們有說是哪種間諜嗎？」

「還有其他種間諜嗎？」

「真實的那種。」

電話在響。

•

電話在他們頭頂上響起，在潘戴爾的一生裡，電話很少這麼響起。這部電話放在一個常讓他聯想到內臟的裝置上，但他想起那些原住民婦女靠電話為生，對著電話欣喜若狂，潸然淚下，緊緊抓著話筒，傾聽丈夫、愛人、父親、酋長、子女、工頭、和無數面對無解問題的親戚的每一句話。電話響了一會兒之後——若依他個人的獨斷判定，電話已響了一輩子，但在真實世界裡，只響了四聲——他注意到瑪塔已經不在懷裡，她站了起來，整裝扣好襯衫，準備接電話。她想知道他是在呢、還是不在。如果電話來得不是時候，她總會問這個問題。突然，他湧起一股頑強的脾氣，也站了起來，結果他們又貼得很近，和躺在一起時一樣。

「我在這裡，但妳不在。」他對著她耳朵說，語氣堅決。

沒有詭計，沒有裝模作樣：只有他發乎內心的保護之情。宛如小心提防似地，他讓自己站在瑪塔與電話之間，粉紅色的天光在頭頂閃耀——朦朧中有點點星光——電話不停響著，他凝神思索，想摸清它的目的。要先考慮最惡劣的威脅，歐斯納德在他們的訓練課程上提過。所以他思量再三，最惡劣的威脅似乎就是歐斯納德本人，所以他心想是歐斯納德。接著他想起大熊，然後想到警察。最後，因為一直惦記著她，所以他想到露伊莎。

但露伊莎並不是威脅。她是他很早以前所創造的受害者，她母親、父親，以及布瑞斯維特、班尼叔叔、慈惠姊妹會，以及所有創造他成為今天這個他的人全是幫兇。與其說她對他造成威脅，不如說她讓他想到，他們之間的關係本質上就有錯誤。他如此小心翼翼營造，卻依然誤入歧途，這就是個錯誤：我們不該營造關係，但如果不能這樣做，我們又能做什麼？

潘戴爾最後實在沒什麼人可想了，只好接起電話。但他拿起話筒時，瑪塔也抓住他的手，將他的指節貼在唇上，露出牙齒，迅捷、放心地輕輕咬嚙。她的姿態讓他有些激動。他將話筒貼在耳邊，挺直身子，用粗率、清晰、當然還帶著戲謔語氣的西班牙語開口說話，顯示他內心猶有掙扎，並非永遠順時應勢。

「這裡是潘戴爾與布瑞斯維特！有什麼可為您服務的嗎？」

如果他下意識裡想故作幽默風趣，以去除入侵者的敵意，那麼，很遺憾地並未成功，因為射擊已然開始。他的話還沒說完，第一發聲音就已經來到他身邊：一聲聲有規律、從容不迫、逐漸升高的爆炸聲，伴隨陣陣輕微的機關槍、手榴彈，以及跳彈短暫的勝利呼聲。有那麼一、兩秒，潘戴爾以為侵略行動又展開了；只是這一次，他已允諾在柯利羅區陪瑪塔，這也是她之所以親吻他的手的原因。接著，在開火的槍彈聲中，理所當然地出現了受害者的嗚咽，在暫時利用的庇護掩體裡迴盪。控訴，抗議，咒罵，索求，交雜著驚恐與憤怒，哀求上帝的寬恕補償。但慢慢地，所有聲音變成了一個，屬於安娜，邁基．阿布瑞薩斯的情人，瑪塔的童年好友，全巴拿馬唯一能容忍他、在他喝多了什麼亂七八糟東西嘔吐時為他清洗、為他聊天說地的女人。

從潘戴爾認出安娜聲音的那一刻起，他就知道她要說的是什麼。只是一如所有善說故事的人，她將最精采的部分留到了最後。這也是他為何沒將電話交給瑪塔，而是自己一直聽著的原因。他要自己的身體承受鞭撻，不要她受苦，不要像上次「釘耙」不准他制止他們毀碎她的臉。

•

如往常，安娜的獨白路繁徑多，潘戴爾需要一張地圖才能走得通。

「那甚至不是我父親的房子。我父親之所以心不甘情不願地借給我，是因為我撒了謊；我告訴他，我會和我的女性朋友艾絲特拉過去那兒，沒有其他人。艾絲特拉、我，還有瑪塔上的是同一所修女學校；那是個謊言，房子當然也不是邁基的，而是一個煙火工廠的領班所有，叫耐格拉．維耶加。巴拿馬所有節慶的煙火都是在瓜拉瑞製造的，但那是瓜拉瑞自己的節慶。我父親是那個領班的朋友，還是他結婚時的伴郎，那個領班說，我去阿魯巴度蜜月的時候來參加節慶，就住我的房子吧。可是我父親不喜歡煙火，所以他說我可以找人代替他，只要別是渾蛋邁基就好。所以我撒了謊，說我不會帶邁基過去，而是帶艾絲特拉，她是我在修女學校的朋友，現在是大衛市一個木材商的情人。在瓜拉瑞的五天裡，你可以看鬥牛、舞蹈和煙火，精彩得不得了，在巴拿馬其他地方、甚至全世界其他地方都看不到。可是我沒帶艾絲特拉，我帶了邁基，而且邁基真的需要我。他既害怕又沮喪，卻還快樂得不得了。他說警察全是笨蛋，威脅他，說他是英國間諜，就像諾瑞加時代一樣，全是因為他在牛津醉醺醺過了好幾個學期，還放話要在巴拿馬開英國俱樂部的緣故。」

安娜開始放聲大笑，潘戴爾只能靠著無比耐心拼湊出故事梗概，但是要旨非常清楚，就是說，她從沒見過邁基同時那麼興奮又那麼沮喪，一會兒落淚，一會兒狂野笑鬧。老天在上，是誰把他搞成這樣？又是老天在上，她要怎麼告訴她父親？誰要去清理牆壁、天花板？謝天謝地，地板鋪了瓷磚，而不是木頭地板，至少他還體貼地選在廚房動手，重新粉刷保守估計也要花上幾千塊錢，而且他父親是個嚴謹的天主教徒，對自殺和異端頗有定見。好吧，他是喝了酒，但誰不是呢？節慶期間，除了喝酒、跳舞、上床、看煙火，還能做什麼？她是在看煙火時聽到背後砰一響，不知他打哪兒弄來的。他身邊從來不帶手槍的，雖然他老是說要轟掉自己的腦袋。一定是在警察來找他，指控他是大間諜，提醒他上次蹲大牢的遭遇，還保證要讓他再嘗一回之後買的。雖然他現在已經不是個漂亮的小男生，那些老囚犯也不會來找他麻煩。她就只是尖叫，大笑，埋著頭，閉上眼睛，直到她轉身想看看是誰丟了炸彈還是什麼的，才看見那一團混亂。有些噴濺在她的新衣服上，而邁基自己則倒臥在地板上。

潘戴爾一直苦思，這具被轟爛的屍體是不是仰天正躺。他的朋友，他的牢友，巴拿馬緘默反抗運動永遠的領袖當選人。

他掛上話筒，侵略行動停止，受害者也不再怨聲連連。只有肅清工作還持續進行。他已經寫下瓜拉瑞的地址，用口袋裡那支2H鉛筆。線條細硬，但清晰易辨。接著他擔心瑪塔的錢，然後想起扣著鈕子的褲子右後口袋裡塞著一疊歐斯納德的五十元鈔票。他交給她，她也收下，但她很可能不知道該怎麼辦。

「是安娜。」他說，「邁基自殺了。」

她當然知道。她把臉貼在他的臉上，和他用同一隻耳朵聽電話，從一開始就認出她朋友的聲音。若不是因為潘戴爾和邁基的深厚友誼，她老早就從他手裡搶走話筒了。

「不是你的錯。」她語氣激昂，重覆說了好幾遍，想將這句話塞進他厚重的頭顱裡。「不管你有沒有罵他，他都會動手的，你聽見沒？他不需要藉口。他每天都在自殺。聽我說。」

「我在聽，我在聽。」

但他沒說：是，是我的錯，因為似乎無關緊要。

她接著開始發抖，像瘧疾患者；如果潘戴爾沒抱住她，她會像邁基一樣倒臥在地板上。

「我要妳明天到邁阿密去，」他想起拉菲．多明哥曾對他提過的一家飯店，「住進大灣飯店。飯店在椰林，他們有很棒的自助午餐。」愚蠢地補上一句。退路，歐斯納德教過他的，「如果妳無法入住，就問飯店總管，看妳可不可以用那個地址收信。他們是好人。報拉菲的名字。」

「不是你的錯。」她又說了一遍，開始落淚。「他們在牢裡把他打得太慘了。他是個孩子。你可以打大人，不可以打小孩。他很胖，他的皮膚很敏感。」

「我知道，」潘戴爾贊同，「我們都是，我們不應該這樣折磨彼此，沒有人應該。」

但是他的注意力已在那排等待完工的西裝上巡行，因為其中最大、也最醒目的一套，就是邁基多配了一條褲子的犬牙紋羊駝呢西裝。他說會讓他看起來比實際年齡顯老的那一套。

「我和你一起去，」她說，「我可以幫你忙。我會照顧安娜。」

他搖搖頭。用力地搖。他抓住她的手臂，又搖搖頭。我背叛了他，妳沒有。我把他塑造成領袖，雖然妳叫我別這麼做。他想開口說出這些話，但他的臉一定已經說了，因為她抽開身，掙扎著離開他，彷彿不願見到眼前的事。

「瑪塔，妳在聽嗎？聽我說，別再這樣瞪我。」

「好。」她說。

「謝謝那些學生和所有的事，」他不放棄，「謝謝一切。謝謝，我很抱歉。」

「你需要手槍。」她將一百元遞還給他。

他們站在那裡，鈔票在兩人手裡來去。他們的世界走到盡頭了。

「不必謝我。」她對他說，用的是堅定、追憶的口吻。「我愛你，其他事情都無關緊要，就算是邁基也一樣。」

似乎已想清楚了，因為她的身體放鬆下來，愛意又重回她眼底。

同一個晚上，同一個時間，在英國大使館，巴拿馬市馬貝拉區卡列路五十三號，成員擴增的巴肯小組緊急召開的會議已經進行了一個小時。雖然置身在歐斯納德位於東翼的這間無風、無窗的陰鬱小房間裡，法蘭嘉斯卡．汀恩不斷提醒自己，世界的常規並未改變，房間外的時間就和裡面的一樣，不管我們是不是正以最冷靜、最合理的方式，密謀策畫武裝與金援名為「緘默反抗運動」的極機密巴拿馬統治階級異議分子，鼓勵與號召好戰學生推翻巴拿馬合法政府，設置臨時管理委員會，把運河從東—南陰謀的掌控中奪回來。

祕密會議裡的男人進入一種變化狀態，身為在場的唯一女性，法蘭仔細觀察擠在這張過小的桌子旁的臉，思索著。變化就在肩膀，看他們的肩膀如何僵硬地縮緊在脖子旁。變化就在他們下巴旁的肌肉，在快速轉動、貪求無饜的眼睛旁那圈骯髒的陰影裡。我是一屋子白人裡唯一的黑人。她的眼睛迅速掠過歐斯納德身上，卻視而不見。她想起第三家賭場的一個女發牌員的臉：所以妳是他的女人囉，那張臉說，我要告訴妳一些事，親愛的。妳的男人和我幹的勾當，妳連在妳最齷齪的夢裡都想像不到。

祕密會議裡的男人把妳當成是他們從水深火熱之中拯救回來的女人，她這麼想。不論他們對妳做了什麼，他們都期望妳認為他們是完美的。我應該站在他們農場的門階上。我應該穿著白色長洋裝，懷裡抱著他們的孩子，揮手送他們上戰場。我應該說：哈囉，我是法蘭，我是你們勝利歸來之後的優勝獎品。祕密會議裡的男人急躁不安有罪惡感，在低垂的白色燈光下無所遁形。還有一個怪異的灰色鐵櫃，站在玩具般的組裝工具腳架上嗡嗡作響，像個站在梯子上的油漆匠，哼著不成調的歌，防範隔牆有耳偷聽我們說話。祕密會議裡的男人散發著一種不同的氣味。他們是發情的男人。

•

法蘭和他們同樣興奮，雖然她的興奮讓她顯得很可疑，而那些男人們的興奮卻讓他們勃起，直指向更為惡狠的上帝，即使此刻的上帝是蓄鬍子的梅洛斯先生。他像個緊張兮兮獨自用餐的人，窩在離法蘭最遠的桌子彼端，一直以他飽滿的蘇格蘭腔稱出席者「各位閒生」——好像法蘭只有今晚被拔擢晉升到男士天地似的。他無法相信，各位閒生，他說，他已經二十個小時沒闔眼了！然而他斷言自己還能再多撐二十個小時。

「我沒有辦法完全說明，各位閒生，女王陛下政府最高層所進行的這項行動，對於國家，呃，以及地緣政治，多麼具有重要性。」他再三向他們保證，一面討論著幾個小問題，例如達黎安雨林適不適合用來藏匿數千把半自動來福槍，或者，我們應該考慮更接近家與辦公室中間點的地方？男人們陶醉在這些話裡，將這一切全吞下肚，因為這些話雖然駭人，卻是祕密的，所以也就沒有什麼駭人之處了。刮掉他那蠢兮兮的蘇格蘭小鬍子吧，她建議他們，趕他走吧，剝掉他的褲子，讓他在開往白蒂雅的公車上全部再說一遍，然後看你們同不同意任何一字一句。

可是他們沒趕他出去，也沒脫他褲子。他們相信他，讚佩他，溺愛他。比方說，看看馬爾畢吧！她的馬爾畢——她那邪氣、有趣、愛賣弄學問、聰明、已婚、不快樂的大使，在計程車上不安全，在迴廊裡不安全，一個擊敗所有懷疑論者的終極懷疑論者。他讓她思考，然而他還是大叫老天哪，她真是漂亮！就在她跳進他的游泳池時：馬爾畢，像個百依百順的學童坐在梅洛斯右手邊，假意傻笑，堆出甜言蜜語的鼓勵，頎長彎曲的頭不斷前點後仰，活像小酒館裡那些埋首骯髒的塑膠馬克杯的喝水小鳥，還促綳著一張臉的奈吉爾．史托蒙特附和他。

「你也同意吧，對嗎，奈吉爾？」馬爾畢喊道，「是啊，他同意，很好，梅洛斯。」

或者，「我們給他們金子，他們再透過古利佛買槍，這比直接把槍供應給他們簡單得多——同意吧，奈吉爾？——是吧，古利佛？——很好，梅洛斯。」

或者，「不，不，不，梅洛斯先生，謝謝你，不需要多餘人手，奈吉爾和我就抵得上一個小陰謀家，對吧，奈吉爾？而且古利佛很清楚那些老把戲，在朋友之間來幾百個反人事部門的地雷，呃，古利佛？伯明罕製造，你打不敗他們的。」

古利佛吃吃傻笑，用手帕拍打鬍鬚。梅洛斯翻起眼睛望向天堂，讓自己看不見自己做的事；一張看似購物清單的東西推過桌子給他，他貪求若渴地記在訂購簿上。

「部長最衷心的支持。」他低聲說，意思是：別怪我。

「我們唯一的問題是，梅洛斯，把知情的人控制在絕對最小的範圍內。」馬爾畢強調，「意思是，把每個可能陰錯陽差發現到的人逮進來，例如年輕的西蒙。」——斜睨一眼西蒙．皮特，他就坐在古利佛旁邊，像罹患了彈震症動也不動——「威脅他們，如果膽敢輕易洩露半個字，就讓他們終生服勞役。

對吧，西蒙？對吧？對吧？」

「對。」備受折磨的西蒙同意。

這是個不一樣的馬爾畢，法蘭從未見過，但不時揣測他可能有這種面貌，因為他的能力被如此壓抑，如此不受重用。以及一個不一樣的史托蒙特，每回一開口就皺起眉頭，凝望空無，無論馬爾畢說什麼都贊同。

還有一個不一樣的安迪？或者，他以前就是這樣的調調，只是我此刻才了解？

偷偷摸摸地，她讓自己的目光凝止在他身上。

•

有所改變的人。沒變得更大，更胖，或更瘦，只是更遠。事實上，因為如此之遠，以至於她隔著桌子幾乎認不出他來。此刻她明瞭了，早在賭場時他就已經開始離去，並隨著梅洛斯即將抵達的戲劇性消息加快速度。

「誰需要那個小渾蛋？」他憤怒地問她，彷彿要她負起召來這個卑鄙小人的責任。「巴肯不會見他的，巴肯二號也不會見他，她甚至連我都不肯見哪。他們沒有人會見他，我早就告訴過他了。」

「那就再告訴他一遍啊。」

「這是我該死的勢力範圍，不是他的。是我該死的行動，這和他有什麼他媽的關係？」

「你可不可以別對著我說髒話？安迪，他是你老闆，是他派你來到這裡，又不是我。地區主管有權來探視他們的手下，就算在你們情報單位也一樣，我猜。」

「鬼話連篇！」他回嘴。她意會過來之後的第一件事，是平靜地收拾自己的東西，安迪要她確定浴室裡沒留下任何齷齪的毛髮。

「為什麼這麼怕他發現？」她追問，冷若冰霜。「他又不是你的愛人，對吧？你又沒立誓守貞不是嗎？對不對？所以你在這裡有個女人，又有什麼不對？那又不一定是我。」

「不，是不一定。」

「安迪！」

他表現出懺悔的神情，短暫且粗魯。

「不想被人家刺探，就這樣！」他沉著臉。

可是當她對這個好笑的笑話放聲大笑時，他一把抓起她放在床頭櫃上的車鑰匙，強塞進她手掌，把她連人帶行李一起送進電梯。他們一整天都躲著彼此，直到此刻，他們被迫隔著桌子，坐在這間陰鬱的白色牢房裡。安迪沉著臉，法蘭抿緊唇，對著陌生人保持微笑——令她暗暗憤怒的是，這個人竟然在奉承安迪，用所能想像得到最噁心的方式迎合他：

「那麼，安德魯，你覺得這些提案有道理嗎？」梅洛斯舔舔牙齒，不死心地問，「快說啊，年輕的歐斯納德先生，這是你的成就，老天爺！你是掌控大局的人，是巨星哪——除了在座的大使閣下之外。外勤人員——在前線耶，我的天哪——能掙脫煩死人的行政體系，真是再好不過了。安德魯，坦白告訴我們吧？在這張桌子上，沒有人想貶抑你足為典範的表現哪。」

面對感性的表白，馬爾畢表達由衷的支持。幾秒鐘之後，不太由衷的史托蒙特也表示贊同——問題的重點在於，用雙鑰系統管理緘默反抗運動的財務；大家都同意，這個工作最好交給較資深的官員。

能從肩頭卸下沉重的負擔，安迪為何還這麼沮喪？他為什麼不感激馬爾畢與史托蒙特急著把這個工作從他手裡接過去呢？

「隨便你們。」他沒好氣地嘟噥著，斜眼瞄了一下馬爾畢，又回到深沉的陰鬱裡。

問題來了。要如何說服阿布瑞薩斯、多明哥和其他緘默反抗運動者直接和馬爾畢與史托蒙特接洽財務與後勤事宜呢？安迪幾乎完全控制不住怒氣。

「你們既然要管，何不把整個活見鬼的網絡全拿去？」他爆發開來，面紅耳赤。「一週五天，趁著辦公時間在參贊處管理間諜網嘛，一定能做得很好的，請便！」

「安德魯，安德魯，好啦，別說重話，拜託。」梅洛斯大叫，嘰嘰咕咕像隻蘇格蘭老母雞。「安德魯，我們是一個團隊不是嗎？我們要提供的只是幫手——睿智老手的忠告——能對操作高明的行動發揮穩定影響力。是不是啊，大使？」舔舔牙，煩心的父親哀傷皺眉，撫慰的口吻變成懇求。「這些反抗運動的傢伙，他們要價很狠哪，安德魯。我們得馬上做出很多有拘束力的保證，草率的決定可能造成嚴重的後果。安德魯，對你這樣年紀的人來說，那太深不可測了，最好把這些事留給那些世故、有能力的人。」

安迪沉著臉。史托蒙特凝視著他的虛空。可是，天哪，親愛的馬爾畢覺得他不得不補上幾句安慰的話。

「我親愛的小傢伙啊，你總不能永遠抓著這個把戲不放吧，對不對，奈吉爾？在我的大使館裡大家平均分攤——對吧，奈吉爾？沒有人要從你身邊搶走你的間諜，你還是有你的網絡要照料——聽簡報，下指令，付錢，諸如此類。我們要的只是你的反抗運動，這再公平不過了吧？」

可是安迪仍然拒絕接受禮貌伸向他的手，這讓法蘭很難堪。他閃爍的小眼睛轉向馬爾畢，接著轉到史托蒙特身上，然後又回到馬爾畢身上。他喃喃低語，沒有人聽見他說什麼。或許這樣也好。他苦澀地咧嘴一笑，自顧自地點頭，像遭人殘忍詐。

最後的象徵性儀式仍然持續進行。梅洛斯站了起來，俯身探向桌子下，拿出兩個女王陛下信使攜帶的那種黑色皮製肩背包，一肩背一個。

「安德魯，請為我們打開保險室。」他下令。

此時，所有的人全都站了起來。法蘭也起身。謝伯德走向保險室，用一根長長的銅鑰匙打開鐵柵，往後推，露出一扇中央有黑色轉盤的厚重鐵門。梅洛斯一頷首，安迪踏步向前，露出強自壓抑的惡毒神情。法蘭很慶幸自己在此之前從沒見過這等表情。他帶著這樣的表情旋轉轉盤，直到打開鎖。即使到了此時，安迪還要等馬爾畢說出一句鼓勵的話，才肯把門往後拉，故作矯情地一鞠躬，邀請他的大使和首席參贊在他前面進去。仍然站在桌邊的法蘭辨識出一個有兩個鎖孔的保險箱，就在一部形似改裝吸塵器的超大型紅色電話旁。她的父親，那位法官，在他的起居室裡也有一個像這樣的保險箱。

「一次一個。」她聽見梅洛斯輕佻地尖聲叫道。

有那麼一瞬間，法蘭置身在舊日學校的教堂裡，跪在前排，望著一群英俊的年輕神父貞潔地背對著她，興奮地忙東忙西，為她的第一次聖餐儀式做準備。視野慢慢變得清晰。她看見安迪在梅洛斯父親般的眼光下，呈獻給馬爾畢與史托蒙特各一把鍍銀的長柄鑰匙。這是一場安迪無緣分享的英國式娛樂。他們兩人各自試了對方的鎖孔，直到馬爾畢愉快大叫「開啦」之後，保險箱門才應聲打開。

但是法蘭此時已經不再看著保險箱了，她的目光全凝注在安迪身上。而安迪瞪著金條，看著梅洛斯從他的黑色肩背包裡取出一條接著一條，交給謝伯德，像堆「疊疊樂」般縱橫交錯堆疊起來。安迪那張鬆垮的臉最後一次令她著魔，因為那張臉對她說了他所有的事，包括她想知道與不想知道的。她知道他被逮到了，她很敏銳地察覺他被逮到了。雖然她弄不清楚，那些逮到他的人到底知不知道他們做了什麼。她知道他是個騙子，無論他的職業有沒有詐騙執照。她知道他押在紅色上面的五千塊錢是從哪裡來的，就是眼前敞開大門的這個地方。她完全理解為什麼被迫交出鑰匙會讓他這麼生氣。法蘭無法再看下去，部分原因是她的眼睛已經因為羞辱與厭惡而蒙上一層水霧，另一部分則是因為身形醜怪的馬爾畢正帶著海盜似的獰笑，欺近她身邊，問他若是帶她到帕佛．里奧吃水煮蛋，她會不會覺得太過冒犯。

「菲碧決定離開我了，」他驕傲地解釋，「我們馬上就要離婚，奈吉爾鼓起勇氣開導她。如果是我開的口，她說什麼都不會相信。」

法蘭一晌後才回答，因為她的第一個直覺是毛骨悚然，說不，很謝謝你。可是她再細想，才知道自己已然了解了很多幾個月前就該了解的事。也就是說，好幾個月以來，馬爾畢對她的付出一直讓她很感動；生命中有個男人如此絕望地渴求她，也讓她很感激。馬爾畢對她溫馴的寵愛，成為無價的支持泉源。因為她苦苦搏鬥卻心知肚明，和自己分享生活的，是個肆無忌憚、沒有羞恥心、一開始很吸引她、此刻卻讓她望而生畏的人；那個人之所以對她有興趣，不過是因為唾手可得及肉慾；而那個人對她的影響，竟是讓她油然生出渴望，渴望著她這位大使踽踽行來的熱誠奉獻。

因此，她理所當然地得出結論。法蘭確信，這是好長一段時間以來，她首度覺得這麼欣然接受邀請。

•

瑪塔駝著背，坐在完工縫紉手的工作椅上，低頭望著他遞給她的那一疊鈔票，心想：他的朋友邁基死了，他相信是他殺了邁基。也許的確是他，警察在監視他，但他要我坐在邁阿密的海灘上，在大灣飯店吃自助午餐，買衣服，等著他來。快快樂樂，相信他，曬黑一點，整一下容。如果可以，也釣個小夥子，因為他會喜歡我有個英俊的小夥子，一個哈瑞．潘戴爾的代理人，在他還保持對露伊莎的忠貞時，替他與我做愛。他就是這樣的人，你或許可說他複雜，也或許可說他單純。哈瑞對每個人都懷有夢想。他替我們夢想我們的生活，但是每回都出差錯。因為第一，我不想離開巴拿馬，我想留在這裡，替他向警方撒謊，坐在他身邊，就像他坐在我身邊，找出他到底哪裡出了差錯，想辦法解決。我想告訴他，站起來，繞著房間走，因為你要是一直躺著，想得到的就只是再挨另一頓打；但是你要是站起來，就會再次成為英勇之士。這是他用來形容高貴的詞彙。第二，我無法離開巴拿馬，因為警察拿走了我的護照，好鼓勵我監視他。

七千塊錢。

她藉著頭頂上的天光，在工作檯上數錢。從他後口袋抽出來的七千塊錢，在他聽到邁基死訊時推到了她跟前，像一筆封口費——這裡，拿去吧，這是歐斯納德的錢，猶大的錢，邁基的錢，現在是妳的。一般人會認為，如果任何人打算做哈瑞要做的事，必然會將錢放在自己口袋裡，以備萬一。付給葬儀社的錢。付給警察的錢。付給情人的錢。但是，哈瑞幾乎是一放下電話就從後褲袋掏出這疊鈔票，想把每一分髒錢都丟掉。他從哪裡弄來的？警察問她。

「妳又不笨，瑪塔。妳能讀，能寫，能做炸彈，惹麻煩，帶隊遊行。他的錢是誰給的？是阿布瑞薩斯給他的嗎？他替阿布瑞薩斯工作，而阿布瑞薩斯替英國工作嗎？他拿什麼回報阿布瑞薩斯？」

「我不知道，我老闆什麼也沒告訴我。滾出我的公寓。」

「他幹妳，對不對？」

「沒，他沒幹我。他來看我，因為我頭痛和嘔吐發作。他是我的老闆，我被打的時候他和我在一起。他是個體貼的人，婚姻幸福。」

沒，他沒幹我，這至少是事實，雖然她告訴他們這個寶貴的事實，要付出比其他任何輕易捏造的謊言更大的代價。沒，警官，他沒幹我。沒，警官，我沒要他這麼做。我們躺在我床上，我把手放在他火熱的胯部，但只在外面。他把手放進我的襯衫底下，但他只許自己碰一邊的胸部，儘管他知道，只要他願意，隨時都可以擁有全部的我，因為他早已擁有。但是他有罪惡感，他的罪惡感比他的罪孽更深重。

我說故事給他聽，說如果回到他們用棍棒打壞我的臉之前的日子，我們還年輕，而且勇敢，我們會是什麼樣的人。那就是愛。

瑪塔的頭又開始抽動，她覺得噁心。她站了起來，雙手捧著錢，無法在原住民婦女的工作室裡多待一分鐘。她走過迴廊，直到她辦公室門口，像個距今千年之後的導遊，站在門檻上往裡望，給自己下評論：

這是混血的瑪塔坐著替裁縫師潘戴爾記帳的地方。那邊的架子上，你們可以看到社會學與歷史的書，那是瑪塔利用空閒時間研讀，好提高她的社會地位，並且實現她那位木匠父親的夢想。潘戴爾是自學出身的裁縫，很希望所有員工都能發展他們最大的潛能，尤其是這位混血瑪塔。這裡是廚房，瑪塔在這裡做她有名的三明治。談到瑪塔的三明治，巴拿馬所有顯赫人士無不屏息以待，包括那位自殺身亡的知名間諜邁基．阿布瑞薩斯。鮪魚是她最拿手的口味。在她內心深處，她恨不得把他們全都毒死，除了邁基和她的老闆潘戴爾之外。書桌後面的角落裡，我們看到一九八九年裁縫師潘戴爾首次關上門，無法自己地把瑪塔擁入懷中，宣誓永垂不朽之愛的地方。裁縫師潘戴爾提議上賓館，但瑪塔寧可帶他到她的公寓。就在開車過去的途中，瑪塔臉部受到重傷，留下永遠無法消彌的傷痕。當時還是學生的阿布瑞薩斯收買了懦弱的醫生，卻在她臉上留下永遠揮之不去的印記——那個醫生太害怕失去優渥的行醫生涯，因此無法讓手保持穩定。同樣是這一個醫生，事後很聰明地舉發了阿布瑞薩斯，導致他後來的自我毀滅。

瑪塔如行屍走肉般關上門，繼續沿著迴廊走到潘戴爾的裁剪室。我要把錢留在他的左上抽屜裡。門半開，房裡的燈光大亮。瑪塔並不意外。不久前，她的哈瑞還是個一絲不苟得超乎尋常的人。但是最近幾個星期以來，他過多的不同生活之間已然出現過多裂縫。她推開門。我們現在是在裁縫師潘戴爾的裁剪室，他的顧客和員工都知道，這裡是聖地中的聖地，沒有敲門或是他不在的時候，沒有人可以進來——當然了，他太太露伊莎除外。她這會兒正戴著眼鏡，坐在她丈夫的書桌旁，手邊一大疊他的筆記本，還有好幾支鉛筆和一本訂單簿。她面前有一罐殺蠅劑，底部已經打開。她把玩著哈瑞說是有錢的阿拉伯客人送給他的華麗打火機，只是Ｐ＆Ｂ的帳單裡並沒有富有的阿拉伯人。

•

她穿著一件紅色薄棉家常洋裝，裡頭顯然什麼也沒有。因為她一傾身，胸部就一覽無遺。她喀噠喀噠地玩著打火機，打火，熄滅，透過火燄，對著瑪塔微笑。

「我老公人呢？」露伊莎問。

喀噠。

「他去瓜拉瑞了。」瑪塔回答，「邁基·阿布瑞薩斯在看煙火時自殺了。」

「真遺憾。」

「我也這麼覺得。妳丈夫也是。」

「但這也不算太出乎意料。這五年來，我們一直提防他出事。」露伊莎很理智地指出。

喀噠。

「他嚇壞了。」瑪塔說。

「邁基？」

「妳丈夫。」瑪塔說。

「為什麼我老公把歐斯納德先生的西裝特別登記在另一本發票本上？」

喀噠。

「我不知道。我也很疑惑。」瑪塔說。

「妳是他的情婦嗎？」

「不是。」

喀噠。

「他有情婦嗎？」

喀噠。

「沒有。」

「妳手上的錢是他的嗎？」

「是的。」

「為什麼？」

喀噠。

「他給我的。」瑪塔說。

「為了幹妳？」

「為了保管。他聽到消息的時候，口袋裡剛好裝著這筆錢。」

「錢打哪兒來的？」

喀噠，火光閃起，那火離露伊莎左眼如此之近，讓瑪塔不禁懷疑，為何她的眉毛沒著火，連那件紅色薄洋裝一起燒掉。

「他愛上別人了嗎？」

「是的。」

「誰？」

「我。」

她正查看一張紙。「這是歐斯納德先生正確的地址嗎？海苑？白蒂雅角？」

喀噠。

「是的。」瑪塔回答。

對話結束了，但瑪塔一開始還沒意會過來，因為露伊莎繼續玩著打火機，對著火燄微笑。打火機又喀噠響了好幾聲，看了好幾遍微笑，瑪塔才突然想到露伊莎喝醉了，像她哥哥以前覺得生命太過沉重時的那種酒醉。不是高聲喧嘩的酒醉，不是步履搖晃的酒醉，而是腦筋清楚、眼光透澈的那種酒醉。即使醉酒，所有她想藉著喝酒忘卻的事情依舊還在腦袋裡。而且，她的家常洋裝底下，一絲不掛。

21.

同一天清晨，一點二十分，歐斯納德的大門門鈴響起。過去一個小時，他一直保持清醒狀態。起初，他還為自己的挫敗而憤怒，直想用暴力的方式讓自己擺脫他可惡的客人：縱身跳下陽台，撞碎十幾層樓下的聯合俱樂部屋頂，毀了每一個人的夜晚，讓他自己淹進水裡，把瓊伊液[1]加進他的威士忌——「呃，好，安德魯，如果你堅持。但只能一點點，要是你喜歡的話。」——邊吐氣邊舔舔牙齒。他的怒氣不只針對拉克斯摩爾：

馬爾畢！我的大使和高爾夫球伴，老天爺啊！女王陛下該死的代表，英國外交部該死的明日黃花，騙得我團團轉，簡直是郎中！

史托蒙特！正直的靈魂，天生的輸家，最後一個清白的人，馬爾畢忠心耿耿、老是胃痛的獅子狗，在我們的大主教拉克斯摩爾祝福他倆時，慫恿他的主子點頭稱是！

這是陰謀，還是示威？歐斯納德自問，一次又一次。馬爾畢說「平均分攤」和「你總不能永遠抓著這個把戲不放」時，是不是偷偷眨了一下眼睛？馬爾畢，這個滿臉假笑的假道學，把手指伸進收銀機？

1 Jeyes Fluid，一種多用途的清潔劑。

渾蛋永遠不知道怎麼做，忘了吧。在某種程度上，歐斯納德也的確是忘了。天生的務實主義再次占了上風，他拋開復仇念頭，專心思索如何挽救他龐大企業的殘餘部分。他告訴自己，船破洞了，但沒沉。我仍然是巴肯的發餉官。馬爾畢說的沒錯。

「長官，想來點不一樣的，還是只要麥芽酒？」

「安德魯，拜託，我求求你，蘇格蘭威士忌，如果你不介意的話。」

「我盡量。」歐斯納德答應，穿過法式門，從餐廳的餐具櫃上給他倒了一杯工業分量的麥芽威士忌，而後再端回陽台。時差，威士忌和失眠遲早會毀了拉克斯摩爾。他暗下斷言，冷靜地審視著他主子半癱在他面前涼椅上的身影。還有濕氣——那件法藍絨襯衫全濕透了，串串汗水淌下額頭。還有他的恐懼，深入敵人領土，沒有老婆照顧——只要突如其來的腳步聲、警車或猥褻的叫罵聲劃破白蒂雅角金玉其外的峽谷、襲向他們時，那雙疑神疑鬼的眼睛就會瑟縮、退卻。天空清澄如水，撒滿細碎星辰。向來罕方便盜獵者行動的月亮，在運河口排列如弓的船隻間刻下一道光徑。但海上沒有吹來絲毫微風，向來罕有。

「長官，你問過我，總部能做點什麼，好讓情報站的生活好過一點。」歐斯納德怯怯地提醒拉克斯摩爾。

「我問過嗎？安德魯？喔，我可真該死啊。」拉克斯摩爾搖搖晃晃地坐起來。「衝鋒陷陣啊，安德魯，衝鋒陷陣。雖然我很高興看到你在這裡幹得這麼出色。」他補上一句，並不全然是高興；他古怪地揮動手臂，似乎想把景觀與宏偉的公寓盡攬入懷。「請注意，別以為我是在批評你。我為你乾杯，敬你的膽識，你的年輕，我們全都佩服不已的才華。祝你健康！」咕嚕。「安德魯，你面前有偉大的前程，我會說，那是比我那個年頭還要來得輕鬆的時代。一張更舒服的床。你知道這在家鄉要花多少錢嗎？如果付一張二十鎊鈔票還能找回零錢，你就該偷笑囉。」

「這棟安全公寓是我向你報備過的，長官。」歐斯納德提醒他，像個憂心忡忡的繼承人在臨終父親的床邊。「這棟房子讓我們省下到愛情賓館或飯店會面的時間。我想，或許舊城區某處地產能讓我們有比較大的行動範圍。」

但是拉克斯摩爾只忙著傳送，而非接收。「今天晚上那些衣冠楚楚的人支持你的樣子，安德魯，我的天哪，很少看到他們這麼大方地尊敬比他們年輕的人。等這件事告一段落，你一定能弄到一枚動章。河對岸某位嬌小的女士一定會覺得必須表達她的感激之意。」

一片靜寂，他迷惑地凝望海灣，彷彿誤以為那是泰晤士河。

「安德魯！」——他陡然清醒。

「長官？」

「史托蒙特那傢伙。」

「他怎麼了？」

「在馬德里出過大紕漏。他搞上一個女人，交際花，還娶了她，如果我沒記錯。要留意他。」

「我會的。」

「還有她，安德魯。」

「我會的。」

「你有女人嗎？」──輕浮地環顧四周，沙發下，窗簾後，很機警的樣子。「沒有藏個火熱的拉丁女人？別回答，再祝你健康，好好留住她，聰明的傢伙。」

「其實我一直有點忙，長官。」歐斯納德露出悲哀的微笑坦承，但他拒絕放棄，他想把事情印進拉克斯摩爾日後的潛意識記憶中。「只是我的看法，你知道，在完美的世界裡，我們應該弄兩間安全房舍。一間供情報網用，顯然就是我獨力負擔的責任，開曼群島控股公司是最好的答案──而另一間房子──在極為有限、有需要者才能知道的基礎上使用，並且在形式上更具代表性──則提供給阿布瑞薩斯的團隊，而且最終提供給學生──這是先假設我們可以在不需要中介者的情況下進行，但現階段我還很懷疑。我在想，這間可能也由我負責──包括購買啦，交涉啦──就算到最後是專門交由大使和史托蒙特使用也無所謂。不過老實說，我不認為他們有我專業，我們不必冒這種風險。我想聽聽你的看法，當然，不是現在，以後再說。」

遲遲發出的一聲舔牙齒聲音，讓歐斯納德知道他的地區主管還在身邊，即使只有一會兒。歐斯納德探出手，從拉克斯摩爾手裡取走空酒杯，放在陶桌上。

「那麼，長官，你覺得怎麼樣？一間像這樣的公寓給反抗運動──時髦，匿名，在金融區附近，沒人需要離開他們的活動領域一步──第二間公寓在舊城區，雙頭控制。」他已經想了一段時間，想踏上巴拿馬房地產起飛的梯子。「基本上，你在舊城裡什麼都買得到。最重要的是地點，地點，地點。現在一棟改裝過的好房子──雙層，建築師設計──大約五萬塊可以買得到。房子種類很多，你也可以買個頂級的十二間房宅邸，有花園、後門、海景──你如果出價五十萬，肯定會被他們砍掉一條手臂。幾年之後，只要沒有人像托利荷斯做出那麼驚世駭俗的事，你可以賺回一倍的錢──托利荷斯很憤怒地把舊聯合俱樂部建築改成其他階級俱樂部，只因為俱樂部拒絕讓他成為會員。在我們一頭栽進去之前，最好先補充一下新資料，這個我可以處理。」

「安德魯！」

「在。」

舔舔牙齒。眼睛閉著，又突然睜開。

「呃，告訴我，安德魯。」

「我盡量，蘇格蘭佬。」

拉克斯摩爾轉動他留著鬍子的頭，直到面對他的下屬。「那個很正點的薩克遜女孩很惹人喜愛，有雙勾魂眼睛，今晚讓我們的小小聚會蓬蓽生輝的那個──」

「嗯，長官？」

「她會是我年輕時稱作惹事精的那種女孩嗎，有任何可能嗎？因為我好像看到有個年輕姑娘需要堂堂七呎之軀的安德魯無所不在地關心她哪！像對上帝的愛！這麼晚的時間會是哪個天殺的啊？」

拉克斯摩爾開給法蘭的藥方沒說完全。大門的門鈴叮咚響，然後是沒完沒了的一長聲。拉克斯摩爾像隻害怕的老鼠，和他的鬍子一起退縮到安樂椅最遠的角落裡。

訓練教官對歐斯納德邪惡技巧素質的讚賞不是沒有道理的。幾杯麥芽威士忌下肚，他的反應能力不但絲毫未減，甚至還因預期必然會和法蘭有所爭執的心理，因而更加敏銳幾分。如果她來獻吻求和，那麼她就挑錯男人，也挑錯時間了。這會兒他打算告訴她的，就只有一個簡單明瞭的盎格魯薩克遜字眼。然後她就可以滾開，別纏著他的門鈴不放。

歐斯納德沒來由地指示拉克斯摩爾留在原位，悄悄橫過餐廳走到玄關，一路關上經過的門，然後將一隻眼睛貼在大門的魚眼窺孔。鏡片上凝結一層霧氣，他從口袋裡掏出手帕，將他這一面擦乾淨。一隻朦朧的眼睛出現，性別不明，回望著他，而門鈴依舊像火警似地響不停。接著，那隻眼睛後退離開了窺孔，他認出了露伊莎．潘戴爾，身上除了角框眼鏡，其他幾乎什麼都沒有。她單腳站著，一面脫下鞋，準備用來敲門。

•

露伊莎不記得哪一根是壓垮駱駝的最後一根稻草，她也不在乎。從壁球場回到空蕩蕩的家，孩子們到盧德家過夜。她把拉蒙列為全巴拿馬最不可理喻的人，也反對他們接近他。倒不是因為拉蒙痛恨女人，而是他暗示他比她更了解哈瑞的那種樣子，而且他知道的全是壞事。還有，像哈瑞一樣，只要她一提到稻米農莊，他就閉嘴不說話，儘管買農莊的錢是她的。

但這些和她從壁球場回家時的感覺全都無關，也不是她發現自己沒來由掉眼淚的原因，尤其是這十年來，她大有理由可哭，卻從來不哭。所以她認為，自己之所以會有如此反應，是絕望累積的結果，再加上她在球場沖澡前因為想喝而喝下的那一大杯加冰伏特加的緣故。沖澡後，她看著自己的裸體，整個六呎高的身軀投映在浴室鏡子裡。

客觀一點。暫時忘記我的身高，忘記我美麗的姊姊艾米莉，忘記她的金色長髮，她像《花花公子》跨頁女郎那迷倒眾生的屁股和乳房，也忘記她比巴拿馬市電話簿指南還長的征服者名單。如果我是男人，會不會希望和鏡中這個女人睡覺？她估量可能會。但有什麼證據？只有哈瑞追過她呀。

她換一個方式問。如果我是哈瑞，在經過十二年的婚姻生活之後，我還會想和這個女人上床嗎？答案是：基於近來的證據顯示，不想。太累了，太晚了，太好言寬慰了，對某些事情還懷著太深的罪惡感。好吧，他一向都有罪惡感，罪惡感是他最好的東西。但是他最近整天像扛著招牌似地扛著罪惡感：我罪有應得，我是賤民，我有罪，我配不上妳，晚安。

一手抹掉眼淚，一手抓住眼鏡，她繼續在浴室裡來回巡行，仔細端詳自己，讓自己扭腰款擺，想著對艾米莉來說，什麼事都太容易了。無論是打網球，騎馬，游泳或洗碗，都不可能有任何不美的動作，就算她自己想扮醜也不成。即使身為女人，妳連看著她都會有高潮。露伊莎想擺出淫蕩的樣子，卻是有史以來最差勁的婊子。全身硬梆梆，東凸西鼓，沒有律動感，沒扭動屁股。太老了，一向如此，太高了。她厭煩了，走回廚房，仍然一絲不掛，決定給自己再來杯伏特加，這回不加冰塊。

這杯酒貨真價實，不是那種「或許我可以來一杯」的東西。因為她新開了一瓶，找出一把刀撬開封口，給自己倒了一杯。這可不是你老公出去幹她的情婦，妳不經意隨便喝一點可以保持情緒高昂的東西。

「去他的。」她高聲說。

這瓶是從哈瑞新儲藏的待客用酒裡拿出來的。應該要付錢，他說。

「付錢，付給誰？」她追問。

「稅啊。」他說。

「哈瑞，我可不希望我家被當成免稅酒吧。」

充滿罪惡感的假笑。對不起，露，這世界就是這麼回事，不是有意要讓妳失望，不會再犯了。鬼鬼祟祟，卑躬屈膝。

「去他的。」她又說一遍，覺得好了些。

去她的艾米莉，因為要不是要和艾米莉一較高下，我絕對不會走上這條高道德的路子，絕對不會假裝對一切都感到失望，絕對不會保持我的貞操到破了世界紀錄，就只為了讓每個人都知道，和我那個可惡的美麗姊姊相比，我有多麼純真、莊重！我絕對不會愛上每一個爬到巴布亞佈道台上叫我們悔罪（尤其是艾米莉的罪）、而且年紀在九十歲以下的男人，我絕對不會正襟危坐當個虔誠的完美小姐，截斷每個人的惡行，而自己心裡真正渴望的卻是被觸摸，被讚美，被寵愛，像其他女孩一樣被幹。

去他的稻米農莊。我的稻米農莊，哈瑞卻不再帶我過去，因為他把他該死的情婦藏在那裡——這裡，親愛的，望著窗戶，直到我回來。去你的。一大口伏特加，再一口，接著又是大大一口。覺得真正命中要害了，噢，天哪。於是她振作起來，衝回臥房，更狂放地旋身轉影——這樣淫蕩嗎？——繼續，告訴我！——這樣呢？——好吧，仔細瞧瞧這個！但是沒人告訴她。沒有人拍手，或是笑，或是色心大動。沒人和她一起喝酒，替他作飯，吻她的脖子，和她鬥嘴。哈瑞不在。

以四十歲的人而言，胸部還不錯，依舊沒變，比嬌安的還好。當她光著身子時，雖然不像艾米莉那麼棒，可是又有誰能比得過她呢？敬他們！敬我的乳頭！乳頭，站起來，有人向你們敬酒了！她突然在床邊坐下，下巴埋進手裡，看著電話在哈瑞睡的那一側響起。

「你去死吧！」她說。

為了再把立場強調得更清楚，她將話筒舉起一吋，大叫「你去死吧！」然後放下。

但是為了孩子們著想，妳終究還是會拿起話筒。

•

「喂？是誰啊？」電話再次響起，她吼道。

是娜歐蜜，巴拿馬的錯誤資訊部長，準備選擇性地和她分享一些醜聞片段。很好，這個對話已經懸而未決太久了。

「娜歐蜜，很高興聽到妳的聲音，因為我本來打算寫信給妳，現在妳可省了我一張郵票。娜歐蜜，我要妳他媽的滾出我的生活。不，不，聽我說。娜歐蜜，娜歐蜜，妳要是碰巧經過巴布亞的瓦斯柯．

努涅茲公園，看見我老公躺在地上和巴納姆[2]的小象搞口交，請告訴妳最好的二十個朋友，絕對別跟我說，我會很感激。因為到運河結凍之前，我都不想再聽到妳他媽的聲音。晚安，娜歐蜜。」

大玻璃杯還捧在手裡。她套上哈瑞最近買來送她的紅色居家洋裝，有三顆大釦子隨心情變化開闔。她抓起從車庫找來的鑿子和鐵鎚，穿過中庭，到哈瑞最近一直都鎖上的小房間。已經好幾個星期沒看到美麗的天空了。我們以前常說給孩子們聽的星星。馬克，那是獵戶座繫著匕首的腰帶。那是妳的七姊妹，涵娜，妳一直夢想擁有的。一輪新月，美得像匹小馬。

這是他寫信給她的地方，闖進他的王國時，她這麼想著。給親愛的愛人，照料我老婆的稻米農莊。透過臥房朦朧的窗戶，露伊莎一連望著哈瑞好幾個小時：坐在書桌前的側影，頭斜傾著，伸出舌頭，寫著情書。雖然對哈瑞來說，寫字向來不是件自然的事，因為自聖羅蘭以來最偉大的當代聖人亞瑟·布瑞斯維特，忽視了他養子的教育問題。

門上鎖了，一如她的預期。但完全不成問題，只要你拿把好鐵鎚用力敲，鐵鎚盡量舉得越高越好，然後一鎚把艾米莉的頭敲個碎，就像露伊莎整個青春期都想做的那樣。門會變成一堆廢物，就像世上其他東西一樣。

•

砸爛了門，露伊莎熟門熟路地走到她丈夫的書桌旁，用鐵鎚和鑿子砸開最上層的抽屜——狠狠鎚了三下之後，她才意會到，抽屜打從一開始就沒上鎖。她翻找抽屜裡的東西。帳單。休閒區的建築師設計圖。沒有人一開始就好運的，我也不例外。她再試第二個抽屜，上鎖了，但一鎚就搞定，裡面的東西立刻讓人精神一振。沒完成的運河文章，專業雜誌，剪報，出自哈瑞那雙龍飛鳳舞的裁縫之手所寫的摘要眉批。

她是誰？他媽的他做這些事情幹啥？哈瑞，我在對你說話。聽我說，拜託。你沒徵得我的同意就安置在我的稻米農莊裡的女人是誰？是誰需要你賣弄這些你根本就沒有的博學多聞？是誰擁有你這些日子以來如夢似幻、母牛般的微笑？——我被揀選，我被賜福，我在水上行走。或者是淚——噢，該死，哈瑞，是誰擁有你盈在眼眶卻從未滴落、令人毛骨悚然的淚。

憤怒與挫折再度讓她振作起來，她又砸開另一個抽屜，整個僵住了。可惡！錢！貨真價實、如假包換的錢！整個抽屜全都塞滿該死的錢。一百的，五十的，二十的，零亂散落在抽屜裡像停車卡。一千，兩千，三千，他一定是去搶了銀行。為了誰？

為了他的女人？她為了錢才做？為了他的女人，為了帶她出去吃飯，但不動用家計帳戶？為了讓她安於她不習慣的生活方式，在我的稻米農莊，用我繼承來的遺產買的農莊？露伊莎嘶喊他的名字好幾次。先是禮貌地問，然後命令，因為他不回答，最後咒罵他，因為他不在這裡。

「幹，去你的，哈瑞·潘戴爾！幹！去你的，幹！不管你人在哪裡，你是他媽的大騙子！」

2　P.T Barnum（1810-1891），十九世紀美國最知名的馬戲與雜耍節目製作人，擅長行銷，亦被譽為「最偉大的騙子」。電影《大娛樂家 The Greatest Showman》中，休·傑克曼所飾的主角即是以此人為原型。

接著咒罵所有東西，這是她父親喝得爛醉時的詞彙。身為女兒，露伊莎很自豪自己喝得爛醉時也像她幹聲不絕的父親一樣指天罵地。

「嗨，露，甜心，過來這裡，泰坦妳在哪呀？」——他叫女兒泰坦，那是崗波亞港那部巨大的德國起重機的名字——「老傢伙難道不配得到女兒的一點點關注嗎？妳難道不來親一下妳老爹嗎？這叫親吻？幹，去妳的，聽到了嗎？幹！」

筆記，大部分都和狄嘉多有關，是哈瑞替她做菜、並且在晚飯餐桌上盤問她的事，只是這些是扭曲的版本。我的狄嘉多，我親愛的父親形象，艾爾納斯托本人，大權在握的廉潔之士，而我丈夫偷偷摸摸記下他骯髒的筆記。為什麼？因為哈瑞嫉妒他，他一向如此。他以為我愛艾爾納斯托勝過愛他，他以為我想和艾爾納斯托亂搞。標題：狄嘉多的女人們——什麼女人？艾爾納斯托才不做這種勾當！狄嘉多和老總——又是歐斯納德的老總。狄嘉多對日本人的觀感——艾爾納斯托怕他們哪，認為他們想要自己的運河。他說的沒錯。她又發作了，這次很大聲：「幹，去你的，哈瑞．潘戴爾！我從來沒這麼說，你自己編的。為了誰？為什麼？」

一封沒寫完的信，沒地址。一定是他打算丟掉的草稿：

我想你會樂於知道露伊莎昨天上班時不經意聽到的一些有意思瑣事，有關於我們艾爾尼的，她覺得很適合傳達給我——

覺得適合？我一點兒都不覺得適合。我告訴過他一些辦公室的八卦。他媽的，老婆在自己家裡告訴她老公一些辦公室八卦，關於那位想替巴拿馬和運河做對的事、和藹可親正直廉潔的人，幹嘛要覺得適合？幹，他媽的適合！去你的——妳是誰，竟然想知道我們在自己家裡覺得適合告訴彼此的事！妳這個臭婊子，妳這個耳朵長繭、偷走我老公和我農莊的臭婊子！

妳是莎賓娜！

•

露伊莎終於找到了那個婊子的名字。一絲不苟的裁縫大寫字體，大寫字母對他一向比較容易。小小可愛的一個「莎賓娜」，畫個氣球圈起來。「莎賓娜」，後面的括弧加上「激進學生」。妳是莎賓娜，而且妳是激進學生，妳認識其他學生，妳為美國人的鈔票工作——或者妳以為是這樣，因為替美國人工作必須加上引號。妳一個月拿五百塊，外加表現良好時的紅利。全在那裡，全在哈瑞向馬克學來的流程圖裡。流程圖的概念不是線性的，爹地，它們可以像氣球一樣綁在繩子上，以你喜歡的順序飄動。你可以把它們個別分開或是綁在一起，它們真的很容易一目了然。莎賓娜氣球的繩子直直連到了H，那是哈瑞每回志得意滿時所簽的拿破崙式簽名。而愛爾發的繩子——現在她發現了愛爾發——連向了貝塔，然後到馬可（老總），接著又回到H。大熊的繩子也連向H，但是大熊的氣球畫上一圈濃密的波浪線條，彷彿隨時會爆炸。

邁基有一個自己的氣球，而且被形容成是「緘默反抗運動頭頭」，他的繩子讓他和拉菲的氣球永遠連在一起。我們的邁基？我們的邁基是緘默反抗運動頭頭？而且總共有六條線從他的氣球連出去，連到武器，內線，賄賂，通訊，現金，拉菲？我們的拉菲？我們的邁基，是誰每個禮拜都要在三更半夜來一次，宣稱他又要自殺了？

她又開始翻箱倒櫃，她要莎賓娜那個婊子寫給哈瑞的信。如果她寫了信，哈瑞一定會留下來。又是因為他悲慘的童年，哈瑞連空的火柴盒或多餘的蛋黃都不肯丟掉。她把所有東西全都翻遍，搜尋莎賓娜的信。在她的錢下面？在地板下？在書裡？

老天爺啊，狄嘉多的日記。哈瑞寫的。不是狄嘉多，不是真的，是用硬芯鉛筆在格線簿上假造的；這一定是從我的文件上抄下來的。狄嘉多真正的約會正確無誤，假的約會則是塞進他未曾有過的空檔：

與日本「港務長」的午夜之約，老總祕密參加……與法國大使同乘祕密車輛，裝錢的公事包換手……晚上十一點會見哥倫比亞毒品卡特爾密使，拉蒙的新賭場……私人邀宴日本「港務長」與巴官員、老總在城外晚餐……

我的狄嘉多做了這些事？我的艾爾納斯托．狄嘉多從法國大使手裡收到好處？要弄哥倫比亞毒品卡特爾？哈瑞，你是他媽的腦袋壞掉啦？怎麼會想出這麼惡毒的東西來中傷我的老闆？你竟然扯得出這麼可怕的謊言？對誰說？是誰付錢讓你做這些齷齪事？

起。

「哈瑞！」她放聲大叫，怒火攻心，又絕望透頂。可是他的名字變成一句低語，因為電話又開始響起。

•

露伊莎這回學聰明了，她舉起話筒，只是聽著，什麼都沒說，連「他媽的滾出我的生活」都沒說。

「哈瑞？」女人的聲音。壓抑，吸口氣，懇求。是她，長途電話，從稻米農莊打來的。背景有砰砰磅磅的聲音，他們一定是把磨坊砸爛了。

「哈瑞？跟我說話啊。」那女人開始尖叫。

一個西班牙臭婊子。爹地總是說別信任她們。抽噎，是她，莎賓娜，需要哈瑞。誰不需要呢？

「哈瑞，幫我，我需要你！」

等等，別出聲，別告訴她你不是哈瑞，聽她接下來要說什麼。抿緊嘴唇，話筒緊緊貼在右耳。說啊，妳這臭婊子！說出妳心裡的話啊！那個婊子在喘氣，刺耳的喘氣聲。來啊，莎賓娜，甜心，說啊，說「來上我，哈瑞」，說「我愛你，哈瑞」，說「我該死的錢到哪裡去了，你幹嘛把錢放在你抽屜裡，是我啊，莎賓娜，激進學生，從他媽的稻米農莊打來的，我好寂寞。」

更多爆炸聲劈哩啪啦地響起，像摩托車的逆火。痛打一頓，甩個耳光，放下伏特加杯子，用我父親經典的老美西班牙語高聲說。

「是誰？回答我。」

等著。什麼都沒有。啜泣，但什麼都沒說。露伊莎改說英語。

「滾出我老公的生活，妳聽到我說的了，莎賓娜，幹，妳這臭婊子！去妳的，莎賓娜！也滾出我的稻米農莊！」

還是沒說話。

「我在他的小房間裡，莎賓娜。我在找妳寫給他的那些他媽的信，現在正在找！艾爾納斯托．狄嘉多並不腐敗。聽到了嗎？那是謊言，我替他工作，腐敗的是其他人，不是艾爾納斯托。跟我說話！」

聽筒裡傳來更多爆炸聲和砰砰聲響。老天爺，那是什麼？下一波進攻？臭婊子可憐兮兮地啜泣，掛掉電話。看著酒瓶上自己的影像，把話筒摔回架上，像任何一部好電影裡的一樣。坐下，瞪著電話，等它再次響起。但它沒有聲音。所以，我終於敲碎我姊姊的腦袋了，或者其他人動手了，可憐的小艾米莉，去妳的。露伊莎站起來，穩穩地。痛飲伏特加，腦袋清楚得像鐘。可惡，莎賓娜，我老公瘋了，想來妳也不好受，剛好適合妳。稻米農莊是個寂寞的地方。

書架，心靈糧食，只適合那些腦袋不清楚的知識分子。在書裡翻找那個臭婊子寫給哈瑞的信。新書放在舊地方，舊書放在新地方。請解釋，哈瑞，為了對上帝的愛，解釋一下。告訴我，哈瑞，跟我說，這莎賓娜是誰？馬可又是誰？為什麼你要捏造拉菲與邁基的故事？為什麼你要中傷艾爾納斯托？

露伊莎身上除了三顆大鈕釦的紅色居家服，底下什麼也沒穿。她停下來仔細觀察，想了想。她搜尋丈夫的書架，擠出胸部和屁股。她覺得自己極度裸露。比一絲不掛好一點，火熱的裸露。她想再生個孩子。她想要涵娜全部的七姊妹，只要她們別像艾米莉就好。他父親關於運河的書成排行經她面前，年代遠從蘇格蘭人想在達黎安建殖民地、因而致使損失了國家近半財富開始。她一本本打開，使勁搖晃，甩得裝訂線都快散開，然後隨意丟在一旁。沒有情書。

有關於摩根船長的書，他的海盜將巴拿馬城洗劫一空，埋入地下，只剩下我們帶孩子野餐的那個廢墟。但沒有莎賓娜或其他人寫來的情書。沒有愛爾發、貝塔、馬可或大熊寫來的，沒有從美國手裡拿到黑錢的翹屁股激進學生寫來的。有關於巴拿馬隸屬哥倫比亞時期的書，可是沒有情書，不論她多麼努力將書從牆上翻出來。

•

露伊莎·潘戴爾，涵娜七姊妹未來的母親，赤身裸體蹲著，套在這件紅色家居洋裝裡；穿這件家居服的時候，哈瑞從來沒上過她。她的小腿抵著大腿，重頭再次一本本瀏覽運河的建造史，希望自己沒對那個可憐的女人尖聲大叫，她找不著那女人寫來的情書，或許那根本不是莎賓娜，也不是從稻米農莊打來的。書裡描述了喬治·戈索爾斯[3]、威廉·克勞福·戈格斯[4]這些真正的男子漢，那些男人實事求是，

3 George Goethals（1858-1928），美軍工程師，督導完成巴拿馬運河工程。

4 William Crawford Gorgas（1854-1920），美軍外科醫師，曾成功防治黃熱病，使巴拿馬運河工程得以順利完成。

卻又頭殼壞去，那些男人對自己的老婆忠貞不二，不會寫信談什麼覺得合適，或是抹黑她老闆的名聲，也不會在上鎖的書桌裡藏一大堆鈔票，還有一大堆我找不到的信。她父親要她讀的書，希望有朝一日她可以造出一條他媽的自己的運河。

「哈瑞？」她又放聲尖叫讓他害怕膽戰心驚。「哈瑞？你把那個傷心婊子的信放到哪兒了？哈瑞，我想知道。」

有關運河條約的書。有關毒品和「拉丁美洲何處去？」的書。我該死的老公何處去還差不多。還有，可憐的艾爾納斯托何處去，如果哈瑞脫不了關係的話。露伊莎坐下來，用平靜、理性、而且不頤指氣使的口氣對哈瑞說話。咆哮嘶吼再也沒有用了，她像個坐在柚木扶手椅裡的成人對另一個成人說話。她父親以前老是愛坐那張椅子，要她坐在他膝上。

「哈瑞，我不了解你一晚接一晚躲在這房間裡幹嘛，不管你什麼時間回家，或回家之前做了什麼。如果你是在寫一本有關腐敗的小說，一本自傳，或裁縫的歷史，我覺得你應該公開，告訴我，畢竟我們是夫妻啊。」

哈瑞自我陶醉，他就是這麼形容裁縫的拙劣幽默感。

「做帳啊，妳知道的，露。找不出空哪，白天時門鈴總是響個不停。」

「農莊的帳？」

她又是個臭婆娘了。稻米農莊已經變成家裡的禁忌話題，她理當尊重：拉蒙正在重整財務，露。安吉搞出很多問題，露。

「店裡的。」哈瑞囁嚅地說，像個悔罪的人。

「哈瑞，我又不是腦袋空空，我的數學成績好得很，只要你願意，我隨時都能幫你。」

他已經開始搖頭了。「這和妳了解的那些數字不一樣，露，是更有創造性的一面，消散在空中的數字。」

「這就是你在麥卡洛那本《洋間之道》頁緣上到處寫滿注記的原因嗎，好讓除了你之外的其他人全都看不懂？」

哈瑞燦然一笑——很不自然：「噢，是啊，妳說得沒錯，露，妳會注意到，可真是聰明。我認真考慮要把一些老照片放大，妳知道，讓招待所增添點兒運河的味道，或許再去弄點手工藝品增加氣氛。」

「哈瑞，你老是告訴我，而且我也同意，除了少數像艾爾納斯托・狄嘉多這樣的高貴人士之外，巴拿馬人對運河根本不在乎。蓋運河的又不是他們，是我們，他們連勞工都沒提供。勞工都是從中國、非洲和馬達加斯加來的，從加勒比海和印度來的。艾爾納斯托是個好人。」

天哪，她想，我幹嘛這樣說話？我幹嘛像個粗聲粗氣、假道學的潑婦？很簡單，因為艾米莉是個娼婦。

•

她坐在他的書桌前，頭埋在手裡，難過自己撬開了抽屜，難過自己對那個哭泣的女人大吼，難過自己又一次對姊姊艾米莉有了壞念頭。我這輩子絕對不要再這樣對別人說話了，她下定決心，我絕對不再藉著懲罰別人來懲罰自己。我不是我那該死的母親或該死的父親，我也不是虔誠、完美、敬畏上帝的運河區婊子。我很難過，在壓力緊繃、在酒精影響下，我竟然出言辱罵和我一樣的罪人，就算她是哈瑞的情婦——如果她真的是，我會殺了她，可是我不該罵她。在另一個此時才注意到的抽屜裡，她翻找到另一篇沒完成的作品：

安迪，你會很高興知道，我們的新安排受到各方高度歡迎，尤其是女士們。所有的事都要由我承擔，因為L對涉及淘氣艾爾尼的事無法昧著自己的良心。另一方面，把一家視為一個整體，由一個人出面，也比較安全。

在店裡繼續。

我也會繼續，露伊莎想。她在廚房裡給自己一杯好上路。她發現酒精不再影響她了，影響她的是安迪，又名安德魯．歐斯納德。在讀過這段文字之後，安迪突然取代莎賓娜，成為她好奇的對象。

這已經不是新鮮事了。

上回去安尼泰島郊遊的時候，她對歐斯納德先生就已經很好奇。她當時的結論是，哈瑞希望她和歐斯納德上床，以減輕他良心的負擔，雖然就露伊莎對哈瑞良心的了解，上一次床並無法解決問題。

她一定打過電話叫車，因為有輛計程車正停在門口，而且門鈴直響。

歐斯納德轉身背對窺孔，穿過餐廳走向陽台，拉克斯摩爾還像個胎兒似地坐在那裡，害怕得無法言語，無法行動。他布滿血絲的眼睛大睜，恐懼使得他噘起上唇，在鬍子和髭鬚之間露出兩顆黃板牙。每回他樂於表達意見時，舔的一定就是這兩顆門牙。

「巴肯二號突然過來拜訪。」歐斯納德平靜地對他說，「我們有狀況了，你最好快離開。」

「安德魯，我是資深官員。我的天哪，敲什麼敲啊？她快把死人都給吵醒了。」

「我要幫你穿上外套。等你聽到我在她背後將餐廳門關上時，你就搭電梯到大廳，給門房一塊錢，要他幫你叫部計程車到巴拿馬飯店。」

「我的天哪，安德魯。」

「什麼？」

「你不會有事吧？聽她敲門的聲音，她該不會是用槍敲的吧？我們應該叫警察來，安德魯，一句話。」

「什麼？」

「我能信任計程車司機嗎？那些傢伙啊，你聽過一些事，港口裡的屍體。我不會講他們的西班牙語啊，安德魯。」

歐斯納德扶拉克斯摩爾站起來，領他到玄關，把他塞進衣帽櫃，關上門。歐斯納德解開大門的門鍊，拉開門閂，旋轉鑰匙，打開門。敲門聲音停了，但門鈴還響著。

「露伊莎，」他說，把她的手指從門鈴上拉開，「太意外了。哈瑞呢？妳幹嘛不進來？」

•

他抓著她的手腕，將她拉進玄關，關上門，但沒上閂，也沒鎖。他們面對面，站得非常近。歐斯納德拉著她的手高舉過頭，宛如要開始跳起舊式的華爾滋，而這隻手就是她抓著鞋的手。她鬆手讓鞋落下，她沒發出半點聲音，但他聞到了她的氣息，很像他每回不得不接受母親親吻時聞到的氣息。她的衣服非常薄，透過紅色的衣料，他感覺得到她的胸部和她陰部凸出的三角形。

「你他媽的和我老公在搞什麼東西？」她說，「他告訴你，說狄嘉多收了法國佬的好處，和毒品卡特爾搞在一起，這是什麼狗屁？莎賓娜是誰？愛爾發是誰？」

儘管用詞嚴厲，但她說話的樣子卻很猶疑，聲音既不夠大聲，也不夠堅定，無法穿透衣帽間的門。憑著對弱點的直覺，歐斯納德立即感覺到她的恐懼：怕他自己，怕哈瑞，而且最害怕聽到恐怖萬分、讓她永遠無法再聽一遍的禁忌。但歐斯納德已經聽到了，她的問題已經回答了他所有的問題。一點一滴聚合起來，就像近幾個星期來在他意識深處累積的那些未讀取的訊息：

她一無所悉，哈瑞根本沒吸收她。這是個騙局。

她準備要將她的問題再問一遍，或是再加擴充，或問另一個問題。但是歐斯納德不能冒險，讓她在拉克斯摩爾聽力可及的範圍內這樣做。因此他一手摀住她的嘴，壓低她的手，反折到背後，讓她背對著他，架著只穿一隻鞋的她進了餐廳，同時用腳關上餐廳門。穿過房間的半途，他停了一會兒，緊緊抓住她靠在身上。忙亂之中，她身上的兩顆釦子鬆了開來，無遮無掩地露出胸部。他可以感覺到她的心臟在他手腕下砰砰跳著，她的呼吸速度放慢，變得更長、更深。他聽到大門關上的聲音，拉克斯摩爾離開了。他等待著，聽到電梯抵達的「噹」一聲，以及電動門氣喘噓噓的嘆息。聽到電梯下降，他放開摀住她嘴巴的手，感覺到手掌裡的唾液。他把她赤裸的胸部握在手裡，感覺到乳頭變硬，抵住他的手掌。他仍站在她背後，鬆開她的手臂，看著那條手臂軟軟地垂在她身側。他聽見她低聲說了些什麼，一面踢掉鞋子。

「哈瑞人呢？」他說，仍然抓住她的身體不放。

「去找阿布瑞薩斯。他死了。」

「誰死了？」

「阿布瑞薩斯，不然他媽的還有誰？如果哈瑞死了，還怎麼去找他，不是嗎？」

「他在哪裡死的？」

「瓜拉瑞，安娜說他開槍殺了自己。」

「安娜是誰？」

「邁基的女人。」

他把右手放在她另一邊的胸部上，她粗糙的棕髮塞滿了他一嘴，因為她猛然仰頭靠向他的臉，臀部抵達他的胯下。他將她的身體半轉過來，面對她，親吻她的太陽穴，顴骨，舔掉她成串淌下的汗水，感覺到她越抖越厲害，直到她的唇與齒鎖住他露齒微笑的嘴。她的舌頭找尋著他的舌，他瞥見她緊緊閉著眼睛，淚水從眼角滑落，聽見她喃喃叫著：「艾米莉。」

「艾米莉是誰？」他問。

「我姊姊。我在島上的時候提起過她。」

「難道她知道這些該死的事？」

「她住在俄亥俄的戴頓市，她和我所有的朋友上了床。你覺得羞恥嗎？」

「恐怕沒有。從我還是個小孩時，就沒了羞恥心。」

她的一隻手扯著他的襯衫衣角，另一手笨拙地探進他那條潘戴爾與布瑞斯維特長褲的褲腰。她喃喃自語，他聽不清楚，也沒興趣。他摸索著第三顆鈕釦，但她不耐煩地推開他的手，將那件家居服一把從頭上扯掉。他踢掉他的鞋子，一氣呵成地剝下長褲，內褲和襪子，從頭上脫掉襯衫。一絲不掛，相立而視，他們讚賞著彼此，準備交戰的對手。然後，歐斯納德雙手攫住她，抱她離地，穿過他臥房的門檻，將她丟上他的床。她立刻用大腿奮力一戳，對他展開攻擊。

「等等，看在老天爺份上。」他命令道，把她從身上推開。

然後他非常緩慢、從容不迫地迎向她，用上他所有的技巧，還有她的。讓她閉嘴。把甲板上鬆掉的大砲綁緊。讓她安穩地進到我的帳篷來，無論未來有什麼戰役在等著。這是我的最高原則，不應該放棄任何送上門來的合算交易。因為我一向對她抱有幻想。因為戲朋友妻一向樂趣無窮。

露伊莎背對他躺著，頭埋在枕頭下，膝蓋曲起保護自己，抓著床單直蓋到鼻子。她閉上眼睛，不想睡卻想死。她十歲，在她位於崗波亞窗簾深垂的臥房裡，被關在房裡悔罪。她用一把裁縫剪刀將艾米莉的新長褲剪得稀爛，只因為那條褲子實在太不要臉。她想起床，向他借牙刷，穿衣，梳頭，然後離開。但是要做這些事，就必須承認時間、地點、以及歐斯納德光溜溜的身體躺在她身邊的事實，也必須面對她根本沒有衣服可穿，除了那件扯掉了鈕釦的紅色居家洋裝——該死的釦子都跑哪兒去了？——以及一雙不凸顯她身高的平底鞋——這該死的鞋子又是怎麼回事？——她頭痛欲裂，真希望有人送她到醫院，讓她可以將昨夜重新來過，沒有伏特加或砸爛哈瑞的書桌（如果她真做過這樣的事），沒有瑪塔、店舖或邁基之死，或狄嘉多的名聲被哈瑞毀謗得體無完膚，也沒有歐斯納德和這一切。她起身去了浴室兩次，一次是想吐，但每一次都再偷偷回到床上，希望把發生過的事變成沒發生。此刻，歐斯納德正在講電話，距她的耳朵只有十八吋遠。無論她在頭上壓了多少枕頭，都無法阻止他那口可恨的英語傳入耳中，也無法不去聽見睡意迷濛的蘇格蘭口音從電話另一端傳來，像是破爛收音機傳出的最後訊息。

「恐怕是，長官，我們收到一些煩人的消息。」

「煩人？誰煩啊？」蘇格蘭聲音醒過來。

「有關我們那艘希臘船。」

「希臘船？什麼希臘船？你在說什麼啊，安德魯？」

「我們的旗艦啊，長官，我們那條緘默航線的旗艦啊。」

漫長的停頓。

「我懂了，安德魯！希臘，我的天哪！抓到重點了。有多棘手？為什麼棘手？」

「似乎是毀了，長官。」

「毀了？撞上什麼了？怎麼毀的？」

「沉了。」停頓一下，讓「沉了」這句話能沉入對方心裡。「完蛋了。在西方。情況還不清楚。我已經派了一位作家去弄清楚。」

另一端更加困惑沉默，露伊莎自己也摸不著頭緒。

「作家？」

「很有名的那位。」

「是啦。了解，打從遠古以來最暢銷的那一個，的確是，別再多說了。怎麼沉的，安德魯？全沉了嗎，你的意思是？」

「第一批來的報告說他永遠不能再出航了。」

「天啊，天啊！安德魯，誰幹的？我敢打賭是那個女人，我對她沒把握，從昨天晚上開始我就不信任她了。」

「恐怕還要等進一步細節，長官。」

「他的人呢？——他的船員，真該死——他那些沉默的船員——他們也都淹沒了嗎？」

「我們還在等消息。你最好按原定計畫回去倫敦，長官。我會打回去給你。」

他掛掉電話，使勁拉開她抓在頭上的枕頭。即使緊閉雙眼，她仍然無法逃避地看見他年輕飽滿的軀體蠻不在乎地在她身邊伸展，以及他半睡半醒、脹起的那話兒。

「當我沒說過，」他告訴她，「好嗎？」

她毅然決然地轉身背對他。一點都不好。

「妳老公是個勇敢的傢伙，他受命不能對妳透露，絕對不能。我也一樣。」

「怎麼勇敢？」

「有人告訴他事情，他再告訴我們。至於沒聽到的事，他就自己去想辦法找出來，通常還得冒些風險。最近他正捲進一個大案子。」

「這就是他偷拍我文件的原因？」

「我們需要狄嘉多的約會記錄。狄嘉多的生活裡有些消失的時刻。」

「才沒有什麼消失的時刻，那是他去望彌撒、或去看老婆小孩的時間。他有個小孩住院，賽巴斯汀。」

「狄嘉多是這麼告訴妳的。」

「是真的，別跟我扯這些鬼話。哈瑞替英國做這些事？」

「英國，美國，歐洲。文明的自由世界。妳數得出來的都算。」

「那他就是個渾蛋，英國也是，文明自由世界也是。」

這得花很多的時間和力氣，但她辦到了。她用手肘撐起身子，轉頭俯望著他。

「你告訴我的話，我他媽的一個字都不相信。」她說，「你是滿嘴聰明謊言又卑鄙的英國騙子，而哈瑞則是腦袋壞掉。」

「那就別相信我，只要閉上妳的大嘴巴。」

「那些全是狗屁，是他自己編的。你還在捏造，每個人都在自己爽。」

電話響了，是另一部電話，她之前沒注意到。雖然這部電話就在她這一側的床頭，緊靠檯燈，連著一架錄音機。歐斯納德猛然轉身越過她，抓起話筒，她還來不及用手摀住耳朵，緊閉雙眼，把臉擠出一個僵硬的拒絕獰笑，就聽見他說「哈瑞」。然而，她有隻手並未完全克盡職守；她有隻耳朵聽見她老公的聲音穿破嘈雜尖叫。她不承認那是她腦袋裡響起的嘈雜尖叫。

「邁基被殺了，安迪。」哈瑞宣布。他的聲音深思熟慮，準備充分，但是時間緊迫。「看來似乎是職業槍手，目前我只能說這麼多。無論如何，我聽說還會有更多這樣的行動，所以涉及的各方都應該預先做好防範措施。拉菲已經從邁阿密動身，而且我也依照既定程序通知其他人。我很擔心那些學生，不知道我們要怎麼阻止他們集結船艇。」

「你在哪裡？」歐斯納德問。

之後，有一個空檔，露伊莎可能可以為自己問哈瑞一、兩個問題——可以問的問題很多，例如：「你還愛我嗎？」——或者「你會原諒我嗎？」——或者「如果我沒告訴你，你會發現我有什麼不同嗎？」——「今晚你幾點回家，我買菜回來，我們一起做飯嗎？」但她還在努力想選出一個問題，電話就已斷線，歐斯納德用手肘撐起的身體在她上方，垂下豐滿的雙頰，張開濕潤的小嘴，不過顯然沒有和她做愛的打算。在他們短暫的邂逅之中，他似乎第一次有不知所措的感覺。

「這是幹嘛？」他追問，彷彿她至少也該負部分責任。

「哈瑞。」她沒頭沒腦地說。

「哪一個？」

「你那一個，我猜。」

他呼出一口氣，猛然仰躺在她身邊，雙手放在腦後，宛如在天體海灘偷得浮生半日閒。他再次抓起電話，不是哈瑞的電話，是另一部，開始撥號，要找某某號房的梅洛斯先生。

「好像是被謀殺的。」他看門見山地說，她猜他通話的對象是之前那個蘇格蘭佬。「看起來學生快按捺不住了……群情激奮……很受敬重的人……職業手法。還在等進一步細節。一根椿釘，長官，你是什麼意思？我不懂，什麼的椿釘？不，當然，我了解。我盡快，長官。馬上走。」

有一會兒，他似乎心裡在盤算著許多事，因為她聽見他哼著鼻子，偶爾還發出猙獰的笑聲，直到他突然在床邊坐起身，站起來，走向餐廳，拿著他捲成一團的衣服走回來。他撈起昨夜的襯衫，穿上去。

「你要去哪裡？」她追問，他沒回答。「你要做什麼？安德魯，我不了解你幹嘛起床穿衣服，離開我身邊，把我一個人留在這裡，沒衣服穿，沒地方去，也沒辦法安排我的——」

她辭窮了。

「好吧，對不起啦，老女孩。事出突然，恐怕該拔營了。我們兩個。是該回家的時候了。」

「哪裡的家？」

「妳家在貝莎尼亞，我家在快樂的英格蘭。第一條行規。線民衝鋒陷陣，專案官躲在他襪子裡離開。別閒晃，別想先拿兩百塊。趕快回家找媽咪，走最近的路。」

他在鏡裡調整領帶，抬起下巴，振奮精神。轉眼即逝的一瞬間，就只有那麼一瞬間，露伊莎在他身上察覺到一股清心寡欲的氣息，那是接受失敗的認命，但在幽微的燈光下，很可能會被當成高貴的情操。

「替我跟哈瑞說再見好嗎？真是偉大的藝術家。接我工作的人會聯絡，或者不會。」襯衫下擺還沒紮進褲腰，他拉開抽屜，翻出一件運動服給她。「最好穿這個去搭計程車吧。回家之後把衣服燒了，弄碎灰燼，保持低調幾個星期。回家的傢伙得避開戰鼓。」

•

消息傳來時，傳媒大亨哈特利正在午宴上，坐在康諾飯店的老位子，吃著腰子與培根，喝著招牌紅酒，發表對新俄羅斯的精闢觀點。那些渾蛋越是將國家搞得四分五裂，哈特利就越高興。

無巧不巧，他的聽眾恰巧是傑夫．卡文狄胥。而帶來消息的不是別人，正是接任歐斯納德在拉克斯摩爾辦公室工作的年輕人強森，他二十分鐘前才在拉克斯摩爾匆匆趕往巴拿馬之後，從辦公室裡堆積如山的待閱公文中，撈出英國大使館的急要電報——馬爾畢大使親自拍發的。身為企圖心旺盛的情報官員，只要有適當機會，強森當然會在拉克斯摩爾待閱的公文匣裡好好搜索一番。

最棒的是，除了自己，強森沒有其他人可以商量這封電報。不僅整個頂樓的人都出去吃午飯了，也因為拉克斯摩爾正在歸途，整棟大樓裡沒有人知道巴肯的事，除了強森之外。在興奮與熱望的驅策下，他立即打給卡文狄胥的辦公室，得知卡文狄胥正與哈特利共進午餐。他打到哈特利的辦公室，得知哈特利在康諾飯店吃午餐。冒著所有風險，他要求優先徵調有空的車輛和駕駛。就因為這個過度自信的行為，再加上其他舉措，讓強森事後被修理一番。

「我是蘇格蘭佬拉克斯摩爾的助理，長官。」他上氣不接下氣地對卡文狄胥說。從房間凹角那張桌子上瞪著他看的兩張臉孔中，他挑選了看起來比較有同情心的那一個。「恐怕我有一份從巴拿馬來的重要訊息要給您，長官，我想這不應該耽擱，我也不認為我該在電話上念給您聽。」

「坐下，」哈特利下令道，招來侍者，「椅子。」

所以強森坐下，一面把整份馬爾畢電報的解釋抄本交給卡文狄胥，但哈特利從他手裡搶了過去，一面扯開。因為如此用力，餐廳裡其他客人無不紛紛轉頭注視揣測。哈特利仔細讀完整份電報，交給卡文狄胥。卡文狄胥讀了電報，很可能至少有一位侍者也看到了，因為此時侍者們正忙著為強森擺設第三個位置，讓他看起來比較像尋常用餐的客人，而不是穿著休閒外套、灰色法蘭絨長褲、汗流浹背的年輕賽跑選手——盛裝打扮的燒烤屋經理很不樂見他這身裝扮，但畢竟今天是星期五，強森正期待和母親一起到葛勞雀斯特郡度周末。

「這是我們想要的，不是嗎？」哈特利問卡文狄胥，滿嘴嚼得半爛的腰子，「我們可以動手。」

「的確是，」卡文狄胥喜孜孜地確認，「這就是我們的樁釘。」

「誰帶話給凡恩？」哈特利說，用一片麵包抹著盤子。

「嗯，我想，班恩——這個案子呢，最好讓凡恩兄弟在你報上讀到這個消息。」卡文狄胥字字雀躍地說，「容我告退，實在很抱歉，」他對強森補上一句，站起身，「有電話要打。」

他也對侍者說抱歉，匆忙之間，竟把錦緞餐巾一起帶走了。不久之後，強森被解雇了，沒有人確切知道原因。表面上是因為他帶著滿是符號和行動化名的解釋電報，繞著倫敦到處跑。非官方的說法是，他有點太容易興奮，不適合擔任情報工作。但更可能是因為他穿著休閒外套闖進康諾飯店的燒烤屋，這才是最嚴重的罪行。

22.

哈瑞開往巴拿馬灣西南端凸出的半島，巴拿馬拉斯山多斯省瓜拉瑞煙火節的途中，一路經過班尼叔叔位在雷曼街、聞起來滿是燒焦煤味的房子，慈惠姊妹會的孤兒院，東區的幾座猶太會堂，還有一連串在女王陛下慈悲護佑下過度擁擠的英國罪犯矯正機構。這些機構和其他建築全都在兩旁的叢林暗處，在他面前坑坑洞洞、蜿蜒曲折的道路旁，在穿破星空而出的山頂上，在皎潔新月照耀下宛如鐵灰熨衣板的太平洋上。

崎嶇難行的車程對他而言變得更加艱辛，因為孩子們在車後座要求唱歌和嬉鬧的聲音，也因為他不快樂的老婆一路諄諄告誡，即使在最荒蕪人跡的路段也依然在耳邊不斷叨唸：開慢點，留意鹿啊，猴子，公羊，死馬，一公尺長的綠鬣蜥，或一家六口擠在一部腳踏車上的印地安人。哈瑞，我不懂你幹嘛一定要開七十哩的時速去赴死人的約會。如果是怕錯過煙火，你一定很高興知道這個煙火節要進行五天五夜，而今天才第一夜。如果我們明天才能到，孩子們也一定能諒解。

加進來的還有安娜滔滔不絕的哀怨獨白，瑪塔明知他什麼都肯給、她卻一無所求的驚人自制力，以及邁基的現身。鬱鬱寡歡的龐然大物癱坐在他身旁的乘客座，每轉過一個彎道或避開一個坑洞，軟塌塌的肩膀就會撞上他，並且用沉鬱克制的口吻問，為什麼他不能做像亞曼尼那樣的西裝。

他對邁基的感情濃烈到無與倫比的地步。他知道，在整個巴拿馬，在他整個生命裡，他只有過一位朋友，而今他卻殺了他。他再也分不清他所愛的邁基和他所創造的邁基之間有什麼不同，除了他所愛的邁基要略勝一籌，而他所創造的邁基卻有些愚忠。這純粹是潘戴爾的虛華之舉：在他最好的朋友身上創造出一位卓絕之士，讓歐斯納德看看與他為伴的是何等的菁英。邁基原本就是英雄，從來不需要潘戴爾的舌燦蓮花。在危急時刻，邁基挺身而出，奮不顧身地反抗暴政，因而換得不虞匱乏的痛毆與牢獄之災，也掙來永遠醉酒的權利。也因此，他需要買很多很多西裝，以換掉傷痕累累、臭氣沖天的牢服。在潘戴爾描繪他堅強之處，他卻軟弱；潘戴爾在虛構中述說他持續不輟的部分，他卻早已放棄奮鬥，但這完全不是邁基的錯。真希望我放手別打擾他，潘戴爾心想。真希望我沒纏著他，因為我自己有罪就咬掉他的頭。

在安孔丘下的某處，他給越野車加滿油，好支撐走完餘下的一生，還給一個滿頭白髮、缺了一隻耳朵的黑乞丐一塊錢。不知道他那耳朵是因為痲瘋病、還是給野獸或者夢想破滅的老婆咬掉的。在恰美，他衝過一個海關路障；在佩洛洛梅，他注意到有一對「山貓」在左後車燈的方向——山貓是年輕、苗條、接受美國訓練的警察，穿黑色衣，兩人一部摩托車，帶半自動機關槍，素以對觀光客溫文有禮，對走私客、毒販和刺客格殺勿論著稱——然而今晚，獵殺的對象也包括犯了謀殺罪的英國間諜，似乎是這樣。前座的山貓負責駕車，後座的山貓負責殺人。瑪塔對他解說過，他們從旁邊抄近時他記了起來。看見自己可疑的影像隨著街燈，倒映在他們墨黑透亮的頭盔上，他隨即想起山貓只在巴拿馬市值勤，因而不禁好奇：他們是出來郊遊，還是一路追蹤他來到這裡，準備暗地裡射殺他。但他的問題永遠沒有答案，因為等他再次望向他們時，他們已經回到他們冒出身影的漆黑中，將這條坑坑巴巴、歪歪曲曲的道路留給他，還有他車頭燈下的死狗，以及兩旁濃密到不見樹幹的灌木叢。透過開敞的天窗，只見黑漆漆的牆與動物晶亮的眼睛，聽見不同物種之間彼此攻擊的聲音。他一度看見一隻貓頭鷹慘死在電線桿上，胸前與翅膀下慘白得像是殉道者，而眼睛卻是睜開的。但是，這究竟是他反覆出現的某處夢魘，或者是夢魘的終極化身，永遠都是謎。

之後，潘戴爾一定打了一下盹兒，很可能也轉錯了彎。因為等他再抬眼四望，他竟回到兩年前在帕利塔的家庭渡假，與露伊莎和孩子們在草地上野餐，四周的平房全都有高起的遊廊與踏腳石，讓你在上下馬時不會弄髒漂亮乾淨的鞋子。在帕利塔，一個穿著黑色斗篷的老巫婆告訴涵娜，城裡的人會把盤繞起來的小蟒蛇放在屋瓦下抓老鼠，害得涵娜拒絕踏進任何一間城裡的房子，即使是吃冰淇淋或上廁所都不肯。她實在太害怕了，所以他們無法進去望彌撒，只能站在教堂外，和白色鐘塔裡的老人揮手。那老人一手敲鐘，一手向他們揮動答禮，他們事後一致同意，當時還是應該去望彌撒的。敲完鐘，老人表演了一段驚人的紅毛猩猩慢動作給他們看。先是吊在鐵桿上擺盪，接著開始在身上抓跳蚤，胳肢窩、頭和胯下，再翻抓之間還吃著跳蚤。

經過奇特雷時，潘戴爾想起了養蝦場。蝦子把卵產在紅樹林的樹幹裡，涵娜還問蝦子是不是會先懷孕啊。蝦子之後，他想起一位親切的瑞典園藝家女士，向他們介紹了一種名為夜晚蕩婦的蘭花。因為這種在白天聞起來平淡無奇的蘭花，入夜後，沒有任何高貴的人會讓它踏進屋裡一步。

「哈瑞，你就不必向孩子們解釋了，他們受這種事的影響已經夠多了。」

但露伊莎嚴格的約束沒有用，因為一整個星期，馬克都叫涵娜是他的「putita de norche」（夜晚蕩婦），直到哈瑞叫他閉嘴。

在奇特雷之後，就到了交戰區：先是迫近的紅色天空，接著是隆隆砲聲，再來是烈燄火光。一個又一個警察檢查哨揮手讓他通過，就在他開往瓜拉瑞的路上。

•

潘戴爾走著，穿白衣的人走在他身邊，領他走向絞刑臺。他很詫異也很欣慰地發現，他對死亡竟是如此寬心。如果生命能重來，他會堅持由一個全新的演員來扮演主角。他正走向絞刑臺，天使走在他身邊，他們是瑪塔的天使，他馬上就認出來了。巴拿馬真正的良心，住在橋另一端的人，不收賄也不行賄，和他們所愛的人做愛，懷了孕也不墮胎。光想到這些，露伊莎可能也會讚賞他們，只要她能跳過拘限她的圍牆——但是誰在乎？我們生來就在牢獄之中，我們每個人在張開眼睛的那一瞬間，就已被判了無期徒刑。這也是他看著自己的孩子時，覺得如此憂傷的原因。但這些孩子不同，他們是天使，他很高興能在生命最後一刻見到他們。他從來沒懷疑過，就算有某個天堂國度能與巴拿馬相提並論、面積又比它大上二十倍，巴拿馬的每畝地上還是擁有更多的天使，更多的白色裙襬，花卉頭飾，完美的肩膀，烹調的氣味，音樂，舞蹈，笑聲，更多酒鬼，滿懷惡意的警察，以及毀滅性的煙火。而此時，他們全來護送他。他非常滿意地發現有樂隊演奏；相互競爭的民族舞蹈團裡有眼神柔媚的苗條黑仔，穿著板球外套與白皮鞋，平直的手充滿愛意地在他們的舞伴周圍繾綣。他也很高興看見教堂的雙扉門敞開，讓聖母能一覽無遺地看見外面的酒神祭，無論她想不想看。天使顯然斷定，她不該切斷與凡間生活，還有與所有好事壞事的接觸。

他慢慢走著，就像被定罪的人，走在街道中央，面帶微笑。他面帶微笑，因為每個人都微笑，因為走在美麗異常的西印混血狂歡群眾中，一個粗魯無禮的英國佬如果拒絕微笑，簡直就是瀕臨絕種的族群。瑪塔說的沒錯，他們是這世上最美麗、最有藝術天分、也最純潔無瑕的人。潘戴爾已然發覺，在他們之間死去是一種榮寵。他會要求安葬在橋的另一端。

他問過兩次路，每次都被指往不同方向。第一次，一群天使熱心地指點他穿過廣場中間，結果卻讓他成為從四面八方的窗戶、門廊以齊頭高度發射的多頭火箭禮炮的活動標靶。雖然他笑呵呵，咧開嘴，找掩護，用盡所有方法表現自己樂在這玩笑之中，但是能保住一雙眼睛、耳朵、卵蛋，全身沒有半點灼傷地安全抵達對岸，實在是一大奇蹟。因為火箭可不是開玩笑，連看笑話的人也不會說是。這些火箭全是噴發火燄的熾烈高速飛彈，由一個膝蓋坑巴結瘤、滿臉雀斑的紅髮女戰士指揮，在近距離發射。她自詡為武裝部隊女射手，色瞇瞇地昂首闊步，惺惺作態，一串毒氣彈拖在背後像是她的尾巴。她在抽菸——眾人都在猜她抽的是什麼——在吞雲吐霧之間，對散布廣場周圍的部隊下達命令：「打掉他的小雞雞，要那個英國佬跪倒在地——」然後再吐一口菸，又來一個命令。但潘戴爾是個好人，這些人也全是天使。

第二次問路時，他被指點到了廣場一側的那排房子。房子遊廊上坐滿衣著過度華麗的白尾族，由停在一邊、閃閃發亮的寶馬汽車搭載，紆尊降貴至此視察。潘戴爾經過一個又一個喧鬧的遊廊，他不停地想：我認識你，你是某某人的兒子，或女兒，我的天哪，時間過得可真快。儘管他心裡這麼想，但他們的出現並未讓他分神，也不在乎他們是不是看見他了，因為邁基開槍自盡的那幢房子就在他左邊，僅隔數門之遙。他有極好的理由，全神貫注去想那個在牢房內上吊自殺的性衝動獄友「蜘蛛」，當時潘戴爾就睡在離他不過三呎的牢房裡。蜘蛛應該是潘戴爾唯一不得不近距離面對的屍體。說來全是蜘蛛的錯，害得失魂落魄的潘戴爾發現自己正走進非正式的警方戒備線中。這裡有輛警車、一串旁觀者，還有大約二十名警察。他們當然無法全塞進一輛車裡，但是巴拿馬的警察向來如此，只要一聞到空氣中有利益或刺激的氣味，就會像海鷗環繞漁船般全都聚集過來。

引發眾人興趣的是個惶然恍惚的老農夫。他坐在路邊石頭上，草帽夾在膝間，臉埋在手裡，發出猩猩似的哀號怒吼。圍在他旁邊的是十來個出主意的策士、旁觀者與顧問，還包括好幾個需要彼此扶持才能站穩的醉鬼。另外，還有一個顯然是他老婆的老女人，每回老頭兒讓她有機會插嘴，她就大聲表示贊同。警察很不情願地從顯然非我族類的群眾之間清出一條通道，潘戴爾別無選擇，只能讓自己成為旁觀者，雖然他並不積極參與爭辯。老頭被燒傷得很嚴重。每次他為了做手勢或反駁，手一離開臉，就能清楚看見他的燒傷。左頰有一大片皮膚不見了，傷口向下延伸到無領襯衫敞開的頸部。因為燒傷了，警方提議送他到本地醫院打針。每個人都同意，這是治療燒傷最妥當的方法。

可是老頭不想打針，也不想治療。他寧可痛也不要打針。他寧可讓血液中毒，得到任何邪惡的後遺症，也不願跟警察一起上醫院。理由是，他是個老酒鬼，這很可能是他此生最後一個狂歡節。每個人都知道，你若是打了針，你在這場狂歡節就不能再喝酒了。因此他意志清楚地做了決定，有造物者與他老婆為證，他告訴警察，這針就留給他們自己的屁股吧，他寧可喝到不醒人事，反正喝醉也就不痛了嘛。所以呢，如果他們能行行好，滾離他身邊，包括警方，他會很感激的。而且，他們若是真的想幫忙，最好就是給他來一杯，也給他老婆喝一杯。要是能來瓶甘蔗酒就再好不過。

潘戴爾仔細聆聽，覺得每一句話都別有深意，雖然那究竟是什麼意思，他也不完全清楚。慢慢地，警察撤去，人群也散去。老太婆坐在老公身邊，手臂環住他的脖子。潘戴爾步上台階，這是整條街上唯一沒亮燈的房子。他對自己說：我已經死了，我和你一樣死了，邁基，所以別以為你的死可以嚇倒我。

他敲敲門，沒人來應，卻引來街上的人紛紛回頭。在狂歡節裡，誰會去敲別人家的門啊？所以他不再敲了，他將臉藏在門廊的陰影裡。門雖然關著，卻沒鎖。他轉了把手，走進去。第一個念頭是，他回到了孤兒院，耶誕節將近，他又要在耶穌誕生劇裡扮演東方博士，手拿燈籠與手杖，頭戴別人捐給窮人的棕色舊呢帽——只是在他走進的這幢房子裡，演員站錯了位置，而且有人擄走了聖嬰。

鋪著瓷磚、空無一物的房間是馬廄。廣場上的煙火是預示聖子降生的閃光。一個裹著披肩的女人望著馬槽，雙手托住下巴禱告，那是安娜，她顯然覺得在死者面前應該掩住頭。但是馬槽非馬槽。那是邁基，倒臥在地。如她先前所言，邁基的臉平貼在廚房地板上，屁股翹起，一張巴拿馬地圖占滿了他半邊的頭，那個應該有隻耳朵與一個臉頰的半個頭顱。而他用以了結的手槍就躺在他身邊，控訴地指向入侵者，多此一舉地告訴全世界他們早已知道的事：哈瑞．潘戴爾，裁縫，夢想供應商，虛構人物與遁逃之處的創造者，殺害了他自己的創作。

潘戴爾慢慢習慣了廣場上煙火、閃光和街燈交織成的閃爍光線之後，開始看出邁基轟掉腦袋時造成的一片混亂：遺跡散在瓷磚地板、在牆上，甚至在一些誇張的地方，例如潦草彩繪著強盜與姘婦飲酒作樂的抽屜櫃。就是這些景象點醒他對安娜說出第一句話，那話裡的實際考量多於撫慰成分。

「我們要找東西遮住窗戶。」他說。

但她沒回答，沒動一下，沒轉過頭。這使他覺得，在她自己看來，她已經和他一樣死了，邁基也殺了她，她意外受害。她努力想讓邁基開心，而現在他槍殺了她：把這個當成妳所有的麻煩吧。所以，有那麼一晌，潘戴爾很氣邁基，譴責他的行為極不人道，不只是對他自己身體的暴行，也是對他老婆、情婦、兒女，甚至他朋友潘戴爾的暴行。

然後，理所當然，他想起自己對這件事該負的責任。他將邁基描繪成偉大的鬥士與間諜；他試著想像警方暗示說他要再坐好幾年牢時，邁基會有什麼感覺。不論他如何數落邁基自殺帶來的微不足道壞處，此時都已立刻被他犯罪的事實一掃而空。

他撫著安娜的肩膀，身上猶有款待客人的責任感：這個女人需要鼓舞。但她仍然不為所動。所以他用手撐在她腋下，拖起她的腳，讓她靠著他。她又僵硬、又冰冷，和他想像中的邁基一樣。很顯然，她一直呆住沒動，盯著邁基，他的寂然與靜息因而也竄進了她的骨子裡。她生性是個點子多、愛笑鬧、活潑好動的女孩，從潘戴爾見過她的那幾回就看得出來。她很可能此生從來沒有像這樣過，一動也不動，這麼久地盯著一個東西。起初她尖叫，咆哮，抱怨——潘戴爾心裡盤算著，想起她在電話裡的對話——待她將體內這一切全都發洩殆盡之後，就進入一種視而不見的狀態。於是等她冷靜下來，也就固定不動了，這就是她為什麼抱起來會這麼僵硬，牙齒不住打顫，也無法回答他關於窗戶的問題。

他想找杯酒給她，但能找到的不過是三個威士忌空瓶，和一瓶喝了一半的甘蔗酒。他以自己的權威斷定，甘蔗酒並不是答案。所以他帶她走近柳條椅，讓她坐下，找了些火柴，點起瓦斯，在火上放了一只深底鍋。等他走回她身邊，發現她的眼睛又盯住邁基。所以他走進臥室，扯下睡床的床罩，蓋在邁基頭上，在甜酒與烹調氣味中首度聞到血液溫熱的腐臭味。煙氣從遊廊飄了進來，因為煙火還在廣場上咻咻砰砰。女孩們對著鞭炮尖叫，男孩們則一直要到最後一刻才肯把鞭炮從腳上甩開。一切就在那裡等待潘戴爾與安娜欣賞，任何時間，只要他們願意，只要他們從邁基身邊抬起頭，望向法式窗戶外，外頭就有賞心樂事等著他們去看。

「把他弄離開這裡吧。」她在柳條椅上口齒不清地說，而且益發大聲，「我爸會殺了我。把他弄走，他是英國間諜。他們這麼說。你也是。」

「安靜。」潘戴爾對她這麼說，讓他自己很意外。

突然間，哈瑞．潘戴爾變了。不是變成另一個人，而是終於變成他自己，一個滿滿擁有自己力量的男人。在一道天啟的榮光裡，他超越了頹喪、死亡與消極，堂堂印證自己的人生是偉大的藝術，是對稱與挑戰，是復仇與和解的行為，一躍而入恢宏的境界。在那裡，所有破壞興致的現實極限，全都被創造者夢想中的更高真理掃除殆盡。

潘戴爾復活的一些跡象一定也感染了安娜，因為在啜下幾口咖啡之後，她放下杯子，加入他的事工[1]：先在臉盆裡放滿水，加進消毒劑，然後找出一把掃帚，一支拖把，幾卷廚房紙巾，抹布，清潔劑與硬毛劑。並且點起一根蠟燭，放在低處，讓廣場上的人看不見燭光——廣場上正施放新一輪的煙火，這次射向了天空，而不是打外國佬，宣布選美皇后已經成功選出——她站在花車上，披著雪白披風，戴著雪白梨花皇冠，雪白的肩膀，閃亮而自豪的眼睛。這雪白耀眼、美麗動人的女孩，先是讓安娜、接著是潘戴爾停下了手邊工作，看著她在公主與雀躍的男孩簇擁下經過。還有無數的花朵，一千場葬禮的花朵，為了邁基。

然後他們又埋首工作，又刷又抹，直到臉盆裡的水在半暗的光線中全變成黑色，必須換水，然後再換一次。安娜樂於勞動，邁基以前老是這麼說她——是個好運動員哪，他老是說，在床上和餐廳都貪得無饜。很快地，刷洗抹擦變成她的發洩之道，她開始愉快地東拉西扯，彷彿邁基只是走開一會兒，再去拿瓶酒，或是到隔壁某個燈火輝煌的遊廊裡，和鄰居很快地乾下一杯威士忌。這會兒，一群群飲酒狂歡的人正在遊廊裡為選美皇后鼓掌歡呼——而不是俯躺在地板中央，蓋著床罩，抬高屁股，仍然伸手想要那把槍——潘戴爾趁著安娜不注意時收進了抽屜，留待以後再用。

「你看，那是部長耶。」安娜說，純然聊天的語氣。

一群穿著白色巴拿馬衫、威風凜凜的男人抵達廣場中央，周圍是另一群戴墨鏡的男子。那就是我想要的，潘戴爾心想，我要成為像他們那樣的官員。

「找急救箱來，我們需要繃帶。」他說。

沒有急救箱，所以他們剪下床單。

「我也會買新的床罩。」她說。

邁基那件P&B紫紅色絲墨襟外套掛在椅子上。潘戴爾探探口袋，找出邁基的皮夾，將一疊鈔票交給安娜，足以買下一條新床罩和一段好時光。

「瑪塔還好嗎？」安娜問，將錢藏進貼身上衣裡。

「很好。」潘戴爾由衷地說。

「你太太呢？」

「謝謝妳，她也很好。」

•

為了在邁基的頭部纏上繃帶，他們得讓他坐在安娜原本坐的那張柳條椅上。首先，他們在椅面鋪上毛巾，然後潘戴爾將邁基翻過來。安娜及時奔進洗手間，門沒關就吐了起來，一手高舉在背後，手指延

1　教會用語，通常指稱和宗教相關、具奉獻性質的工作。

展出優雅的手勢。她在吐的時候，潘戴爾俯看著邁基，再次想起了蜘蛛，給他一個生命之吻，但又心知肚明，再多的吻也無法令他起死回生，無論那些該死的獄卒怎麼對潘戴爾叫囂，他媽的再用力一點，孩子。

但是。蜘蛛從來就不是邁基這種規格宏大的朋友，不是第一位客戶，不是他父親陳年舊事的囚犯，不是諾瑞加的良心犯，更不是在牢裡被打掉良心的人。蜘蛛從來沒有換過一間又一間牢房，像塊新肉，被拿去餵那些精神錯亂的人飽餐一頓。蜘蛛之所以發瘋，是因為他習慣一天幹兩個女人，星期天幹三個。眼看五年上不了任何馬子，簡直要他慢性餓死，於是蜘蛛上吊了，弄得自己一身髒，舌頭吐在外面，讓生命之吻顯得更是荒誕不經。而邁基卻抹去自己的痕跡，留下完好無缺的一面。只要你別看那個黑沉沉的洞，以及糟糕透頂的另一面。你完全無法視而不見的另一面。

•

身為潘戴爾的獄友與背叛的受害者，邁基頑固的程度也和他的體積不相上下。潘戴爾將雙手放在他的腋下，但邁基變得更重了，潘戴爾得卯足勁用力拉，才能讓他移動；走到半途時，還得再用力一拉，才能讓他不至於跌下來。要讓他的頭顱兩側看起來平均，需要墊很多東西和繃帶。無論如何，潘戴爾都辦到了。等安娜回來，他馬上要她捏住邁基的鼻子，好讓他可以在鼻子上方與下方纏上繃帶，留給邁基呼吸的空間。這和努力讓蜘蛛呼吸一樣徒勞無功，但就邁基的情況，此舉至少還是有作用的。潘戴爾甚至還把繃帶斜綁，讓邁基露出一隻眼睛，因為不論邁基在扣下扳機時做了什麼，他有一隻眼睛是張開的，看起來像是大吃一驚。潘戴爾在眼睛周圍纏上繃帶，弄好之後，他要安娜幫忙，將邁基連人帶椅子盡量拖得離門越遠越好。

「我家鄉的人真是麻煩大了。」安娜對他吐露心聲，顯然覺得有必要拉近彼此的距離。「他們的神父是個同性戀，他們恨死他了；隔壁那個鎮的神父搞上所有的女孩，他們卻愛死他了。小鄉鎮，總是有些人性問題。」她停下來喘口氣，繼續努力：「我姑媽很古板，她寫信給主教，抱怨說會打炮的神父不夠格當神父。」她笑得花枝亂顫，「主教告訴她，『妳把這些話對我的信眾說說看，看他們會對你怎樣。』」

潘戴爾也笑了：「聽起來是個不錯的主教。」

「你可能當神父嗎？」她問，又開始使勁拉。「我哥哥，他真的很虔誠。他說，『安娜，我想我會去當神父。』『你瘋了。』我這麼告訴他。他從來沒有過女人，這就是他的問題。也許他是同性戀。」

「等我出去之後鎖上門，在我回來之前別打開，」潘戴爾說，「好嗎？」

「好，我會鎖門。」

「我會先輕輕敲三次門，然後再用力敲一下，了解嗎？」

「我記得住嗎？」

「當然。」

接著，因為她已經快樂多了，所以他心想，他可以完成療程，讓她轉身讚賞他們的偉大成就：乾淨漂亮的牆壁、地板與家具，沒有已死的愛人，只有另一個瓜拉瑞煙火的意外傷患，纏著繃帶，睜開完好無缺的眼睛，強忍痛苦，坐在門邊，等待他的老夥伴開來那輛越野車。

•

潘戴爾車開得像蝸牛爬。穿過天使群中，天使們拍打車子像在打馬屁股，大叫停車，老外！他們把煙火丟進車底下，幾個小夥子跳到後保險桿上，還企圖要一個選美公主坐到引擎蓋上，但她怕弄髒了她的白襯衫。潘戴爾也不鼓勵她，因為這不是熱心公益的時機。這倒不失為一趟平安順利的旅程，讓他有機會調整計畫的種種細節，就像歐斯納德在訓練課程裡耳提面命的：花在準備的時間絕對不是浪費，最偉大的謀略，就是從每一個參與祕密行動者的觀點來看，然後問你自己：他會怎麼做？她會怎麼做？結束之後大家會去哪裡？諸如此類。

他輕輕敲三下，再用力敲了一下，什麼事都沒發生。他再做一次，有個快活的聲音說：「進來！」安娜開門——只半開，因為邁基在門後——他藉著廣場的光線，看見她將頭髮放了下來，垂在背後，還換上一件乾淨的襯衫，露出光裸的肩膀，就像其他的天使一樣。遊廊的門敞開，迎進火藥的氣味，沖散了鮮血和消毒水的味道。

「妳臥房有張書桌。」他對她說。

「嗯？」

「去看看那裡有沒有紙，還要一枝鉛筆或鋼筆，幫我寫一張西班牙文的『救護車』卡片，讓我可以放在四輪傳動車上。」

「你想假裝成救護車？真是太酷了。」

她宛如派對上的女孩，蹦蹦跳跳走進臥房。潘戴爾從抽屜拿出邁基的手槍，放進褲袋。他對槍械一無所知。這把槍並不大，但就體積來看還挺壯碩的，邁基頭上的洞就是明證。然後他突然想到了什麼，在廚房抽屜裡挑了一把鋸齒狀的刀，用紙巾包起來再藏好。安娜得意揚揚地回來：她找到一本兒童圖畫簿和一些蠟筆，唯一的問題是，她一時興奮，漏掉了字母I，把「救護車」錯拼成了「AMBULANCA」。除此之外，這倒是個不錯的標誌，所以他從她手上拿過來，走下台階到停著的車旁，放在車窗前，打開閃黃燈，驅散他背後的滿街人群。他們叫囂著閃開。

幽默感也助了潘戴爾一臂之力。轉身回台階途中，他又回頭面對不滿的人，對著所有人微笑，雙手合十，祈求他們包容。接著舉起一根手指，比出一分鐘的手勢，然後推開門，打開玄關的燈，照亮邁基纏著繃帶、露出一隻眼睛的頭。至此，大部分的噓聲和咆哮都平息了。

「我抬他起來的時候，把他的外套披在他肩上。」他對安娜說：「還沒，等一下。」

潘戴爾蹲低身子，擺出拳擊手的姿勢。他想起自己強大無比，無論是叛國或謀殺都在行，力量充斥在他的大腿、臀部、胃部之間，還橫過肩膀。他也想起以前有過太多次，必須扛邁基回家。沒什麼不同，只是這回邁基沒有滿身大汗，或揚言要吐，或者哀求要回牢裡。他指的是回老婆身邊。

這些念頭在心裡轉著，潘戴爾用力抓住邁基的背，拉他站起來，但是他的雙腳一點力氣都沒有。更糟糕的是，在這麼濕熱的夜裡，邁基的屍體也不太僵硬，所以全得靠潘戴爾。潘戴爾幫他的朋友直起身子，跨過門檻，一手撐在鐵欄杆上，用盡老天爺所給的所有力氣，拖著邁基走下第一個台階。要四個台階才能到車邊。這時邁基的頭已垂在肩上，潘戴爾可以透過撕成一條條的床單聞到血腥味。安娜將外套披在邁基背上。潘戴爾不太確定自己為什麼要她這麼做，只能說，這是一件很好的外套，想到她可能會把這件外套給在街上見到的第一個乞丐，他簡直無法忍受。他要這件衣服見證邁基的榮耀天國，因為那是我們要帶邁基前去的地方——第三階——我們要到我們的天國，而你會是那房間裡最俊俏的男孩，會是女孩們前所未見、衣著最光鮮的英雄。

「快去，打開車門。」他告訴安娜。這時，邁基不時無預警、決定掌握行動的自由意志又發作了。這回他讓自己像自由落體，從最後一個台階上倒進了車裡。可是潘戴爾不必擔心，兩個男孩在旁伸出手臂等待著，安娜早已差遣好他們，她是那種一走上街就會自然而然差遣男生的女孩。

「輕一點，」她嚴厲地命令，「他可能會昏過去。」

「他雙眼睜著啊。」一個男孩說道，同時做出一個典型的錯誤假設：看見一隻眼睛，就假設另一隻眼睛也還在。

「讓他的頭往後仰。」潘戴爾下令。

但邁基的頭自己往後仰了，他們看得很不自在。他放低客席的頭枕，讓邁基的頭靠在上面，將安全帶拉過他寬厚的腹部，緊緊，關上門，謝過那兩位男孩，感激地對等在他後面的車輛揮手致意，跳上駕駛座。

的事。

「回去狂歡吧。」他對安娜說。

但他不再指揮她。她又變成了原本的她，開始失心痛哭，不斷說邁基這輩子從沒做過該被警察迫害的事。

•

潘戴爾開得很慢，恰如此刻的心情。而邁基，班尼叔叔一定會說，值得尊敬。邁基纏著繃帶的腦袋隨著轉彎、避開坑洞而左搖右晃，若不是有安全帶繫在身上，他必然會跌到潘戴爾這一邊。邁基一路上的表現大致如此，只是潘戴爾先前沒想到他會有一隻眼睛張開。遵循往醫院的標誌，閃黃燈一直開著，坐得挺直，就像救護車駕駛開往雷曼街時的神情。甚至連碰到彎路時，他們的身體都沒有歪一下。

所以你到底是什麼人？是歐斯納德在問，他在測試潘戴爾的掩護身分。我是派駐到本地醫院的外國醫生，我就是，他回答。我車上有個病重的傷患，所以別煩我。

在各個檢查哨，警察都買他的帳，一個警官甚至還擋下對向車道的車子，以示對傷患另眼相待。但是，這些作為其實都是不必要的，因為潘戴爾根本沒轉進醫院，而是直直往前，沿著來時路朝北開，回到蝦子在紅樹林樹幹上產卵的奇特雷，以及蘭花是夜晚小蕩婦的沙利瓜。他現在想起來，開進瓜拉瑞的時候，車流甚多，然而此時卻沒有車子離城。他們獨自在新月與澄淨的天空下上路，只有邁基與自己。他向右轉往沙利瓜，一個沒穿鞋的黑女人，表情詭異地跑上前來，要他載她一程。他覺得不載她很差勁，但身負危險任務的間諜不能讓人搭便車，他在瓜拉瑞就已體會到了，所以他繼續開著。上坡時，看見地面慢慢變白。

他知道那個地點。邁基就和潘戴爾一樣，熱愛海洋。的確如此。潘戴爾回顧自己的一生，後知後覺地猛然發現，大海對他諸多爭戰不休的眾神具有鎮靜的影響力，這也是在歐斯納德出現之前，巴拿馬的生活對他如此有益的原因。「哈瑞小子，你可以有你的香港，你的倫敦或你的漢堡，我不在乎。」有次探監日，班尼在菲利普袖珍地圖上指出地峽給他看，「但是在這世上，還有哪裡可以一面望見萬里長城，一面看見艾菲爾鐵塔呢？」可是從牢房的窗戶裡，潘戴爾什麼也看不見。在兩旁，他看見各種不同深淺藍色的大海，各自朝不同的方向奔逃。

一隻牛低著頭站在路中央，潘戴爾煞車，邁基渾然無覺地向前滑，脖子卡在安全帶底下。潘戴爾放開他，讓他滑落地板。邁基，我在對你說話啊，我說我很抱歉不是嗎？那頭牛悻悻然讓開。綠色的標誌指引他到自然保育區。他記得那裡有古老的部落營地，有高聳的沙丘，還有涵娜說是由貝殼構成的白色岩石。接著就是沙灘。馬路變成小徑，像羅馬大路般筆直的小徑，兩旁樹籬聳立如高牆。偶爾，兩旁的樹木伸出手來，在他頭頂合掌祈禱；偶爾樹木隱去，讓他看見平靜大海上格外寧靜的天空。一輪新月努力讓自己的身影看起來比真正的體積更大。一層純潔的白霧浮現在月牙尖上。繁星如此之多，宛如粉末。

小徑到了盡頭，他仍繼續開著。越野車真是不可思議。巨大的仙人掌猶如渾身塗黑的士兵，矗立在兩旁。停！下車！把手放在車頂上！證件！他繼續開，經過一個要他別再前進的告示牌。他想著輪胎痕跡。他們會追查越野車。怎麼做呢？查看巴拿馬每輛越野車的輪胎嗎？他想到足跡。我的鞋子。他們會追查我的鞋子。怎麼做呢？他想起了山貓。他想起瑪塔。他們說你是間諜。他們說邁基是另一個間諜。我也是。他想起大熊。他想起露伊莎的眼睛，驚恐得無法問出剩下的最後一個問題：哈瑞，你瘋了嗎？清醒的人比我們所知道的更瘋狂，他心想。而瘋狂的人，也比我們部分人願意承認的更清醒。

他緩緩下車，查看地面。要如鐵般堅硬的地面。他找到了。鏤洞蝕孔的白色岩石，宛如無生命的珊瑚，百萬年來沒有任何足跡殘履。他下了車，讓車頭燈亮著，走到車後，那裡有他為潮濕天氣所準備的纜繩。他搜尋菜刀，耗時之久讓他開始驚慌，然後才想起菜刀就在邁基那件絲墨襟外套的口袋裡。他割下四呎長的繩子，繞到邁基那邊的門，打開，將他拉出來，輕輕放到地面上。仍然俯臥，但屁股已不再朝天翹起，因為這趟車程改變了他，他寧可半側著身子，而不是腹部貼地。

潘戴爾拉起邁基的手臂，扭到他背後，努力將他的手腕綁在一起：雙重死結，但很整齊。與此同時，冷靜清醒的他只想到現實問題。外套。他們會拿他的外套怎麼辦？他從車裡拿出外套，像斗篷一樣蓋在邁基背上，邁基是會這樣穿的。然後他從口袋裡掏出手槍，藉著車頭燈，將旋鈕轉到保險位置。一路走來帶著的槍，保險當然是開著的，因為邁基留下來的時候就是這樣。轟掉了自己的腦袋轟掉之後，總不可能再關上保險吧。

然後，他回到離邁基有一小段距離的車上。他不完全理解自己為何要這樣做，只是不想在明晃晃的光亮裡動手。他想讓邁基在這個場合裡擁有一些隱私，一些大自然的神聖，雖然這是原始狀態。你可以說這裡原始，在已有千年之久的印地安營地中央，散落著箭頭與燧石。露伊莎說孩子們可以撿拾，但必須再放回原處，因為如果每個來到此地的人都揀走一個，那麼一切就將蕩然無存；這片人造的沙漠與紅樹林裡，鹽封大地，連地球本身都是死的。

離開車子，走回屍體旁邊，他跪了下來，輕輕解開繃帶，讓邁基的臉看起來和在廚房地板時一樣，只除了更老一些，更乾淨一些。至少在潘戴爾的想像裡，更有英雄氣慨一些。

邁基小子啊，你的面容將懸掛在你應得的地方，在總統府的先烈廳裡，只等有朝一日你不樂見的一切全都遠離巴拿馬之時，他在心裡對邁基說。而且，我很抱歉，邁基，你不該遇見我，沒有人該遇見我。

他想高聲說些什麼，但聲音全都只在心裡。他最後一次四下張望，不見任何有可能提出異議的人。他開了兩槍，深情款款，猶如充滿人道精神的殺手射殺生病的寵物。一槍射在左肩胛骨下方，一槍在右肩胛骨下。鉛中毒，安迪，他想著，記起和歐斯納德在聯合俱樂部共進的晚餐。職業手法，三槍。一槍射頭，兩槍打身體，讓他搶占了報紙頭版。

開第一槍時，他心想：這一槍是為你，邁基。

開第二槍時，他心想：這是為我。

邁基已經為自己開了第三槍，所以有那麼一晌，潘戴爾就只是靜靜站著，槍握在手裡，聽著海濤的聲音，還有邁基緘默的反抗。

而後他脫下邁基的外套，帶回車上，開了大約二十碼，把外套丟出車窗外。因為他忽然地發現，一個職業殺手綁住目標，殺了他，把他丟在杳無人跡的荒僻地點，竟然還把他的外套留在車上，那件我殺他的時候、他穿在身上的外套。所以把外套丟了。

回到奇特雷，他開在空蕩蕩的街上找尋沒被醉鬼或情侶占用的電話亭。他要他的朋友安迪第一個知道。

23.

「安航行動」過後的時日裡，英國駐巴拿馬大使館人員謎樣出缺，在英國與國際媒體上引起一場小風暴，甚至引爆範圍更廣泛的爭執：英國在美國這場入侵行動中扮演了什麼樣的幕後角色？拉丁美洲的看法一致：老美走狗！巴拿馬立場強悍的《新聞報》怒斥，還配上遠在一年前，馬爾畢大使溫馴地與美國南方司令指揮官，在某個早就為人遺忘的酒會或什麼場合握手的照片。在英國國內，起初意見依照早已預見的陣線分成兩派。哈特利旗下的媒體形容這場外交出埃及記是「遵循大賽局優良傳統，策畫精良的紅花俠」，「我們永遠不容知情的深沉機密」。而其競爭對手卻高喊「懦夫！」並指控政府和北美右翼的壞分子卑鄙串謀，利用選舉年時「總統變得意志薄弱」的時機，迎合反日的歇斯底里情緒，犧牲英國與歐洲的關係，協助煽動美國的殖民野心，一切都只為了讓信譽掃地的可憐總理能在大選中起死回生，喚起英國民族性中最可恥的劣根性。

哈特利的媒體在頭版刊登總理得意揚揚、趕赴華盛頓的照片——謙遜的英國雄獅怒吼。其競爭對手則以雙重標題挑戰英國「錯置的帝國幻想：事實與謬誤」以及「歐洲他國盡赧顏」，把「捏造的巴拿馬與日本政府罪狀」，拿來對照當年赫斯特報系的行為：為了將後來演變成美西戰爭的美國侵略行為正當化，他們印行了那些精巧捏造之語。

但是，英國的角色是什麼？如果援引泰晤士報以「無共謀」為標題的社論，英國又是怎麼從美國手裡分一杯羹的？再一次，所有目光全都轉向英國駐巴拿馬大使館，以及他們與某位邁基．阿布瑞薩斯之間的關係，或是難以取信於人的毫無關係——這位巴拿馬政治世家後代曾在牛津念書、曾經是諾瑞加的階下囚。他遭到「刑求與殘酷暗殺」之後，「支離破碎」的屍體遭人棄置在帕利塔城外的荒地，據信是總統所屬的一支特種部隊下的毒手。哈特利的媒體揭露內幕。哈特利的媒體大作文章。哈特利的電視網更大加渲染。很快地，英國所有媒體，不分立場，全都有阿布瑞薩斯的故事，從「我們的巴拿馬特派員」到「已故諜報英雄與女王握手？」以及「胖酒客是英國〇〇七」。一家銷量不大的獨立報紙有較為切合事情、因此也較不受注意的報導，該報說在阿布瑞薩斯的遺體發現後幾個小時，他的遺孀迅即離開巴拿馬，據說目前在死者的密友、同時是巴拿馬知名人士拉菲．多明哥的保護下，在邁阿密的一處安全住所靜養。

三位巴拿馬精神科醫師隨即出面反駁，指稱阿布瑞薩斯是酗酒成癮的人，在喝下一夸特的威士忌之後，因沮喪而舉槍自盡。這番澄清當然引來一陣嘲弄。哈特利旗下一家小報總結了公眾的反應：你們以為能騙誰啊，先生？英國代辦西蒙．皮特先生發表正式聲明，大意是：「阿布瑞薩斯先生與本大使館或英國駐巴拿馬之任何其他代表機構，並無正式或非正式之關係」。這番表白顯得格外荒謬，因為事後發現，阿布瑞薩斯曾一度擔任英巴文化協會會長，任期因為「健康因素」而提前結束。一位間諜事務專家還為不諳此事的人解釋箇中隱含的邏輯。阿布瑞薩斯被當地特務鎖定為英國間諜人選之後，為了掩護身分，必須切斷所有與大使館的公開關係，而最恰當的方法就是製造一場與大使館的「爭端」，讓阿布瑞薩斯與控管官之間的關係得以「疏離」。皮特先生對這場爭端並不知情，阿布瑞薩斯很可能就是因為英國情報單位這種老掉牙的手法而付出慘痛代價。據情報來源指出，巴拿馬情治當局一度關切他的行動。在野黨的一位影子部長大無畏地引用王爾德的話說道：就算有人為了某個目標英勇犧牲，還是不能讓這個目標獲得正當性。結果哈特利旗下的小報大加撻伐，披露他命運多舛的性生活，讓讀者們看得瞠目結舌。

一天早上，為了把焦點轉回「巴拿馬的帽子戲法」——這是他們事後冠上的封號——一位評論家說三個英國外交官「在美國展開猛烈空襲的前一夜，偷偷帶著細軟、女人與車子離開了使館區」。事實上，總共有四位外交官，其中一個是女人，但不容因此而毀了一則好標題。運道不佳的外交部女發言人對他們的離去提出說明，引來熱烈迴響：

「歐斯納德先生不是外交部的常任官員。他是以巴拿馬運河相關事務專家的身分暫時獲聘，而且他非常適任。」

媒體樂於指出他適任的資格：伊頓公學，阿曼的賽狗與小型賽車。

問：為什麼歐斯納德倉促離開巴拿馬？

答：歐斯納德先生的任期已屆滿。

問：是因為阿布瑞薩斯先生任期屆滿的緣故嗎？

答：不予置評。

問：歐斯納德是諜報人員嗎？

答：不予置評。

問：歐斯納德現在人在哪裡？

答：我們不知道歐斯納德的行蹤。

可憐的女人。隔天報紙得意揚揚地以一張照片指點她：不予置評的歐斯納德在達沃斯[1]的滑雪坡道上，陪在身旁的是年齡大他一倍的社交名媛。

「馬爾畢大使在安航行動展開前不久被召回倫敦提供諮詢。被召回的時機純屬巧合。」

問：多久之前？

答：（仍是那位運氣不佳的發言人）不久。

問：在他失蹤之前或之後？

答：這個問題很荒謬。

問：馬爾畢與阿布瑞薩斯是什麼關係？

答：據我們所知，沒有任何關係。

問：以馬爾畢的資歷來說，巴拿馬的職缺算是很委屈的囉？

答：我們非常看重巴拿馬共和國。馬爾畢先生被認為是很適當的人選。

問：他現在人在哪裡？

答：馬爾畢大使為處理私人性質的事務，長期請假。

問：可以界定一下是什麼性質嗎？

答：我已經界定過了，私人性質。

問：哪一種私人事務？

答：據我們了解，馬爾畢大使繼承了一筆遺產，可能正在考慮新的生涯規畫。他是一位傑出的學者。

問：這是不是他被開除的另一種說法？

答：當然不是。

問：資遣？

答：謝謝各位前來參加今天的記者會。

馬爾畢夫人是家喻戶曉的溫布頓優勝選手。在溫布頓的自宅裡，她很明智地拒絕透露她丈夫的下落：

「不，不。你們大家請走吧，從我這裡得不到任何消息的。我知道你們這些記者的老把戲。你們是吸血鬼，搬弄是非。女王陛下蒞臨百慕達的時候我們就受夠你們了。沒有，我沒有他的消息，也別指望會有。他的人生是他自己的，和我毫無關係。喔，我指望他有一天會打電話來，如果他還記得號碼，也湊足零錢的話。我就說到這裡。間諜？別這麼可笑了，你以為我不知道嗎？阿布瑞薩斯？沒聽說過，聽起來像間健康俱樂部。沒錯，我聽過。他是在女王生日舞會上吐得我滿身都是的渾蛋，恐怖的傢伙。你

1 Davos，瑞士東南部的滑雪勝地。

指的是什麼，你這個笨蛋，浪漫的關係？你沒看過他們的照片嗎？她才二十四歲，他已經四十七了，這還少算呢。」

我要挖掉法官女兒的眼睛，被拋棄的嫉妒妻子如是說。一篇大膽的報導指稱這對情侶現身巴西。另一篇報導則引述祕密情報來源指出，他們在蒙大拿山頂的一幢豪宅內過著奢華的生活，那是中情局為表達特別感謝之意所購置的產業。

「法蘭嘉絲卡·汀恩小姐在巴拿馬任職時辭去了外交部工作。她是能力卓越的外交官，對於她的決定我們甚感遺憾。但她的去職完全是出於個人因素考量。」

問：和馬爾畢的因素一樣嗎？

答：（又是那一位發言人，遍體鱗傷卻不屈不撓）下一個問題。

問：妳的意思是不予置評嗎？

答：我的意思是下一個問題。我的意思是不予置評。有差別嗎？我們可不可以別再談這個，回到正經的主題？

（一位拉丁記者透過她的翻譯提問）

問：法蘭嘉絲卡·汀恩是邁基·阿布瑞薩斯的情人嗎？

答：妳在說什麼？

問：巴拿馬有很多人說，她要為阿布瑞薩斯的婚姻破裂負責任。

答：對於巴拿馬很多人可能說的話，我無法有評論。

問：巴拿馬有很多人說史托蒙特、馬爾畢、汀恩和歐斯納德是訓練精良的恐怖分子幹部，由中央情報局賦予任務，滲透巴拿馬民主政府，從內部進行顛覆。

答：這個女人的身分確定過了嗎？你們有人曾經見過她嗎？對不起！麻煩妳把記者證給那位工友先生看一下。

•

奈吉爾．史托蒙特的案子則未掀起大波瀾。外交登徒子浪跡天涯，他在英國駐馬德里大使館勾引了同事的老婆、這則幾近人盡皆知的舊聞又被拿出來重新炒作，但只上了一天版面。佩蒂．史托蒙特住進瑞士一家癌症醫療中心，再加上史托蒙特善於操縱媒體，讓進一步的蜚短流長戛然而止。隨著時間流逝，在這個現在看來顯然龐大難解的英國陰謀裡，史托蒙特被當成了其中一個不重要的小角色。套句哈特利旗下坐領高薪的主筆之語，這場陰謀「讓美國脫離困境，證明英國在保守黨領導下，有能力在淵源流長的大西洋聯盟中，成為意志堅定、而且受歡迎的夥伴，無論其所謂的歐洲盟邦是否選擇在邊線上棄權。」

一小支英國軍隊象徵性地參與入侵行動，在聯合王國以外的地方幾乎未曾引起注意，但在國內卻成為舉國歡騰的理由，比較大的教堂懸掛聖喬治旗幟，還沒逃學的學童則獎賞假日一天。至於潘戴爾，這片土地上每一家愛國心切的報紙與電視台，都對他的名字下了全面封殺的禁制令，絕不容提及。這就是特務的宿命，不論在哪裡都一樣。

24.

夜裡，他們又來蹂躪巴拿馬了，對著高塔與陋屋開火，用加農砲驚嚇城裡的動物、孩童與婦女，在街上殺戮男人，趕在黎明之前翻天覆地。潘戴爾站在陽臺上，就在他上回站的地方，眼睜睜看著，卻沒有任何想法，聲聲入耳，卻沒有感覺，銘刻在心卻未屈身撲下，懺悔贖罪，卻未蠕動嘴唇，就像斑尼叔叔對著他的麥酒杯懺悔一樣，一字一字地吐露神聖之言：

我們的權力不知有極限存在，雖然我們無法為飢餓孩童找尋食物，或為難民找尋家園……我們的知識無法度量，我們造出毀滅我們的武器……我們住在自我的邊緣，恐懼內在的黑暗……我們加害、腐化、敗壞，我們犯了錯，我們行騙。

露伊莎又在屋內喊他，但潘戴爾絲毫不受影響。他聽著蝙蝠吱吱叫，在他頭頂的夜黑中盤旋抗議。他愛蝙蝠，但露伊莎恨蝙蝠。看到有人莫名所以地痛恨某種東西總讓他很害怕，因為你不知道那股恨伊于胡底。蝙蝠很醜，所以我恨蝙蝠。你很醜，所以我要殺了你。美，他心裡下斷定，美是惡霸。或許就因為如此，雖然他的工作是美化專家，但他卻總把瑪塔的缺陷看成是善良的力量。

「進來吧，」露伊莎大叫，「現在就進來，哈瑞，看在上帝恩慈的份上吧。你以為你刀槍不入嗎？」

好吧，他會進去的，內心深處他是個顧家的男人，但今晚上帝的恩慈並未在哈瑞心裡，他也不認為自己刀槍不入。恰好相反。他認為自己遍體麟傷，無藥可醫。至於上帝——祂和人一樣糟糕，無法把自己起了頭的事情結束掉。所以潘戴爾沒進屋裡，寧可在陽台晃蕩，遠離兒女控訴的目光與太過豐富的常識，遠離老婆的尖嘴利舌，遠離邁基自殺揮之不去的記憶。望著鄰居的貓緊緊排成一列，從左到右衝過他的草坪。三隻有虎斑，一隻淡黃色，在鎂光燄火閃閃不墜如日光的亮度裡，你可以看見牠們本有的顏色，而不是如夜裡所見的貓全是黑的。

在殘殺與喧囂之中，還有其他事情緊緊攫住了潘戴爾的注意力。例如，十二號的柯斯特羅太太持續用班尼叔叔彈琴的方式彈著鋼琴。潘戴爾很可能也會這麼做，如果他能彈、也繼承了鋼琴的話。在恐懼到理智盡失之際，能透過指尖抓住一小段音樂——那一定很棒，可以緊緊掌握住自己。她的專注力實在不可思議。即使距離這麼遠，他還是能看見她閉起眼睛，蠕動嘴唇，就像個猶太教拉比，哼唱她手指在琴鍵上彈出的音符。班尼叔叔以前常這樣彈琴，而羅絲嬸嬸就把手放在他背上，挺出胸膛，唱歌。

然後是七號的緬多薩家那輛寶貝的銀藍色大賓士滑下山丘，因為彼得．緬多薩很高興能在攻擊開始之前回到了家，所以把車子一丟，手煞車也沒拉，結果車子就緩緩甦醒滑動。我很意外，車子自言自語，他們讓牢門敞開著，我要做的就只是跨步走。所以它開始走，起初就像邁基一樣步履蹣跚，接著，或許也還是和邁基一樣，奮力躍起，冀求意外碰撞改變一生。然而天不從人願，卻全速奔馳。只有老天知道它將在何處結束，或在停止之前達到何等速度或造成何種傷害，或者是不是某個設計機件過分認真的德國怪胎，把某部俄國電影（潘戴爾早已忘了片名）中的嬰兒車情節[1]，預先設定在這輛車的某個密封零件裡。

對潘戴爾來說，這些瑣碎細節具有無比的重要性。和柯斯特羅太太一樣，他可以讓心思旋繞在這些瑣事上。儘管安孔丘上炮火隆隆，盤旋的武裝直升機飛來繞去，再度襲來的一切熟悉得令他疲憊。那是再平常不過的事實，倘若那真算是平常的事實：一個窮裁縫的兒子點起火苗，討好他的朋友與長輩，然後眼睜睜看著世界灰飛煙滅。同時，你認為你在乎的一切，卻在這時顯得不切實際，而且微不足道。

不，閣下，我沒有發動戰爭。

是的，閣下，我承認，讚美詩可能是我寫的。但是請容我謙恭地指出，寫讚美詩的人不必然就是發動戰爭的人啊。

「哈瑞，我不知道你幹嘛一直待在外面，你的家人懇求你進來陪他們哪。不，哈瑞，別再什麼等一下，就是現在。我要你進來，拜託，來保護我們。」

噢，露，噢上帝，我真的很希望，真的真的很希望，我能和他們在一起。可是我得拋開謊言，我手撫胸口立誓，雖然我不知道事實到底是什麼。我必須留下，也必須離開，但是此時此刻，我不能留下。警報未曾響起，但巴拿馬時時刻刻都在警戒之中。認分一點吧，記住，你不是個國家，只是條運河。何況，需要這種警報也太誇張了吧。難道那輛沒坐嬰兒的藍色賓士嬰兒車奔逃衝下曲折道路的好幾

1　此處暗指一九二五年的俄國電影《波坦金戰艦 Battleship Potemkin》，其中的經典場面之一，是奧德薩石階上發生的屠殺，屠殺進行時，一輛嬰兒車從石階上滑下，卻無人得以及時攔阻。

段彎道、撞上好幾個逃命難民之前曾經發過警報嗎?當然沒有。足球場崩塌、死傷千百人之前,發過警報嗎?兇手會事先警告他的受害者,有警察會上門問他是不是英國間諜,願不願意和巴拿馬最惡名昭彰的惡棍一起待上一、兩星期嗎?至於出於人道的特別警告——「我們要轟炸你們了」——「我們要背叛你們了」——幹嘛驚動每一個人?警告又不能幫助窮人,除了效法邁基的行為以外,他們根本什麼都不能做。而有錢人根本就不需要警告,因為入侵巴拿馬的既定法則就是不能讓有錢人陷於危機之中。不管邁基喝醉了或腦筋清楚,他總是這麼說。

所以警報沒響起,武裝直升機從海面長驅直入,一如往常,只是這回沒遭遇抵抗,因為根本沒有部隊,所以柯利羅區很明智地在飛機抵達之前就棄械投降,顯示這個地方終於馴服。而邁基採取的先發制人作法也沒錯,雖然結果一團糟。一整排像瑪塔住處的那種公寓,自動自發地跪倒在地,讓他回想起邁基顛倒的軀體。一座臨時小學自個兒起火燃燒。一所老人收容所在自己牆上炸出一個洞,大小就和邁基腦袋上的洞約莫相當。接著,一半居民都被趕到街上,才能處理火的問題。在瓜拉瑞,大家處理這個問題的方式大半是視若無睹。其他人突然全部開始奔逃,雖然此時根本還沒有什麼需要躲避的——簡直就像火災演習——他們也開始驚聲尖叫,雖然根本沒受到傷害。這一切,潘戴爾在露伊莎的喊叫聲中注意到了,早在第一波驚擾氣息襲擊他位於貝莎尼亞的陽台,或是第一擊震盪撼搖了露伊莎帶著孩子躲在樓梯底下的掃帚櫃之前就已經發生了。

「爹地!」這回是馬克,「爹地,快進來。拜託!拜託!」

「爹地,爹地,爹地,」這會兒是涵娜,「我愛你。」

不，涵娜，不，馬克，下回再愛吧。唉，我不能進去。一個搞得翻天覆地、殺了自己最好的朋友、將情婦送到邁阿密避開警方耳目（雖然他從她撇開的眼神中早已知道，她根本不會去）的人，只能徹底死了那條想當守護神的心。

「哈瑞，他們是有計畫的，所有行動全都有精確的目標，所有東西全都是高科技，新武器能從數哩之外瞄準某一扇窗戶。他們不會再轟炸平民了，拜託你快進來吧。」

但是潘戴爾沒辦法進去，雖然他也很想這麼做。因為他的腿又動不了了。他此刻已然了解，每一回他將世界搞得天翻地覆，或殺了朋友，他的腿就無法動彈。柯利羅區冒出熊熊烈焰，火燄上方湧起了黑煙——雖然就像貓一樣，煙並不盡然全是黑的，煙氣下方靠近火燄處是紅色的，接近天空的鎂光上端是銀白色的。熊熊烈燄讓潘戴爾看得目不轉睛，眼睛與腿一樣，想稍稍轉個方向都不成。他一直瞪著火光，想著邁基。

「哈瑞，我想知道你要去哪裡，拜託！」

我也想知道。但是她的問題讓他大惑不解，直到他發現自己竟然能走動了，不是走向露伊莎或孩子們，而是離開她，離開他們的恥辱，踏著大步，追隨緬多薩那輛賓士嬰兒車奔騰而去的軌跡，沿著蜿蜒的馬路下山。雖然他在理智中渴望回頭，跑上山丘，擁抱他的兒女與妻子。

「哈瑞，我愛你。無論你做錯了什麼，我做的更惡劣。哈瑞，我不在乎你是做什麼的，或者你是誰，也不在乎你做了什麼，或誰做了什麼。哈瑞，留下來。」

他大步走著。陡峭的山坡撞擊鞋跟，讓他顛顛顫顫。下山就是這麼回事，越走越低，讓回頭越來越難，越來越難。下山如此誘惑人心。他獨自上路，因為大體而言，在襲擊期間，那些不出門打劫的人都躲在家裡，想辦法打電話給朋友，他經過那一扇扇亮燈窗戶裡的人就是這麼做的。有時，他們能和朋友通上話，因為他們的朋友也和他們一樣，住在戰爭期間日常生活設施分毫無損的地區。但瑪塔無法打電話給任何人。瑪塔和那些心態上來自橋另一端的人住在一起。對他們來說，戰爭很嚴重，甚至會對他們的日常生活帶來致命傷害。

他一直走，想回頭卻做不到。腦袋昏昏沉沉，需要找個方法將精疲力竭化為睡眠，或許這就是死亡的用處。他想做些可以持之久遠的事情，比方說讓瑪塔的頭再次依靠在他的頸邊，將她的胸部握在手裡。可是他的麻煩是，他無法適應有人為伴，喜歡自己的小圈子勝於其他人，因為只有當他安全獨處時，才不會惹出大亂子，當初法官就是對他這麼說。沒錯，邁基也是這麼對他說，對極了。

無庸置疑，他不再關心西裝，不論是他自己的或任何人的。線條，樣式，目測精準，剪影，這些都不再是他關切的事。他注意到，大家都必須穿他們喜歡的衣服，而最好的人卻別無選擇。許多人穿條牛仔褲和一件白襯衫或花洋裝就心滿意足，一輩子不停換洗。許多人甚至連目測精準是什麼意思都不懂。譬如說，就像那些從他身邊跑過的人，腳上淌血，張大嘴巴，將他推擠到了路邊，嘶喊著「失火了！」像他們的孩子一樣尖聲驚叫。尖叫著「邁基！」與「你這個渾蛋，潘戴爾。」他在他們之間尋找瑪塔，但是看不到她，太可恨了。他尋找緬多薩那輛銀藍色的賓士，說不定它決心改變立場，加入恐怖的群眾之中，但他找不到它的蹤跡。他看見一座消防栓被攔腰截斷。黑血噴得滿街都是。他看到邁基好幾次，但邁基卻像不認得他，連點頭都沒有。

他繼續走。他突然意識到自己已在山谷深處，一定是通往城裡的山谷。但是，你獨自走在每天開車經過的路上時，很難認出熟悉的地標，尤其是火光四起，而你身邊又有驚恐奔逃的人群推搡擠撞。然而，對他而言，終點並不是問題。是邁基。是瑪塔。是橙紅火球的核心，在他行走時一直盯住他，命令他向前，用那種巴拿馬新好鄰居的聲音告訴他，他現在知情還不算晚。當然，他要去的那個地方，沒有人會再要他改善生命的面貌，也不會有人錯將他的夢想當成他們恐怖的現實。

誌謝

本書不盡如人意之處，絕非協助我完成此書者之過。

在巴拿馬，我首先要感謝傑出的美國小說家理查・寇斯特（Richard Koster），秉性慷慨的他替我打通關節，也為我提供了許多睿智卓見。阿勃托・卡佛（Albert Calvo）大方撥出許多時間，提供諸多後援。羅伯托・雷查德（Roberto Reichard）熱心助人到匪夷所思的地步。本書完稿後，他更展現天生的編輯眼光。書稿承蒙曾為諾瑞加階下囚、而今在《新聞報》（La Prensa）為捍衛巴拿馬公義而奮戰的鬥士吉勒摩・山切斯（Guillermo Sanchez）過目，並惠表同意。巴拿馬運河管理局的理查・瓦依尼諾（Richard Wainio）也賜與同等榮寵。面對書中某些情節，小器者或將極力撇清，他卻猶能大笑。

安德魯與黛安娜・海德（Andrew and Diana Hyde）犧牲許多寶貴時間，放下雙胞胎，從不深究我的目的，也讓我不致困窘出醜。利伯里歐・加西亞—柯瑞亞博士（Dr. Liborio García -Correa）和他的家人讓我融入他們的生活，引領我認識我無從接觸的地方與人們。加西亞—柯瑞亞博士不眠不休為我所作的研究，以及我們一次次精采絕倫的旅程——尤其是到巴洛—科羅拉多（Barro Colorado）那一回——我永遠銘感五內。帕佛里奧餐廳店東莎拉・辛普森（Sarah Simpson）為我提供豐富美味的營養補給。替美麗的巴拿馬仕女裁製美麗服飾的艾蓮・布里芭特（Hélène Breebaart）親切建議我應該如何創建我的紳士裁縫店。史密森熱帶研究所（Simthsonian Tropical Research Institute）人員賜與我難忘的兩天。

我筆下的巴拿馬駐英大使館人員純屬虛構。我在巴拿馬見到的英國外交官與夫人們全都能力卓越，勤勉敬業，高尚磊落，無一例外。他們絕對不會搞陰謀，偷金條，而且，感謝上主，他們也與本書中虛構的角色無任何雷同之處。

回到倫敦，我必須感謝雷克斯．柯宛（Rex Cowan）與葛頓．史密斯（Gordon Smith）對潘戴爾部分的猶太背景所提供的意見，以及西區蒙特街的道格．海沃德（Doug Hayward），他讓裁縫師哈瑞．潘戴爾首度在我眼中隱隱成形。如果你進到店裡量製西裝，道格很可能就坐在門口的扶手椅上迎接你。那裡有舒適的舊沙發可坐，還有一張散放著書籍與雜誌的咖啡桌。然而，他牆上沒有偉大的亞瑟．布瑞斯維特畫像，也不容許在試衣間裡聊天說地，氣氛顯得效率迅捷、有條不紊。但在寧靜的夏夜，你若在他店裡閉上眼睛，或許就會聽見遠處傳來潘戴爾聲音的迴響，細數羊駝呢布料或塔瓜果鈕釦的種種優點。

至於哈瑞．潘戴爾的音樂，我要歸功於另一位偉大的裁縫師，聖喬治街L．G．威金森的丹尼斯．威金森（Dennis Wilkinson）。丹尼斯在裁剪時，最大的享受似乎就是把世界鎖在門外，聽他的古典音樂。亞利斯．盧德霍夫（Alex Rudelhof）則惠允我一窺量身的祕訣。

最後，沒有格雷安．葛林，就不會有這本書問世。自葛林的《哈瓦那特派員》之後，捏造情報的角色就在我腦海中揮之不去。

勒卡雷　作品集 16

巴拿馬裁縫

The Tailor of Panama

作者　約翰・勒卡雷 John le Carré
譯者　李靜宜
社長　陳蕙慧
總編輯　戴偉傑
編輯　陳大中
行銷　陳雅雯、趙鴻祐、張偉豪
封面繪圖　Emily Chan
封面設計　井十二設計研究室
排版　宸遠彩藝有限公司

出版　木馬文化事業股份有限公司
發行　遠足文化事業股份有限公司（讀書共和國出版集團）
地址　新北市新店區民權路 108-4 號 8 樓
郵撥帳號　19588272 木馬文化事業股份有限公司
客服專線　0800-221-029
客服信箱　service@bookrep.com.tw
法律顧問　華洋法律事務所　蘇文生律師
印刷　通南彩色印刷股份有限公司

出版日期　2023 年 7 月二版一刷
定價　新台幣 450 元

書號　0ELC4016
ISBN　9786263144781（紙本）
9786263144743（PDF）
9786263144736（EPUB）

國家圖書館出版品預行編目

巴拿馬裁縫 / 約翰．勒卡雷 (John le Carré) 著 ; 李靜宜譯 . --
二版 . -- 新北市 : 木馬文化事業股份有限公司出版 : 遠足文化事業股份有限公司發行 , 2023.07
496 面 ; 14.8X21 公分 . -- (勒卡雷作品集 ; 16)
譯自 : The tailor of Panama
ISBN 978-626-314-478-1(平裝)

873.57 112010019